山东省社会科学规划研究项目"明代贬谪诗研究"（17CZWJ06）成果

山东师范大学中国语言文学山东省高水平学科·优势特色学科建设经费资助

明代贬谪诗研究

刘英波　著

中国社会科学出版社

图书在版编目（CIP）数据

明代贬谪诗研究/刘英波著. —北京：中国社会科学出版社，
2023.5

ISBN 978 - 7 - 5227 - 1517 - 9

Ⅰ.①明…　Ⅱ.①刘…　Ⅲ.①古典诗歌—诗歌研究—中国—明代
Ⅳ.①I207. 227. 48

中国国家版本馆 CIP 数据核字（2023）第 049066 号

出 版 人	赵剑英
责任编辑	王小溪
责任校对	师敏革
责任印制	戴　宽

出　　　版	中国社会科学出版社
社　　　址	北京鼓楼西大街甲 158 号
邮　　　编	100720
网　　　址	http://www.csspw.cn
发 行 部	010 - 84083685
门 市 部	010 - 84029450
经　　　销	新华书店及其他书店

印　　　刷	北京君升印刷有限公司
装　　　订	廊坊市广阳区广增装订厂
版　　　次	2023 年 5 月第 1 版
印　　　次	2023 年 5 月第 1 次印刷

开　　　本	710×1000　1/16
印　　　张	15. 25
插　　　页	2
字　　　数	239 千字
定　　　价	79. 00 元

目　录

前　言 ……………………………………………………………………（1）

第一章　明代贬谪文人的相关问题分析 ……………………………（1）

　第一节　明代贬谪文人的时空分布 ……………………………………（1）

　第二节　明代政治文化与贬谪事件的发生 ……………………………（8）

　第三节　罪与罚：明代仕宦文人的贬谪命运 …………………………（22）

　第四节　明代贬谪文人对贬谪地区的贡献 ……………………………（29）

第二章　多元书写

　　　　　——明代贬谪诗的主题取向 ………………………………（38）

　第一节　难以释解的情怀：孤寂、哀伤、忧闷 ………………………（38）

　第二节　绵绵不断的思乡情 ……………………………………………（43）

　第三节　用世、愤世、安闲、叹老等多元心曲的书写 ………………（48）

　第四节　特殊境遇下的酬赠与交游之作 ………………………………（55）

　第五节　谪宦视域中的山水景胜与风土民情 …………………………（61）

　第六节　谪戍境遇与边塞书写 …………………………………………（72）

　第七节　以史抒怀与纪事表情 …………………………………………（77）

　第八节　其他类诗作 ……………………………………………………（85）

第三章　明代贬谪诗的主要创作特征 ………………………………（94）

　第一节　悲伤、无奈

　　　　　——无法摆脱的共有基调 ………………………………（95）

第二节　情感真切
　　　　——直抒胸臆与间接抒怀的共同指向 ……………………（101）

第三节　延承与新变
　　　　——多元创作风格的呈现 ……………………………（112）

第四节　修辞与抒情
　　　　——多种修辞手法的巧妙运用 ………………………（119）

第五节　王守仁贬谪诗中的"理趣"特征 ………………………（127）

第六节　豪直、沉郁
　　　　——沈炼贬谪诗的主导风格 ………………………………（131）

第四章　明代仕宦文人的贬谪心态解析 ………………………（136）

第一节　漂泊心绪
　　　　——明初岭南诗人孙蕡贬谪心态解析 ……………（137）

第二节　特殊境遇下的别样情怀
　　　　——明初文人王绂谪戍心态论析 …………………（148）

第三节　明代山左文人刘天民贬谪诗中的感伤情怀探析 ……（157）

第四节　赤诚情怀
　　　　——明代谏臣沈炼的贬谪心态解析 …………………（170）

第五节　扪心期不愧，知命复何争
　　　　——明代士人邵经邦谪戍心态解析 …………………（184）

第六节　同与不同的存在
　　　　——骆问礼的贬谪心态探析 ………………………………（195）

结　语 ………………………………………………………………（208）

附　录 ………………………………………………………………（213）

参考文献 ……………………………………………………………（230）

前　言

在每个人的生命历程中，不管是王公大臣，还是凡夫俗子，都会经历各种各样的困难或挫折。不过，由于每个个体所处的环境、地位以及持有的思想、性情存在差异，他们在面对困难或挫折时的态度各有不同，所承受的压力、经历的磨难、面临的结局亦各不相同。对于古代仕宦文人而言，其特殊的身份地位、独有的群体特点使他们眼中、心中的世界及其价值趋向与众不同，进而形成了与众不同的心态与行为方式，加之难以摆脱世俗影响与个体性情等因素的干扰，故而他们在现实社会中的行为方式与行为动机便会呈现出各不相同、复杂多元的特点，同时他们为自己的行为举止所付出的代价亦多存差异。贬谪，是古代朝廷针对官吏的过失或犯错采用的一种降职远调的处罚方式，而历代仕宦文人是遭受贬谪的主要对象之一。在历史发展演变的过程中，虽然贬谪的惩处性质没有改变，但是伴随着朝代更替、统治需要、吏治状况等方面的变化，与之相关的贬谪制度也会相应变化，因此，不同历史时段的贬谪情状会在贬谪区域、贬谪因由、贬谪心态等方面呈现出诸多差异，这些差异性的存在为研究者梳理各时期的贬谪状况，考察贬谪行为发生的原因、特点及其背后的文化生态等提供了可能。

明代已经步入中国古代社会的后期，基于对先前历史发展惯性的延承，立足当时的社会状况，出于加强统治与利益权衡的需要等，明代的皇权专制制度更加健全与强大，对于官宦的管控也更为严格，甚至是残酷，因此由于犯错而被处罚的仕宦文人不绝如缕，贬谪是其中十分常见的处罚方式之一。一些坚守"道统"意识的仕宦文人担忧国运发展、关心民生疾苦，可能会因言、因事获罪，而这种情形在明代仕宦文人遭贬的现象中非常普遍。当然，在明代遭受贬谪的对象中，亦有不少因参与党争、争权夺利、遭人诬陷等遭受贬谪者，因此使明代仕宦文人的贬谪现象呈现出多元、复杂的特点。

"对中国古代士人来说，贬谪既意味着一种人格的蹂躏和自由的扼杀，又标志着一种沉重的忧患和高层次的生命体验。"① 对于人格、自由、精神等方面的摧残以及由此而激发的生命体验，多数遭贬的仕宦文人往往会出于不同目的借助语言文字记录下来，明代遭受贬谪的仕宦文人亦是如此。他们用文字书写受厄的生命感悟，舒泄幽愤、孤独与无奈，描绘多变、炎凉的世态，记述异地风光与风土人情，宣扬不屈的斗志与忧国忧民的情怀，表达相对超脱的安闲、自适与清高，等等，在明代贬谪诗中均有着不同程度的涉及与呈现，这将是本书探讨的重点内容。

笔者研究明代贬谪诗②的基本思路是：在梳理《明诗纪事》《明诗综》《静志居诗话》《列朝诗集小传》《明史》《全明散曲》等相关文献史料的基础上，整理明代仕宦文人贬谪的基本情况；通过查考《文渊阁四库全书》《四库全书存目丛书》《续修四库全书》《四库禁毁书丛刊》《四库禁毁书丛刊补编》《四库未收书辑刊》《地方志》等文献史料，搜集、整理明代贬谪文人现存于别集或部分方志中的贬谪诗；在整理、统计、研读明代贬谪文人的有关史料与现存贬谪诗的基础上，笔者将探讨明代贬谪文人的时空分布、贬谪原因、贬谪命运等问题，进而梳理、分析明代贬谪诗的主题取向及其创作特征，探析明代部分代表性仕宦文人的贬谪心态，总结研究明代贬谪诗的思想价值与文化意义。

---

① 尚永亮：《贬谪文化与贬谪文学——以中唐元和五大诗人之贬及其创作为中心》，兰州大学出版社 2004 年版，导论第 4 页。

② 目前学界对于"贬谪诗"的定义尚无定论，考虑到课题研究的需要，参照相关研究成果，笔者选取其广义，即贬谪对象于贬谪期间创作的诗歌均视为贬谪诗。

第一章 明代贬谪文人的相关问题分析

明朝在社会制度建设与政府运行机制方面对前代继承不少，但是出于加强统治与适应社会变化的需要，又使它在多个层面有所改变，如废除丞相、设置内阁、建立厂卫、重用宦官、重视科举、改革赋税等，而这些改变会程度不同地影响政局状况、官场风气等，进而波及仕宦文人的仕途命运，其中会不可避免地伴随着贬谪事件的发生。下面，笔者将结合相关史料与有关数据统计，对明代贬谪文人的时空分布特点、贬谪原因、贬谪命运以及他们对于贬谪地的文化贡献等问题展开讨论。

第一节 明代贬谪文人的时空分布

虽然明代刑法对犯错仕宦文人的惩罚有一定的规制，如《明史·刑法一》中对笞、杖、徒、流、死五刑及对充军地的具体规定①，但是有些惩罚制度与管理举措会随着历史的发展需要不断修改，如《明史》云："始，太祖惩元纵弛之后，刑用重典，然特取决一时，非以为则。后屡诏

---

① 《明史》："洪武二十六年定，应充军者，大理寺审讫，开付陕西司，本部置立文簿，注姓名、年籍、乡贯，依南北籍编排甲为二册，一进内府，一付该管百户，领去充军。如浙江、河南，山东、陕西，山西，北平，福建，直隶应天、庐州、凤阳、淮安、扬州、苏州、松江、常州、和州、滁州、徐州人，发云南、四川属卫；江西，湖广，四川，广东，广西，直隶太平、宁国、池州、徽州、广德、安庆人，发北平、大宁、辽东属卫。"参阅（清）张廷玉等《明史》卷93，中华书局1974年版，第2301页。

厘正，至三十年始申画一之制，所以斟酌损益之者，至纤至悉，令子孙守之。"① 说明在明代初始阶段，太祖朝的典制经历过不断厘正；又如，"英、宪以后，钦恤之意微，侦伺之风炽。巨恶大憝，案如山积，而旨从中下，纵之不问；或本无死理，而片纸付诏狱，为祸尤烈。故综明代刑法大略，而以厂卫终之"②，从管制层面交代自英宗、宪宗后至明末，厂卫侦伺之风炽烈，而这与明代仕宦文人的命运沉浮直接相关；再如，"（对于充军）其后条例有发烟瘴地面、极边沿海诸处者，例各不同"③，强调具体惩处方式（充军）的内部存有差异变化；等等。由于明代各时段的统治政令与惩罚措施承中有变，引发贬谪事件的因由同中存异，因此这就影响了明代各时段贬谪文人的时空分布特点。

根据对《明诗纪事》《明诗综》《静志居诗话》《明史》《全明词》《全明散曲》等文献史料的梳理，笔者共统计出 382 名贬谪文人④。

一　历时分布

为了便于观察明代各历史时段贬谪文人的分布与变化情况，笔者对 382 名贬谪文人的贬谪时段、贬谪人次及各时段年度贬谪频次予以统计，相关情况如表 1 所示。

表 1　　　　　　　明代各时段贬谪文人贬谪数量情况统计⑤

时段	人次	占总人次的比例（%）	年度频次
洪武	70	17.5	2.26
建文	3	0.75	0.75

① （清）张廷玉等：《明史》卷 93，中华书局 1974 年版，第 2279 页。
② （清）张廷玉等：《明史》卷 93，中华书局 1974 年版，第 2280 页。
③ （清）张廷玉等：《明史》卷 93，中华书局 1974 年版，第 2301 页。
④ 由于笔者统计的出发点是有诗歌存世的贬谪文人，因此明代贬谪文人的数量会远多于 382 名，但从定量考察的角度出发，对这 382 名贬谪文人及其贬谪诗予以研究，虽然不尽全面客观，但对于问题的分析与认识影响不会太大。另外，382 位贬谪文人的籍地、贬谪地、贬谪原因等基本情况，请参阅文后"附录：明代贬谪文人的籍地、贬谪地与贬谪原因、贬谪时间统计"。
⑤ 笔者统计的明代贬谪文人为 382 人，这里统计的贬谪人次为 401，原因是有的文人被贬谪两次，甚至三次，按照贬谪的人次统计，故数量多于 382。各时段人次的年度贬谪频次，即以各时段贬谪人次除以统治的年限所得。

续表

时段	人次	占总人次的比例（%）	年度频次
永乐	13	3.24	0.59
洪熙	0	0	0
宣德	2	0.5	0.2
正统	2	0.5	0.14
景泰	1	0.25	0.13
天顺	9	2.24	1.13
成化	19	4.73	0.83
弘治	6	1.5	0.33
正德	55	13.7	3.44
嘉靖	101	25.2	2.24
隆庆	3	0.75	0.5
万历	69	17.2	1.44
泰昌	0	0	0
天启	13	3.24	1.86
崇祯	35	8.7	2
总人次	401	100	

通过对表1相关数据的观察比较，可以看出明代各历史时段仕宦文人遭贬人次的数量变化情况。其中，嘉靖年间最多，101人次，依次为洪武70人次、万历69人次、正德55人次、崇祯35人次、成化19人次、永乐13人次、天启13人次、天顺9人次、弘治6人次、建文3人次、隆庆3人次、宣德2人次、正统2人次、景泰1人次、洪熙0人次、泰昌0人次。由于明代各时段的统治年限不同，笔者又对明代各时段贬谪人次的年度频次进行了统计，年度遭贬频次由多到少的顺序为：正德3.44、洪武2.26、嘉靖2.24、崇祯2、天启1.86、万历1.44、天顺1.13、成化0.83、建文0.75、永乐0.59、隆庆0.5、弘治0.33、宣德0.2、正统0.14、景泰0.13、洪熙0、泰昌0。

为了更清楚地对比分析两组数据，现将各时段的贬谪人次、年度频次排名，情况见表2。

表 2   明代各时段贬谪文人的贬谪人次、频次排名情况统计

时段	贬谪人次排名	年度频次排名	时段	贬谪人次排名	年度频次排名	时段	贬谪人次排名	年度频次排名
洪武	2	2	景泰	15	15	隆庆	11	11
建文	11	9	天顺	9	7	万历	3	6
永乐	7	10	成化	6	8	泰昌	16	16
洪熙	16	16	弘治	10	12	天启	7	5
宣德	13	13	正德	4	1	崇祯	5	4
正统	13	14	嘉靖	1	3			

由各时段贬谪人次的数量与年度贬谪频次多少的先后次序作比较，除洪熙、泰昌年间未有贬谪人员，可以清楚地看出明代各历史时段贬谪人员位次的变化情况，如嘉靖年间贬谪人次数量为第 1 位，年度频次为第 3 位；洪武年间两类次序没有变化，均居第 2 位；万历年间贬谪人次数量为第 3 位，年度频次为第 6 位；正德年间贬谪人次数量是第 4 位，年度频次则升为第 1 位；崇祯年间贬谪人次数量第 5 位，年度频次上升为第 4 位；成化年间贬谪人次数量为第 6 位，年度频次降为第 8 位；天启年间贬谪人次数量为第 7 位，年度频次则升至第 5 位；永乐年间与天启年间贬谪人次数量并列第 7 位，年度频次下降为第 10 位；天顺贬谪人次数量为第 9 位，年度频次升至第 7 位；弘治、隆庆、建文、宣德、正统、景泰年间二者的位次均有或多或少的变化。

明代各时段贬谪人次数量多少的变化，以及各时段人次数量的位次与年度贬谪频次位次的变化，与明代各时段统治年限的长短不同直接相关，也与各位帝王统治期间的政治文化生态状况有着密切的关系。譬如，正德年间的贬谪人次位居第 4 位，其统治的时间远没有万历、嘉靖长，与洪武、成化、永乐、弘治、崇祯统治的时间比也有差距，然而按照贬谪的年度频次计算，正德年间则上升至第 1 位，即正德年间每年的贬谪人次最高，这与正德年间朱厚照耽于嬉游、怠于政事、宦官乱政的混乱政局直接相关，如因谏阻武宗出巡、得罪宦官刘瑾遭贬的仕宦文人便不在少数；嘉靖朝贬谪人次数量与年度频次均在前 3 位、万历朝贬谪人次数量居高不下与大礼议事件、严嵩专权、权力斗争等密切相关；洪武年间贬谪人次数量与年度频次双高不下，这与洪武朝属于开国阶段，朱元璋"刑用重典"[①] 的严酷统治政策有关，像因"胡惟庸案"受牵累遭贬的人员就为数不少；崇祯年间贬谪人次数量居第 5 位，年度频次升至第 4 位，与崇祯朝属明代末期，当时党争不止、清兵侵扰、起义不断、民不聊生的社会政局，加之崇祯帝刚愎自用、猜疑少谋，造成官场升迁、降谪频发的复杂情形相关。当然，各时段贬谪人次数量与年度频次变化的原因有同有异，这在后面论述贬谪原因时会再做分析。

二　空间分布

在前期整理、统计的基础上，笔者依据《明史·地理志》行政区划[②] 和遭贬文人的籍地统计了他们的空间分布情况，现列表如下（表3）。

表3　　　　　　　　　　　明代各政区贬谪人数统计

政区	人数	占总人数比例（%）	政区	人数	占总人数比例（%）	政区	人数	占总人数比例（%）
京师	13	3.4	四川	7	1.8	广西	2	0.5
南京	110	28.8	湖广	26	6.8	云南	2	0.5
山东	19	5	浙江	85	22.3	贵州	3	0.8
山西	6	1.6	江西	43	11.3	不详	1	0.26
河南	15	3.9	福建	29	7.6			
陕西	11	2.9	广东	10	2.6	总人数	382	100

由表3的统计，可以看出以下几个方面的问题。一是各地区之间的贬谪人员数量失衡严重。其中，南京（含下辖的府、州、县）的数量最多，为110人，占总人数的28.8%，占比是人数最少的广西、云南（2人）的57.6倍；浙江85人，人数也比较多；南京、浙江两地的贬谪人数与其他多数地区的人数差别十分明显，贬谪文人数量的区域分布明显失衡。二是贬谪人员所在区域相对集中。由表中的统计数据看出，明代

---

① （清）张廷玉等：《明史》卷93，中华书局1974年版，第2279页。
② 《明史》："终明之世，为直隶者二：曰京师，曰南京。为布政使司者十三：曰山东，曰山西，曰河南，曰陕西，曰四川，曰湖广，曰浙江，曰江西，曰福建，曰广东，曰广西，曰云南，曰贵州。"参阅（清）张廷玉等《明史》卷40，中华书局1974年版，第882页。

贬谪文人主要集中于南京、浙江、江西、福建、湖广等地，而数量最为集中的地区则是沿太湖流域一带①，具体而言则主要聚集于南京的苏州府、松江府、常州府，浙江的杭州府、湖州府、嘉兴府一带。其他地区，如江西集中于南昌府、抚州府、吉安府一带，福建集中于福州府、泉州府、兴化府等沿海一带，湖广则集中于武昌府、黄州府、长沙府一带等。三是南北方、东西部区域差别较大。就南北②而论，南方的贬谪文人数量为317人，北方为64人，③贬谪人数南方是北方的近5倍，二者数目悬殊；如果按照东西部④统计、比较，东部地区的贬谪人数为351人，西部为31人，⑤贬谪人数东部为西部的11.3倍，两大区域的贬谪人数差距更大。

　　明代各政区以及南北方、东西部区域贬谪文人数量的巨大差异，其实是人才数量差异的一种外在表现。由于这些遭贬文人绝大多数是通过科举考试选拔的进士，因此各政区或区域之间贬谪人数的差异从明代各地考中进士的数量差别上可见一斑。吴宣德先生《明代进士的地理分布》统计，明代进士数量为24862人⑥，除去辽东都司、外国的21人，这里取其各政区"贯总计"进士数量为24841人，现列表如下（表4）。

---

　　①　太湖流域一带，主要包括今天的江苏苏南大部分与浙江湖州、嘉兴、杭州，以及上海市大部分地区。

　　②　中国南、北方地域的划分，通常以我国气候的南北分界线秦岭—淮河一线为界。结合《明史·地理志》所列直隶两京和十三布政使司，以及明代地图（谭其骧主编《中国历史地图集·元明时期》），这里的南方包括南京、四川、湖广、浙江、江西、福建、广东、广西、云南、贵州等十地，北方包括京师、山东、山西、河南、陕西等五地。

　　③　这里南方贬谪文人的数量为381人，有一不详者未计，因为他的籍地不能确定属于京师锦衣卫，还是南京锦衣卫。

　　④　中国东、西部地域的划分标准不一，考虑到地势、经济、人口等因素，笔者参照第二阶梯与第三阶梯的界限（大兴安岭、太行山、巫山、雪峰山一线），《明史·地理志》所列直隶两京和十三布政使司，属东部地区的有：京师、南京、山东、河南、湖广、浙江、江西、福建、广东等九地，属西部地区的有：山西、陕西、四川、广西、云南、贵州等六地。

　　⑤　这里东西部贬谪文人的数量为382人，虽然有1人的籍地不能确定是京师锦衣卫还是南京锦衣卫，但两地都属于东部。

　　⑥　关于明代进士数量，研究者的统计并不一致。何炳棣先生统计为24594人，萧源锦先生统计为24610人，范金民先生统计为24866人，沈登苗先生统计为24814人，黄明光先生统计为24452人，龚延明、邱进春两先生统计为24595人等（参阅龚延明、邱进春《明代登科进士总数考》，《浙江大学学报·人社版》2006年第3期）。按照龚延明、邱进春先生的说法，吴宣德先生的统计数量存有偏误，出于不影响说明问题的考虑，我们借鉴了吴宣德先生的统计数字。

表4　　　　　　　　　　明代各政区进士数量统计①

政区	人数	占总人数比例（%）	政区	人数	占总人数比例（%）	政区	人数	占总人数比例（%）
北畿	1747	7	四川	1364	5.5	广西	191	0.8
南畿	4320	17.4	湖广	1513	6	云南	111	0.45
山东	1725	6.9	浙江	3716	14.9	贵州	23	0.09
山西	1240	5	江西	3035	12.2	总人数	24841	
河南	1611	6.5	福建	2378	9.6			
陕西	988	4	广东	879	3.5			

　　虽然表4各地进士数量所占总人数的百分比与表3贬谪人数所占总人数的百分比存有一定的差异，但基本反映出各政区贬谪人数的百分比与各政区进士数量的百分比有成正比的特点。另外，笔者结合吴宣德先生对各政区进士数量分布的统计，根据前文南北方、东西部区域的划分情况，计算出南方各政区的进士总数为17530人，北方各政区的进士数量为7311人，南方为北方人数的2.4倍；东部各政区的进士数量为20924人，西部各政区的进士数量为3917人，东部是西部人数的5.3倍。这里统计的数量比虽然与上文统计的南北方、东西部区域贬谪人数的数量比存有差别，但仍有助于说明在贬谪人数方面南方多于北方、东部多于西部的原因与特点。

　　至于明代南方或东部进士数量多于北方或西部的原因，前人的相关成果中已多有分析，如范金民《明代江南进士甲天下及其原因》，夏维中、范金民《明清江南进士研究之二——人数众多的原因分析》，吴宣德《明代地方教育建设与进士的地理分布》，沈登苗《明清全国进士与人才的时空分布及其相互关系》，陈国生《〈明史〉入传人物本贯的地理分布及形成原因刍论》，曾大兴《中国历代文学家之地理分布》等，② 可供参

———————————

① 参阅吴宣德《明代进士的地理分布》，（香港）香港中文大学出版社2009年版，第59页。

② 参阅《明史研究纪念李洵先生75诞辰专辑》（第5辑）1997年，第163—170页；《历史档案》1997年第4期；《教育学报》2005年第1期；《中国文化研究》1999年冬之卷；《中国历史地理论丛》1995年第2期；《中国历代文学家之地理分布》，商务印书馆2013年修订版。

考。综观各家所言，大凡人才聚集的地方，大致应具备以下几个方面的条件：经济富足，教育发达，重视科举，有好学勤学之风，居都城重镇之地，气候环境适宜，等等。其中，经济是人才繁荣的基础，教育发达、有好学之风是关键，重视科举、擅长科举是保障，都市类政治文化中心、生活环境是条件。正是在多种因素相辅相成、互相补足的情况下，促成了南方与东部有关地区仕进人才的繁荣，而仕进人才多，就会使遭贬的仕宦文人的概率增加，因此也就出现了上文呈现的各政区、地域之间贬谪文人数量分布不均衡、相对集中的现象。

　　总之，明代贬谪文人各历史时段的分布变化与地理空间分布特点，与其他朝代的贬谪文人相比，既有共性，也有个性特点。共性层面，如统治政策、政治混乱影响贬谪文人的数量，经济、文化的繁荣程度影响人才分布的不均衡等；个性层面，如政治层面明代皇帝怠政、宦官专权、党争剧烈，经济文化层面的南方经济繁荣、学校普及、书院兴盛等，都会对贬谪文人的时空分布产生影响。

第二节　明代政治文化与贬谪事件的发生

　　任何事情的发生都是有因由可循的，只不过有些因由更为直接、明显，有些更为曲折隐晦而已，明代贬谪事件发生的原因也可作如是观。概言之，明代贬谪事件的大量发生与其政治文化有着密切的关系。所谓政治文化，按照美国学者阿尔蒙德的说法是："政治文化是一个民族在特定时期流行的一套政治态度、信仰和感情。这个政治文化是由本民族的历史和现在社会、经济、政治活动进程所形成。人们在过去的经历中形成的态度类型对未来的政治行为有着重要的强制作用。政治文化影响各个担任政治角色者的行为、他们的政治要求内容和对法律的反应。"① 赵轶峰先生对此又作了归纳概括："政治制度、政治价值、政治思想、政治

---

　　① ［美］加布里埃尔·A. 阿尔蒙德、小 G. 宾厄姆·鲍威尔：《比较政治学——体系、过程和政策》，曹沛霖等译，东方出版社 2007 年版，第 26 页。

生态，从这四个基本维度透视出来的特定社会共同体公共权力设置和运作的精神倾向和生态格局就是政治文化。"① 具体到明代社会影响贬谪事件发生的政治文化而言，则主要表现在统治政策、政治事件、宦官专权、权力争斗、举措失误、贪腐过错等多个方面，下面笔者将结合有关案例一探究竟。

一　统治政策与仕宦文人贬谪事件的发生

笼统地讲，统治政策包含的内容比较丰富，如政治、经济、军事、文化思想等层面。在各项政策的实施过程中，不同阶层的仕宦文人常是这些政策的执行者，然而，出于加强统治、整治吏治的需要，当他们有意、无意冒犯皇威或触犯相关律条时，往往又会成为被惩罚的对象，而贬谪则是常用的惩罚措施之一。譬如，在洪武年间，有受党祸牵连而遭贬谪者，如贬谪辽东的孙蕡②，终因此事而殒命戍地；又有因在张士诚部任职而被贬谪者，如余尧臣、顾德辉、徐贲在张士诚部任职或与张氏有牵连而谪戍临濠，而且当时像他们这样谪戍临濠者有一大批人；还有，刘三吾因"南北榜"科举事件被贬谪戍边，凌云翰坐贡举乏人而贬谪南荒之地等。再如，万历年间，陈泰来因上疏建储君、施救赵南星被贬谪广东饶平典史，祁承爜、周献臣因京察分别被贬谪山东沂州同知、福建布政司检校，刘绖由于兵哗与贿赂御史事件连遭贬谪，陈吾德因坐部下盗建昌王印章、忤张居正意被贬山西朔州马邑县典史，等等。以上种种事实说明，一个时期统治思想指导下的统治政策会影响仕宦文人的命运，但这些政策往往具有个体性、阶段性特点，如朱元璋统治时期大兴党祸牵连仕宦文人之多为明朝之最，大批仕宦文人因各种原因迁谪临濠是他在位时的特别举措，便体现出皇权专制统治的专制性、随意性特点。作为皇帝，尤其是开国皇帝，有时他们并不是从法理的角度考虑问题，而是从维护皇权统治的角度予以施策，甚至有时会以有失公平、牺牲个体

---

① 赵轶峰：《明代政治文化研究的视阈》，《古代文明》2014 年第 1 期。
② 孙蕡（1334—1390），字仲衍，广东南海（今顺德市）人。对于他的死因有不同见解：有的模糊认为死于党祸，有的认为死于胡惟庸党祸，也有的认为死于蓝玉党祸，笔者采纳模糊的说法。

的手段来达到平息怨言、维护社会稳定的目的,刘三吾因"南北榜"事件被贬之事便能说明一定的问题。再有,通过"京察"的方法考察官员,量才使用,各得其所,的确是治吏的有用之策,但有时"京察"也会成为一些权臣排除异己的手段。至于兵哗、贿赂、坐部下盗窃则明显属于违犯法令或犯有失察之罪,如果考察属实,按照相关政策治罪降谪乃是情理之中的事情,也是维护纲纪、整饬吏治、加强管理的需要。然而,对于那些因失朝礼"大不敬"(唐肃)、失误日讲(蔡昂)、上言宽宥囚犯(田汝成)、以诗连累(朱炼)、言事不达政体(晏铎)、坐奏牍不恭(何乔远)等有违礼制、规矩遭贬的文士来讲,古代帝王以此警示他人、大树权威的想法可以理解,但不必上纲上线大加惩处,采取批评教训的方式即可。当然,有些仕宦文人遭贬的因由或实情并非如此,以此惩戒仅仅是治罪的口实而已,① 则需另当别论。因此,避免处理政务时的情绪化与权力运作过程中的人为化,坚持以事实为基础、以法律为依据,当是执政、治吏、施策的正确方向,而这在当时是难以实现的。

二　政治事件与仕宦文人的贬谪

这里的"政治事件"是指与国家政治有直接联系的事件。对于皇权专制时代的仕宦文人而言,他们的仕途发展,甚至是身家性命都与国家政治捆绑在一起,其差别仅在于捆绑的疏密程度而已。因此,在朝廷中的一些政治事件中,尤其是影响较大的事件中,有些仕宦文人或出于不同目的或抱有某种政治信念,采取上疏言事或直接午门哭谏的形式表达自己的政见,以争取相关事情的发展方向有所改变,却因此触犯皇威、得罪权臣、违犯律条,受到罚俸、廷杖、贬谪等相应惩罚,有的甚至因此丢掉了性命。

譬如,正德十四年(1519)三月,正德皇帝决意南巡,于是引来大量臣工上疏谏阻,如黄巩、陆震等借此提出图治六事:崇圣学、通言路、正名号、戒游幸、去小人、建储贰等举措。其中"去小人"部分论及武

---

① 如嘉靖年间,汪佃以讲书不称旨降职宁国府通判,实际上汪佃的贬谪与得罪权臣张璁有关,讲书不称旨只是加罪的口实。

宗的宠臣江彬有"可诛之罪"，还有舒芬、崔桐、江晖、王廷陈、汪应
轸、马汝骥、曹嘉、夏良胜、万潮、陈九川、孙凤、张衍瑞、姜龙、陆
俸、林大辂、周叙、张岳等大量廷臣也极力上疏谏阻南巡，最终的结果
是，众人的谏阻行为引起皇帝大怒，加之江彬从中挑唆、阴助，上述谏
阻南巡的仕宦文人受到了程度不同的处罚：或夺俸禄六月，或遭受廷杖
（有的甚至受廷杖而死），或"荷桎梏于阙前，罚跪至晚，仍系俟满五
日"①，或遭受贬谪。其中，有的仅受到一种惩罚，有的则是受廷杖后又
被贬谪，如周叙被廷杖五十降谪永嘉县丞，林大辂被廷杖五十谪夷陵州
判官，舒芬则受廷杖三十谪福建市舶副提举等。② 再如，嘉靖年间的"大
礼议"事件，起因主要是嘉靖帝朱厚熜父母的封号及其崇祀典礼方面的
问题，在继"帝统""宗统"方面展开了旷日持久的"大礼议"论争，
"始而争考、争帝、争皇，既而争庙及路；终而争庙谒及乐舞"，③ 其实这
次长期的争斗含有嘉靖帝树威及与臣子争权（话语权与职权）的目的。
在这场持久的斗争中，嘉靖三年（1524）七月发生的"左顺门哭谏"事
件表现的最为激烈而残酷。当时，有二百多位廷臣聚集左顺门，以哭谏
的方式希冀嘉靖帝能够坚守祖制，既继"统"也继"嗣"，但事与愿违，
嘉靖帝非但没有让步，反而依靠"议礼派"的支持，最终以皇权的威力
平定了这次带有群体性特点的聚集抗议。在这次的请愿中，"多数派"输
得非常惨烈，十余人被当廷杖死，不少人被编伍充军，多人被贬谪，如
杨慎谪戍云南永昌卫所最终客死戍所，王元正谪戍茂州亦卒于任上，刘
天民贬谪寿州知州，等等。而且，不仅是"左顺门哭谏"事件，在这次
长期持续的"大礼议"事件中，因言大礼议触忤帝意遭受贬谪的仕宦文
人数量很多，如邹守益以议礼下诏狱后谪广德判官；夏良胜因大礼议两
次分别被贬谪茶陵知州、辽东三万卫所；杨言因言礼议降谪宿州判官；
张纶因议大礼被贬谪戍云南；吕楠以议礼忤旨贬谪解州判官；胡侍坐大

---

① 《原国立北平图书馆甲库善本丛书》第 172 册《大明武宗毅皇帝实录》卷 172，国家图
书馆出版社 2013 年版，第 825 页。

② 《原国立北平图书馆甲库善本丛书》第 172 册《大明武宗毅皇帝实录》卷 173，国家图
书馆出版社 2013 年版，第 828 页。

③ （明）张璁撰，张宪文校注：《张璁集》，上海社会科学院出版社 2003 年版，第 379 页。

礼议贬谪潞州判官；等等。基于对正德年间"谏阻南巡"事件与嘉靖年间"大礼议"事件中明代仕宦文人命运沉浮（包括贬谪）的考察，我们体认到，在皇权专制体制运行下的古代社会中，仕宦文人坚守理念、价值的困难，皇权威力之大与对皇权束缚有限，部分仕宦文人为获仕进时的投机与灵活，以及争夺话语权与职权斗争过程的激烈残酷等。由此，我们可以睹见皇权专制制度的缺陷，可以感受到具有依附性特点的仕宦文人地位、权利的尴尬与无奈，可以洞察到各色人等的人性幽微，还可以体悟到事件表象背后的复杂运作与被遮蔽的诉求。

三　宦官专权、权臣当道与仕宦文人的遭贬

宦官专权并非始自明朝，但明朝却是宦官专权十分严重的历史时段。从某种意义上讲，宦官是皇帝专制制度下调节皇权与外廷权力平衡的重要工具，如果皇帝驾驭能力较强，使用宦官得当，则会利于朝廷统治，否则便会出现一些宦官专政、干政情况，致使外廷、内廷关系紧张，朝政混乱，甚至酿出大祸。《明史·宦官传序》云："盖明世宦官出使、专征、监军、分镇、刺臣民隐事诸大权，皆自永乐间始。""数传之后，势成积重，始于王振，卒于魏忠贤。"[1] 在明朝历史上，除了这里提到的王振、魏忠贤专权、干政影响较大，正德年间的宦官刘瑾广结党羽、残害异己、败坏纲纪等劣迹也有不少。对于这类权势倾轧一时的大宦官，仕宦文人中间出现过"附丽""羽翼""张其势而助之攻"[2]、争先献媚的现象，有的仕宦文人唯利（权）是图甘愿作其"义子"，尽显奴才之态。不过，毕竟还有不少知重名节、担忧国运的仕宦文人，他们与王振、刘瑾、魏忠贤等展开艰苦卓绝的斗争，也因此付出了惨痛的代价，有的被贬谪流放，有的惨遭迫害致死。如正统年间王振擅权，于谦不肯俯就、贿赂，他便找人诬陷于谦，将其关押诏狱，三个月后虽被放出，仍降职大理寺少卿。相关史料统计，正德年间因罪受贬的仕宦文人约有 55 人次，其中23 人次是因触忤权宦刘瑾而被降谪的，如靳贵由礼部侍郎降为光禄寺卿，

---

① （清）张廷玉等：《明史》卷304，中华书局1974年版，第7766页。
② （清）张廷玉等：《明史》卷306，中华书局1974年版，第7833页。

赵鹤由东昌知府左迁南安同知，陆洙获罪戍湖广黎平，顾清由侍读降为编修，唐锦由兵科给事中谪深州知州，蓝章由右佥都御史贬谪抚州判官，穆孔晖由检讨改为礼部主事等，由此可见刘瑾当时的威权。再有，据统计，天启年间遭贬仕宦文人的 13 人次中有 6 人次因忤魏忠贤（阉党）遭受贬谪，如赵南星由吏部尚书谪戍代州，邓渼由右佥都御史遣戍贵州镇远，邹维琏由吏部郎中谪戍贵州施州等。虽然他们对一些仕宦文人的打压短期内起到了震慑作用，以致有些缺少气节的文人拜倒于他们足下，一时出现献媚依附的士风，但同时也激起了不愿与专权宦官合作者刚正不阿的气节，如被赞"忠心义烈，与日月争光"① 的于谦，"抗魏奄（阉），拒逆党""耿介有大节"② 的邹维琏，则尽显士人忠贞、正直的风采。当然，我们应认识到宦官专权对仕宦文人的残酷迫害，既反映出他们有恃无恐、无纲常法纪的猖狂，也反映出皇权专制制度自身不能彻底解决这一问题的缺陷与不足。

　　在明代权臣当道、败坏朝纲、排除异己的权臣中，以严嵩父子最为有名。据不完全统计，嘉靖年间因触忤严嵩、严世蕃及其党羽遭受降谪的仕宦文人有 22 人次，约占嘉靖年间贬谪101 人次的 22% ，可见严氏父子当时的淫威。譬如，宋仪望因弹劾胡宗宪、阮鹗奸贪，阮鹗被逮捕，可因胡、阮二人依附严嵩，因此宋仪望也就得罪了严嵩。后来，宋仪望受命督建三殿门，严世蕃有所请托，他不徇私情、执意不肯，工程完工后擢升大理右寺丞，他也不感谢严世蕃，继而惹怒了严世蕃，于是，严氏父子便趁灾异考察京官的时候，坐以"浮躁"之名，把他贬为夷陵州判官。又如，沈炼于嘉靖二十八年（1549）被调入京师任锦衣卫经历，他深感朝纲混乱、世风日下，更憎恶严氏擅权、贪腐误政，不禁泣涕大呼："纲纪大坏，贿赂公行，四海民穷，九边政废，实嵩父子罪也！大奸不去，他事未有可议者。"③ 于是，他上疏《早正奸臣误国以决征房大策》，斥责严嵩贪婪、卑鄙，并列出他纳贿、揽权等十大罪状，极言严嵩

---

① （清）张廷玉等：《明史》卷170，中华书局1974 年版，第4553 页。

② （清）张廷玉等：《明史》卷235，中华书局1974 年版，第6139、6137 页。

③ （明）沈炼：《青霞集》卷12，《景印文渊阁四库全书》，（台北）台湾商务印书馆1986年版，集部，第1278 册，第167 页。

父子为误国奸臣，请求世宗诛之以谢天下。然而事与愿违，在严嵩的运作、诬陷下，沈炼被以诬诋大臣罪廷杖后谪佃保安。谪戍保安期间，沈炼没有改变忧国济民的情怀，他救济灾民、修浚城壕、开办书院、献御敌之策等，而且仍然坚持以各种方式痛斥严氏父子的罪行。最终，在严氏党羽杨顺、路楷的诬陷下，沈炼被借白莲教之事以谋反罪弃市宣府，同时还杖杀了他的两个儿子沈衮、沈褒邀功请赏。如，张佳胤因不附严氏，以考察属官材料失实为由被贬谪为陈州同知；嘉靖二十九年（1550），赵贞吉提出抗击俺答的举措，非但没有得到时任首辅严嵩的支持，反遭构陷被贬谪广西庆元府荔波典史，等等。

在嘉靖年间的"大礼议"事件中，张璁、桂萼是嘉靖帝的支持者，帮助朱厚熜解决了"统嗣"问题。于是，他们的仕途青云直上，张璁官至少师兼太子太师、吏部尚书、华盖殿大学士、内阁首辅，桂萼则官至吏部尚书兼武英殿大学士、内阁辅臣，可谓权倾一时。虽然他们在位期间通力合作锐意革弊，反腐倡廉，罢天下镇守内官等，取得了一些政绩，但因张璁"性狠愎，报复相寻，不护善类。欲力破人臣私党，而己先为党魁"①，桂萼"既得志，日以抱怨为事"，"性猜狠，好排异己，以故不为物论所容"②，以及"大礼议"中的主张、表现与多数官宦的政见、立场不同，常遭一些意见不合者上疏弹劾，因此张、桂二人便利用手中的权力对异己者大加打击。譬如，张岳与张璁在议大礼时便出现了间隙，被出为广西提学佥事，后来改提学江西不谢张璁，又被张璁以选贡举之事贬谪广东盐课提举，料理南海盐业事务；③ 邵经邦利用日食上疏弹劾张璁、桂萼曰："若夫用人行政，则当辨别忠邪，审量才力，与天下之人共用之，乃为公耳。今陛下以璁议礼有功，不察其人，不揆其才，而加之大任，似私议礼之臣也。私议礼之臣，是不以所议者为公礼也。夫礼唯至公，乃可万世不易。设近于私，则固可守也，亦可变也。陛下果以尊亲之典为至当，而欲子孙世世守之乎……"④ 既表达了对璁、萼二人受重

---

① （清）张廷玉等：《明史》卷196，中华书局1974年版，第5180页。
② （清）张廷玉等：《明史》卷196，中华书局1974年版，第5184—5185页。
③ （清）张廷玉等：《明史》卷200，中华书局1974年版，第5295页。
④ （清）张廷玉等：《明史》卷206，中华书局1974年版，第5451—5452页。

用的不满，也含有对嘉靖帝用人不当的批评。当时嘉靖帝闻之大怒，下邵经邦镇抚司诏狱拷讯，后谪戍福建镇海卫三十七年，卒于戍所；陆粲弹劾张璁、桂萼专权，用词更为激烈：

> 璁、萼，凶险之资，乖僻之学。曩自小臣赞大礼，拔置近侍，不三四年位至宰弼。恩隆宠异，振古未闻。乃敢罔上逞私，专权招贿，擅作威福，报复恩仇。璁狠愎自用，执拗多私。萼外若宽迂，中实深刻。忮忍之毒一发于心，如蝮蛇猛兽，犯者必死。臣请姑举数端言之……①

接着，陆粲举了一些桂萼受贿以及张、桂二人任人唯亲的例子，说其威权既盛，党羽复多，天下畏恶，莫敢讼言。嘉靖帝闻之，暴璁、萼二人恶行，并罢其相位，但在霍韬的援救下，很快又召回他们，而陆粲却因此被贬贵州都匀（镇）驿丞。至于陆粲所言璁、萼"狠愎""猜狠"的性格以及"专权""报复"的行为，有其一定的道理，说"萼受尚书王琼赂遗钜万"，"如蝮蛇猛兽，犯者必死"，则未免带有感情色彩。《明史》中说张璁"持身特廉，痛恶赃吏，一时苞苴路绝"，便说明了一定的问题。《桂萼传》云："言官知帝意已移，给事中陆粲极论其罪……""极论"二字值得玩味，又有《陆粲传》言"既而詹事霍韬力诋粲，谓杨一清嗾之"，可见陆粲的弹劾内容不一定完全出自公心。

由上所述，可见权臣擅权对于仕宦文人的仕途命运影响很大，稍不如其意便有被打击的危险，轻则降职，重则谪戍、弃市，因此便会引发朝臣之间的分化，进而成为朝廷门户之争的主要诱因之一。当然，有些仕宦文人遭贬背后的史实颇为复杂，我们不能以表面现象或一面之词予以判断，需要细加考梳，综合考量、研判，才能接近客观事实。

---

① （清）张廷玉等：《明史》卷206，中华书局1974年版，第5449页。

四　党争与贬谪

"中国历史上的王朝，如汉、唐、宋、明，其衰亡均与党争有关，这是历史的铁律。而明代党争之激烈与持续不息，尤过汉、唐、宋诸朝。"①明代党争自万历朝至明亡一直比较激烈，其间有东林党与齐、昆、宣、楚、浙党的斗争，有东林党与阉党的斗争，也有齐、楚、浙党之间的斗争等，当时的政坛可谓是错综复杂、混乱不堪、充满戾气，对明代后期的政局发展影响巨大。"朋党之兴起，其基础乃由皇权专制之衰落，士大夫以结党而求发展势力以自固。故凡党争盛行之时，必政治纷争之始。"②而明代党争表现最为明显的现象之一就是党同伐异、排除异己。譬如，山东新城人（今桓台）王象晋，万历四十二年（1614）任礼部仪制司主事期间，齐党领袖亓诗教、韩浚等想借机拉拢王象晋，王象晋以"讵有兄在本兵，弟复为铨曹者"为由予以拒绝，齐党见未能如愿，便"决计剪锄"，通过"其党某御史先为排击，羁（王象晋）邸中者数月"。③随后在万历四十五年（1617）京察中，齐党以察典为由贬王象晋官品二秩，调外补江西按察司知事。王象晋虽未去赴任，但最终还是在受齐党的中伤后去官回乡。④又如，周延儒在东林党人的支持下做了首辅，然而他与逆案中的人并没有脱离关系。周延儒虽然在召还迁谪之臣等方面做了些善事，但还是因品行不端、揽权纳贿受到行人司副熊开元的弹劾，但处理的结果是，崇祯帝认为熊开元是"谗谮辅弼，必使朕孤立于上，乃便彼行私，必有主使者……"⑤十分愤怒，乃廷杖熊开元，系狱后遣戍杭州。结合熊开元"做过吴江的知县，与复社很有关系"⑥，笔者臆测这一弹劾事件的发生与熊开元的忧国济民思想相关，也应有复社影响下党争的影子。党争中，天启年间阉党与东林党人之间的斗争最为

---

①　吕士朋：《明代的党争》，《明史研究》第5辑，黄山书社1997年版，第89页。

②　商传：《从朋党到党社——明代党争之浅见》，《学习与探索》2007年第1期。

③　（明）王象晋：《赐闲堂集》，《山东文献集成》，山东大学出版社2011年版，第3辑，第24册，第714页。

④　邹一鸣：《王象晋研究》，硕士学位论文，山东理工大学，2018年，第5—6页。

⑤　（清）张廷玉等：《明史》卷258，中华书局1974年版，第6671页。

⑥　谢国桢：《明清之际党社运动考》，上海书店出版社2006年版，第66页。

惨烈，在反对阉党的斗争过程中东林党人付出了惨痛代价，如东林党人或东林党的支持者杨涟、左光斗、魏大中、袁化中、周朝瑞、顾大章等先后被掠死狱中，高攀龙、周起元、缪昌期、周宗建、黄尊素、李应升等遭谋害致死，其中遭受廷杖、谪戍的人员更多，如前文提到的赵南星由吏部尚书谪戍代州，邹维琏由吏部郎中谪戍贵州施州，还有文震孟贬秩外调、未赴返乡等，均是受阉党打击的结果。还有，张慎言因为疏荐东林党人赵南星、弹劾冯铨（因谄媚魏忠贤入内阁），遭冯铨记恨，于是冯铨便趁张慎言请假回家时，吩咐曹钦程论劾诬陷张慎言盗曹县库银三千两，遂下抚按征赃，最后张慎言被编戍肃州，等等。当时党争的激烈、残酷使我们认识到，制度在制约与监管方面的缺位，皇帝的怠政（昏庸）与无能、正邪势力之间斗争的复杂，以及欲望的多端与人性的险恶，等等。

五　官宦之间的矛盾斗争与仕宦文人的贬谪

凡是有人的地方就有矛盾，有矛盾就有斗争，官场更是如此。如前文所述的统治政策、政治事件、宦官专政、权臣专权等均含有矛盾斗争的特点，这里主要探讨官宦个体之间的矛盾导致贬谪行为的发生。当然，具体到每个贬谪事件发生的起因各有不同，有的较为明了，有的却十分微妙。譬如，在嘉靖三年（1524）七月发生的"左顺门哭谏"事件中，吏部郎中刘天民并非当时活动的组织者，按照朝廷的旨意，廷杖三十后不再进一步处罚，但是给事中陈洸上疏却说刘天民是率众参与哭谏事件者之一，要求严加惩处，最终刘天民被贬寿州知州。这件事情表面看来是因为刘天民参加哭谏之事被劾遭贬，那么为何陈洸违背事实而论劾刘天民呢？通过查阅相关史料，发现在李开先为刘天民撰写的墓志铭中对事因有所交代："给事中陈姓者，素短先生。因著补衣见部，先生斥之，乃假以'进君子退小人'为名，上疏指摘先生，乃对品调寿州知州。"① 原来是刘天民斥责过陈洸，陈洸借此挟私报复。如果说仅此

---

① （明）李开先：《四川按察司副使前吏部文选司郎中函山刘先生墓志铭》，《中麓闲居集》，《四库全书存目丛书》，齐鲁书社1997年版，集部，第92册，第632页。

一则材料不能夯实此说，又，据《明世宗实录》所言："左给事中陈洸为给事中赵汉、御史蓝田等所劾，具疏自辨，因讦（蓝）田及吏部郎中薛蕙、刘天民、员外郎刘勋等各不法事，都察院覆洸语无实，不足信……"以及赵汉、朱衣等人"交章论给事中陈洸之奸"，御史蓝田"上诉言陈洸本尚书席书之党"，虽然席书上疏辩解"与陈洸素无交往"，① 但考虑到席书在大礼议事件中的表现以及陈洸在乡里的恶劣行径，陈洸弹劾刘天民的行为，不仅是他故意造谣、借机报复，背后还应有时任礼部尚书席书的影子。至于席书与刘天民有没有矛盾，据《明史》对席书的评价"书遇事敢为，性颇偏愎"，笔者猜测或许与席书为"议礼派"有关，也许两人在平时的交往过程中产生了某些成见，仍须进一步考究。又如，万历十一年（1583），魏允贞在上疏条陈时弊四事时，言及"使辅臣不侵部臣之权以行其私，部臣亦不乘辅臣之间以自行其私，则官方自肃。自居正三子连登制科，流弊迄今未已。请自今辅臣子弟中式，俟致政之后始许廷对，庶侥门稍杜……"② 内阁大臣张四维闻此疏论，大怒说："臣待罪政府，无所不当闻。今因前人行私，而欲臣不预闻吏、兵二部事，非制也。"③ 并乞请辞官，内阁辅臣申时行也进行疏辨，最终处理的结果是，"责允贞言过当"④，由御史贬谪至许州通判。其实，从张四维的反驳意见来看，与魏允贞陈述的辅臣、部臣不能行其私不是一个层面的问题，加之当时张四维的儿子张甲徵、申时行的儿子申用懋相继得举后将要参加廷对，因此张四维的反驳明显带有情绪化，应该说是有其私心的。再有，艾穆因张居正夺情之事，与主事沈思孝抗疏谏言："自居正夺情，妖星突见，光逼中天……而元辅大臣者，纲常之表也。纲常不顾，何社稷之能安？……位极人臣，反不修匹夫常节，何以对天下后世！……陛下诚眷居正，当爱之以德，使奔丧终制，以全大节；则纲常植而朝廷正，朝廷正而百官万民莫不一于正，灾变无不可弭矣。"⑤ 洋洋洒洒，

　　① 《原国立北平图书馆甲库善本丛书》第 172 册《大明世宗肃皇帝实录》卷 44、卷 45，国家图书馆出版社 2013 年版，第 1220、1221 页。
　　② （清）张廷玉等：《明史》卷 232，中华书局 1974 年版，第 6055—6056 页。
　　③ （清）张廷玉等：《明史》卷 232，中华书局 1974 年版，第 6056 页。
　　④ （清）张廷玉等：《明史》卷 232，中华书局 1974 年版，第 6056 页。
　　⑤ （清）张廷玉等：《明史》卷 229，中华书局 1974 年版，第 6003—6004 页。

要求张居正守节尽孝，然而回乡守节尽孝并非张居正当时所想要的。因此，张居正十分生气，于是艾穆、沈思孝便各遭八十廷杖。艾穆下诏狱三日后用门扇抬着出城，谪戍凉州，沈思孝则谪戍广东神电卫。即使到了万历九年（1581），"大计，复置穆、思孝察籍"①，可见张居正是何等衔恨他们。当时，因夺情事被贬谪的仕宦文人还有邹元标、张位等。由上所述，可知官宦之间的矛盾斗争盘根错节、复杂微妙，有借上疏议事打击他人泄私愤者，有因触及个人利益借权位打击异己者，也有贪污事败迁怒他人者等，均须细加考梳才能了解来龙去脉，识见其中的真实面目。

六　因工作不力或违法乱纪而遭贬谪者

官员在任职期间，在工作方面难免会出现落实不力等各类现象，尤其是在依靠人治而非法制的古代社会，出现这些事情的几率更大。从整治吏治的角度而言，出现不力或失误当然应受到一定的惩罚，有的甚至是很重的惩罚，以示惩戒。贬谪是惩罚措施之一，但也会因为官员不力或失误的程度而存有区别，如贬谪品秩的高低、距离的远近、附不附加廷杖或其他惩罚措施等。譬如，洪武中期，陈则因审查核实人口落实不力而贬谪山西大同府同知；嘉靖十二年（1533），廖道南因经筵推诿被谪徽州府通判；嘉靖二十五年（1546），张子立抗击蒙古人入侵，用兵失利，遭兵科给事中鲍道明弹劾，以"身履疆场，诬功类奏"②之罪，被逮捕讯问后贬至陕西平凉府固原戍边；万历年间，周汝登因榷税不如额被贬谪扬州府两淮盐运司判；崇祯年间，吴钟峦以旱潦征练饷不中额而遭贬浙江绍兴府照磨，吴甡以督师逗留贬谪云南金齿，等等。某些因工作不力而遭贬的事件的真正原因，需要细加考辨，才能见其真容。如上文提及的廖道南，据《明世宗实录》记载：顾鼎臣因疾病不能参加当日的经筵，让廖道南代讲，道南以当捧敕推辞，又让学士蔡昂代，蔡昂也固推不代，张孚敬（张璁）上疏请治其罪，以使各卿安心办事，于是廖道

---

① （清）张廷玉等：《明史》卷229，中华书局1974年版，第6004页。
② 《原国立北平图书馆甲库善本丛书》第174册《大明世宗肃皇帝实录》卷311，国家图书馆出版社2013年版，第2428页。

南被贬南直隶徽州府通判，蔡昂遭贬浙江湖州府通判。①　而据廖道南《楚纪·感遇》中所云，因为自己御前经筵所讲的一些内容触犯了张孚敬，引起张孚敬的不满，于是他便借"不行代讲"为口实，与汪鋐诬陷中伤自己，以报冲撞之怨。②　结合张孚敬为人"性狠愎、报复相寻"的特点，笔者认为廖道南所言应是他遭贬谪的根本原因。

贬谪也是对违法乱纪官员的一种处罚方式。譬如，陆完曾官至兵部尚书、吏部尚书，在平定刘六、刘七民变方面有功，但贿赂过宦官刘瑾，终因结交朱宸濠、坐纳朱宸濠巨贿被贬至福建靖海卫，于嘉靖五年（1526）卒于戍所。《明史》中评"完有才智，急功名，善交权势"③，可谓一语中的，正是急功名、善交权贵害了他。由此看来，他"有才智"非大才智，乃是缺乏大格局、大境界的小才智。当然，在违纪遭贬的官员中也有受人陷害者，如天启、崇祯年间的袁继咸，《明史》云："崇祯三年冬，擢御史，监临会试，坐纵怀挟举子，谪南京行人司副。"④　而从他性格刚直、以敢忤逆当权宦官深孚众望的情况看，他放纵举子作弊的罪责应有问题。根据他本人所言："适监临会试第二场，搜获怀挟举子某某等。党乘间谓：'二场搜出，头场无有，显是疏纵'。奉旨回话，降南行人司司副"⑤，可知他遭受贬谪乃是受权宦宵小陷害的结果。

七　严格执法、不附中官受诬遭贬者

有些贬谪是应该的，有些则是受人诬陷的，这类例子前文已有列述。至于遭受诬陷的原因，主要包括权力斗争（含党社与个人）、受人唆使、个人恩怨、意气之争等，还有些却是因为严格执法、得罪权贵而被诬遭

---

①　《原国立北平图书馆甲库善本丛书》第 173 册《大明世宗肃皇帝实录》卷 152，国家图书馆出版社 2013 年版，第 1789 页。

②　（明）廖道南：《楚纪》卷 60，《北京图书馆古籍珍本丛刊》，书目文献出版社 1988 年版，第 7 册，第 1124—1126 页。

③　（清）张廷玉等：《明史》卷 187，中华书局 1974 年版，第 4956 页。

④　（清）张廷玉等：《明史》卷 277，中华书局 1974 年版，第 7085 页。

⑤　（明）袁继咸：《六柳堂遗集》，《四库禁毁书丛刊》，北京出版社 1997 年版，集部，第 116 册，第 401 页。

贬者。譬如，隆庆二年（1568），李学道"为御史巡中城，颇有风力。（宦官）许义挟刃吓财，执而笞之，群珰殴汝致（李学道字汝致）于午门外，都御史王廷以身翼之，乃免。时华亭（徐阶）当国，戍首恶三人，杖九人，调汝致于外以两解"①。又如，崇祯年间，王圻任滋阳（今兖州）县令时某权豪仗势杀人，有司不敢过问，王圻闻讯下令缉拿凶手，痛打一顿后关进监狱，于是权贵们和趋炎附势之徒制造流言诬陷王圻，结果王圻被逮捕审讯后谪降睢阳（今睢县）为小吏。② 再如，范兆祥因陈言大略，皇帝认为"事涉宫闱，非所宜言"，被下锦衣卫狱，赎杖还职，出为泾府长史，在泾王府"抗论捐冗赋、罢暴征，王每嘉纳之"，终"以不附中人，复下锦衣卫狱，谪戍永州"。③ 在这种正、邪势力的矛盾斗争中，正义被邪恶打败的现象在中国古代历史上屡有发生，然而，当这种现象在一个朝代或时期大量存在却又得不到较好地纠正时，则预示着这个政权已经开始走向不归路。

八　个性与贬谪

个体性情对仕宦文人的仕途命运影响较大，甚至会起到决定性作用。尤其是对于身在仕途的古代官宦而言，亢直、负气、恃才等个性特点往往是为官者大忌。在明代，因个性耿介、负气恃才不被当时的官场文化所容而遭贬者亦不在少数，其中有的因直言忤时受挫，有的是不屈权势受挫，有的是清高不俗遭受排挤，有的是恃才傲物而遭打击等。譬如，正德年间，常伦因生性拓落豪放、耻为拘检，又负才凌傲，受到时人与当权者仇疾，以"假封事中之。遂用考功例谪外，补寿州判官"④，最终他还是因"折辱御史"弃官归田；嘉靖三十三年（1554），刘凤由监察御史贬谪福建兴化府推官，则与他"雅负气，不能折下同事者，而间出语或瑕适人"⑤ 有

---

① （清）陈田：《明诗纪事·己签》，上海古籍出版社 1993 年版，第 2096 页。
② 王永宽、王刚编著：《传奇春秋》，中州古籍出版社 1989 年版，第 47 页。
③ 《道光丰城县志》卷 11，（台北）成文出版社 1975 年影印本，第 1120 页。
④ （明）张铨：《常明卿传》，《张忠烈公存集》卷 29，《四库禁毁书丛刊》，北京出版社 1997 年版，集部，第 77 册，第 667 页。
⑤ （明）徐学漠：《刘子威室顾宜人墓表》，《归有园稿》卷 8，《四库全书存目丛书》，齐鲁书社 1997 年版，集部，第 125 册，第 569 页。

关；他如，因经筵直言触忌讳遭贬的何瑭，因刚直言事降谪的张谏，以直道屡遭贬谪的张鸣凤①，等等。

　　另外，与明代政治文化相关的仕宦文人遭贬现象还有许多，如被妒忌者以计谋之的俞彦贬谪夷陵知州，替同僚申辩的贾必选降谪九江府经历，主乡试以文体怪诞遭贬福宁州同知的焦竑，藏匿方孝孺幼子的魏泽被谪台州宁海典史，遭石亨构陷的徐有贞谪戍云南金齿，坐武库失火（实际是不附张璁）的袁裒谪戍湖州千户所，赴任迟延被劾怠慢君命的章焕谪戍广东等，均表明明代贬谪现象名头繁多、复杂多样以及政治斗争的残酷。

　　综上所述，明代仕宦文人的贬谪原因呈现出多元的特点，其中以得罪皇帝、权臣、宦官受惩罚者居多。同时，还应认识到许多贬谪事件发生的原因错综复杂，因为有些被贬原因是直接的、根本的，有些则是表面的、非根本的，需要多加考辨才能见其真容。对于大多数被贬谪的人员来讲，不管是操权者出于何种目的，他们有意无意地成了政治斗争的失败者，成为被各层权要或邪恶势力碾压的对象，由此可以窥见政治斗争中权威、权势的力度，也可以认识到皇权专制体制下形成的官场文化及其运行机制的缺陷与特点。

第三节　罪与罚：明代仕宦文人的贬谪命运

　　如上文所述，出于各种不同的目的与原因，明代仕宦文人的贬谪状况呈现出了多元的特点。由于贬谪原因、贬谪地点、遭贬官宦的身份等各不相同，因此他们对待贬谪的态度以及最终的贬谪命运也各存差异。他们有的虽身遭厄运、含有冤情，但能认清时局、调整心态，以积极的态度面对现实，做到忠于职守、勤政爱民、造福一方，因此得以升迁，这是明代大多数仕宦文人贬谪后的情状，因为毕竟贬谪的目的是惩罚，

---

　　① 张鸣凤屡遭贬谪，与他"负气"的性格有关，与其身处严嵩父子擅权时期的吏治黑暗有关，也与他的好友吴国伦、王世贞等得罪严嵩及其党羽有一定的关系。

不是置人于死地；有的贬谪官宦，或心存恐惧、谨小慎微，或不畏苦难与权威、直面斗争，或受到礼遇、生活相对优游等，但因其遭贬原因、贬谪态度不同，结果是或遇赦获释，或罢官归乡，或客死他乡，或屡屡遭贬，等等，仕宦文人的贬谪命运亦呈现出了多元的特点。

一　遭贬后再获升迁者

据统计，在明代遭贬的仕宦文人中，贬谪后得以升迁的占大多数。[①]譬如，永乐十一年（1413），罗亨信因"本科办事官杨孟迪出给四门勘合迟误，时公掌科事（任吏科右给事中）被连"[②]，贬谪交趾充吏，洪熙初年被召还任御史，累官至左副都御使；正德初年，王守仁因忤刘瑾意被贬贵州龙场驿丞，后因功升迁至南京兵部尚书、督察院左都御史，封为新建伯；正德年间，何瑭"以经筵触忌讳，谪开州同知"[③]，后擢升东昌府同知，官至南京右都御史；马汝骥因正德年间"偕（舒）芬等谏南巡，罚跪受杖。教习期满，当授编修，特调泽州知州"[④]，后累迁至礼部右侍郎；刘天民因嘉靖三年（1524）大礼议哭谏事件，贬谪寿州知州，嘉靖四年（1525）后晋升南京宗人府经历，累迁至河南、四川按察使副使；嘉靖年间，王慎中得罪张孚敬（张璁），为忌者谗言，"因覆议真人张衍庆请封疏，谪常州通判"[⑤]，后来历任礼部员外、山东提学佥事、江西参议、河南参政；等等。以上所举，虽然遭贬的原因各有不同，但其仕途皆未因此而终止，仍得到了不同程度的升迁。探究其中的缘由，大概有以下几个方面值得考量：一是这些仕宦文人遭贬的原因皆非大错，不至于扼杀他们的政治生命；二是朝廷需要遵照相关律条惩罚罪臣；三是有些因得罪宦官、权臣被贬者，待相关的宦官、权臣失势之后，遭贬者往

---

① 这里所说的大多数不是针对整个明代贬谪官宦的数量而言，是对有诗文存世的仕宦文人贬谪数量而言，如果考虑到犯有过错、不以善政为官或能力欠佳等原因以贬谪方式予以安置的官员来讲，贬谪后得以升迁的官宦占明代全部贬谪官宦的比例就不一定占大多数了。

② （明）罗泰：《通议大夫都察院左副都御史罗公年谱》，《觉非集》卷10，《四库全书存目丛书》，齐鲁书社1997年版，集部，第30册，第50页。

③ （清）张廷玉等：《明史》卷282，中华书局1974年版，第7256页。

④ （清）张廷玉等：《明史》卷179，中华书局1974年版，第4762页。

⑤ （清）张廷玉等：《明史》卷287，中华书局1974年版，第7367页。

往被召还起用，有的还得到重用，如宦官刘瑾被诛杀后，不少被他陷害遭贬的文人被召还任职；四是因贬谪期间奉公守法、心系朝廷且颇有惠政，得到一些官员的举荐而复职、升迁等。由此看来，古代官宦的仕途命运有时不是自己所能掌控的，往往受到多方面因素的制约或干扰，甚至有时不知什么原因就被冠以莫须有的罪名，而出现这些现象的原因与古代皇权专制体制下形成的官场文化、吏治制度大有关系，同时与特定历史时期的政治文化环境也有关系，如皇帝怠政、宦官专权、权臣专政、党社门户之争、部分官宦卖直取忠等，均值得深思。

二　客死他乡与惨遭杀害者

相较于贬谪后得以升迁的仕宦文人而言，有些则没有那么幸运，而是因此付出了惨痛的生命代价。例如，被陈寅恪先生称为"才高学博，有明一代罕有其比"① 的杨慎，他的父亲杨廷和是嘉靖初年"大礼议事件"中"多数派"的首领，由于在"大礼议"中与嘉靖帝意见不合，嘉靖三年（1524）初杨廷和被迫致仕归乡，嘉靖三年（1524）七月便发生了"左顺门哭谏"的群体事件，杨慎是其中的主要参与者，因此惹怒嘉靖帝，被廷杖后谪戍云南永昌卫所，而且一贬就是三十多年，直至嘉靖三十八年（1559）卒于戍所，杨慎终未遇赦释归，其原因则是"世宗以议礼故，恶其父子特甚"②；又如，夏良胜受到弹劾排挤被贬谪茶陵知州，后又罢黜为民，终因"（他）辑其部中章奏，名曰《铨司存稿》，凡议礼诸疏具在。为仇家所发，再下狱"③，特旨谪戍辽东三万卫，五年后卒于戍所，也是因为与"大礼议"事件相关联而遭迫害者；又如，嘉靖八年（1529）十月，邵经邦任官刑部时，借日食天变，上疏请嘉靖帝"纳陆粲言，命张璁、桂萼致仕"，同时论及议礼与临政不同，直言"陛下以（张）璁议礼有功，不察其人，不揆其才，而加之大任，似私议礼之臣也。私议礼之臣，是不以所议者为公礼也"，④ 他在弹劾张璁、桂萼的同

---

① 陈寅恪：《柳如是别传》，上海古籍出版社 1980 年版，第 1120 页。
② （清）张廷玉等：《明史》卷 192，中华书局 1974 年版，第 5083 页。
③ （清）张廷玉等：《明史》卷 189，中华书局 1974 年版，第 5022 页。
④ （清）张廷玉等：《明史》卷 206，中华书局 1974 年版，第 5451—5452 页。

时，指责嘉靖帝用人不公，当时嘉靖帝大怒，立下镇抚司拷讯，不经法司拟罪，直接谪戍福建镇海卫，不得赦归，居镇海三十七年卒于戍地。由以上三例，可见嘉靖帝对疏论"议礼"之事或借机弹劾议礼大臣者深恶痛绝，对那些"不识时务"的上疏之臣痛加打击，甚至让其永无翻身之日，尽显古代帝王的猜忌、敏感与狠辣。再有，包节洁身自好、为官清简，对嘉靖皇帝的守备中官廖斌作威作福十分不满，当他巡按湖广时，钟祥百姓王宪状告廖斌党庇周章，包节则逮捕并杖毙了周章。为了报复包节，廖斌便借机奏"（包）节不以正旦谒陵，次日始谒，时当进膳，不旁立，亵慢大不敬"[1]，而这正是嘉靖帝所在乎的事情，于是朱厚熜大怒，不理会包节的奏疏，将其逮至诏狱榜掠，后被发配甘肃庄浪卫，最后病死戍所。再有，嘉靖十六年（1537）夏，雷震谨身殿，下诏求言，桑乔偕同官上疏陈事，涉及严嵩等人"皆上负国恩，下乖舆望，灾变之来，由彼所致"[2]，当年严嵩刚拜礼部尚书，比较注意交游、宣扬声誉，举朝还不知道其奸佞的一面，桑乔属于首发其恶，因此桑乔得罪了严嵩。后来，桑乔巡抚畿辅，以疾病退隐，都御史王廷相以其故意规避弹劾桑乔，严嵩便借机构陷桑乔之罪，于是桑乔被下诏狱，廷杖后谪戍九江，居戍所二十六年而卒。另如，沈炼与上述客死他乡的谪戍人员不同，他是因为得罪严嵩父子及其党羽而被杀害者。贬谪期间，他没有像杨慎那样纵酒自放、谨小慎微地生活，而是一直没有停止与严党的斗争，最终严嵩的党羽杨顺、路楷为了邀功请赏，诬以白莲教徒犯乱之名将其杀害（包括他的两儿子）。假如沈炼在谪地能够注意收敛，不以过激的行为激怒严氏及其党羽的话，可能就不会招来杀身之祸。当然，历史不能假设，如果那样，沈炼也就不是沈炼了。还有，洪武年间的孙蕡，坐累谪戍辽东，因受党祸牵连而被杀害等。综上所述，这些案例被贬者均毙命于贬谪之地，而导致这一结果的原因主要有两个方面。一是得罪皇帝，如杨慎参与"大礼议"事件让嘉靖帝痛恨不已，夏良胜、邵经邦被贬谪也与"大礼议"相关，包节被劾拜谒皇陵不敬，孙蕡受到党祸的牵连等，皆是触

---

[1] （清）张廷玉等：《明史》卷207，中华书局1974年版，第5477页。

[2] （清）张廷玉等：《明史》卷210，中华书局1974年版，第5548页。

犯了帝王的权威、地位与忌讳，从帝王的角度考虑，这是绝不可饶恕的，因此他们以客死戍地的结局维护了皇帝的权威与统治。二是得罪权臣，如桑乔首发严嵩之恶，沈炼与严氏父子及其党羽的不懈斗争，均以付出生命为代价捍卫自己的主张与尊严。当然，在上述被贬的仕宦文人中，他们的行为并非全然正确、客观，也存有意气、迂直的一面，但与他们留下来的斗争精神相比，是可以让人接受和理解的。

三　遇赦还乡与罢官闲居者

相较于贬谪后得以升迁的仕宦而言，获释（罢官）归乡闲居者确有失落之处，但相较于贬谪期间客死他乡者而言，他们能叶落归根、身归故里，又属于非常幸运者。论其数量，这类贬谪人员少于升迁者，多于客死他乡者。譬如，洪武年间，黎贞"性坦荡不羁，以酒自放"，"为新会县训导，志不乐仕，乃退筑钓鱼台于所居宅前。后以事为讼者所诬。适救乡人斗，忤不直者，中飞语，戍辽阳十三年"，[①] 后遇赦放归，居乡讲学，老于林下。又如，景泰年间，徐有贞曾官至左副都御史，因拥戴明英宗复辟有功，拜华盖殿大学士、兵部尚书，封武功伯。不久，与一起谋划复辟行动的石亨、曹吉祥发生矛盾，出任广东参政，后又被石亨等人诬陷，诏徙金齿（今云南保山），三年后遇赦回归家乡吴中，过起了优游山林、饮酒挥墨、吟诗品鉴的闲适生活。再如，被称为"弘治三君子"之一的刘大夏，忠诚恳笃，以身许国，对权佞多有裁抑，正德初曾奏减京城中官，对那些贪残尤甚者乞求按治，引起皇帝的不悦，同时又为权宦刘瑾等人所恶。于是，刘瑾便与刘宇、焦芳辈图谋，借故将归乡后的刘大夏谪戍甘肃肃州，时年七十三岁的刘大夏荷戈就伍，正德五年（1510）遇赦得归，刘瑾被诛杀后得以复官致仕。刘大夏尝云："居官以正己为先。不独当戒利，亦当远名。"预先作自圹志曰："无使人饰美，俾怀愧地下也。"对于"具经国之远猷，蕴畜君之正志"且有自持修为之人，在一些宵小的揎掇下竟然能予以如此大的迫害，可见当时的朝政已

---

① 《道光新会县志》卷 8，（台北）成文出版社 1966 年版，第 225 页。

混乱到何种情状。① 对比如此不同的两类历史人物，在深感痛心之余不得不引起深思与警醒。再如，程启充"素蹇谔，张璁、桂萼恶之。会郭勋庇李福达狱，为启充所劾，璁、萼因指启充挟私，谪戍边卫"②。谪戍十年，至嘉靖十六年（1537）赦还，不久病卒。王九思与他人有所不同，他因"瑾党谪寿州同知"，一年后因天变，复被论及，罢官归田，与同因瑾党罢官的康海，"挟声伎酣饮，制乐造歌曲，自比俳优，以寄其怫郁"。③ 由此，可见王九思与康海无奈中自娱的一种生命形态，在同类仕宦中具有一定的代表性，而其差别仅在于程度不同罢了。

四　屡遭贬谪者

对于大多数古代官宦来讲，仕途很难一帆风顺，多多少少会有一些坎坷。尤其是对于那些禀性正直的官宦而言，遇到不平、贪腐、弊政等现象时，很难随波逐流、同流合污，往往会不顾及利害、后果，不考虑言说的方式，挺身而出仗义执言，常常会因此触犯龙颜、得罪权臣，虽然奏疏有理有据，但是也会受到打击，而且有时是屡遭打击，连遭贬谪。例如，正德年间，张岳与同官劝谏武宗南巡，被谪南京国子学正；嘉靖初，因议大禘礼，又遭张璁衔恨，出为广西提学佥事；后因平息兵哗改提学江西，由于不感谢权臣张璁，被借选贡举之事谪广东盐课提举，并被长期放以外任；当他总督湖广、贵州、四川军务期间，因受到严嵩父子的怨恨，夺其右都御史，以兵部侍郎身份统领军队；后来，卒于沅州任上。④ 又如，张鸣凤中举后，任职"由雷州司理改黎平，由黎平谪六安判官，由六安转参浙帅，由浙帅檄修漕河书于淮，书成倅苏州，由苏州转京兆，未到官被劾下狱，乃今谪利州卫经历"⑤，最后改王府官，对其坎坷的宦途经历，王世贞曾感叹"十载七徙官，青衫转

---

① （清）张廷玉等：《明史》卷182，中华书局1974年版，第4849页。

② （清）张廷玉等：《明史》卷206，中华书局1974年版，第5435页。

③ （清）张廷玉等：《明史》卷286，中华书局1974年版，第7348—7349页。

④ （清）张廷玉等：《明史》卷200，中华书局1974年版，第5295—5298页。

⑤ （明）沈明臣：《张羽王书来兼寄所著〈浮萍集〉又因得其谪蜀信作·有序》，《丰对楼诗选》卷29，《四库全书存目丛书》，齐鲁书社1997年版，集部，第144册，第491页。

成敝"①，吴国伦亦说"微官历辄轲，置踵无安土"②，着实可怜、可悲、可叹。再如，周弘禴万历甲戌年（1574）进士，"除户部主事，谪无为州同知，升顺天通判，复谪代州判官。迁处州府推官，转南兵部主事，历尚宝司丞，进少卿，三黜为澄海典史"③，其仕途可谓是一波三折，一直在低级官员层面徘徊，其本人曾写诗自嘲："风尘何处问衔杯，南海浮槎更可哀。古道垂杨应笑客，逐臣何事又重来。"④ 这里有多少说不出的无奈、辛酸与哀愁啊！还有，龙膺万历八年（1580）进士，居官期间，因得罪权贵，于万历十四年（1586）被以诗酒自放之名免职，两年后（万历十六年）贬谪温州教授；万历二十年（1592）因选宫女事等犯颜直谏，复谪浙江盐运判官；万历二十二年（1594）又因言语忤时贬谪古湟中（《明诗综》《明诗纪事》说是巩昌通判），⑤ 亦是三次遭贬。他如，杨言、黄直、宋仪望、赵南星、季本等均连遭贬谪、仕途多舛。他们屡遭贬谪的原因，多是上疏言事时，在不恰当的时间与场合、采用不恰当的方式与态度表达了不恰当的观点，因此触犯帝王、权臣权威与同僚们的利益被借故贬谪打击。

贬谪事件的发生具有复杂性、不确定性，也许正是这些复杂性、不确定性反映出了古代官场文化的某些特点，人们可以借此认识当时的社会机制、体悟人性幽微，继而推动对一些有价值问题的思考与改进。另外，对于这些贬谪案例的价值与意义还可以从其他角度予以认识。如遭受贬谪的仕宦文人在承受身体与精神双重打击的过程中，往往会反思社会、人生等问题，进而反观自身，完善自我修持与人格建构。当然这种方式是残酷了些，但苦痛与逆境往往是成就人之精神与灵魂的催化剂。挫折也可以增加他们文学创作的厚度与力度，一些颇见功力的作品往往

① （明）王世贞：《张京兆鸣凤》，《弇州续稿》卷3，《景印文渊阁四库全书》，（台北）台湾商务印书馆1986年版，集部，第1282册，第37页。

② （明）吴国伦：《桂林张司理羽王》，《甀甀洞稿》卷5，《四库全书存目丛书》，齐鲁书社1997年版，集部，第122册，第558页。

③ （清）朱彝尊：《明诗综》卷57，《景印文渊阁四库全书》，（台北）台湾商务印书馆1986年版，集部，第1460册，第379—380页。

④ （明）周弘禴：《乙酉贬代州壬辰贬澄海俱旅宿高碑店》，《明诗综》卷57，《景印文渊阁四库全书》，（台北）台湾商务印书馆1986年版，集部，第1460册，第380页。

⑤ 刘斌：《龙膺研究》，硕士学位论文，湘潭大学，2013年，第12—16页。

创作于此时，这在一定程度上为我们诠释了"诗穷而后工"的意蕴，如明代贬谪诗整体呈现出"情真意切"的抒情特点则与作者的贬谪境遇颇有关系。还可以促进地方文化建设与发展，如多数正直、勤政官员的贬谪地一般处于偏远地区，贬谪期间，他们在处理好日常公务的同时，往往重视地方文教建设，或兴学校，或课举业，或去陋俗，积极教化子民，促进了当地的文化建设与人才培养。

第四节　明代贬谪文人对贬谪地区的贡献

对于仕宦文人来讲，贬谪事件的发生直接影响到了他们的仕途发展，不过，这却在一定程度上促进了当地治安、习俗、经济、文教等方面的改进。因为，对于多数仕宦文人而言，他们遭受贬谪之后并没有心灰意冷，仍然保持积极的姿态面对现实，抱着为官一任造福一方的政治理念，以实际行动证明自己的价值、发挥自己的能力，为谪地的发展做出了卓著贡献。当然，他们的积极作为也有借此获取政声的目的，希望引起朝廷的注意，从而获取升迁的机会，争取早日脱离贬谪之地，这由上文所述多数遭贬文人得以升迁的事实便可证明。另外，有些明知无法获得升迁的贬谪文人，他们仍然勤政爱民、积极作为，在实现自我价值的同时帮助他人或地方完成某些方面的提升与发展，更是彰显了他们人格的高尚与伟大。

一　奔波劳顿，廉洁奉公，勤政为民者

譬如，程本立乃宋儒程颐之后，洪武中后期由周府长史坐累谪云南马龙他郎甸长官司吏目。接到任命后，程本立留家大梁，携一名仆人到任。当时"六诏"① 刚归附，附叛无常。当他面对土酋施可伐煽动各少数

① 六诏，今云南及四川西南部之地。蛮语谓王曰诏。《南诏记》一曰蒙舍诏。二曰浪穹诏（后改浪剑诏）。三曰邓睒诏（亦作邆睒诏）。四曰施浪诏。五曰摩些诏（亦作越析诏）。六曰蒙嶲诏。蒙舍最南谓之南诏。五诏皆为所并。参阅谢寿昌等编辑《中国古今地名大辞典》，上海商务印书馆 1931 年版，第 126 页。

民族作乱时，"（程）本立单骑入其巢，谕以祸福，诸酋咸附……（他）且抚且御，自楚雄、姚安抵大理、永昌、鹤庆、丽江，山行野宿，往来绥辑凡九年，民夷安业"①。由此可知，程本立在面临困难危险的蛮荒之地，为了平复叛乱、安抚民生，做出了"凡九年"艰苦卓绝的努力，收到了"民夷安业"的良好效果。对于他不避艰险到过昆明、楚雄、姚安等地的情况，在程本立本人撰写的《云南西行记》② 中有较为翔实的记载，可供证实。程本立"周旋其间，怀柔抚字，约束以情"③ 的施政理念与不辞劳苦的亲历践行，为云南边疆地区的稳定发展做出了卓越的贡献，他造福地方的功德被后人屡加传颂。又如林希元，嘉靖二年（1523）他在审理巡城御史谭鲁因私包庇官员断案不公一事，不顾同乡御史史梧与上司大理寺卿陈琳的说情，秉公断案，不徇私情，因此得罪了谭鲁等人，于是御史谭鲁便串通其他官员，诬告林希元"抗拒堂官"，虽然林希元上《明职守以白构陷疏》与《陈情辩理疏》自辩，但终因"御史合谋攻于外，堂官承旨攻于内"，"以守法见黜"被降一级谪凤阳府泗州判官。④ 林希元到任泗州时，正值"江北大饥，民父子相食，盗贼蜂起之际"⑤，于是他恪尽职守，多方筹集、调度赈济灾民，使大多数灾民得以存活，深受民众爱戴。为此，他曾写诗《去泗州柬诸同志二首》⑥ 记"流亡接衢野，父子自相食"的惨状，以及"移粟赈饿莩，单车驯剧贼"的作为，以及"士民接歧路，攀车讵能留"不忍其离任的情形，读之令人感叹、感动。嘉靖十二年（1533），林希元上《急处叛军以正国法疏》《讨叛军饬武备以弭祸乱疏》，建议未被采纳；嘉靖十三年（1534），他又

---

① （清）张廷玉等：《明史》卷143，中华书局1974年版，第4051页。

② （明）程本立：《巽隐集》卷3，《景印文渊阁四库全书》，（台北）台湾商务印书馆1986年版，集部，第1236册，第171—173页。

③ （明）李乐：《见闻杂纪》卷4，《四库全书存目丛书》，齐鲁书社1997年版，子部，第242册，第251页。

④ （明）林希元：《同安林次崖先生文集》卷1，《四库全书存目丛书》，齐鲁书社1997年版，集部，第75册，第438、440页。

⑤ （明）林希元：《荒政丛言疏》，《同安林次崖先生文集》卷1，《四库全书存目丛书》，齐鲁书社1997年版，集部，第75册，第440页。

⑥ （明）林希元：《同安林次崖先生文集》卷17，《四库全书存目丛书》，齐鲁书社1997年版，集部，第75册，第733页。

上《辽东兵变疏》，因言辞过激且与权臣夏言的意见相左，被以"狂率欺罔，且疏内字多差讹"之由"诏降外任"，得授广西钦州知州一职。当时，钦州处偏僻荒凉之地，生活环境十分恶劣。不过，林希元在感叹"地僻故荒凉""斋居入犬羊""依山多虎豹，下里少冠裳""十室逃亡九"① 环境条件僻远穷荒的同时，依然克己奉公、勤政为民，勇于克服种种困难，在"食无一日饱，官有四年忙"的境况下，他在宣扬法典、规整民约、教化边民、建设社学、构筑寨堡等方面取得了显著的成就，并上《陈愚见以图补报疏》，奏陈整饬军政、查清虚粮、重视边州等有效举措，可见其拳拳之心。因此，当林希元离任时，他除了感慨"始至头未白，今回两鬓霜"之外，还有"殊俗方从化，边庭近息烽"的欣慰，以及"官箴如有玷，公论肯谁容"的坦然。② 再如李元阳，嘉靖六年（1527）"以议礼忤权臣（张璁），出补分宜（知县）"，嘉靖七年（1528）丁母忧，服阕出为江阴知县。当时，海盗猖獗，于是李元阳整旅操练、建筑城楼、严训兵卫、增所未备，使海盗不敢骚扰，百姓安居乐业；而且，他还秉公断案，平反冤假错案，反对官府多捕，使二百余人得以免刑等；他"以廉洁著名，发奸摘伏，不避强御，举孝表墓，兴利除害，政严而有惠爱，小民自以为得慈父。去之日，流涕遮道者百里余，为之立生祠，勒去思碑，述善政百余事"，作为被贬谪的地方官，李元阳能被民众如此爱戴，足以慰藉其贬谪失落之心了。后来，又因上疏谏阻巡幸承天府，以及弹劾大学士（夏言）选官多江南富室子弟，经大学士商议得外补，被借"荆州要地不可阙守，选得御史李元阳堪任，遂传奉升补"；来到荆州，李元阳捐俸禄凿井建池，解决人畜的饮水问题，修筑堤坝以防水患，不畏太监欺辱弹劾藩府不法之事，并识拔张居正等，尽显李元阳奉公为民之心、济世识才之能。③

---

① （明）林希元：《钦州到任感怀》《公堂即事》，《同安林次崖先生文集》卷17，《四库全书存目丛书》，齐鲁书社1997年版，集部，第75册，第742页。

② 参阅陶建平《明代谪宦与南方少数民族地区》，《中南民族学院学报》1992年第5期；（明）林希元《过梅岭回望廉钦有感二首》，《同安林次崖先生文集》卷17，《四库全书存目丛书》，齐鲁书社1997年版，集部，第75册，第742页。

③ （明）李选：《荆州府知府中谿李先生元阳行状》，《国朝献征录》卷89，《四库全书存目丛书》，齐鲁书社1996年版，史部，第105册，第83—84页。

二　兴学立社，修桥筑路，造福一方者

譬如，刘天民因嘉靖三年（1524）七月的"大礼议左顺门哭谏"之事，受到给事中陈洸的弹劾，被贬谪寿州知州。抵达寿州后，他"禳灾赈乏，通商惠工，抚字勤劳，民无菜色"，"锄强植弱，不听请托"，颇有政声，"抚按交章论荐一十四次"。[1] 同时，他见诸生问业者较多，便把州治东面将要塌毁的淮南书院"粗加枝柱，令诸生藏修其间"，在其"听政之暇，则骑而往，执经递进，诘难互发，与之商榷，往复不厌。求古人修己制事之源，寻前代治乱兴衰之故。无间寒暑，夜分乃罢，诸生皆脱其故习，洒然有得，君亦忘其为迁地，因题其堂曰'聚乐'"[2]。在他们师友相聚、探讨修己制事与治乱兴衰的过程中，促进了当地浓厚学风的形成，为当地人才的培养起到了积极的推动作用。还有，基于治地的旧桥卑隘颓圮，为了方便百姓的生活、生产，刘天民"僝工饬材"，仅用了三个月便修葺完成，命曰"利涉"，又称"淮南第一桥"。另外，他积极修缮"君子祠"，创立乡社，敦俗化民，以广教思。在刘天民去世（1541）多年之后，嘉靖二十九年（1550），时任知州栗永禄主修的《寿州志》中对其勤政为民情况有所总结："为政宽而有制，崇奖节孝，惩艾顽梗，振举废坠，深惬众志。尝立乡社，以敦俗化民。增新书院，群选隽彦，聚乐肄业其中，躬为讲什，士习丕变。郡北门故有石桥，岁久就圮，乃增修二百余丈，民利于涉。又积谷备荒，多至三万余石"[3]，真可谓勤政为民的一位良吏。又如，嘉靖十一年（1532），程文德"坐同官杨实卿（名）封事下诏狱，谪信宜典史"，期间曾受聘于岭表书院任主讲，教诲诸生，颇受诸多名士的敬仰；等迁至安福知县后，他"行乡约，处里役，摧强节用，下士爱民，建复古

① （明）李开先：《四川按察司副使前吏部文选司郎中函山刘先生墓志铭》，《李中麓闲居集·文之七》，《四库全书存目丛书》，齐鲁书社1997年版，集部，第92册，第632页。

② 《嘉靖寿州志》卷3《建置》，上海古籍书店1963年据宁波天一阁藏明嘉靖刻本景印本，第15页。

③ 《嘉靖寿州志》卷5《官守》，上海古籍书店1963年据宁波天一阁藏明嘉靖刻本景印本，第70页。

书院（1536 年）"①，多年以后百姓仍称颂其嘉德。尤其是复古书院的创建，邹守益、罗洪先等曾讲学于此，他们定期聚会，争论自由，讲学有度，对于江西王学的传播，实有奠基之功，产生了深远的影响。② 再有，邹元标万历五年（1577）上疏反对张居正"夺情"之事，遭廷杖八十后谪戍贵州都匀六年；在此期间，"黔士之从公游者若陈给谏尚象、余巩县显凤、吴解元铤，各有成就。都匀为公成所，匀守段孟贤葺鹤楼、张公读书楼以居。公朝夕课诸生，暇则寻龙山、盘谷诸胜迹，几忘其为万里成客也。……公去匀十五年，门人思之，即其讲学处，建南皋书院祠之，至今俎豆不衰"③，由此可见他在当时与后世的影响之大。综上所述，多数遭受贬谪的仕宦文人在做好政务、治安、税收、审案等公务之外，往往十分重视"明教化民"，他们或立乡社，或课诸生，或建书院，聚乐其中、几忘成客之身，而这一现象的屡屡呈现，除其职责所在，更是他们有意践行儒家"明教化"思想的结果，当然这也是他们擅长且乐意为之的工作。

三　积极参与编纂地方志，保存传承地方文化

地方志包含着丰富的历史史料，借此可以了解某地的地理之沿革、政治之得失、风俗之变化、文化之盛衰、灾害之发生等，为后世研究地方的政治、经济、文化、自然灾害等提供了极大方便，具有较高的历史文化价值。对于古代的仕宦文人来讲，纂修地方志不仅能够传承地方文化，而且还能在一定程度上帮助他们实现"不朽"的价值，因此他们十分重视地方志的编纂工作。而且，他们不仅热心参与自己家乡的地方志修撰，即使到了贬谪之地，仍然积极组织参与地方志的编纂工作。参与本地地方志纂修者，如明弘治六年（1493）章懋参与纂修《兰溪县志》，明正德十二年（1517）夏良胜纂修《建昌府志》，明嘉靖九年（1530）张岳参与纂修《惠安县志》等，④ 为本地的文化建设与传承做出了贡献。

---

① （明）罗洪先：《吏部左侍郎兼翰林学士掌詹事府事松溪程君文德墓志铭》，《国朝献征录》卷18，《四库全书存目丛书》，齐鲁书社1996年版，史部，第100册，第743页。

② 刘聪、王黎芳：《聂豹》，云南教育出版社2011年版，第112—115页。

③ （清）陈田：《明诗纪事》，上海古籍出版社1993年版，第2463页。

④ 骆兆平编著：《天一阁藏明代地方志考录》，书目文献出版社1982年版，第51、89、77页。

贬谪期间，他们在做好政务处理、敦化民众的同时，积极参与当地地方志的编纂工作，其中不少地方志已经成为现存最早的方志，颇具开创之功。譬如，汪应轸因谏阻明武宗南巡，遭廷杖后贬谪泗州知州，于明正德十六年（1521）纂修《泗州志》十二卷；嘉靖年间，林希元贬谪钦州知州期间纂修《钦州志》九卷，这是现存最早的钦州志；嘉靖四年（1525），夏良胜贬谪茶陵知州期间参与纂修《茶陵州志》二卷，为现存最早的茶陵州志等，① 均为延承地方文化做出了卓越贡献。

四　记写地方名胜传播地域文化

基于文人的雅好，即使是贬谪期间，他们也会在公务之暇游历本地或周边的一些名胜古迹，或饱览胜景，或消磨时日，此时他们会创作一些作品记写外在的事物、抒发内在的情绪。尤其对于贬谪时间较长的文人而言，他们驻足的地方更多，挥洒才情的机会也更多。他们描写地方名胜的作品或记录当地发生的一些逸闻趣事，往往会成为时人争诵、流传的对象，乃至成为后世民众游赏的文化景点与常常谈及的话题。其中，以杨慎最具代表性。杨慎因"大礼议"事件于嘉靖三年（1524）贬谪云南永昌（今保山）卫所，终生未得到赦免，最后客死他乡。杨慎学识博雅，天分尤高，著述甚富，深受时人称道。谪戍期间，杨慎关心民众疾苦，不忘为国分忧。对于地方官吏损公肥私、坑害百姓之事，曾创作予以抨击并写信给云南巡抚请求制止。当闻之寻甸有叛乱时，他亲自率领家僮和兵丁帮助平定叛乱等。同时，他有机会与朋友游览云南的大好河山，足迹几乎踏遍云南的著名景胜，如昆明的滇池、西山、安宁温泉，玉溪的抚仙湖、秀山，红河的燕子洞、文庙，保山的霓虹桥，大理的洱海、石宝山、苍山博南古道等，还到过云南的其他地方，如楚雄、曲靖、昭通、思茅、丽江等所属的县市。② 在游历过程中，"当他意有所欣，拈笔伸纸，藻思逸发，矗矗数千言。而笔意殷美，出入二王、

---

① 骆兆平编著：《天一阁藏明代地方志考录》，书目文献出版社 1982 年版，第 56、157、140—141 页。

② 冯玉华：《杨慎诗词与云南旅游文化》，硕士学位论文，云南师范大学，2006 年，第8—9 页。

松雪，故片纸只字，人争之如天球大弓。以是，从之游者日益以众"①。
与之交游人员的身份比较宽泛，有普通百姓，也有地方官员与文人名
士，他以自己的人格魅力与超凡的才华感召影响着他们。而且，他创作
了不少记写云南山川美景的诗词曲名篇，如《苍山杂咏》《滇海竹枝
词》《滇晓》《昆明望海》《滇海曲》《龙关歌》《雪山歌》《高峣夕眺》
等，其中"昆明初日五华台，草长莺啼花乱开"咏昆明的春色之美，
"滇海横波摇远天，青峰影在柁楼前"写滇池之美，"双洱烟波似五津，
渔灯点点水粼粼"绘洱海之景，"天气常如二三月，花枝不断四时春"
写昆明四季如春的天气，还有记写各种节日的诗词等。另外，他还撰有
考察类著述，如《滇候记》《云南山川志》等。在这些著述中，杨慎用
饱含情感的笔墨书写自己不同境况下的复杂情绪，记录不同环境、风俗
下的地域文化，有意无意地为人们记载并保留下了文人视角下云南的
自然景致、风土人情等，为后世了解、研究云南文化提供了一个独特的
视角。

　　由于各自的境况、才情等多有不同，多数贬谪文人并没有像杨慎记
写云南那样留下大量的作品，但仍有不少诗文存世，这些作品大多保存
在他们的别集或地方志中。其中，以题写寺庙碑文、游记类文章及题咏
地方景观、历史人物类诗作居多，这类作品以文字的形式保留了各地不
同的文化印记，更是明代贬谪文人特殊时段生命轨迹的记录，时至今日
它们依然无声地诉说着这类特殊群体身上发生过的不同的故事。譬如，
前文提到的程本立，在谪居云南马龙他郎甸期间曾撰写《云南西行记》，
依次介绍从昆明出发，经历安宁州、禄脿驿、炼象关、禄丰县、舍资驿、
回蹬关、广通县、路甸驿、楚雄府……太和城等地，俨然一幅介绍区域
州县、关隘、景胜的行迹图，而且他还交代了部分州县名字的由来以及
与之相关的历史故事，如安宁州"汉连然县也，又号螳螂川。蛮之阿宁
郎有温水盐井。《唐书·南蛮列传》载：玄宗诏特进何履光以兵定南诏
境，取安宁城及五盐井后，立郎其地也"；太和城，"周十有余里，语以

---

　　①　（明）李元阳：《〈送升庵先生还螳川客寓诗〉序》，（明）李元阳著，施立卓总编校：
《李元阳文集》，云南大学出版社、云南人民出版社 2018 年版，第 240 页。

坡陀为和，和在城中，故名。蒙氏皮罗阁所筑蒙国大治德化颂碑，蜀人郑回制文，时唐代宗大历元年也。予过太和城址与碑皆然山部言也"等，① 具有十分重要的史料价值。而且，程本立还创作了大量以足迹所到之地为题的诗作，如《宿昆明》《宿晋宁》《晚至安宁》《过小云南》《过赵州》《入龙尾关》《邓州驿》《澜沧江》《永昌山行》② 等，其中有"门前一株树，说是蜜檀花"自然物种的介绍，有"生来小儿女，唱得僰人歌"风俗文化的交代，有"青山环抱水争流""丹壑泄云朝曀日"自然景观的描摹，还有"越巂郡开通汉使，吐蕃兵结覆唐师"历史事实的记录，以及"荷戈戍士终怀土""中原归计正茫然""忍教尘鬓白鬖鬖"满怀伤感的书写等，为后世了解当地的自然景观与文化特点起到了不容忽视的作用。

综上所述，在明代历史的发展过程中，由于每个时段的政治生态环境不尽相同，仕宦文人的地位、命运与精神风貌也各有不同，因此由诸多原因引起的各类贬谪状况也多有差别。譬如，处罚的轻重，贬谪的远近，贬谪次数的多少，贬谪时间的长短等均有不同。就遭贬人员的时空分布而言，洪武、正德、嘉靖、万历、天启、崇祯几个时段的人员相对较多，这与当时统治严酷、朝政混乱、党争激烈、专权擅政的政治生态密切相关；至于南方多于北方，东部多于西部，则是当地经济繁荣状况、文化发展程度、科举文化风尚等方面影响的结果。仕宦文人遭受贬谪的原因多种多样，主要集中在冒犯皇权、得罪权臣、开罪宦官、权力争斗（党同伐异）、违法乱纪、失误失责等方面，其中前四类情况较多。遭贬文人的命运，有得以升迁者，有又被罢官者，有赦归乡里得以善终者，有终生未得赦免客死他乡者等。贬谪期间，他们当中的绝大多数能以积极的姿态面对困境，做到了廉洁奉公、勤政为民，为官一任造福一方，颇受民众爱戴；他们积极参加地方的经济、文化建设，如建桥、筑路、建书院、办社学、修方志等，为地方文化发展做出了较大贡献。要之，

① （明）程本立：《巽隐集》卷3，《景印文渊阁四库全书》，（台北）台湾商务印书馆1986年版，集部，第1236册，第171—173页。
② （明）程本立：《巽隐集》卷1，《景印文渊阁四库全书》，（台北）台湾商务印书馆1986年版，集部，第1236册，第143—146页。

对于每个正直的仕宦文人而言，仕途遭贬的确是件不幸的事情，但对于加深生命体悟，塑造人格魅力，增进文学创作的厚度，促进地方（尤其是边远地区）吏治、经济、文化的发展等层面来讲，他们又是幸运的，贬谪地的百姓也是幸运的，他们为地方的建设与发展付出了艰辛的努力。

第二章　多元书写

——明代贬谪诗的主题取向

　　基于诗歌特点、文化传统、文人对诗体的接受等因素，诗歌往往会成为古代文人书写心绪的重要载体。他们选用这种凝练、概括的文学形式记写军国大事、山川景物、风土民情、亲情友情、个人情思等，借此舒泄其喜怒哀乐、爱恨情愁。对于遭受贬谪的明代仕宦文人而言，因其贬谪的原因、地点、境遇、结局各有不同，加之其价值观念、思想性情等方面的差异，致使他们贬谪期间的心态各不相同，因此这就使他们对待贬谪的态度以及看待周围事物的角度各具特点，涉及诗歌创作，便会影响到其贬谪诗的主题取向与情感表达之间的差异，但是毕竟他们具有人的共性特点，而且生活在同一历史时段，接受着基本趋同的传统文化教育，经历了共有的贬谪遭遇，因此形成了共通的思想情感与审美心理，从而使其贬谪诗的主题取向呈现出了同与不同的多元特点。这里，笔者将结合明代贬谪诗的创作实际，选取较为突出的方面予以探讨，以期达到以点带面的效果。

第一节　难以释解的情怀：孤寂、哀伤、忧闷

　　对于每位明代仕宦文人来说，遭受贬谪绝对是沉痛的打击。因为，贬谪不只阻碍（或中断）了他们的仕途发展，而且有的还是灭顶之灾，譬如第一章提及的孙蕡、沈炼在谪地惨遭杀害，杨慎、邵经邦客死戍所等。从高位走到低位，从中心走向边缘，从热闹走向冷落，从荣耀走向

屈辱，这些因贬谪带来的种种变化势必给当事人造成较大的影响，尤其是心理层面的落差与打击。如果他们能够找到合适的方式调整内心的失衡，当然是令人满意的结果，可是对于绝大多数谪戍人员来讲这是一时很难办到的事情。而且，当人们面对灾难困苦时，往往会产生畏难、消极的情绪，继而引发感伤的情怀，即使是非常坚强的人也免不了会发些牢骚，因为人本身就有一种畏惧困苦的心理，只是表现的程度不同而已。因此，在面对贬谪带来的痛苦与磨难时，明代贬谪文人便会发挥文字书写的特长，常常借助诗歌表达孤寂、哀伤、忧闷的情怀，以此抚慰、疏解其受伤的心灵，以换取短暂的平静与安适，便是情理之中的事情，而且这种情形在该群体中带有明显的普遍性。

譬如，宣德四年（1429）三月，邓林①因言事忤旨被贬谪保安州。据其诗句"万里关山月，看看四度圆""屈指三秋隔，回头万事非"，可知邓林被贬时间约在四年以上。他在《出京赴谪所》中云"曾将方才质神明，无有封章违帝廷。葵藿素心空自赤，乾坤老眼为谁青"，在表达对朝廷一片赤心的同时，流露出申辩的意蕴，表明他因言事被贬应有一定的冤情。贬谪本是件令人蒙羞的事情，加之蒙冤被贬、离家万里的疏离、长期的孤苦与压抑等，都会使人产生一种消极的情绪，而且一时很难消解。在邓林现存的 12 首贬谪诗中，很难见到他超越现实苦难的书写，多是荡子无家、逢秋感岁、雁断沉书、多情孤寂、塞外孤客、久客幽怀、羁旅多情、孤灯独坐、孤影徘徊、两鬓西风、风中叶、水上萍、孤雁念群飞等语词的创设与记写，使一个孤苦、哀伤、敏感的士子形象跃然纸上，由此我们可以体悟到他当时内心的悲苦与无奈。贬谪期间，他虽有"度日忧王事"的用世情怀，但朝廷再也没有给他机会。一次的言事忤旨换来他多年的贬谪与痛苦，以仕途终止、归老乡里而告终，的确是令人痛心的案例。

---

① 邓林（生卒不详），初名彝（明成祖赐名"林"），字士齐，号退庵，新会人（今属广东）。洪武二十九年（1396）中举，历贵县教谕、修《永乐大典》五年、南昌教授、吏部验封司与稽勋司主事，因以言忤旨贬谪保安州，遇赦居杭州，后放归田里。参阅《道光新会县志》卷 8《人物上》，（台北）成文出版社 1966 年版，第 227 页。本段所引诗句，见《退庵邓先生遗稿》，《四库全书存目丛书》，齐鲁书社 1997 年版，集部，第 26 册，第 413、427 页。

又如，陆完（1458—1526），字全卿，长洲（今苏州）人，累官至太子太保、吏部尚书。他坐纳朱宸濠贿赂，论死，因议平定刘六、刘七民变有功，于正德十六年（1521）谪戍福建靖海卫，嘉靖五年（1526）卒于戍所。《明史》评"完有才智，急功名，善交权势"①，可谓一语中的。陆完已身处高位，坐纳反王的贿赂，走到死亡的边缘又因有功被拉回贬谪靖海卫。特殊的身份、经历与遭贬原因，影响到了陆完谪戍期间的心理及其人生态度。细读陆完《在惩录》中的诗作，相较于上文的邓林来讲，可以感受到他相对超脱的情怀，如"尚有山堪借，何妨与世乖""卧览山鸟下，坐待海潮平""睡美却忘出，缘阶百草长""乾坤客我老，何处不脩然"等。之所以陆完拥有这种相对洒脱的情怀，笔者认为约有两点值得注意：一是邓林因言被贬实有冤情，而陆完则罪证确凿，无可辩白，不同的遭贬原因影响到了他们面对贬谪的态度与心态，进而影响他们诗歌创作的情感表达；二是陆完由死罪减为谪戍，深知自己"罪重难湔涤""颇思三宥及愚蠢"，虽然存有"几时宽大诏，重下圣明朝"的渴盼，但在现实面前他知道遇赦的希望十分渺茫，于是也便产生了"忍耻无荣辱，忘机泯是非""随处可安归更好"的心态，其实这是无望、无奈之后的一种自我心态转变的表现。但是，他毕竟属于贬谪之身，加之戍地的恶劣环境，对于陈完而言，相对超脱的心境也是有限的，孤苦、哀伤、无奈乃是他谪戍心态的主调，这在其贬谪诗中表现得尤为明显，如《投荒三首》中的两首：

　　万死投荒者，何时定许归。身依孤嶂住，心逐断云飞。忍耻无荣辱，忘机泯是非。秋风苏病骨，且饫粤山薇。
　　老不依桑梓，三年几处家。易求惟蔗芋，稍食到虾蟆。筋力终难强，肌肤苦欲爬。江上留我住，岂是爱天涯。②

在这里，作者毫不避讳，直言自己是罪该万死的"投荒者"，但仍怀有

---

① （清）张廷玉等：《明史》卷187，中华书局1974年版，第4956页。
② （明）陆完：《在惩录》，《四库未收书辑刊》，北京出版社2000年版，第5辑，第26册，第442页。

"许归"的渴盼；其中，写到当时"身依孤嶂住""三年几处家"的居住环境，"易求惟蔗芋，稍食到虾蟆"的饮食条件，以及"秋风苏病骨""筋力终难强，肌肤苦欲爬"多病瘦损的身体状况，尽显其谪居时的困苦；在明知遇赦无望的情况下，加之"江上留我住，岂是爱天涯"的无奈与隐痛，他只能通过"忍耻无荣辱，忘机泯是非""心逐断云飞"来自我化解内心的忧愁。还有，他以"地僻人来少""地僻无来往"写居地僻静隐寓自己的孤独，以"江山虽好亦樊笼"书写难以挣脱的有形、无形的束缚，又以"暮年漂荡情无赖""寂寥惟有棋堪着"写情感无依的寂寥，以"感叹临沧海，悲歌望赤霄""残年何处不堪栖""投荒怀抱那能好""无补世间惟欠死""暮年羁旅偏相值"等直写自己悲凄的境况与哀伤无望的消极心理，均有助于我们体察他充满感伤、复杂微妙的情怀。

再如，邵经邦[①]因弹劾权臣张璁，触犯到了嘉靖帝"大礼议"的忌讳，被谪戍福建镇海卫三十七年，最终客死戍地。与邓林相同的是二者均为上疏言事被贬，不同的是因性质有别命运的结局大为不同；与陆完比，虽然结局都是客死戍地，但因两人遭贬的原因、性质不同，因此给予二人的待遇与各自承载的心理压力也不相同，这些都会影响到他们的心态，进而影响诗歌主题的选取与情感的表达。整体看来，邵经邦的贬谪诗中也表现出了一种无奈、哀伤的情绪，比如"伤心愁对别离觞""迁客含章风雨寒""天涯游子悲荒徼，海国惊魂恧楚憎""谁识英雄尘土内，夕阳回首下蓬蒿""扪心期不愧，知命复何争"等诗句，尽显其迁客悲情；而且诸如迁客、逐臣、天涯、游子、离人、幽怀、愁、暮、泪、秋等字词在其贬谪诗中出现的频次较多，均是他感伤情绪有意的寄寓与舒泄。当然，他也不是一味地书写伤感情绪，诗歌中还表现出了一种相对超脱的情怀，这主要体现在其宴集、游赏、酬答、贺赠类诗作中，如"酒后数声檀板曲，兴来三弄紫瑶琴""莫道埃心真可涤，停杯掩卷笑成

---

① 邵经邦（1491—1565），字仲德，号弘斋，人称"弘毅先生"，仁和（今杭州市）人。正德十六年（1521）进士及第，授工部主事。后来，晋升员外郎，改任刑部员外郎。嘉靖八年（1529）十月，邵经邦借日食建言弹劾权臣张璁，触犯皇威，被谪戍镇海卫，客死戍地。本段所引诗句均见邵经邦的《弘艺录》卷14、卷9，《四库全书存目丛书》，齐鲁书社1997年版，集部，第77册。

堆"等。与陆完多在登高、游赏、闲适诗中表露这一心迹多有不同，邵经邦的超脱相对无碍，是一种真高兴、真放松，陆完则是在无望、无奈基础上的自我超越，这除了说明他们各自的活动空间与交游对象存有差别外，遭贬原因、士人口碑、谪地境遇、内心压力对二人情感表达存在差异的影响更为重要。

对于每个士人来讲，贬谪都会使他们遭受身心磨难，虽然各自的情状不同，但如上文所言借助诗歌表达孤寂、哀伤、忧闷的情怀却是他们共有的特点。除了上面所举的三人，这样的例子举不胜举。比如，顾璘忤太监廖堂遭贬全州后，"登途入城府，恻恻心自伤"①；杨慎因"左顺门哭谏"遭贬云南永昌卫，从京城出发时所咏"南中万余里，去去谁与同。亲交满京国，咫尺难相通""矫目盼浮云，但羡高飞鸿"②；程文德受杨名弹劾汪鋐株连被贬信宜（今茂名），所写"辛苦舟车真万里，飘零寒暑忽经年""七年长至总为客，此日边城还独惊""迁客天涯仍岁暮，百年心迹任凄清"③；包节因弹劾中官廖斌，谪戍庄浪卫（今甘肃永登县），以"旅滞荒遐久自怜，每逢秋信倍凄然"④ 书写哀伤的情怀；吴国伦因得罪严嵩父子，谪南康府（今江西省星子县）推官，有"春风殊黯淡，逐客鬓如丝"⑤ 的感叹，等等。在这类诗作中，他们选取合适的词语与意象，多以直书的形式抒发感伤的情怀，以此彰显自己谪居期间的苦痛与哀伤、抚慰受伤的心灵，同时也有希望引起他人知情与同情的目的。或许他们的写作并没有太多用意，但在客观上达到了"立言"的目的，今天我们能够读到这类作品，从中体察他们当时的苦难与悲情，正是以心灵对话的方式促进"立言"目的的达成。

---

① （明）顾璘：《初至全州》，《浮湘集》卷1，《景印文渊阁四库全书》，（台北）台湾商务印书馆1986年版，集部，第1263册，第142页。

② （明）杨慎：《南窜始发京》，《升庵集》卷16，《景印文渊阁四库全书》，（台北）台湾商务印书馆1986年版，集部，第1270册，第135页。

③ （明）程文德：《初至高州》《小至》《高凉除日》，《程文恭公遗稿》卷27，《四库全书存目丛书》，齐鲁书社1997年版，集部，第90册，第366页。

④ （明）包节：《旅滞》，见《包侍御集·湟中稿》，《四库全书存目丛书》，齐鲁书社1997年版，集部，第96册，第673页。

⑤ （明）吴国伦：《被谪二首》其二，《甔甀洞稿》卷11，《四库全书存目丛书》，齐鲁书社1997年版，集部，第122册，第622页。

第二节　绵绵不断的思乡情

　　贬谪给仕宦文人造成了肉体与精神上的双重打击，作为抚慰心灵的港湾——家乡与亲人，往往会成为他们笔下不断书写的对象。由于明代对贬谪流放之人有发往异地及炎瘴地面、极地沿海诸处的规定①，这类法规无疑增加了被贬之人的伤痛，更能激起他们思乡念亲的情绪，进而激发以思乡为主题的诗歌创作。这类诗作在明代贬谪诗中占有较大比重。

　　洪武六年（1373），唐肃②因失朝礼被谪佃濠梁，卒于戍地。其间，他写的谪戍诗哀情之痛、思亲之深，令人动容。如"年年寒食最愁人，只见松楸不见亲""无夜思家不泪流，可堪衣薄又逢秋""不见书来愁不休，得书谁道更添愁。来人为说封缄处，儿泪还如父泪流"③，语词直白，较少含蓄，尤其是"年年""最愁""只见""不见""无夜""思家""泪流""又""愁不休""更添愁"等字词的使用，更好地道出了唐肃思乡念亲而不得时的无限悲痛。又如王绂④，据他所言"不知缘底事，沦落向天涯""中年谁料苦从军"⑤，表明他自己都不明白为何遭谪。现存史料均记载"洪武中，坐累戍朔州"⑥，具体"坐累"何事暂不可考，有人认为是受到胡惟庸案的牵连，有人认为与其作书画有关，但均无实据。不过，笔者大

　　① （清）张廷玉等：《明史》卷93，中华书局1974年版，第2301页。

　　② 唐肃，字处敬，越州山阴人（今浙江绍兴）。元至正二十二年（1362）中举。张士诚时，任杭州黄冈书院山长，迁嘉兴路儒学正。洪武三年（1370）用荐征召修礼乐书，擢应奉翰林文字。当年秋，科举考试推行，他任分考官，被免职归家。洪武六年（1373），以失朝礼谪佃濠梁，不久死去。著有《丹崖集》。

　　③ （明）唐肃：《濠上清明》《客中闻砧》《得之淳书》，《丹崖集》卷4，《续修四库全书》，上海古籍出版社2002年版，集部1326册，第181、180、181页。

　　④ 王绂（1362—1416），字孟端，号友石生，又号九龙山人，江苏无锡人。洪武十一年（1378），他被朝廷征召。不久，以事坐累谪戍山西朔州，屏处边陲十余年，以养子代戍得以归乡。永乐初年，王绂以能书被征入翰林。永乐十年（1412）三月，得授中书舍人。永乐十四年（1416）二月，病卒于官舍。著有《王舍人诗集》。

　　⑤ （明）王绂：《王舍人诗集》卷3《代州道中》、卷4《送子南归二首》，《景印文渊阁四库全书》，（台北）台湾商务印书馆1986年版，集部，第1237册，第118、140页。

　　⑥ （清）张廷玉等：《明史》卷286，中华书局1974年版，第7337—7338页。

致可以判断王绂被贬的原因并非大事，或者说他不是犯大错被贬的，否则他自己不会不知道原因，而且朱元璋也不会留其性命，因此王绂被贬很有可能含有一定的无辜性。但是，即使这样一贬就是十多年，这无疑会对他贬谪期间的心态造成很大影响，并波及其思乡念亲的情感表达，如《梦两儿》：

> 两儿别来久，累夜梦何频。得非我念儿，无乃儿忆亲。梦中宛如昔，田庐荒且贫。犹能具鸡黍，为父招比邻。觉来尚征途，渺然万里身。归期固难必，归梦谅非真。愿言各努力，进善光前人。忠君我自勉，孝悌儿当勤。①

开篇交代频频梦见儿子的原因是"别来久"，说明他写作此首诗的时候已经离家很长时间。接着，写两地双方思忆的状况，其中暗含对无辜被贬的控诉；又写梦中所见"宛如昔"的情境使他获取了些许安慰，可"田庐荒且贫"的家境着实令他担心，值得欣慰的是，儿子们尚能继承家风、邻里和睦；随后，又回到现实，眼前的"尚征途""万里身"与梦中的情境形成鲜明的对比；归期难定，梦又非真，此种痛苦只能化作悲泣的泪水自己吞咽；出于传统文化思想的影响，出于对儿子的关爱，最后王绂劝勉儿子要勤奋、向善、孝悌、自勉，希望他们能够成才、光耀前人。全诗不事雕琢，语词直白，少有隐曲，呈现出"疏爽"的特点，加之梦境与现实的变换设计，较好地完成了其哀痛情感的表达。又如，王绂的《得家书》"展开三四读""日日望归舟"，《哭亡兄》"泪痕空满客边衣"等，② 字里行间流露出的痛苦及言词背后的悲苦着实令人唏嘘。再如，洪武三十一年（1398）五月，朱元璋病逝。八月，解缙③入京吊临，却被袁

---

① （明）王绂：《王舍人诗集》卷1，《景印文渊阁四库全书》，（台北）台湾商务印书馆1986年版，集部，第1237册，第98页。

② （明）王绂：《得家书》《哭亡兄》，《王舍人诗集》，《景印文渊阁四库全书》，（台北）台湾商务印书馆1986年版，集部，第1237册，第123、151页。

③ 解缙（1369—1415），字大绅，江西吉水人。洪武二十一年（1388）进士，授庶吉士，改为御史。洪武三十一年（1398），谪河州（甘肃）卫吏。建文初年冬，董伦荐召翰林待诏。建文四年（1402）七月进翰林院侍读学士，入直文渊阁。永乐二年（1404），进翰林学士兼右春坊大学士。永乐五年（1407）出为广西参议，次年改贬交趾布政司右参议。永乐九年受朱高煦诬陷"无人臣礼"入狱，永乐十三年（1415）一月，卒于狱中。著有《文毅集》。

泰弹劾其违背诏旨，母丧未葬，父年九十，不当舍之以行，被贬谪河州
（今甘肃临夏）卫史。其间，解缙创作了一些谪戍诗，如五言古诗《西行
寄同乡诸友》中的诗句："我行忽万里，飘飘在河湟。严亲且百岁，慈母
事未襄。仰天指日哭，泪若东海洋。鸡鸣引霜角，羞逐奴辈行。积雪照
夜白，羁孤转凄凉。"七律《西行思亲》中的诗句言："慈闱弃世已经年，
九十严亲雪满巅。徒步一身辞北阙，苦寒万里到穷边。"七绝《贬河州述
怀》四首其三："堂上白头亲九十，西行万里赴轮台。人间此是生离别，
何日金鸡遇赦回。"① 在这些诗句中，解缙所表达的情感可用一个"悲"字
概括，他因离家万里漂泊穷边而悲，因母亲去世未能完成安葬而悲，因严
亲年事已高不能在家尽孝而悲，而且其"悲"中蕴有别思、孤独、哀伤、
无奈等复杂的情愫，也有些许不可预计的希冀，其中没有造作，颇见真情。

成化三年（1467），庄昶②因反对朝廷灯彩焰火铺张浪费，不愿进诗
献赋粉饰太平，被贬谪桂阳判官。其间，他所撰写的《忆舍弟》③，从听
见南飞孤雁的鸣叫声写起，接着写秋季夜晚的寒风使自己想到家中小弟
的孤单，其实也反衬出了自己的孤独，再有离家千里却好久没有收到一
封家书，更是让人体会到了他的孤寂与无奈，哀伤郁积无法化解，即使
泪流千行，又有谁能够帮他传达这种寄思之情呢？尾联的发问将思乡的
悲情推向高潮。诗题虽为《忆舍弟》，事实上乃是庄昶遭贬期间思乡之情
的一种舒泄。贬谪期间，以记思述写兄弟之情的诗作还有不少，其中以皇
甫涍、皇甫汸、皇甫濂三兄弟之间的吟咏较为典型。嘉靖十七年（1538），皇
甫汸因执法忤武定侯郭勋被贬黄州理官；嘉靖十八年（1539），皇甫涍未
扈从南巡，被劾失事，谪大名府广平通判；嘉靖二十七年（1548），皇甫
濂因主管薪厂得罪权贵的奸商亲戚被贬荆州榷关；嘉靖三十年（1551），
皇甫汸贬谪河南澶州（开州），三十一年（1552）夏迁处州丞，三十三年

① 此处引诗，见《文毅集》卷3、卷5、卷6，《景印文渊阁四库全书》，（台北）台湾商务
印书馆1986年版，集部，第1236册，第619、655、665页。
② 庄昶（1437—1499），字孔阳，江浦人，成化二年（1466）进士，官至南京吏部郎中。
著有《庄定山集》。
③ 《忆舍弟》："天边闻一雁，杳杳向南徂。今夜西风冷，他乡小弟孤。五人千里去，九月
一书无。欲作千行泪，凭谁寄客途。"[《定山集》卷3，《景印文渊阁四库全书》，（台北）台湾
商务印书馆1986年版，集部，第1254册，第189页。]

（1554）又被谪滇南；嘉靖三十年（1551），皇甫濂因发人贿赂被诬告又贬河南藩司理官等。[①] 三人共有的贬谪经历与兄弟之间的亲密情感，为他们贬谪期间通过诗歌寄思述怀提供了可能，如皇甫涍写有《怀寄诸兄弟三首》《子循再谪海沂将别书恨二首》《答子循弟留别》《席上送子循弟四首》《枫桥舟中与子循别》，皇甫汸写有《子约弟调官因寄》《寄子约弟》《生朝寄兄弟》，皇甫濂作有《不赴郡檄答子循云》等。其中，有借此表达送别、离思之情者，有表达"乡梦绕胥台"思乡之情者，有抒发"江海多风涛"感慨之情者，还有书写兄弟相约同"还东山"归隐之心者。读此类诗作，既可使人感受到浓浓的离别思乡之绪，更能体悟到其兄弟间血浓于水的牵挂关爱之情。

正德八年（1513）三月，孟洋[②]因上疏论梁储、靳贵，遭下狱后，被谪桂林教授。其间，他所咏"封书横岭北，洒泪桂江边""故乡安可到，万事未须论""他乡忆旧乡"[③] 等，思乡之情表达得直接明了，那种渴盼、悲苦、无奈的情愫也表露得异常明显。嘉靖三年（1524），因"左顺门哭谏"事件，杨慎被谪戍云南永昌卫所三十多年，最后客死戍地。三十多年的谪戍生活使杨慎备受煎熬，希望与失望、欢娱与痛苦、寂寥与无奈等复杂的情感充斥心中，其中思乡念亲之情表露得最为突出，大量表达离思情怀作品的存世便是证明。杨慎选用诗歌这一载体，不时感叹"游子辞家乡，流落在万里""鸿飞远不到，书迹何由传"，感叹"天涯故人少"，同时经受着"乡心那可问，愁思绕离弦""故园千万里，夜夜梦烟萝""故乡归未得，暇日且销忧"等思乡情感的侵袭与折磨，由此伴随而生的飞蓬、彷徨、愁绪、孤苦等复杂的情愫时时萦绕心中难以释解，直至生命的最后岁月，他亦然是"水中漂梗风中蓬"漂泊异乡的心境，[④] 岂

① 汪惠民：《皇甫四杰研究》，硕士学位论文，上海师范大学，2010年，第75—90页。

② 孟洋，字望之，信阳人。弘治十八年（1505）进士，官至南京大理寺卿。著有《孟有涯集》。

③ （明）孟洋：《答黄横州年兄寄书》《不寐》《端午日述怀》，《孟有涯集》卷5，《四库全书存目丛书》，齐鲁书社1997年版，集部，第58册，第175页。

④ 诗句见杨慎《升庵集》卷16《离思二首》、卷18《高峣卧疾喜简西黉至自滇城》、卷19《北桥离席留别赵州诸子》、卷16《江陵别内》、卷21《池上会心亭初成与客小饮》、卷37《东西南北引》，见《景印文渊阁四库全书》，（台北）台湾商务印书馆1986年版，集部，第1270册，第135、151、154、135、173、257页。

不令人哀哉!

他如，万历年间，艾穆①因弹劾张居正夺情，遭廷杖后谪戍僻远之地凉州（今甘肃武威）。虽然他在诗作中流露出了"青山到处皆吾土"的豁达情怀，但从人之常情来看，他这种表达应是调适心境之后一时的表白，那种"剪不断，理还乱"的思乡怀亲之情定会常常萦绕其心头，如诗句"此日边关忆故人，故园花鸟正相亲""忽忆故园相浦上""犹怜堂北萱花暮，明月将愁万里悬"② 等，用边关、万里写距乡之远，借"明月"言说不得团聚的哀愁，以故人、故园表达对家乡人、物的回忆与思念，又以母亲年岁已高自己却远在天边不能奉养衬托离思的悲苦，均彰显出其充满悲愁的浓浓思乡之情。天启年间，邹维琏③弹劾魏忠贤"大奸大恶，罄竹难书""罪恶既盈"，④ 被构入"汪文言狱"谪戍施州（今贵州安正一带），也在诗作中流露出"乡园空望白云垂""故乡违隔望云深"⑤ 的哀怨、无奈之情，流露出渴盼回乡而不得的悲苦心境。总之，仕宦文人的相同遭遇，人之常情的心理诉求，恶劣荒凉的谪戍之地等，不可避免地使他们产生离家漂泊、思乡念亲的心绪，不过，由于遭贬的原因、时间、地域、待遇以及个体性情的影响，便造成了他们不同的贬谪心态以及强度不同的思乡念亲之怀，因此这就使其贬谪诗中的思乡情感有多有少、程度不同。他们这种特殊时段、特殊境遇下的心态书写，与上文所述孤寂、忧伤的情怀一样，均为了解其特殊情况下的复杂心态提供了有效的视角。

---

① 艾穆（1534—1600），字和甫，号熙亭，平江县人。嘉靖四十年（1561）举人，授阜城教谕，入为国子监助教。万历初年，擢刑部主事，进员外郎。万历五年（1577），以弹劾张居正夺情事，遭廷杖，谪戍凉州。张居正死后，历任户部员外郎、四川提刑按察司金事、右金都御史巡抚四川等。著有《终太山人集》。

② （明）艾穆：《秦中寄故园十首》，《终太山人文集》卷10，《四库未收书辑刊》，北京出版社2000年影印本，第5辑，第21册，第809—810页。

③ 邹维琏（？—1635），字德辉，江西新昌人。万历三十五年（1607）进士，历任延平推官、兵部主事、员外郎、南京通政参议、太仆少卿、右金都御史等。著有《达观楼集》。

④ （清）张廷玉等：《明史》卷235，中华书局1974年版，第6138页。

⑤ （明）邹维琏：《初至夜郎》《恩诏放归贻别夜郎诸友二首》其二，《达观楼集》卷4，《四库全书存目丛书》，齐鲁书社1997年版，集部，第183册，第69、71页。

第三节　用世、愤世、安闲、叹老等多元心曲的书写

　　文人的情感是相对敏感、复杂、多变的，尤其是遭受贬谪的特殊时段，更使他们的情感表现出了多元的特点。因此，在他们的贬谪诗创作中，除了上文述及的孤独、哀伤、思乡等较为突出的情感表达，还有诸如闲适、用世、愤世、感叹时光易逝等其他情怀的书写。

　　正德元年（1506）二月，王守仁（1472—1529）因上疏援救戴铣等人得罪刘瑾，惨遭下诏狱，廷杖四十后，贬谪贵州龙场驿驿丞。中间多经波折，正德三年（1508）春，王守仁到达龙场。谪居期间，他始悟格物致知，并讲学于贵阳书院。① 当时，他创作了不少贬谪诗，其中抒怀类诗作中最具代表性的是《龙冈谩兴五首》②。在这五首诗作中，虽然有"思家独切老莱斑"思家念亲情感的表达，但也仅此一句而已，其主要是在交代"投荒万里""心在夷居""旅况萧条""路僻官卑"等客观事实的基础上，以"却喜官卑得自由""身处蛮夷亦故山""梦魂兼喜无余事，只在耶溪舜水湾"，表达一种彻悟后的自在闲适之情，又有"拟把犁锄从许子""好共鹿门庞处士，相期采药入青冥"的避世隐逸之趣，同时亦流露出"草屋何人方管乐，桑间无耳听咸英""枉尺已非贤者事，斫轮徒有古人方"无法施展抱负的无奈，可是他并没有停留于此，接着又以"身虽吏隐未忘忧""野夫终不久龙场"表明自己仍抱有超越苦难后积极用世的情怀，从其诗中所引孔子、申枨、管仲、乐毅、伊尹等颇具功绩的历史人物身上便可清楚地体认到这一点。整体而言，虽然王守仁被贬谪到荒野之地，生活条件十分艰苦，但其贬谪诗中并没有表达出强烈的激愤、感慨与悲伤，正如《龙冈谩兴五首》一样，表达的情感尽管多元，但给人的感觉并不是消极低沉，而是有积极不灭的精神在里面。

---

　　① （明）王守仁著，王晓昕、赵平略点校：《王阳明集》，中华书局 2016 年版，第 1030—1032 页。

　　② （明）王守仁著，王晓昕、赵平略点校：《王阳明集》，中华书局 2016 年版，第 622—623 页。

与王守仁的贬谪诗相比较，包节①贬谪诗中抒发的情感明显不同。嘉靖年间，包节巡按湖广时，"显陵守备中官廖斌擅威福，节欲绳之……钟祥民王宪告斌党庇奸豪周章等，节捕章，毙之杖下。斌益怒，遂奏节不以正旦谒陵，次日始谒，时当进膳，不旁立，亵慢大不敬"②，虽然包节也上奏廖斌不法之事，但嘉靖帝大怒，并不听取他的奏陈，仍以"恣肆作威，欺慢不敬，酷刑打死人命"③ 为由，于嘉靖二十五年（1546）三月，逮诣诏狱榜掠，永戍庄浪卫（今甘肃永登县），最终客死戍地。其间，他写有咏怀诗《岁暮咏怀八首》④。结合诗题中的"岁暮"和诗句"行年兹五十"，以及他去世时年五十一岁，可知这是他去世前不久创作的诗作。由诗作内容，可以明显感到"悯默念前非"总结的意味，而且彰显出了他在特殊节点、特殊心境下的复杂情怀。如"几历玄冥雪""荷戈未息肩"写自己长期荷戈戍边的无奈，"年鬓日以侵""迁缠遂至老"抒发时光荏苒、人已老去的感慨，"登城望故乡，暌隔如商参""乡国别已久，游子何时返""何日赋言归，江干采薇藿"表达对故乡亲人的思念与归乡的渴盼等；他回想过去，自己"弱龄爱恬旷"，常常"仰羡黄鹄飞"，怀有黄鹄之志，可是"世道本浇漓"，自己又不愿随波逐流，所以诸事"遂与素心违"，面对"士气既销烁，火德遂沉沦""礼义譬刍狗，周孔任嘲谑"的社会现实，自己的"良臣"意愿、拯世情怀已无济于事，因此，自己只能"情同庾子山""捐生等微尘"了；再有，身临恶劣的环境与"土风类豺貉"的蛮风，目睹"战罢掩遗骸，孀婺持锸畚"的凄惨情境，联想到司马迁、陈太丘（陈寔）、辛有、穆生、原宪、庾信、嵇康、阮籍等历史人物的悲惨命运，面对自己现实中的真实境况，于是激愤、感慨、无奈、落寞、悲伤、不甘等复杂的情愫涌上心头，久久不已，

---

① 包节（1506—1556），字元达，先世嘉兴人，其父始迁华亭。嘉靖十一年（1532）进士，除东昌推官，征授御史。以劾中官廖斌，下诏狱，谪戍庄浪卫（今甘肃永登县），卒于戍地。著有《包侍御集》。

② （清）张廷玉等：《明史》卷207，中华书局1974年版，第5477页。

③ 《原国立北平图书馆甲库善本丛书》第174册《大明世宗肃皇帝实录》卷309，国家图书馆出版社2013年版，第2421页。

④ （明）包节：《包侍御集·湟中稿》卷3，《四库全书存目丛书》，齐鲁书社1997年版，集部，第96册，第639—640页。

可自己已是"俎上之鱼",也只能用"荣壮既偕往,衰贱方因依""我生值数奇,危地翻为托""蓬蒿发孤啸""离怀日愤懑"等诗句发发牢骚、发泄自我,以"旧隐蓬莱侧,历历见三岛。欲觅一丸药,驻颜常美好。路远莫致之,寄言属青鸟"理想化的归隐形式自我麻醉,以"归来且命觞"浇心中之块垒罢了。由此,我们深深地体悟到了包节当时悲苦、无奈的复杂情怀,体悟到了个人命运在政治权势面前的脆弱无力,体悟到了道德理想与社会现实之间的错位,甚至产生了一种被带入的郁闷无解的哀痛感。

造成包节与王守仁上述抒怀类诗作中表达情感存在差异的原因,主要是个人的经历、思想、境遇、心态等的差异。包节写作上述诗歌时已属暮年,多年的仕途经历,长年谪戍庄浪卫的残酷现实,母亲与弟弟相继去世的沉痛打击等,使他的心境倍感压抑,因此表达失落、无助、哀伤的消极情绪乃是情理之中的事。而王守仁遭贬之时正值壮年,社会阅历相对较浅,而且对未来充满了期许,再有王守仁在困境中积极探索、悟道,使他对待人生磨难、生命意义的认识与包节有所不同,这些因素均以不同方式、从不同层面、强弱不同地渗入他们的内心,进而形成自己的思想认识与情怀,并借助诗歌的形式表达出来,因此也就给读者造成了不同的阅读感受。

沈炼[①]贬谪诗中的抒怀类作品在表情达意方面与王守仁、包节又有不同。细读沈炼谪戍期间的咏怀诗,虽然有多年"谪居"成为政治边缘人的哀叹,有一片"苦心""丹心"、一生"忠心"无人理解的诉说,有处于"无人问""羁人正独行"境地的落寞,也有现实中"白发丝丝""飘飘白发"催人老的无奈,以及发出了"向谁酬"的感慨,但是让人感受最为深刻的是其中充斥着浓浓的忧愤之气与孜孜不已的拯世报国情怀。因为,在沈炼的人生字典里,没有妥协与放弃,尤其是当他目睹、闻听边关"将军出塞又空回""割生献馘"报功的情形,以及"世道缺纲常"、严

---

① 沈炼(1507—1557),字纯甫,号青霞,浙江会稽(今绍兴)人。嘉靖十七年(1538)进士,历任溧阳、茌平、清丰县令,迁锦衣卫经历。嘉靖三十年(1551),因仗义直疏,弹劾严嵩,惨遭廷杖后,被贬保安。嘉靖三十六年(1557),终被严氏及其党羽诬为白莲教邪党,弃市宣府。著有《青霞集》。

嵩结党营私、"窃弄威权"的事实后，更是坚定了自己的淑世情怀。于是，沈炼在抒怀类诗中不断地书写"悲歌莫厌伤心曲，不是忠臣定不哀""报国惟怀三尺剑，筹边空作万言书""抗疏阙庭身万死，悲歌京国泪双流""谁为画成忧国恨，关西一片月长明"等忠贞报国且蕴有无限悲愤、哀伤的心绪，不时地表达"誓清寰海答皇天""誓心擒灭左贤王""四方戈戟几时平"的决心与渴盼。而且，他还在诗中直接揭露严嵩父子及其党羽的恶劣行径，如长篇律诗《忧怀诗》，诗题小注"其间专指严氏也"一语中的，诗句云"怀奸自忍忘恩泽，结党何须及叛离""揣摩几事惟林甫，窃弄威权傲李斯""曹瞒为计如狐冢，司马之心在路歧"等。他的这些表现来源于"曾受清朝三载禄，不甘邪党一毫欺"的体认，来源于为臣应坚守节义的观念，来源于对传统士大夫忘身许国精神的继承，还来源于他血液里流淌着的不服输的斗争精神。①

　　他如，永乐年十一年（1413），罗亨信②因本科办事官失误，受到牵连谪交趾为夷卫吏。在谪居交趾第九年时，他写有《安南感怀》，其中有"拙宦虞翻拙未休，九年恩遣滞炎州"对长期谪戍"炎州"的交代，有"莫言交广风烟接，一望南溟恨已悠"的忧怨感叹，也有"日长山鸟啼官舍，地僻蛮烟绕郡楼"的相对安闲，还有，他虽已"梦断禁垣虚补衮"，但仍抱有"忧深边徼欲前筹"的用世情怀。罗亨信贬谪期间之所以存有如此复杂的心绪，与其长期谪戍的感伤心态有关，与时任指挥花荣好贤爱士、待其优厚且让他参与筹划剿乱、保境安民行动的客观情形有关，还与他难以消除的济世安民思想相关。又如，祁顺③因讠圭误受连累贬谪贵州石阡知府十多年，其间创作了《写怀》《石阡述怀》《遣兴二首》④ 等。

---

　　① 此段所引诗句，见《青霞集》卷6、卷7，《景印文渊阁四库全书》，（台北）台湾商务印书馆1986年版，集部，第1278册。

　　② 罗亨信（1377—1457），字用实，广东东莞人。永乐二年（1404）进士，官至左副都御史。诗作《安南感怀》，见罗亨信《觉非集》卷8，《四库全书存目丛书》，齐鲁书社1997年版，集部，第30册，第28页。

　　③ 祁顺，字致和，号巽川，东莞人。天顺四年（1460）进士，授兵部主事，迁户部郎中，成化十三年（1477）出为江西参政，成化十七年（1481）谪石阡知府，弘治六年（1493）迁山西右参政，弘治九年进江西布政使。有《巽川集》。

　　④ （明）祁顺：《巽川祁先生文集》卷5，《四库全书存目丛书》，齐鲁书社1997年版，集部，第37册，第453、454页。

它们虽然篇幅不长，但情感表达丰富，有"男儿弧矢平生志，历遍中华到石阡""世故人情不易猜，潜鳞何日起风雷""直道未应终忤世，清朝谁信有遗才"对仕途志向、世故人情的感慨，有"日月居诸老渐来""数茎蓬鬓经霜改"对时光易逝、人生易老的感叹，有"僻郡萧条乡信疏，自甘寥落守寒株"思乡、孤寂心境的表露，还有"俗客不来公事简，倚窗频和白云篇""傥来荣辱浑闲事，懒对溪山咏八愚"闲暇心境的书写，以及"东西涂抹心犹壮""一点葵心向日孤"未言放弃的坚守。再如，英宗复辟，天顺元年（1457），陈循①受徐有贞构陷谪戍铁岭卫，其间所写《感兴五首》《九日常年多值风寒今岁先期登老金山》② 等，感慨世态"孔丘盗跖俱尘埃，时人焉识道高下"，感叹时光流似箭的同时表达"老去悲秋强自宽""鬓毛白尽兴犹多"的自我宽慰，也有"得丧悲歌尽是空""明时不敢卧烟霞"预丧与担忧的心绪，以及"清水莫教波浪浊""直道莫抛君子业"的坚守与执着。

　　再有，成化三年（1467），黄仲昭因坐谏鳌山烟火，遭廷杖后谪湘潭知县，在《谪官之湘潭夜泊萧家林和庄孔旸韵》③ 中表达了多重情感："浮生漂泊多行路，此地经过几系舟"的漂泊之感，"恋阙心随云北去，思亲梦逐水东流"的恋阙、思亲之情，以及"临风却羡沙头鹭，欲结新盟谢远游"的闲适与念友之心。弘治初年，邹智上疏建言，请黜万安、刘吉、尹直三小人，进王恕、王竑、彭韶三君子，被刘吉坐以妖言惑众，远谪广东石城所吏目，他写《初到石城二首》④ 表达"昨来尽读骚人赋，最爱长沙第一篇""南北东西几谪仙，小臣独荷主恩偏"的幽愤与感慨，也流露出了一种"蓬莱元自属神仙""海浮沆瀣斟初满，天放婵娟赏最

---

① 陈循（1385—1464），字德遵，江西泰和人。永乐十三年（1415）赐进士第一，官至户部尚书、少保兼太子太傅、华盖殿大学士。

② （明）陈循：《东行百咏集句》卷中、卷下，《四库全书存目丛书》，齐鲁书社 1997 年版，集部，第 31 册，第 352、373 页。

③ （明）黄仲昭：《未轩文集》卷 10，《景印文渊阁四库全书》，（台北）台湾商务印书馆 1986 年版，集部，第 1254 册，第 534 页。黄仲昭（1435—1508），名潜，福建莆田人。成化丙戌进士，官至江西提举佥事。庄孔旸，即庄昶（字孔旸），同因谏鳌山烟火被贬谪桂阳判官。

④ （明）邹智：《立斋遗文》卷 5，《景印文渊阁四库全书》，（台北）台湾商务印书馆 1986 年版，集部，第 1259 册，第 470 页。邹智（1466—1491），字汝愚，合州（今重庆合川区）人。成化二十三年（1487）进士，官庶吉士。

先"相对超脱的心境。正德三年（1508），王廷相因言事忤刘瑾，被贬谪亳州判，四年（1509）迁高淳县令，其间所写《昼眠》《散衙》《量移高淳令咏怀》①，整体表现出"地僻多幽事，官闲足晏眠""陶令忘身世，依然仍在今""自判陶公偏嗜酒，不妨宓子静鸣琴。时危莫羡丹华诏，岁暮聊为白石吟"这样较为超然洒脱的情怀。唐锦以忤刘瑾被谪深州（今河北衡水）知州，在诗中直接表达自己的愤怒："此日迁居易，狂谈忤赵高。犹堪抄药案，不用注离骚。圣主明如舜，权阉黠似猱。智囊还自戮，天网诅容逃。"②他把刘瑾比作赵高，说其"黠似猱"，将难逃天网，可他把当时的武宗说成"圣主明如舜"，具有明显的思想局限性。类似的现象在明人谪戍诗中不止一例，如杨慎说"迁谪本非明主意，网罗巧中细人谋"③，白悦云"幸承明主鉴，不罪小臣心"④，陈循说"万方四海称臣妾，入觐方知圣主尊"⑤，皇甫汸的"即今亦有长沙行，此去应知圣主情"⑥ 等，显然这种"皇帝无罪、罪在乱臣""臣妾""感恩戴德"的思想具有久长的传统基础，而且在古代仕宦文人中存有一定的普遍性。

　　嘉靖元年（1522），齐之鸾因上疏揭发太监弄权，被谪崇德（今浙江桐乡）县丞，在《谪崇德丞感愤答大巡之作》⑦ 中大发"语溪风雨濯烦襟，世态炎凉任浅深""危疑曾折朱云槛，疏放常轻季子金"的感愤、狂放

---

① （明）王廷相：《王氏家藏集》卷16、卷18，《四库全书存目丛书》，齐鲁书社1997年版，集部，第53册，第13、21、56页。王廷相（1474—1544），字子衡，河南仪封人。弘治十五年（1502）进士，官至兵部尚书、加太子太保。

② （明）唐锦：《龙江集》卷1《使还连瑾谪判深州》，《续修四库全书》，上海古籍出版社2002年版，集部，第1334册，第513页。唐锦（1475—1554），字士纲，上海人。弘治九年（1496）进士，官至江西提学副使。

③ （明）杨慎：《升庵集》卷29《六月十四日病中感怀》，《景印文渊阁四库全书》，（台北）台湾商务印书馆1986年版，集部，第1270册，第217页。

④ （明）白悦：《白洛原遗稿》卷4，《四库全书存目丛书》，齐鲁书社1997年版，集部，第96册，第138页。

⑤ （明）陈循：《和东行百咏集句》卷中，《四库全书存目丛书》，齐鲁书社1997年版，集部，第31册，第360页。

⑥ （明）皇甫汸：《皇甫司勋集》卷11，《景印文渊阁四库全书》，（台北）台湾商务印书馆1986年版，集部，第1275册，第561页。

⑦ （明）齐之鸾：《蓉川集·悠然亭杂诗》，《四库全书存目丛书》，齐鲁书社1997年版，集部，第67册，第639—640页。齐之鸾（1483—1534），字瑞卿，号蓉川，安徽桐城人。正德六年（1511）进士，官至河南按察使。

之言。嘉靖三年（1524），邹守益因"大议礼"下诏狱，谪广德州判官，其在《宿广德公馆》①中书写"虚堂独掩门""拥怀终夕坐"孤独、失落的同时，有"深惭疏吏事，何以报君恩"的反思，以及"歉岁民情苦，残编古道存"用世与持守情怀的抒发。再有，林希元②因忤大臣意与请剿辽东叛兵坐累，两次遭贬泗州判官与钦州知州，在他的《同安林次崖先生文集》中收诗两卷，其中有不少诗作写于两次贬谪期间，表达的情感十分丰富，如"歧路各不同，重会安可约"与朋友的离别之情，"一疏拂当轴，万里投荒郊""满眼西风悲落木""老我不堪当世用，偶然此处寄鸿踪"的无限感伤，"钦州古越郡，地僻故荒凉"对谪地荒凉的感叹，"心劳缘政拙，官小悉民疴""八里苍生却不忘"对政事、民生的用心，以及"百年富贵梦中事，留取声名与后看""灯前细语生平事，一片芳心与烬灰""无病不须求药物，有官何必问升迁"相对的豁达与安然，还有"忙里不知岁月去，客边渐觉鬓毛疏""椒盘此夜谁筋酒，忽忆家乡万里余"对时光易逝的感叹与思乡望归的渴盼等。还有，刘天民贬谪寿州时，咏写雨后"迁客偶然逢熟岁，童谣休奏麦双歧"③的欣喜；冯惟敏谪镇江府学教授时，感叹南京城"空悲浪迹淹三楚，无复伤心问六朝"的历史，抒发"郡斋时复忆山居""生计已摒寻旧隐"思乡隐居的情怀④；范宗晖受累谪云南，述写"竹深清露滴，树杪白云生""今朝新酒熟，适足遂闲情"⑤的悠闲之情，等等。

综之，不同的身份地位、贬谪原因、谪居境况、个人性情等均会影

---

① （明）邹守益：《东廓邹先生文集》卷11，《四库全书存目丛书》，齐鲁书社1997年版，集部，第66册，第195页。邹守益（1491—1562），字谦之，江西安福人。正德六年（1511）进士，官至南京国子监祭酒。

② 林希元（1482—1567），字思献，福建同安县人。正德十二年（1517）进士，官至云南佥事。另，文中所引诗句分别见《南迁过山东蔡半洲巡按使者送至沙河用古体谢之三首》《谪官谢恩后有述二首》《钦州到任感怀》《公堂即事》《闻谪判泗州》《秋日遣兴》《州城开西门有述》《得钦州春祭文有述》，《同安林次崖先生文集》卷17、卷18，《四库全书存目丛书》，齐鲁书社1997年版，集部，第75册，第735—753页。

③ （明）刘天民：《函山先生集》卷8，《四库全书存目丛书》，齐鲁书社1997年版，集部，第70册，第309页。

④ （明）冯惟敏著，谢伯阳编纂：《冯惟敏全集》，齐鲁书社2007年版，第82、94页。

⑤ （明）沐昂：《沧海遗珠》卷3，《景印文渊阁四库全书》，（台北）台湾商务印书馆1986年版，集部，第1372册，第482页。

响到诗人贬谪期间的心态，进而使他们在诗作中表达多元的思想情感，或愤世嫉俗，或济世爱民，或心存魏阙，或向往隐闲，或漂泊离思，或闲暇超脱，或感叹时光易逝，或咏写悲苦，等等，这些作品从不同层面展现出了特殊境况下曲折的人生、复杂的心绪，为了解、研究明代贬谪文人群体或个案心态提供了丰富的素材。

第四节　特殊境遇下的酬赠与交游之作

人的社会属性决定每个人必然处于社会关系之中，这种关系包括个人之间的关系、个人与群体的关系、个人与国家的关系等。对于遭遇贬谪的明代仕宦文人而言，特殊的环境、特殊的心态使他们更加渴望获取他人的理解、关心、帮助与支持，这就促使他们与当地或外地的官宦、友朋经常利用机会开展一些宴游、酬赠活动。他们借助此类活动既可以增进友谊、获得帮助，也可以诉说衷肠、发泄郁闷、打发时间，同时还彰显了文人喜好借助文字抒发情感、彰显自己独特存在的心理，事实上，这种表现乃是仕宦文人的社会属性与交往方式在特殊境况下的展现与延续。不过，由于每个人的身份、境遇、心态、交游对象不同，其唱和、酬赠的内容也多存差异。

刘大夏（1436—1516），字时雍，号东山，华容县（今湖南岳阳市）人，官至兵部尚书。在朝时，他忠诚恳笃，忘身许国，对权宦多有裁抑，为权宦刘瑾所恶。正德三年（1508）九月，被"假田州岑猛事，逮击诏狱……李东阳为婉解，且瑾诇大夏家实贫，乃坐戍极边"[1]；正德四年（1509），充军甘肃肃州（今酒泉），四月抵达戍所；正德五年（1510），刘大夏遇赦归，八月刘瑾被诛杀，官复原职，因年老不再起用。刘大夏虽然在戍地的时间不长，但也写下了不少诗篇，并辑有《西行稿》一卷存世。其中，有不少酬赠、唱和类作品，如《和冯汝阳端阳日巡嘉峪关回韵四首》《和汝阳经理屯田写怀二首》《送汝阳东还出城日马上限韵索

---

[1] （清）张廷玉等：《明史》卷 182，中华书局 1974 年版，第 4848 页。

诗》等七首，根据诗中所注"时汝阳从王都宪（王珣）来肃州经理屯
田"，可知这是刘大夏与前来肃州经理屯田的冯汝阳之间的唱和之作。其
中表达的情感较为丰富，或感叹羁旅漂泊之情，或抒发愁思难已的心绪，
但更多的还是出于唱和目的，在叙写两人"斯文臭味自相同""一生志愿
忆同侪"的基础上，写冯汝阳"高低屯垦曾前日"的勤政，获得"远近
人家望有秋"的成效，而且使"无数边军沾惠泽"，出现了"边地争传姓
字香"的现象，同时表达了对冯汝阳的良好祝愿："才名已喜专台省，勋
业还期垂史编。自古安危仗俊杰，边城倾耳听登仙。"① 不可否认，此类
诗句中带有过誉的成分，但仍可从中体认两人的情谊及冯汝阳经理屯田
时为边地做出的贡献。又如《谪戍肃州故旧无敢来见者独严仲洪赠诗和
答之》，和答的主题在诗题中已有交代，即自己被谪戍肃州时一些故旧不
敢来见，独有乡人严仲洪赠诗，② 作者予以和答。诗中，面对"无人唱渭
城"的冷酷现实，作者以王孙草"一任寒霜不世情"、桥下水"激流如诉
不平情"为喻，书写自己的伤感与不满，以至于"烟笼泪眼"也无以表
达自己悲伤的心情，与和冯汝阳的诗不同，这里明显少了应酬的意蕴，
多了真情的感悟与表露。

嘉靖年间，杨继盛曾在《祭易州杨五文》中云：

> 去年春，予以狂直排奸，被杖系狱，其际诚危矣。平昔指天论
> 心者，惧祸之及己，则远绝之不暇；同时交游者，疾名之胜己，则
> 非毁之惟恐其不足；而素以义气著闻、豪杰自负者，恨言之侵己，
> 且售计投石要功泄愤于权奸之门，其孰与我乎！③

杨继盛在这里抨击了自己入狱后人情世态的炎凉，与刘大夏谪戍肃州故
人不敢来见时的心情应有相通之处。罗宗强先生说："此种风气，不惟

---

① 冯汝阳，即冯清，字汝阳，宛平（今北京市）人，官至都御史，曾巡抚宁夏。

② 这里说严仲洪为刘大夏乡人，据何孟春《书刘东山西行稿后》所云"公《西行稿》载，
公赴肃州时，故旧皆避不来会，独乡人严仲洪赠诗和答之"而定（《刘忠宣公遗集卷九卷·附录文卷
一》，《四库未收书辑刊》，北京出版社 2000 年影印本，第 6 辑，第 29 册，第 549 页）。

③ （明）杨继盛：《杨忠愍集》卷 2，《景印文渊阁四库全书》，（台北）台湾商务印书馆
1986 年版，集部，第 1278 册，第 650 页。

为历代官场所常用，实亦为士林之或一常态。历经人生坎坷者当有切身之体悟。若从此一点切入，则于我国士之传统人格或有更为全面之认知。"① 实乃洞彻世态人性之后的深刻见解，此种风气背后的因由尤其值得反思。再如，刘大夏在《金宪俞见报京师信诗以酬别》中感叹老年漂泊、塞上寒愁、梦里思乡的情怀，《和甘州胡巡抚寄和三首》对胡巡抚的赞颂之词："老成人物清时望，俊杰才华出类贤""名冠内台知任重，令行边塞见才贤"，《赠参戎苏》中对参将苏复"一片忠诚如子少，百年保障更谁前"的赞扬，《和同患姜知府韵》《答同谪李侍御自俾》中通过"兴来且尽赓歌乐""漫弄诗筒闲度日""乾坤无意自春秋""醉后黄花插满头"等诗句表达带有安慰意味的闲适与旷达，《送李生还虞城》中对来肃州省亲李生孝亲行为的称颂，还有《谢董都指挥送鲜鱼瓜茄》对西陲高远、气候迟到与新菜稀少的记述，对好友关怀的感谢以及由此引发的思乡之情等。② 在这类诗中，刘大夏根据不同的酬赠对象，选取不同的写作内容，既达到了唱和交流的目的，也借此表达了他不同层面的思想情感，为读者体悟当时刘大夏的心态提供了素材，也帮助读者认识到了酬答诗的部分特点。

正德三年（1508）十月，陶谐③因得罪宦官刘瑾被诬告谪戍肃州，次年秋抵达肃州，正德五年（1510）八月被释放归乡，嘉靖元年（1522）得以复官。在肃州期间，陶谐"对时抚事，经目入怀，若鸟之逢春，虫之逢秋，金石之逢声击，自不能已于言"，创作了不少诗作。当时，陶谐与刘大夏同戍肃州，于是为二人"朝夕聚首，舒忧觅笑，或唱或和"提供了方便，④ 如陶谐写有《次韵东山先生暮秋感怀二首》《至日次韵东山先生》《次韵刘先生至日又见雪》《再喜见雪次韵刘先生》《和东山先生端午感怀次韵》《九日书怀次司马刘东山先生韵二首》《立春次刘先生韵》《次东山独居写怀韵因以奉慰》等十首诗作。在这类诗作中，有"一

---

① 罗宗强：《明代后期士人心态》，中华书局 2019 年版，第 45 页。

② 文中所引诗句均见《刘忠宣公遗集九卷·刘忠宣公西行诗集》，《四库未收书辑刊》，北京出版社 2000 年影印本，第 6 辑，第 29 册，第 525—526 页。

③ 陶谐（1474—1546），字世和，号南川，会稽（今绍兴）人，明弘治九年（1496）进士，官至兵部左侍郎。

④ （明）陶谐：《南川漫游稿·西行漫稿引》，《四库全书存目丛书》，齐鲁书社 1997 年版，集部，第 48 册，第 273 页。

身万里孤城戍”“南客羁留极北天，每逢佳节一潸然”“天颜咫尺逐臣情”等无法释解的感伤；有“乾坤骨肉久离别”“慈颜垂白稽山下”“音书迟滞雁南时”“山阴此夜堪乘兴”绵绵不断的思乡之情；还有“物意欣欣渐向亨”“喜同浑觉诗脾壮，赏剧翻嫌酒力微”相对轻松、闲适情怀的书写，以及“艰危心事儿童识，进退勋名宇宙存”对刘大夏的安慰；等等。① 这些诗作“直抒胸臆，明白坦易，不甚镕铸剪裁”②，既表达了陶谐真实丰富的情感，也具有唱和诗的功能与特点。需要说明的是，在现存《刘忠宣公遗集九卷》中未见与陶谐唱和的诗作，有可能是遗失，也可能本来就没有。基于陶谐唱和刘大夏的诗作全是次韵刘氏诗所作，以及当时二者的身份差距较大（刘大夏遭贬时已官居尚书之职，陶谐的职位仅是给事中），笔者猜测刘大夏与陶潜之间没有唱和诗作的可能性较大。

　　正德八年（1513）三月，时任监察御史孟洋上疏“论大学士梁储屡被劾当去，礼部尚书靳贵阴求入阁，上责其排陷，谪桂林教授”③；正德十一年（1516）才得以量移汶上县，在桂林谪居了近四个年头。正德八年（1513），顾璘④因忤中官廖堂、王宏意，被诬“对上级大不敬”之罪，被贬谪广西全州，三年后起知浙江台州府。两人的贬谪时间有重叠、命运类似，谪地相近便于交往，且本来就是挚友⑤，于是贬谪期间两人交往较为频繁、也有不少唱和之作。在孟洋的《孟有涯集》中，存有《顾全州见邀江水涨不能赴》《闷中寄顾全州华玉》《答顾全州华玉寄书》《答顾全州华玉见贻》《人日答顾全州以诗见邀》等诗作，结合诗题与诗作内容，可以了解到二人的交游活动与情感交流，如因江水上涨不能赴约而产生的“渡头行子立惆怅”，通过寄诗抒写“孤裘客”的烦闷，以赠答

---

　　① 本段陶谐和刘大夏的诗作，见《南川漫游稿》，《四库全书存目丛书》，齐鲁书社1997年版，集部，第48册，第277—286页。

　　② （清）永瑢等：《四库全书总目》卷176，中华书局1965年版，第1566页。

　　③ （明）谈迁：《国榷》卷49“武宗正德八年（1513）三月”，古籍出版社1958年版，第3043页。

　　④ 顾璘（1476—1545），字华玉，号东桥、东桥居士等，弘治九年（1496）进士，官至南京刑部尚书。著有《浮湘稿》《山中集》《息园诗文稿》等。

　　⑤ 据孟洋诗作《答顾全州华玉寄书·小序》云“全州书谓余为浮湘佳侣，至麓口知予舟方过数日，追之不及，失良晤，云‘予出京景内翰伯，时有湘南逢顾况’之句，今乃弗果已”，可知二人的关系较密切。

的方式表达两人"放臣""共逐"的命运及其渴望"日相亲"的真情等。①
顾璘谪居全州期间，也写有不少寄答孟洋的篇章，如《答孟望之侍御时
谪桂林郡博》《再答孟侍御期予入桂林之作》中诉说"万里飘零同落叶"
的悲情，也有"纫兰搴芷共淹留"的安慰；又如《春日寄徐伯川兼柬孟
侍御》《送鲊孟侍御孟有歌罢无鱼之句因嘲之》中有"屡喜诗篇向客闻"
的欣喜，也有"我拟封筒遥送鲊，君毋弹铗更歌鱼"的戏谑；再如《答
孟望之二首》《江上迎望之逆风舟不得进》《江上感秋呈望之》中有"漂
泊""逐臣""客子"的哀痛，有"天涯恋友朋""秉烛传更夜无寐"的
思念，以及"君望家山只欲归"的情怀；等等。正德十一年（1516）夏，
孟洋量移汶上，途经全州，逗留十日以与顾璘相聚，二人游览了全州的
山水名胜，当时顾璘曾写有诗作《赠别望之兼寄诸相知十首》。在这十首
诗中，顾璘直书真情，表达了极其丰富的思想情感。其中，有对两人
"五岭炎蒸地，三年共谪居"命运的倾诉，有"予意独何如""愁杀未归
人"的惆怅，有对"哀歌鬓已斑""还愁老欲侵""风波损壮心"的感
喟，有"瘴疠脱危津""台省贺莺迁"的喜悦，也有"多难故情浓""南
天洒泪多""他乡念我劳"的伤别与嘱托，还有"世路易浮沉""斯人常
坎坷，天意竟茫茫"的感慨与无奈。②

　　对于一些贬谪官宦而言，虽然遭受了降谪，但毕竟还存有官职与一
定的地位，当然少不了一些官场上的应酬，因此也就产生了一些功用较
强的酬应诗作。譬如，王偁③坐累谪戍交趾时，写有《与张从事夜坐幕府
有赠》《闻总戎破敌有作》《幕中赠张郎中》《赠阃帅张镒》《答谢主帅》
《阅兵呈总戎》等。④ 他的这类诗作记述了当时的一些历史史实，表达出
一种豪迈之气，但通过诗句"敌国真堪倚，雄姿独数君""功成指顾间，

---

　　① （明）孟洋：《孟有涯集》，《四库全书存目丛书》，齐鲁书社 1997 年版，集部，第 58
册，第 156、174、203、215 页。
　　② 本段顾璘寄答孟洋的诗作，见《浮湘稿》，《景印文渊阁四库全书》，（台北）台湾商务
印书馆 1986 年版，集部，第 1263 册，第 142、144、147、148、158、159 页。
　　③ 王偁（1370—1415），字孟阳，福建永福人。洪武中，乡试中式，入国子监，陈情养母
乞归。永乐初，用荐授翰林检讨，参与撰修《永乐大典》，后坐累谪交趾，复以解缙事连及，系
死狱中。
　　④ 此处所举王偁的诗作，见《虚舟集》卷 4、卷 5，《景印文渊阁四库全书》，（台北）台
湾商务印书馆 1986 年版，集部，第 1237 册，第 59—75 页。

一剑定诸蛮""共投簪笔出蓬莱，万里从戎亦壮哉""将军簪弁旧名门，奕业曾承雨露恩""试向阅兵台上望，豺狼何处敢横行"等，可以明显地看出他对总戎、阃帅、主帅过誉式的颂扬，具有鲜明的酬应性特点。

又如，正德初年，王守仁因上疏救戴铣等人得罪刘瑾，谪戍贵州龙场驿丞。其间，他创作了不少贬谪诗，其中包括一些酬答、寄赠诗。如《赠刘侍御二首》《次韵送陆文顺金宪》《赠黄太守澍》《答刘美之见寄其韵》《即席次王文济少参韵二首》等。诗中，作者有"京国交游零落尽，空将秋月寄猿声"的哀叹，也有"忧时敢负君臣义""心存气节不无偏""心驰魏阙星辰迥"的用世情怀表白，据其诗句"知君已得虚舟意，随处风波只晏然""吾计终五湖""知君亦欲拂衣尘"，还可睹见其受老庄思想影响下的归隐之意，与上述酬赠类贬谪诗中表达的情感明显有别。①

再如，杨慎《甲寅新正六日送简西峚登舟》中"江北江南从此隔，何时何地再逢君"别离时的伤感，及晚年所写《病中咏决李、张、唐三公》"知我罪我春秋笔，今吾故吾逍遥篇"相对超越的情怀。②冯惟敏做涞水知县时得罪权要，改任镇江府学教授，其间作《寿大司马郭似庵七十》二首③，属于典型的贺寿应酬之作。戴冠因上《忧国计疏》得罪明武宗，被贬广东乌石驿丞七年④，作《答盛太史》《答林德孚次韵》《望增城怀德孚叠前韵》《乌石寄答王宜学》《舟中用韵李南雄》《用韵答寄邓二守》⑤等，表达"岁暮他乡伤客心""渺渺沧波添客泪"的逐客者哀伤，以及"翰林书札远相遗""相逢别思又相牵"的友情与思念。沈炼因弹劾严嵩父子遭贬谪戍保安，写有《寄万鹿园总戎二首》《寄刘副将》《寄冯敬叔》《得茅鹿门别驾广平消息》等诗作，突出表达对边关将领"挥尘坐谈兵""清朝识虎臣""忧边看宝刀"英雄气概的颂扬，同时也

① 此段所引王守仁的诗作，见《王阳明集》，中华书局 2016 年版，第 621—631 页。
② （明）杨慎：《升庵集》卷 19、卷 27，《景印文渊阁四库全书》，（台北）台湾商务印书馆 1986 年版，集部，第 1270 册，第 203、217 页。
③ （明）冯惟敏著，谢伯阳编纂：《冯惟敏全集》，齐鲁书社 2007 年版，第 88 页。郭宗皋（1499—1588），字君弼，号似庵，山东福山人。官至兵部尚书。
④ （明）樊鹏：《山东按察司提学副使戴君冠墓志铭》，见李晓军《戴冠及其〈戴氏集〉研究》，硕士学位论文，西北师范大学，2012 年，第 16 页。
⑤ 此处所举戴冠诗作，见《戴氏集》卷 9，《四库全书存目丛书》，齐鲁书社 1997 年版，集部，第 63 册，第 60—62 页。

书写了自己"丹心共日悬"的心声。①

　　整体而言，由于酬应类诗作注重实用功能，会在一定程度上影响真情实感的书写，如一些贺寿、赠颂类诗作出于礼貌需要或为了达到某种目的，表达情感时明显带有过誉的成分，存有不少溢美之词。当然，也不尽然，如上文所举，通过寄赠友朋书写逐臣、思乡、友情的诗作便多是真情的流露。因此，分析影响此类诗作表情达意的原因时，除了受实用功能的影响，作者当时的处境、心态以及酬应的对象等应是需要考察的主要因素。

第五节　谪宦视域中的山水景胜与风土民情

　　基于文人群体的趣尚与特点，贬谪文人到谪地后，除了完成相关的政务或劳作，在条件允许的情况下饱览当地的山水名胜则是不可或缺的活动之一，比如自然山水、地方八景、寺院庙宇等常是他们驻足的地方。同时，他们还十分关注地方的风土民情，并写诗记诵。触景生情、借物抒情、记述风土人情是文人墨客的长项，对于贬谪文人这一独特的群体而言，题咏谪地的山水景胜、风土民情会别有味道。

一　纪游谪地山水景胜，抒发多元情怀

　　岳正（1418—1472）天顺初年入内阁参与机务，因向皇帝献策削弱曹吉祥、石亨权力，撰写《罪己诏》历数当时的弊政并痛斥曹、石的乱政行径，被曹吉祥、石亨等人构陷，遭受杖刑一百后，谪戍肃州。直到天顺五年（1461）曹、石叛乱被戮，岳正才得以回朝。贬谪肃州期间，岳正曾写有《游崆峒山六首》②。崆峒山地处甘肃平凉市西十一公里处，为最早求仙问道的发祥地，有"天下道教第一山"之称。这里流传有许多仙迹道化的故事，如关于广成子、赤松子、钟离权、张三丰的故事等，

————————

　　①　此处所举沈炼诗作，见《青霞集》卷6，《景印文渊阁四库全书》，（台北）台湾商务印书馆1986年版，集部，第1278册，第81—87页。

　　②　（明）岳正：《类博稿》卷2，《景印文渊阁四库全书》，（台北）台湾商务印书馆1986年版，集部，第1246册，第366页。

而且崆峒山融山河幽洞、宫阁楼台等自然风光与人文景胜于一体，如望驾山、香山、凤凰岭、胭脂河、泾河、广成子洞、玄鹤洞、藏书洞、三官殿、三星殿、雷祖殿、太和宫、玉皇阁、太白楼等人文名胜。① 在《游崆峒山六首》中，岳正用大量的篇幅描写山、水、鸟、林、气等自然物象，如"两壁微开一径遥""鸟声入谷成呼应""几处悬崖颓复定，千寻飞瀑堕还跳""露气依稀成沆瀣，泉声宛转奏琅璈""群山缭绕青屏合，一水萦回玉带斜""好山多在乱山丛，紫翠葱茏出半空""弯环冈阜眉横黛，重叠峰峦髻涌螺"等诗句，借此给人们勾勒出了一个清幽秀美的自然环境。此外，他基于仙道之山的特点，还涉及广成（子）事、古殿、断碑、元鹤、仙桥、轩辕、鼎湖、蓬莱、双皂鹤、广寒宫等相关的典故、物象，与自然景观的描绘相结合，共同营造出了一个清新静谧且充溢着仙气的境界。此外，他还借此直接抒发"不知身在画图中"的惬意，"愁怀到此已全消"的安闲，"蓬鬓谁能老不凋"的洞达，进而表达出"愿卜幽居作老樵"的避世隐闲心境。与其谪居期间，所写的"无限闲愁损客心""万里书来拭泪看，瘴乡儿女报平安""莫嫌潦倒多言语，身是三危旧逐臣""万里飘风一逐臣，帝教再起牧吾民""无奈闲愁万种侵，重阳况在客中临"等诗句②中流露出的悲哀、闲愁的心境明显不同，这说明通过游赏幽静的自然景观，尤其是以崆峒山为代表融自然、人文为一体的仙道之山，能在较大程度上消解人们悲愁之中的痛苦，尽管这种缓解有时是短暂的，但其释解、疗伤的作用不容忽视。

与岳正的《游崆峒山六首》所不同的是，有些游赏山水的诗作虽然也描绘出了清幽的自然景象，但所表达的情感却没有岳正那么洒脱。如孟洋因弹劾梁储、靳贵被谪桂州教授，曾写《九日游风洞山》：

> 九日独登风洞阁，万峰叠拥靖江城。烟中台殿浮秋色，天畔松杉落雨声。黄菊野开孤客泪，苍梧水绕二妃情。心怀往岁承恩宴，

---

① 无聊子编著：《甘肃道教史话》，宗教文化出版社 2017 年版，第 84—90 页。
② 本段所引岳正诗句，除《游崆峒山六首》外，分别见《夜雨呈同志》《和翟志恭大理韵》《送定西蒋侯出镇甘肃二首》《莆阳迎春》《南山登高和周太守韵三首》，《类博稿》卷 2，《景印文渊阁四库全书》，（台北）台湾商务印书馆 1986 年版，集部，第 1246 册，第 363—368 页。

肠断斜阳望帝京。①

风洞山，又名叠彩山，位于桂林市区偏北，漓江之滨，因山石层层横断，重重相叠，如叠着的彩缎而得名。风洞位于山腹，南北对穿，中间可过人，四季有清风，清幽别致，因此称风洞山。② 诗中，孟洋描写九日独自站在万峰层叠的风洞山上，俯瞰宁静的江城，远处的亭台殿堂笼罩在淡淡的烟雾之中，秋风吹过松杉林传出像是雨水洒落的沙沙声，山岩开放的野菊勾起自己的逐客之泪，身处此地不仅想到娥皇、女英泪洒湘竹的传说，转而想起自己过去受恩赴宴的荣光，而今却在斜阳夕照的风洞山登高远眺，倍感神伤，渴望朝廷能宣诏自己早日回京。同是遭贬的身份，同是游赏山水之作，孟洋的诗作在描绘景色的同时流露出哀伤、孤寂之情以及渴盼被朝廷召回的希冀，而岳正在诗中则表达出了相对超脱、安闲的心态，这说明虽为同类题材、相似境遇，却因个人的性情、心态以及游赏时的情绪等方面的差异会影响到其诗歌创作的情感表达。

又如，程本立贬谪云南马龙他郎甸长官司吏目期间，曾创作描写山水的诗作《兰沧江》一首：

> 曾观樊绰云南志，今人兰沧江上舟。山自哀牢皆北向，水如弥渃尽南流。乾坤瓮盎多蚊蚋，蛮貊襟裾类马牛。揽辔登高一回首，悠悠何处望神州。③

诗作由唐人樊绰编撰的《云南志》④ 写起，引到澜沧江上的船只；接着写高耸北向的哀牢山，与像弥渃江一样南流的江水；转而写周围像瓮盎的

---

① （明）孟洋：《孟有涯集》卷10，《四库全书存目丛书》，齐鲁书社1997年版，集部，第58册，第217页。

② 杨钢编著：《中国名胜诗词大辞典》，武汉大学出版社1993年版，第564页。

③ （明）程本立：《巽隐集》卷1，《景印文渊阁四库全书》，（台北）台湾商务印书馆1986年版，集部，第1236册，第146页。

④ 《蛮书》，又名《蛮志》《云南志》《南夷志》，是系统记载唐代云南地方亦蒙氏南诏国历史、地理的著作。全书以卷目分作十部分：《云南界内途程》《山川江源》《六诏》《名类》《六脸》《云南城镇》《南蛮疆界接连诸蕃夷国名》《蛮夷风俗》《南蛮条教》《云南管内物产》等（参阅《中国学术名著提要·隋唐五代编》，复旦大学出版社2019年版，第106—107页）。

空间充满了蚊虫，蛮貊们穿戴着像装饰马牛时用的衣裳；揽辔登高而望，面对山水的阻隔何处是遥远的故土。这里，程本立在描写澜沧江的同时，涉及唐人著述、地域环境、民族风俗，并表达出了一种浓浓的思乡之情。诗篇篇幅简短、容量丰富，不同于一般的写景之作。

又如，王阳明谪居贵州期间，写有诗作《溪水》：

> 溪石何落落，溪水何泠泠。坐石弄溪水，欣然濯我缨。溪水清见底，照我白发生。年华若流水，一去无回停。悠悠百年内，吾道终何成！①

这里用"落落"形容溪石，用"泠泠"描写溪水；继而写自己临溪而坐戏弄着溪水，化用《沧浪歌》中的诗句表达欣然自适之情；溪水清澈照人，清晰可见头上的白发，由此感叹年华若流水，一去无回停；又略带茫然的感叹在今后较长的时日里，自己创获的理念能有多少建树与影响呢！此处，王阳明借溪石、溪水寄寓自己洒脱豁朗而又孤独的情怀，通过感叹人生易老表达对志向实现、前途命运的担忧。

在纪游谪地的山水名胜时，还有以诗歌题写地方八景者，他们借助这种模式化的创作形式书写当时的复杂情怀。譬如，陈霆的《题六安八景》②。陈霆（1479—1553），字声伯，号水南，浙江德清（今德清县）人。弘治十五年（1502）进士，官至山西按察司佥事。正德二年（1507），陈霆因参劾大珰张瑜得罪刘瑾，遭下大狱，廷杖三十后谪六安州判，正德四年冬移官徽州府休宁县令，在六安首尾三年。谪居期间，陈霆创作的《题六安八景》，包括《龙潭秋月》《龙穴晓云》《裴滩落雁》《武陟积雪》《西湖赏莲》《东郭玩柳》《泮宫讲鼓》《道观晨钟》八首诗作。他结合自己的贬谪经历与切身感受，在题咏六安的八处景胜中，主要抒发了三个层面的情感：一是"一颗乍悬珠客泪""嘹呖寒声近客舟""惊心客馆催行急"客者的孤苦心境；二是"肠断春闺遣梦难""万里欲伸弧矢志，一

---

① （明）王守仁著，张晓昕、赵平略点校：《王阳明集》，中华书局 2016 年版，第 618 页。
② （明）陈霆：《水南稿》卷 7，《四库全书存目丛书》，齐鲁书社 1997 年版，集部，第 54 册，第 470—471 页。

生不作稻粱谋"哀伤而又坚定的情怀；三是"陶令社中闲士友，谢公墩外野人家。闲情正好听莺语，归路俄看踏月华"的闲隐之志。虽然这种命题作诗的方式具有模式化特点，但是作者能很好地发挥才情、巧妙运用修辞手法，使其诗作"皆缘情体物，不事雕琢，自有天然之妙"①，既使我们洞察到了贬谪境况下陈霆的复杂心境，也让我们领略到了六安山水名胜的地方文化特点。

综上所述，可以看出在咏写山水景胜的诗作中，即使咏写的对象相类似，也会因作者的谪居境况、创作目的、个体才性、创作心绪等方面的差异，致使诗作的情感表达、风格特点存在程度不同的差别，这就要求我们关注其共性的同时不要忽视个性的存在。

二　寺院庙宇常是贬谪文人游览的场所

寺院庙宇幽静的自然环境，与高僧们谈禅论道的独有氛围，甚至是一些作法场所、神物雕塑等，均能在一定程度上以不同的方式影响、缓解遭贬文人落寞与痛苦的心境，这应是谪地周围的寺院庙宇常被遭贬文人光顾的主要原因。特殊的环境与特有的心态往往会激发他们的题咏之趣，在题咏这些空间中的物象时，他们通常会使用独有的意象构设意境表达丰富的思想情感，从而显示出与其他类诗作不同的艺术风貌与文化特质。史谨，字公谨，昆山人，洪武年间以事谪云南。其间，他写有《九日游云南太华寺》②。太华寺又称"佛严寺"，位于太华山上，元代古刹。由诗题和首句"滇阳十载过重阳"，可知该诗作于重阳节，当时作者已谪居云南十年。长期的谪居生活已使他"忘却登高在异乡"，而事实上他是以"忘却"之句强化谪居之久，因此接着写"红叶山川多胜概"却没有欣赏的心境，感受到的是"金仙楼阁自凄凉"便显得不那么突兀了；虽然有诗客相伴，高僧相邀，可自己依然没有摆脱思乡的愁绪，尾联"回首故园天万里，剑峰处处割愁肠"既是诗作的点睛之笔，也是其苦痛

---

① （明）张旭：《新刊水南稿序》，《水南稿》，《四库全书存目丛书》，齐鲁书社1997年版，集部，第54册，第404页。

② （明）史谨：《独醒亭集》卷中，《景印文渊阁四库全书》，（台北）台湾商务印书馆1986年版，集部，第1233册，第121页。

积郁到一定程度的舒泄。又如，包节劾中官廖斌被谪戍庄浪卫（今甘肃永登县），写有《寺中同诸君偶集》《文岗招宴宛卜寺》《寺中即事》①。前两首，写作者与朋友在佛寺宴集，借助妙因、苦海、禅林、尘相、物外、法云、禅院、离忧、善现等带有佛教文化色彩的术语，表达自己对于"欲离尘中相，聊清物外心"的向往，同时也流露出"天涯流落过逢少，欢晤令人复黯然"未脱尘俗的心境，从而彰显出包节内心蕴有出入尘世的矛盾。《寺中即事》写于秋季，直接感慨自己"十年星鬓日萧森"的境况，虽然"逢人亦解成欢宴"，可面对残酷的现实"那堪动远心"；雁声渺渺，塞云阴沉，"行游总是销魂地"，即使身处禅门也禁不住潸然泪下，难以释解心头的苦痛。再如，杨慎谪戍永昌卫期间，曾写《崇圣寺》《无为寺》② 等诗作，其中虽有尘劫、烟霞、银色界、玉浮图、伽蓝、禅心等词语的使用，但流露出的情感依然是"旅望对秋孤""愁思怯离弦"的伤感，其原因乃是"良为怀抱牵"，这一怀抱应是他长期谪戍未得自由的烦懑与忧怨，也隐喻着人类无法摆脱尘俗中各类情欲困扰的苦恼。相比较而言，吴国伦贬谪期间所写的《万杉寺》③，以万木、山径、群峰、法门、色相、乾坤、古屋、藤萝、阴崖等造境，表达出"无为感陵谷，幽独易销魂"的情怀，则显得相对心静与超脱一些。总体看来，贬谪对于每位仕宦文人的影响都是较为深刻的，因此他们在谪居期间创作的诗歌多带感伤的情绪，即使题咏寺院庙宇的诗作中也很少看到真正超越世俗苦痛的书写，这说明此类诗作在疏解内心痛苦、换取慰藉方面具有一定的作用，但这种作用较为有限，因为人在现实中很难超越身心遭受巨大打击后感受到的痛苦，这大概是具有七情六欲的人的宿命。

祁顺，字致和，号巽川，广东东莞人。天顺四年（1460）进士，官至江西左布政使。成化十七年（1481）因事受牵连，由江西左参政贬谪

　　① （明）包节：《包侍御集·湟中稿》卷4、卷5，《四库全书存目丛书》，齐鲁书社1997年版，集部，第96册，第654、663、670页。

　　② （明）杨慎：《升庵集》卷21，《景印文渊阁四库全书》，（台北）台湾商务印书馆1986年版，集部，第1270册，第169—170页。

　　③ （明）吴国伦：《甔甀洞稿》卷11，《四库全书存目丛书》，齐鲁书社1997年版，集部，第122册，第626页。

为贵州石阡知府十一年。其间，祁顺到过辰州府黔阳县的宝山书院①，为此写有《题黔杨（阳）宝山书院》三首。其中，祁顺表达对先贤"百世声华青简上""想象仪刑增敬仰，瓣香何日许跻攀"的称颂，交代书院在地方教化方面"蛮邦声教今沦浃，佩服诗书重五常"起到的作用，同时也流露出他"纲常大义无终极，道学真源有自来"的思想，以及"江流总是英雄恨""仰高久切吟边思，拨尽阴何几许灰"的遗憾。又如，刘大夏所作《过秦岭谒韩文公庙次韩示湘旧韵》②，由诗句"后学西归过庙前"可知此诗应为刘大夏谪戍肃州遇赦回来的路上所作。基于韩愈被贬潮州的历史史实与自己年过七十谪戍肃州的人生经历，诗作首先发出"敢将人事问苍天"的喟叹，以及"得失从前今已迁"的感慨；接着写韩愈因"忠直"遭贬，等到"衰年"才得以迁还，其中含有自己谪戍命运的情感融入；随后又以"先生中立师天下""仰瞻山斗思无边"表达对韩愈地位影响的颂扬与敬仰。在这里，祁顺、刘大夏借助与书院、庙宇相关的历史人物、历史事件为咏写内容，表达了对人文教化的重视与人事变迁的感慨，与上文借助题咏寺院书写悲苦之情的作品明显不同。

三　贬谪文人对风土人情的关注与记写

遭贬经历给仕宦文人带来痛苦的同时，异地的风物民俗也给他们带来了陌生感与新奇感，因此谪地的风土人情常常成为他们关注吟咏的对象。综观明代贬谪诗，这类作品在程本立与董传策等人的贬谪诗中表现得较为典型。然而，由于谪地的风物、民俗各有不同，所以他们笔下的咏写对象也各具特点。

程本立（？—1402），字原道，浙江崇德人。洪武初明经秀才，官至右佥都御史。洪武二十年（1387），做周府长史期间，随周王入朝觐见，

---

① 宝山书院，据祁顺诗题下所注"唐忠臣张杆、宋贤令饶敏学有祠在内。敏学旧创书院已毁，今大尹陈钢复之"，结合相关史料，可知该书院为南宋饶敏学于宝庆元年（1225）所建，因后世毁坏，又于明成化二十年（1484）由县令陈钢复修。

② （明）刘大夏：《刘忠宣公遗集》卷4，《四库未收书辑刊》，北京出版社2000年影印本，第6辑，第29册，第527页。

坐累谪云南马龙他郎甸长官司吏目。谪居期间，程本立创作了大量记写沿途风景、古迹以及地方土司、蛮部相关风俗的诗篇，如《昆明池》《大理》《留洱西驿因过三塔寺》《兰沧江》《晚宿山中与土酋共寝情亦真率因赋此诗》《杂种诸蛮部深山一野人树枝低作屋松叶厚成茵自祝身无恙谁知句有神生还见妻子话此益酸辛以书词招火头忽纳归顺诗以记之》等。其中，写昆明池"昆明海水不成潮""汀草汀花自春色"的特点，绘赵州"青山环抱水争流""过桥花竹前村近，入谷松萝小寺幽"之景，写大理"西南形胜此山川，蒙段偏安五百年"的地势、历史，记兰（澜）沧江"山自哀牢皆北向，水如弥诺尽南流。乾坤瓮盎多蚊蚋，蛮貊襟裾类马牛"的山水、生活特点，写蛮部树枝作屋、祝发文身的生活习俗，以及"土酋分武帐，山鬼怪儒冠""部落皆亭障，民氓尽卒徒。甲兵无外侮，弩矢有前驱"的兵甲组织特点等。记写马龙他郎甸地方风俗最集中的诗篇是他的《江头绝句》：

其一：勤苦南蛮子，相迎远出山。短衣双黑胫，大耳两金环。

其二：骑象豪酋出，牵牛老父来。马头风雨过，一洗瘴烟开。

其三：山影东西合，川声日夜流。片云还作雨，九月未成秋。

其四：蕉叶碧逾净，榴花红更明。知秋惟蟋蟀，唧唧草间鸣。

其五：冰壶银作顶，食具竹为盘。父老知蛮语，儿童睹汉官。

其六：竹壶倾白酒，草阁坐青山。自笑居夷久，逢人语亦蛮。

其七：跣行无履袜，科首匪冠巾。绝域亲朋远，何由见故人。

其八：金碗冰蔗浆，银盘烂蕉黄。食物岂不美，不如归故乡。

其九：金杯阿剌吉，银筒速鲁麻。江楼日日醉，忘却在天涯。

其十：小树香橼子，疏篱扁豆花。人情悲异土，物色似吾家。

其十一：土俗诸蛮异，人心一理同。古今鸡犬月，南北马牛风。

其十二：孰知中国外，民俗乃驺虞。舞意存干羽，歌情在裤襦。

其十三：谁似夷民乐，欢呼醉即狂。妇人无妒忌，儿女各成行。

其十四：辛苦夷人妇，鱼篮各在腰。纺丝还夜夜，舂米亦朝朝。

其十五：卉裳缠胫窄，藤笠盖头圆。日日清江浴，生儿不记年。

其十六：文锦腰间带，黄金顶上丝。浣纱如越女，解水似吴儿。

其十七：络臂银丝钏，缠头白帨巾。纷纷趁街子，卖酒坐藤轮。①

这些绝句中涉及的内容十分丰富，如写他们"勤劳"，记其装饰形象"短衣双黑胫，大耳两金环"，写他们的出行"骑象豪酋出，牵牛老父来"，记写自然环境"山影东西合，川声日夜流"，写当地的气候变化特点"片云还作雨，九月未成秋"，绘写蕉叶、榴花、香橼子、扁豆花、蟋蟀等植物、昆虫的特点与习性等。其中，最多的内容是记写当地的生活习俗，如饮食用具为银壶、竹盘、金碗、银盘、金杯、银筒，饮阿剌吉、速鲁麻酒，食蔗浆、蕉黄，说蛮语，多跣行，喜歌舞等。还有，写当地妇女辛勤劳作、服饰穿戴的篇幅亦较多，如在第十四、十五、十六、十七四首诗中，写他们鱼篮在腰、夜夜纺织、朝朝舂米、日日洗浴、浣纱、赶街、卖酒的辛劳，写其"卉裳缠胫""藤笠盖头""文锦腰间带，黄金顶上丝""络臂银丝钏，缠头白帨巾"穿戴服饰的特点，以及"生儿不记年""解水似吴儿"的生活习性等，均为我们了解、研究当时马龙他郎甸地区的风俗文化提供了富有价值的资料。

董传策（1530—1579），字原汉，号幼海，松江府华亭（今上海松江）人。嘉靖二十九年（1550）进士，官至南京礼部右侍郎。嘉靖三十七年（1558）因上疏弹劾严嵩，被下诏狱，谪戍广西南宁，至隆庆元年（1567）复职还京有十年时间。居邕期间，董传策创作了大量诗篇，主要收录于《采薇集》《幽贞集》《邕歈稿》，其中有许多咏写地方风物、习俗的作品。咏树木、花卉者，如《桄榔行》：

吾闻南中之产殊不俗，乍来此处看桄榔。孤根崛起大于抱，挺然中立摩天光。瘦如削壁不枝蔓，劲如精铁突跟跄。皎如玉树摇银海，青如琅玕千尺强。盘节萧疏散角叶，清风吹作虬龙翔。厥包综密木惟乔，厥实累累森相望……②

① （明）程本立：《巽隐集》卷1，《景印文渊阁四库全书》，（台北）台湾商务印书馆1986年版，集部，第1236册，第146—147页。

② （明）董传策：《采薇集》，《四库全书存目丛书》，齐鲁书社1997年版，集部，第122册，第340页。

这里所引诗句采用比喻的手法，写其根、干、枝、色、果等形状、色彩，极其生动形象。后文，作者展开写桄榔解瘴气、缚巨舶、可充饥的作用，木质坚实、木直壁立的特点，而且结合典实，富于想象，极具才情。又如《题茉莉花》《苍梧花》《剪春罗》等咏花诗，在描绘其各自特点的同时，抒发了"风流太守滇中赋""白日冶情堪共遣""好是客愁消未得"等惬意与客愁并存的矛盾心态。

咏果蔬者，如：

> 《咏蕉子》：蕉子垂垂结阵黄，绿枝风扇迥凝香。生憎膏腻甜于蜜，消得幽人在异乡。
>
> 《枸橼》：斗落南林香满枝，酿成风致错尖披。却消一味吴江梦，秋压黄橙胜柚皮。
>
> 《九层皮》：栗怯香滋薯怯奇，蒸来皮里裹层皮。饶君露底元无骨，怪在包藏肉太肥。
>
> 《水泡菓》：花放金丝香袅林，弹垂松穰核抛心。南人不识林檎味，却认池边水泡侵。
>
> 《人面子》：翠里团囊颜带驼，个中甘味夹酸涡。只缘人面看来好，支滕秋风怯睡魔。①

其中，或咏其形，或言其色，或写其味。有的还加有注释，如"枸橼，大柚也，南中多此品，乃独无橙"，可以更好地帮助我们了解南方果蔬的特点。当然，他也借此寄寓了"却消一味吴江梦""消得幽人在异乡"等思乡、安闲的心绪。像这类作品董传策写了很多，如《谈荔枝》《观音蕉》《奶头菜》等，这里仅举几例以见一斑。

在贬谪诗中，董传策还记写了一些当地的生活、节日习俗。如《近戍》中"村女趁虚簪茉莉，市檐包箬载槟榔"，对当时妇女担载槟榔等货物参与集市买卖活动的记录。明人谢肇淛《五杂组》云："岭南之市谓之

---

① （明）董传策：《采薇集》，《四库全书存目丛书》，齐鲁书社1997年版，集部，第122册，第355—356页。

虚，言满时少，虚时多也。……山东人谓之集。每集则百货俱陈，四远竞凑，大至骡、马、牛、羊、奴婢、妻子，小至斗粟、尺布，必于其日聚焉，谓之'赶集'。岭南谓之'趁虚'。而岭南多妇人为市，又一奇也。"① 可相参照。又如《访客啜槟榔》：

> 急脚胡奴髻半斜，客来提榼手双叉。槟榔攀出斑斓片，灰白蒌青当献茶。②

诗作后面有注："邕人以青蒌叶、白灰和槟榔啜之，客至，盛榼以献，谓之代茶"，交代槟榔的吃法，说明以此代茶的习俗。宋人周去非云："客至不设茶，唯以槟榔为礼。其法，斫而瓜分之，水调蚬灰一铢许于蒌叶上，裹槟榔咀嚼，先吐赤水一口，啖其余汁……无蚬灰处只用石灰，无蒌叶处只用蒌藤。广州又加丁香、桂花、三赖子诸香药，谓之香药槟榔……"③ 与董传策所注内容颇为吻合。

至于节俗，董传策也记述不少，如元宵节、端阳节、花灯歌等。如《上元词五首》：

> 其二：狮装鼠炮古邕春，破阵从来角觗陈。犹记丑侬曾宰割，武里中夜夺昆仑。
> 其三：市鼓喧阗礼法堂，佛灯神碗一齐张。都来烧作金莲炮，那似西方舍利光。④

这两首诗作均有注释，其二注云："邕俗元宵蹴狮子戏，诸猖薄子放地鼠，相传往代以破象陈。"其三注云："邕俗元宵作灯会，每用鼓乐□入

---

① （明）谢肇淛：《五杂组》卷3《地部一》，中华书局1959年版，第89页。

② （明）董传策：《采薇集》，《四库全书存目丛书》，齐鲁书社1997年版，集部，第122册，第355页。

③ （宋）周去非：《岭外代答》卷6《食用门·食槟榔》，《景印文渊阁四库全书》，（台北）台湾商务印书馆1986年版，集部，第589册，第442页。

④ （明）董传策：《采薇集》，《四库全书存目丛书》，齐鲁书社1997年版，集部，第122册，第324页。

寺院，燃之众，因斟宴达旦，男女竞来观。"注释与诗作一起记写、说明当时邕州过元宵节时有蹴狮子戏、放地鼠、赏花灯、入寺院、饮酒等娱乐活动。董传策现存的这类诗作展现了当地的风物、习俗，是了解、研究广西邕州地方文化的重要参考史料。

由于明代遭受贬谪的仕宦文人很多，而且贬谪地分布广泛，这为大量记写谪地风物、节日、习俗的诗歌创作提供了方便。他如，岳正谪戍肃州时作有《游崆峒山六首》，其中有"鸟声入谷成呼应，山色迎晖欲动摇。几处悬崖颓复定，千寻飞瀑堕还跳"写地方景物的诗句；陶谐谪戍肃州时，写有"燕谷寒吹律，甘泉竞杖阡"诗句，并于诗题下标注"甘肃地寒，仲春后，农人竞以杖击地，令地气上腾"，① 记录当地的农活特点；孟洋贬谪广西桂林教授，写当地中元节"走祀居尝五日前"的生活习俗等。

第六节　谪戍境遇与边塞书写

边塞诗经历萌芽、发生、发展、成熟至唐代达到了鼎盛。在后世的发展过程中，虽然它已呈衰微之势，但是由于各个时代的疆域、制度、文化等不尽相同，它也随之表现出承继中蕴有突破的特点，明代边塞诗便是如此。根据明代刑法或相关管理、惩罚制度的规定，有不少仕宦文人由于得罪皇帝、权臣（宦），或参与党争，或违法乱纪等，被惩罚谪戍边疆卫所，这为他们创作边塞诗提供了条件。由于身份、地位、境遇、心态等与其他朝代的遭贬文人存有差异，因此这一特殊群体创作的边塞诗，在关注边塞战争、边塞生活、边塞风光时渗入了一些新的情感与因素，比如多了哀伤的情愫，缺少勇武之气等，具有明显的时代特征。

洪武十八年（1385），黎贞因仗义排解乡间纠纷，遭诬告戍辽阳十三年。其间，他作有《戍妇》诗，诗作借助戍卒妻子的口吻，书写路途遥远无法通信，天空飞过的大雁亦无法带去自己的思念，只有通过金钱问

---

① （明）陶谐：《南川漫游稿》之《观农人杖地》，《四库全书存目丛书》，齐鲁书社 1997年版，集部，第 48 册，第 280 页。

卜寄托情感，最后表达渴望干戈早早停止的愿望；《戍妇词二首》写因"神官役鹊桥"，"一带银河中隔断，女牛空见夜迢迢"，两星无法相见，又以欲寄"鸾笺"抱怨夫君久离不归，并借用"望帝春声托杜鹃"的典故表达内心的孤独与期盼之情。从这些诗作的写作内容到写作手法，均无新意和突破，多是对前代的继承。不过，他写的一首百韵诗《辽阳寓怀》，篇幅宏大，记写现实，追溯历史，表情丰富，颇有特点，这里节录部分如下：

> 绝域玄菟北，雄藩渤海边。并营连塞漠，幽蓟异风烟。驻驿澄州界，汤池析木壖。路从熊岳散，山到白狼连。古镇长城外，辽滨夕照前。战场云漠漠，丛冢草芊芊……辽金迭兴替，胡貊已绵延。接踵源流盛，相承正朔偏。穿庐分部落，左衽播腥膻。儿女同川浴，尊卑并榻眠。群居成偄寋，一室称周旋。将校冬前阅，兵车雪后畋。挺姿多骜悍，用武自轻便。银甲高低叶，雕弓左右韝。臂间苍鹘立，花下紫骝牵。白鹿裘过膝，青貂帽覆肩。比邻无老少，天属各姻婵。玉貌夸盘鬟，容华贴翠钿。半腰裁合袖，匝地舞秋千。瓦缶罗儿酒，锣锅酪乳馔。鸡豚随日足，藜藿四时妍。会客厨边度，祈神炕上筵。彝歌声窈窕，狄舞影翩跹。雨过平房湿，冰凝几刺穿。繁弦希凤管，朽屑当龙涎。地亦因人异，风从习俗传……①

诗作首先交代戍所在"玄菟北""渤海边"的位置，它与"塞漠"连接，与"幽蓟"的景致不同，道路与熊岳镇相通，山地与白狼镇相连，此处乃古代多征战之地，那些埋葬将士的坟墓已长满荒草。随后，写秦汉、魏晋、隋唐等历代英雄豪杰创霸图国、战伐兴兵，桑田几变。接着，又用大量篇幅记写辽金时的生活习俗与内地多有不同，北方民族世代绵延，他们居"穿庐分部落，左衽播腥膻。儿女同川浴，尊卑并榻眠。群居成偄寋，一室称周旋"，穿戴"白鹿裘过膝，青貂帽覆肩。比邻无老少，天

---

① （明）黎贞：《重刻秫坡先生文集》卷3，《四库全书存目丛书》，齐鲁书社1997年版，集部，第25册，第453—454页。

属各姻婕。玉貌夸盘鬓，容华贴翠钿。半腰裁合袖，匝地舞秋千"，器具、饮食乃"瓦缶罗儿酒，锣锅酪乳馓。鸡豚随日足，藜藿四时妍"，客至则"会客厨边度，祈神炕上筵。彝歌声窈窕，狄舞影翩跹"；他们勇武善战，"将校冬前阅，兵车雪后畋。挺姿多鸷悍，用武自轻便。银甲高低叶，雕弓左右鞬。臂间苍鹘立，花下紫骝牵"，结论则是"地亦因人异，风从习俗传"。其余的篇幅则大书自己多难、羁孤的心境，主要表达他去家万里，为客多年，忆昔往日，思念亲朋，倦鸟思归，朝惊白发，渴慕隐闲，崇尚文礼，尊儒化宣，长啸悲歌，心有燕然等复杂的思想情感。

天顺元年（1457），陈循受徐有贞构陷谪戍铁岭卫，七十多岁置身戍地，直至天顺六年（1462）才得以放还。其间，他创作《东行百咏集句》诗稿，其中有不少边塞诗，如《古屯妇怨》《征妇词》，既写对丈夫从军戍边长年未有音信的思盼，又写丈夫戍边家中无丁男，官吏催缴赋税，希望官家能给予免除"粟力"，或放宽要求可以布缕代替粟力，体现了作者对民生疾苦的关注。又有，《边将七首》咏边将"军容带甲三十万，草头弓马疾如飞""年少英雄好丈夫，五千兵甲胆力粗"的英勇气概；《嘲将军不好武》嘲讽一些守边将军好文耻武，歌舞升平，徒有虚名，并无实才，贻误战机，误国误军。再有，《吊古战场十二首》写面对当时的边疆和平，凭吊"新鬼烦冤旧鬼哭""青是烽烟白是骨"的阴森古战场，想象"千年魂魄汉英雄"当年厮杀的场面，表达"来是空言去绝踪""何用悠悠身后名"的历史虚无思想；在《悼古死节将臣三首》中，作者思考古代死节的将臣"苦战身死""功成事出群""得名三十载"，可面对"英雄一去豪华尽""万事尽付形骸外，人间能得几回闻"的现实，最后发出了"英风豪气今何在"的追问，由此可以体悟贬谪期间陈循内心的消沉。当然，他也有较为雄豪的诗作，如《征胡凯歌》二十首前五首：

其一：大将龙旗掣海云，聊持宝剑动星文。更催飞将追骄虏，死节从来岂顾勋。

其二：麾下偏裨万户侯，宝刀骏马填山丘。汉兵大呼一当百，意气兼将身命酬。

其三：汉将承恩西破戎，飞书走檄如飘风。手挥电击倚天剑，剪虏若草收奇功。

其四：朝辞明主出紫宫，鼓行而西破犬戎。突营射杀呼延将，捷书夜报清昼同。

其五：丈八蛇矛出陇西，步行夺取胡马骑。弓弯满月不虚发，枭首当悬白鹊旗。[①]

诗中，描写将军出征时龙旗招展、宝剑挥舞的宏大气势，写战场上飞将追虏、以一当百、突营射杀、箭不虚发、剪虏若草的激烈场景，又写承恩破戎、旗悬枭首、捷书夜报、屡建奇功的胜利战局。陈循借写汉将击杀匈奴的战事表达对当时征伐中呈现出来的强大国力、雄豪气势、勇武战力的赞颂与向往，同时寄寓了"丈夫赌命报天子"的忠君报国情怀，与上文表现出的消极、虚无思想大有不同。

正德初年，陶谐因上疏弹劾刘瑾等人的误国之罪，遭到诬陷，廷杖后谪戍肃州。其间，陶谐写有《出塞五首》[②]，颇具盛唐边塞诗雄豪、壮丽的特点。第一首，表明观点"男儿生世间，非事文即武。文当作凤鸣，武当搏猛虎"，交代自己"曾持东击胡，杀人不可数。大小百战余，徒旅多茅土"，表达"此行不愿勋，但愿歼獫狁"的愿望；第二首，写"子夜狼烟红，官家促行师"之时，与亲人分别并交代家人"好奉堂上慈""绝塞更早寒，及时寄征衣"，同时表明作为将士要感念君恩，要明了养兵千日用兵一时，要做好归期未定、生死唯命的思想准备；第三首，写行军"平明发我垒，日暮穷大荒"，表明"军法且王事，辛苦身甘当"的担当态度，交代"胡雏恣劫掠，我武能不扬"是引起战争的原因，并非我们不讲正义、仁慈，而且表达了厉兵秣马、"誓斩单于头，作器奉吾王"的决心与勤王思想；第四首，写征战之时，"铁马新凿蹄，宝剑初莹膏。橐

① （明）陈循：《东行百咏集句》卷下，《四库全书存目丛书》，齐鲁书社1997年版，集部，第31册，第375页。

② （明）陶谐：《南川漫游稿》，《四库全书存目丛书》，齐鲁书社1997年版，集部，第48册，第282页。

弓挽百石，羽箭穿秋毫。士器各整肃，主将出嫖姚。令严飞寒霜，士马驰不嚣"，准备充分，士气饱满，号令严明，所以杀得敌人四处"遁逃"；第五首，写追击敌人，"遥遥见胡骑，急鼓纷追随"，并"获其辎重归"，最后表明我们的征伐虽然取得胜利，但我们军队乃是正义之师，不会穷讨不舍，言外之意就是给溃败之敌留有活路。五首诗前后连接，一气呵成，气势宏大，表意清晰，在明代边塞诗中颇具代表性。

嘉靖三十年（1551），沈炼因上疏弹劾严嵩，被谪居保安州，最终客死谪地。谪居期间，沈炼写有《塞下曲五首》《出塞曲》等。其中，他写到面临"匈奴数犯边""边塞苦杀伤"的战况时，出现的情形却是"将军好歌舞""将军多怯懦""惟凭天意为"，那么最终的战局可想而知，因此，作者整日"居乡愁敌骑""愁坐日斜曛"，感叹"何时见天平"，叩问"借问食肉徒，何人贻此祸"？继而表达自己"生来知日月，不肯暗中行""所贵寸心白，烈烈如秋霜""忠贞白日悬"的坚贞气节，以及"翩翩游侠子，仗剑出闾里"的豪侠之气。又有，《边词六首》写边境将军"奋臂呼"，却落得"箭镞满头"无人救助；写垂老老人祷告上天能使边关守将多留几年，"省得重科见面钱"；写渴望"但使将军科罚少，尽留衣食养儿郎"，以备有充足的兵力征战沙场，同时表达"忠臣报国心无尽"的情怀。还有，《赋边诗》写面对烽火四起的边境，作者愿意为国分忧，提出赏赐战士、激励将军、谕以忠诚的策略，不要以"议和"为筹边之策，一旦朝廷筹边的谋略一定，便不会"折鞭"于"虎狼群"，表达了积极的筹边思想。可是，当沈炼面对一些贪腐将官为掩盖失败、杀边民冒功领赏，悲愤不已，他写出了"割生献馘古来无，解道功成万骨枯。白草黄沙风雨夜，冤魂多少觅头颅"的感怀之作。① 在沈炼的边塞诗中，记述边境将士守御不力、争战不利的状况，表达强烈的忠贞报国思想，提出积极的筹边主张，但更多的是面对边疆积弱、边将腐败的现实抒发出悲愤、哀伤与无奈的忧闷情怀。

还有，洪武年间，施敬谪居云南，写有《塞上曲》："八月秋高塞草

---

① （明）沈炼：《塞下曲五首》《出塞曲》《赋边诗》《闻角》《感怀》《边词六首》，见《青霞集》，《景印文渊阁四库全书》，（台北）台湾商务印书馆1986年版，集部，第1278册，第67—68、70、93、112—113页。

斑，将军千骑猎前山。弯弓不射南飞雁，恐有征人附信还。"① 诗作虽短，写八月塞外秋景、叙将军骑猎之事、抒发思乡之情，三者融为一体，颇具豪迈奔放、言浅意深的特点。包节因弹劾中官廖斌谪戍庄浪卫（今甘肃永登县），写有《警至》一首，主要写北虏自贺兰山一带来袭，烽火台报警，面对千骑侵扰，边境百姓每天遭受蹂躏，守边将士进行了"刀斗彻夜鸣"的阻击战斗，可这种纷乱局面已经延续数月，朝廷却拿不出有效的安攘策略，那些边关帅臣本就惺怯，一些儒绅视为儿戏，既缺少卫青、霍去病之兵，也没有王乌这样的使者，聚敛大量的军需粮草却连牲畜也忍饥挨饿，不停的战争使田里的庄稼损失殆尽，像这种局面将如何结束？难道朝廷忍心放弃河湟地区？诗作叙事生动形象，表情沉郁真切，既体现了作者报国爱民的拳拳之心，也表达了他面对西北边疆防守虚弱无可奈何的急切心情，具有诗史的价值。

综之，明代贬谪文人的边塞诗虽有对边塞风光、将士乡愁、思妇离恨、边境战争等传统题材的继承，也有少量具有雄阔、奔放之风的诗篇，但它们整体缺少盛唐边塞诗雄浑的气象、昂扬的基调、宏阔的意象以及壮美、阳刚的风貌，倒是晚唐边塞诗中对凄冷现实的哀叹在这里有所继承与发展，这说明朝代实力、国势气象会影响边疆的情势，进而影响士人的心态和与之相关的诗歌创作，况且仕宦文人贬谪期间的心态又有别于他人，因此，明代贬谪诗中的边塞诗也呈现出了一种独有的风貌。

第七节　以史抒怀与纪事表情

咏史诗与纪事诗是古代诗歌中常见的题材类型，不过，在不同时代、不同境遇与不同心态的影响下，文人关注的历史古迹、历史人物、有关事情定会与平时不同。下面，笔者将结合明代这两类贬谪诗的创作情况探其究竟。

---

① （明）沐昂：《沧海遗珠》卷4，《景印文渊阁四库全书》，（台北）台湾商务印书馆1986年版，集部，第1372册，第486页。

一　咏史诗

在赶赴谪戍地的路上或谪居期间，遭贬的仕宦文人往往喜好拜谒、游赏地方名胜古迹，基于当时的遭遇与心境，他们常常通过咏写名胜古迹追溯历史、缅怀古人、倾吐心迹、舒泄情怀。

比如，洪武年间史谨以事谪云南，路过瞿塘峡口的白帝城时，作诗《白帝城》①。该诗首先交代白帝城"四面皆山少平陆""白盐赤甲近相峙"的地形特点，以及"下控荆蛮上巴蜀"的地理位置；随后，写白帝城乃汉武帝中兴之时公孙述所建，而且述及公孙述在成都僭越称帝，隗嚣联合公孙述作乱非是心服，回首这些所谓的英雄均像草头露水难以持久，唯有白帝城下的瞿塘峡依然惊险如故；接着，又提及孔明八阵尚存，其用兵如神疑似有鬼神庇护；最后，陈说"经过半是南迁客"，他们"蹑磴扪萝览陈迹"，可看到的是"一片寒烟锁荆棘"，听到的是落日时分野猿的啸哀之声，作为离家远谪之人面对如此情景定是百感交集，然而唯有沽酒自饮、独倚江楼一览眼前的山色，在醉意朦胧与历史故事、自然景色的对接中消解孤独失意的情怀。再有，史谨以应天府推官降补湘阴（湖南）县丞期间作有《黄陵庙》②，诗作先写处于"寂寂荒祠"的位置可以俯瞰洞庭湖，可以听到"阴阴黄竹"下鹧鸪的叫声，从而烘托出一个相对萧条、闲静的环境；接着，以"重华不返千年驾，二女空含万里情"述及舜与二妃的传说故事；再写历代骚人迁客题满诗句、姓名的墙壁上，因年久无人打扫而生有苔色、布满蜗牛的黏液，以此与首联中的"荒"境相照应；最后，以无情绪地眺望苍梧山（九嶷山），看到落日余晖与愁云相伴的景色，衬托作者因遭贬而消沉的心境，与宋代词人张孝祥的词作《黄陵庙》③中所绘"满载一船秋色，平铺十里湖光"之景，以及所表达的"明日风回更好，今宵露宿何妨"宽广、豁达的心境迥然

　　①　（明）史谨：《独醒亭集》卷上，《景印文渊阁四库全书》，（台北）台湾商务印书馆1986年版，集部，第1233册，第113页。
　　②　黄陵庙，在湖南省湘阴县北的黄陵山上，相传山上有舜之二妃娥皇、女英庙，故称黄陵庙。在上面可以俯视洞庭湖。
　　③　（宋）张孝祥著，徐鹏校点：《于湖居士文集》，上海古籍出版社2009年版，第346页。

不同。他又作《屈原庙》①，以写"江边遗庙掩松筠，檐际云霞互吐吞"的景色入手，进而感叹秦、楚两国历史更替以及"枭临阿阁凤难存"的状况，其中暗含幽愤情感的寄托，又感慨湘兰已老只有春风相招，可还有谁能吟唱那些招魂歌呢？流露出对屈原高洁人格与悲惨命运的同情，尾联以"留得生前诸制作，千年光焰烛乾坤"作结，表达了对屈原的作品及其精神永远光照乾坤的赞颂。

又如，正德中期，周广疏陈四事，涉及中官钱宁等"滥宠已极""轻蔑王章"，希望正德帝能"夺其名爵""以远佞人"②，钱宁见疏大怒，传旨谪周广广东怀远驿丞。贬谪期间，他曾作《谒包孝肃公清风一砚亭》《包公井》③。诗作赞颂包拯的正直无私、讲求大节、仁人利物，他"立朝暗落奸谀胆，出牧监烛幽隐情"，去世后仍"大节千载激贪懦，敬瞻遗像英风生"，受到后人敬瞻、爱戴。结合周广因上疏朝廷远佞人、用贤才得罪中官遭贬的事实，可知他在正直、节义方面与包拯有着相通之处，而这可能是他作此类诗的原因之一。又有，正德八年（1513），顾璘因违忤中官廖堂、王宏被诬遭贬广西全州，写有《吊宋刺史柳仲涂书院废址》④一诗。诗题中的"柳仲涂"，即宋初的柳开。柳开（947—1000），字仲涂，曾于端拱元年（988）知全州，其间开辟书院，兴办学校，率士讲学。这首诗是凭吊柳开所建书院的废址时所写，诗作首先说明"昔贤政多暇，学道恒山居"的情况，交代在废址前仍能睹见书院构设的前贤俨

① 屈原庙，亦称屈子祠，始建于汉代，原址无考。明代进行过重建，据史谨诗句"江边遗庙掩松筠"，可知当时的屈原庙应在汨罗江旁边。清乾隆二十一年（1756）将它移建至玉笥山上。诗作《黄陵庙》《屈原庙》，见《独醒亭集》卷中，《景印文渊阁四库全书》，（台北）台湾商务印书馆1986年版，集部，第1233册，第124、125页。

② （清）张廷玉等：《明史》卷186，中华书局1974年版，第5001页。

③ 周广（1474—1531），字充之，号玉岩等，江苏昆山人。弘治十八年（1505）进士，官至南京刑部侍郎。怀远驿，在今广州市十八甫路。包公井，据说宋代名臣包拯在肇庆任端州知郡事期间，为官清廉，大办实事，当时居民因长年饮用不洁净的水，瘟疫、疾病时有发生，包拯发动群众挖水井七口，居民感激包公将这七口水井称为"包公井"；"一砚亭"，又名"掷砚亭"，为纪念包拯在端州任职时为官清廉、"不持一砚归"而建。当地还有"包公祠"等名胜。诗作《谒包孝肃公清风一砚亭》《包公井》，见《玉岩先生文集九卷》卷2，《四库全书存目丛书》，齐鲁书社1997年版，集部，第58册，第319页。

④ （明）顾璘：《浮湘稿》卷2，《景印文渊阁四库全书》，（台北）台湾商务印书馆1986年版，集部，第1263册，第144页。

像，也可想见书院在教化乡里民众方面所起的作用；可惜时代屡迁、胜观变成了废墟，周围的居民伐掉书院的美树，野火破坏了周边的堂庐，对于当时的这个创举已无人传述，不得不让人感叹今人的疏忽；我因为倾慕先贤而来凭吊，可看到亭台遗迹、今非昔比，禁不住感叹柳开的初心，林涧的声音亦似有余愤，即使想在环曲的渠边流觞相乐，也因渠水干涸而不能成行；自己发誓要整理这些荒芜的遗迹，可又心有余而力不足，不过，既然我们同是以过客的身份来此地做官，还是不要让最初的心愿落空。在这里，作者借此表达了追慕、惋惜、继承、无奈的复杂情愫，也流露出其用世化民的情怀。

再如，万历中期，李春熙任南直隶太平府推官期间，被人中伤贬为徐州州判。根据李春熙诗题下所注，《过毛遂墓》《过留城》《过鲍叔牙墓志感》《王陵母墓》《挂剑台》《华佗墓》《过孟尝君墓》①等诗作均出自《彭城草》，"徐州"古称"彭城"，因此可知他的这些诗作极有可能作于徐州州判任上，或是去徐州任（离）职时路过这些地方时所作。在这些诗作中，作者述及发生在一些历史人物身上的故事，如毛遂为孟尝君的门客，张良与赤松子的故事，鲍叔牙与管仲的交谊，王陵母亲自杀之事，季札重然诺挂剑徐国国君墓前的故事，华佗医治曹操头病，孟尝君与冯谖"狡兔三窟"的故事等，其中有对管鲍"交谊薄云霄"、季札"然诺见高情"、王陵"从君不负"的称颂，也有面对历史名人早已作古、世事沧桑变幻不定，表达出"相看烟草灭""折后殷勤总寂寥""狐兔于今不识君"的落寞与感伤。

二　纪事诗

纪事诗亦是诗歌创作中常见的题材类型。从宽泛意义上讲，前文所述的宴集、酬应、游赏类诗作，甚至是一些抒怀类诗作都具有一定的纪事性特点。这里所说的"纪事诗"主要是指咏写具体历史事实的诗作。通过梳理、分析这类作品不仅可以帮助我们了解作者当时的思想情感，

---

①　文中所举诗作，见《玄居集》卷5，《四库全书存目丛书》，齐鲁书社1997年版，集部，第177册，第672、674—675页。李春熙（1563—1620），字皥如，福建建宁人。万历二十六年（1598）进士，官至南京户部郎中。

其记录的部分事件还能起到一定的补史作用。

譬如，程本立坐累谪云南马龙他郎甸长官司吏目时，由于当地人时有扰乱，他为官贤泽，不辞艰险，山行野宿，常往来于云南的楚雄、姚安、大理、永昌等地，且抚且御，使扰乱得以平息，边民得以安定。其间，他写有一些记录当时具体事件的诗作，如《到部后谕贼归顺野宿山行晚至晋宁州太守史公留饮诗以记之》《早行忽数人被甲持弩至道左俟土酋及见余或揖或跪译者曰此倚石村部民也期此地迎酋而归既而上马从行至晚间宿山中赋此》《杂种诸蛮部深山一野人树枝低作屋松叶厚成茵自祝身无恙谁知句有神生还见妻子话此益酸辛以书词招火头忽纳归顺诗以记之》《晚至昆阳州饮通守家土官留此州俟予至同宿马氏邻妇李氏抱子携酒而至赋此》《晚宿山中与土酋共寝情亦真率因赋此诗》《时忽纳与死可伐刀木板皆已归顺山中无事与长官饮剧偶成》等，[①] 从较长诗题中提供的信息便可印证程本立不辞艰险、往来多地的事实，而且还交代了写诗的缘由，重要的是其中还记录了"谕贼归顺""以书词招火头忽纳归顺""时忽纳与死可伐、刀木板皆已归顺"等具体绥靖事件，以及由此感发出"擒贼非难事""忘形自高枕"的自信、"绝塞无来雁"的感喟、"但喜人情合，宁论土俗殊"的愿景等。

又如，陶谐因上疏弹劾刘瑾等误国罪，被诬陷谪戍肃州，写了一些比较有价值的纪事诗。如《己巳岁甘肃军士冬衣布花尽输西安淡氏家私用军士嗷嗷怨声载道因纪以二韵淡逆瑾本姓也》，清楚地记录了一件具体的历史史实，即正德己巳年（1509）甘肃军士做冬衣的布匹没有了，原因是被西安的淡氏所私用，而淡氏乃是当时大宦官刘瑾的本姓，也就是公物被挪为私用，引起军士们怨声载道，作者以诗记之，其中既表达了对戍卒的同情、对此事的不满，也表达了对缺少冬衣的军士如何戍边御敌的担忧。又有，《访逐仙赵太常病渴承许扶病见过诗以迓之太常以弘治初谪肃迄今一十九年未获放回》，这里的赵太常即赵玉芝，广东番禺人，是一位方士，成化年间被中官高谅推荐，累官至太常寺卿，因与常恩、李

_____

① 此处所举诗作，见《巽隐集》卷 1，《景印文渊阁四库全书》，（台北）台湾商务印书馆 1986 年版，集部，第 1236 册，第 147—148 页。

孜省祸乱朝纲，弘治初年谪戍肃州。陶谐的诗题补充了赵玉芝被贬谪的相关史料，诗中记述赵玉芝的生存境况：诗酒风流、多病滞归，并表达对于他多年未归的怜悯之情。对于这样一个遭人非议的人物，陶谐为何去拜访他而且题诗记录此事呢？是否可以猜测：一是陶谐过于孤寂无聊，含有同病相怜之意；二是赵玉芝谪戍肃州已属前朝之事，大家已不再关注，而且当时的陶谐还未出仕，不一定熟悉赵玉芝的为人；三是基于不少古代文人崇尚卜术，陶谐是否也有访求之意，以卜前途或求养生之术，也就不得而知了。

再有《肃卒篇》，诗前序言颇似一篇文言小说，兹录于下：

> 肃有戍卒某，为虏所获。既数岁，引众虏掠肃之东鄙，呼其母往见。母且喜且畏，不敢近，久乃强见之。问询余，云："我至彼非中国比，无差遣征科之烦。酋长以我为向导，掠中国所得必任所欲，取余始以分众虏。"母谕之归，答曰："我今有妻妾数人，有金帛牛马辎重之富，无能归矣。"遗母以金帛而去。夫莫乐于中国，莫亲于母子，且弃去，政令使之也。因纪以数语。①

在这篇序言中，陶谐为我们讲述了一个边境戍卒被俘后不愿回归的故事，即肃州一个戍卒被敌人俘虏数年后，带领敌军入侵肃州东部边疆，其间他让母亲过去相见，他告诉母亲自己所在的政权没有差遣征科，而且有不同于内地的分配方式。母亲让他回归明朝，他说自己在那边已有妻妾数人，有金帛、牛马、辎重，十分富裕，不能再回来了。于是，他便给母亲留下一些金帛而去。作者感叹生活的快乐莫过于故土，亲情之近莫过于母子，但他都予以放弃，原因乃是政令的不同，而政令不同的背后则是人们获取自由、利益与价值实现等方面的不同，而这一原因值得我们深思。在诗作中，作者感叹这一母子别离的事件令人悲伤、流泪，可他不仅要问"肃卒胡忍哉，愿言死他乡"？其答案与序言中所云"政令使

---

① （明）陶谐：《南川漫游稿·西行漫稿》，《四库全书存目丛书》，齐鲁书社1997年版，集部，第48册，第284页。另，本段所举陶谐的两首诗作，见第285页。

之"相同，即"时乃政令殄"。接着，他回答了为什么说是政令惹的祸，原因是虽然天子圣明，但目前谗佞当道。不过，他仍然抱有良好的愿望：只要国家的政务政事向好的方向发展，将来四夷还是会来朝贡的。可眼前的现实是，我堂堂族类派一些平庸之才守卫边疆，经常贻误机会、荒怠国事，此前却很少有人明白、关注此事。历史上的周公旦摄政，制礼作乐，天下太平，使边远地区的民族或外国都来朝贡，像他这样善于把握命运的事例，至今令人缅怀难忘。可当作者的思绪回到现实时，禁不住"掩涕望北斗"，那象征着光明与希望的北斗星已被浮云遮蔽、模糊不清，这里正照应了前面提到的谗佞当道。陶谐结合时事以记写成卒一事抒发理解、愤慨、用世、悲伤的复杂情怀，达到了纪事抒怀的目的。

又如，王守仁因得罪刘瑾被贬谪贵州龙场驿丞，其间有感于"楚人有间于新娶而去其妇者，其妇无所归，去之山间独居，怀缱不忘，终无他适。予闻其事而悲之，为作《去妇叹》（五首）"。其中，作者抱着"感此摧肝肺，泪下不可挥"的同情之心，借用弃妇的口吻描述了一位"中道成弃捐"的女性形象。当她面对被丈夫遗弃的现实时，表现出的是"命薄良自嗌，敢忘君子贤""欲行复迟迟""废食怀愤冤""已去还踌躇""离居寄岩穴，忧思托鸣琴""群鸟各有托，孤妾去何之"等，从而彰显出她不舍、愤冤、无奈、孤苦等复杂的心理活动，呈现给我们的是一个怨而不怒的弃妇形象。诗中的弃妇始终没有反抗的表现，作者也没有替其提出强烈的控诉，有的只是同情基础上的描述。由此，我们可以睹见王守仁女性思想的一面，也可体悟到他有借此暗喻"臣妾意识"、放逐心理的目的。又如《龙冈新构二首》，诗作小序云："诸夷以予穴居颇阴湿，请构小庐。欣然趋事，不月而成。诸生闻之，亦皆来集，请名'龙冈书院'，其轩曰'何陋'"，交代构建小庐的缘由，以及建成后诸生来此聚集与命名小庐之事，富有纪事特点。因咏写的题材内容不同，《去妇叹》与《龙冈新构》表达的情感明显不同，前者的同情、悲伤在这里变成了欣喜、惬意，而且作者在描写周边景致、抒发"小构自成趣"的同时，还表达了"宴适岂专予，来者得同憩"与子同乐的思想，进而又由"初心待风雨，落成还美观"的意外收获升华至"毋为轻鄙事，吾道固斯存"的深论,体现了他的诗作善从生活中获取理趣的特点。再有《家僮作纸灯》,王守仁借蛮奴剪灯过节之事,引出"赏心兼是惜年华"的情绪,并由此联想到京城那些王侯府第做一盏灯的花费相当于十户中等人家的财产,这里在彰显其用世情怀的同时,还能引起人们对于造成这一现象原因的思考。还有《观傀儡次韵》,以观傀儡戏之事为由,感叹人生"处处相逢是戏场",纵然繁华过眼,唯有名利牵人难逃尘网,在良好的社会中,稚子应有争论短长的空间,矮人亦应有舒泄悲伤的权利,可现实中大家都带着虚假的面具,本来的面目已经没人认得,对此我也只有饮酒自乐去学楚国的狂人了。由此可见,王守仁对当时世态人情的不满、感慨与无奈,同时还抱有一种期望良好社会的理想情结。①

再如,嘉靖八年（1529）,邵经邦因建言被谪戍福建镇海卫三十七年,最终客死戍地。其间,他与地方官宦、将领的交游过程中,写了一些富有特点的纪事诗,如《浯屿水寨访卢北山》赞颂卢北山"猛气夸人服,危机谅独操"的气概与才能,又以《浯屿水寨观战船》写水寨战船"百战貔貅勇,何如出海蛟"的宏大场面,称赞水师"功成祇倏忽,信宿待锋交"克敌能力与作战准备,再写《二月下瀚忽报海洋擒获番兵喜述》海战获胜擒获番兵后的喜悦,"迅雷驱边徼,惊飙走捷书。鲸鲵伸浩气,日月靖堪舆",还通过《番兵入城聚观》写"雕题擎面缚,堆鹘拥曹诛"番兵被绑缚刑场的场景,以及赞扬"皋帅胸如海,将军胆似躯""枭战佛郎孤"的才干与胆识。这四首诗场面壮阔,气势磅礴,情感激昂,未受谪戍阴影的干扰,在明代谪戍诗中独具特点。②

还有,永乐年间,王偁因坐累贬谪交趾,以《交州病中录似诸友时军中绝饷以手帖干主帅索粮》记写当时军中缺粮以手帖向主帅索粮之事,

---

① 本段所举诗作,《去妇叹》《龙冈新构》《家僮作纸灯》《观傀儡次韵》,见《王阳明集》,中华书局 2016 年版,第 614、618、625、629 页。

② 此处所引诗作,见《弘艺录》卷 9,《四库全书存目丛书》,齐鲁书社 1997 年版,集部,第 77 册,第 374、375 页。浯屿水寨,浯屿水寨与漳州合成,建立于洪武年间,在大担、南太武山外,负有重要的军事防务,嘉靖年间浯屿水寨由南太武山外迁至嘉禾屿中左所（厦门）,万历三十年（1602）以后浯屿水寨迁至晋江县石湖澳。参阅明人沈有容辑《闽海赠言》卷 1,叶向高《改建浯屿水寨碑》与郭维贤《改建浯屿水寨碑》,商务印书馆 2017 年版,第 3—6 页。

具有纪实性特点。天顺元年，七十多岁的陈循受徐有贞构陷谪戍铁岭卫，通过《边将讨服野人》记写战事以及胜利后庆功的情形，又以《听高丽被兵老人谈旧事》写"自被边兵来伐叛，并无生计在坵墟"，说明兴兵伐叛对边境百姓生活造成的影响。正德五年（1510），王九思以瑾党之名被贬谪寿州同知，第二年冬天因云南天变，有人言刘瑾余党去之未尽，遭给事中王元凯诬陷"以假调官污选法"①，终被罢官。当时因爆发刘六、刘七等民变，路途险阻未能及时回乡，直到正德七年（1512）民变被镇压后，王九思才得以返乡，这期间他创作了《喜官军破河南诸盗》，其中表达了他"久客风尘繁老鬓"的悲辛与"长路平交好便还"的归乡愿望，以及获此消息后"瘦躯醉后狂能舞"的喜悦之情，同时也显示出了其阶级局限性。沈炼得罪严嵩父子被编民谪居保安，当他见到俺答入侵边境，连破四十余堡，杨顺等人闭关不出兵，任由百姓遭受敌军欺凌，而且等到敌人退兵，他们割死伤良民之首向朝廷邀功的事实，沈炼激愤不已写下诗作《莫割平人首》。他以"边尘浩浩风吹急，塞上迁臣长泪滴"表达哀伤，以"羌兵入来犹云可，汉兵杀人愁杀我"表达悲愤与痛心，以"借问官军羞不羞""只为贪心强割头"表达愤慨，为此他又写《感怀》诗"割生献馘古来无，解道功成万骨枯。白草黄沙风雨夜，冤魂多少觅头颅"，指出杨顺等人丧尽天良、无复人性的恶行等，均为我们了解当时的一些历史史实提供了帮助。

第八节　其他类诗作

除了上文所述，还有不少贬谪诗的题材类型值得关注，因篇幅关系，这里仅予以简略介绍。

咏物诗。如陶谐谪戍肃州时所写的《咏雪次韵》②，诗作的目的不是

---

①　（明）李开先：《康王王唐四子补传》，见《李中麓闲居集》，《四库全书存目丛书》，齐鲁书社1997年版，集部，第93册，第173页。

②　（明）陶谐：《南川漫游稿》，《四库全书存目丛书》，齐鲁书社1997年版，集部，第48册，第279页。

咏写雪景，而是借助咏雪表达"几家高卧炊烟断，何处酣歌蜡炬残"的感慨，书写久为戍客的无奈，以及对"一翁蓑笠"的向往与"忽上南楼望"的思乡之情。又如，王守仁被贬谪贵州龙场驿，借助《西园》描绘"濯濯新叶敷，荧荧夜花发"生机盎然的园景，以抒发"放锄息重阴，旧书漫披阅。倦枕竹下石，醒望松间月"的闲舒之情，表露"尽醉即草铺，忘与邻翁别"的忘机之心；写《老桧》，先由"斜生古驿傍"表达对老桧的怜惜之情，可它却表现出"直干不挠终异常"，而这一"异常"即是"风雪凛然存节概，刮摩聊尔见文章"，随后以"何当移植山林下"的反问表明自己的观点，既有生趣又富深意。① 再如，冯惟敏因得罪权贵迁谪镇江府学教授时，写作《闻莺》表达在春光明媚的四月自己无心欣赏江城的美景，原因是"千里故人消息至，郡斋时复忆山居"思乡心绪的干扰；又作《听蝉》一首，记写自己"僻性成疏拙"，感叹鸣蝉"长吟破寂寥"，并借物寓志，表达"高踔有时吞沆瀣，幽栖无意薄云霄"相对豁达的情怀，又以"候虫亦解吹阴律，响彻空林起夕飙"作结，颇有风趣。② 由此看来，咏物抒情、借物寓志，除了兼顾所咏之物的特性之外，作者的境遇、心绪、目的、才情以及创作选用的体式、手法等都会影响诗作表情达意的效果。

题画诗。明代贬谪诗中的题画诗主要集中在沐昂辑录的《沧海遗珠》中，表明这些贬谪人员有着共同的喜好且经常参加类似的交流活动，也说明他们过着相对优悠的生活。如韩宜可的《题江南秋晚图》，巧妙地将图画中的江南秋晚景与家乡的钱塘江、吴越两山联系起来，使得画中的虚景与现实中的实景相呼应，既表达了"放棹胸次开"相对疏放的心境，又流露出"嗟我胡为久行役"的无奈；《五华山图》在写五华山"岂无四万八千丈，亦有五城十二楼"之高的同时，表达了"何日相从陪杖屦，西风林外一长讴"对洒脱放任的渴望；《小景》写春色美景，勾起对武陵溪垂钓隐闲生活的向往。又如平显的《题丁野夫画》，丁野夫为元末明初的杂剧家、散曲家、画家，平显借咏其画，记述丁野夫已经去世四十年，

---

① 《西园》《老桧》，见《王阳明集》，中华书局2016年版，第619、623页。
② （明）冯惟敏著，谢伯阳编纂：《冯惟敏全集》，齐鲁书社2007年版，第82、83页。

城外的梅村也亦更换主人，但他笔端的松石依然富有机趣，接着称赞他是"一时好手不可遇"，感叹"千古赏音如此稀"，最后以"长忆西湖旧游处，画船清雨白鸥飞"作结，借写丁野夫当年在钱塘山水间的闲雅生活，委曲地表明对家乡的思念之情。再如施敬的《题梅得芳杏林图》，把咏图与梅仙炼丹的故事系连在一起，淡雅素朴，富有情趣。① 另外，刘天民的三首五绝《题画》②，由其诗作大意可知所题画作为春山图、秋色图、村落隐居图，他借此抒发短暂的会意、超悟、闲适之情，据其"秋色不能赋，黯黯江畔魂"之句又使我们体察到其羁绊、落寞之感；史谨的《题画》③诗，据画中的山川、人家、稚子、飞雁、白蘋、帆船、湖水等风景，书写"归兴起莼鲈"的思乡情；包节的《东山图》借"东山幽胜地，谢公丘壑姿"表达对历史人物、历史事件的追思与叹问，《题西湖图》以"塞上羁栖岁月久，武林佳丽时回首"开篇，描绘西湖美景，可这一切均是"梦里行游"，醒后却是"觉来忽怳曾何有"的失落，可见包节有着向往隐闲、无奈悲苦的心境。

纪行诗。对于每位遭受贬谪的仕宦文人来讲，都有赶赴谪地的路程要走，即使在谪地也会伴有一些游历或出行活动，这就为他们创作记写途中见闻的纪行诗提供了便利。如顾璘贬谪桂林全州期间，写有《柳山诸诗》（包括《静观寺》《咏归亭》《杏坛》《熙熙亭》《俟贤亭》《登春台》《仰高亭》《极高明亭》）、《湘山杂诗》（包括《古塔》《云归庵》《飞来石》《甲亭》《卓锡泉》《玉虹泉》《法华泉》《玄通洞》《狮岩》《露胜亭》）④ 等，在这些五言诗中，他借助对自然景物与人文景观的描写，或直接抒情，或敷衍故事，或联想神明，表达了闲适、脱俗、漂泊、哀伤的复杂情怀。又如邵经邦谪戍镇海卫期间，写有《鳌项亭》《鼓山》

---

① 《题江南秋晚图》《五华山图》《题丁野夫画》《题梅得芳杏林图》，见《沧海遗珠》，《景印文渊阁四库全书》，（台北）台湾商务印书馆 1986 年版，集部，第 1372 册，第 463、464、473、484 页。

② （明）刘天民：《函山先生集》卷 10，《四库全书存目丛书》，齐鲁书社 1997 年版，集部，第 70 册，第 323 页。

③ （明）史谨：《独醒亭集》卷上，《景印文渊阁四库全书》，（台北）台湾商务印书馆 1986 年版，集部，第 1233 册，第 117 页。

④ （明）顾璘：《浮湘稿》卷 2，《景印文渊阁四库全书》，（台北）台湾商务印书馆 1986 年版，集部，第 1263 册，第 149、151 页。

《登凌云台》《登太武山》《卧云楼》《明漪阁》《九鲤湖》①，其中有"滇
海东西生日月，渎江上下起风云""天风远落三山外，海水旋生一气中"
宏阔场景的描摹，有"从今姓字千年在，何但丹心照汗青"对同命运者
的颂扬，有"不知向后更何论，一任浮鸥泛雀过"的茫然与消极，还有
"仙凡隔越藉幽通，精气神全寐寐中"仙风神气的记述等，借此抒发豪
迈、沉郁、超越、无奈的情感。再如，王守仁谪居龙场驿时，作《罗旧
驿》《沅水驿》《钟鼓洞》《七盘》《白云堂》《来仙洞》《兴隆卫书壁》
《过江门崖》②等，写春景是"布谷鸟啼村雨暗，刺桐花暝石溪幽"，抒
发豪情"客行日日万峰头，山水南来亦胜游""迁客从来甘寂寞，青鞋时
过月明中"，亦感叹"远客日怜风土异，空山惟见瘴云浮""却幸此身如
野鹤，人间随地可淹留"，表达"身在夜郎家万里""衡南那有雁飞回"
的无奈。整体看来，此类诗作借助题咏对象，结合自身境况与心态抒发
了多种情感，而且因人而异、诗风各有不同，由于这类诗作均为谪居时
所作，都或多或少地表达了客者的心态与情怀。

农事诗。洪武年间，孙蕡由翰林典籍外放平原县主簿，其间他勤于
政事、关心民生疾苦，写有《平原田家行》③。诗歌由百姓的住所"零星
矮屋茅数把，散住榆林柳林下"写起，随后依次写：垒墙防风雪、买牛
耕田、耕地干旱、用水车浇水、养蚕结茧、邻里鸡鸣、九月收枣、丝绢
纳税、木棉纺布做衣、用黄米酿酒、学唱清商曲调、天旱收成不好、不
得以粟为食，最后以"衣粗食恶莫用悲，犹胜北军离乱时"来安慰民众。
整首诗涉及农村生活中的住、吃、穿、劳作、养蚕、酿酒、纳税、娱乐
等广泛内容，像是一幅北方平原地区的农村生活图。又如，陈循写有十
首七绝《田家》④，其中交代官清吏廉、官家宽力役、徭税优容对百姓生
活的影响，感叹"纨绮膏粱辈"不是播谷人，随后写父子耕种、阡陌

---

① 文中所举邵经邦诗作，见《弘艺录》卷14，《四库全书存目丛书》，齐鲁书社1997年
版，集部，第77册，第403、404、408页。
② 文中所举王守仁诗作，见《王阳明集》，中华书局2016年版，第614—616、632页。
③ 《平原田家行》，见《西庵集》卷3，《景印文渊阁四库全书》，(台北)台湾商务印书馆
1986年版，集部，第1231册，第498—499页。
④ 《田家》，见《再和东行百咏集句》卷下，《四库全书存目丛书》，齐鲁书社1997年版，
集部，第31册，第391—392页。

纵横、种木棉做衣、春雨百谷生长、丰收时的喜悦、犬吠惊吏、蛙鸣卜年、十人有九人未命名等内容，还劝说骨肉之间少争斗要团结、认识贵贱通穷的关系等。再如，林大辂因谏南巡，正德十四年（1519）谪夷陵州判，其间写有《喜雨省耕七首》①，首先小序交代"西陵一春不雨，耕艺若妨。五月雨沾，民方乐耕"的情况，随后写"一春长不雨，五月雨堪怜"的旱情，"莽莽连奔堑，溟溟忽涨川"喜雨的到来，又写"喜雨孤臣事""野人呼旧侣，相对话年芳""披衣欲放歌""洸天真好雨"喜雨到来后的欢悦心情以及"伐鼓传耕种"的热闹场景，但也有"晏坐独焚香""蹉跎薄世荣""北望一沾巾"孤悲情绪的表达。概言之，三人的这类诗作表意丰富，情感真挚，彰显出了他们关心民生的淑世情怀。

哲理诗。王守仁谪居龙场驿期间，体养心性，冥思悟道，创作的部分诗篇富有一定的理趣。如《杂诗三首》，在记述"危栈断我前，猛虎尾我后。倒崖落我左，绝壑临我右。我足复荆榛，雨雪更纷骤""青山清我目，流水静我耳"生活境况的基础上，说明"邈然思古人""敛衽复端坐，玄思窥沉溟"的修持方法，表达"警惕忘尔守""乾乾怀往训""圣训垂明明"对儒家思想的坚守，阐发"君观真宰意，匪薄亦良厚""羊肠亦坦道，太虚何阴晴"内察、辩证的思想，进而达到"悦心有妙理""悠哉天地内，不知老将至"的超越与妙悟。又如《始得东洞遂改为阳明小洞天三首》写山洞"荒僻"的自然环境与山洞内外的生活布置，继而表达"虚设疑相待""夷居信何陋，恬淡意方在。岂不桑梓怀，素位聊无悔"的达观与超脱，"邈矣箪瓢子，此心期与论"以苦为乐精神提升后的喜悦，以及"虽无棨戟荣，且远尘嚣聒""沍极阳内伏，石穴多冬暄"得失的辩证等，颇富理趣，耐人回味。②

教化诗。倡导教化一贯是儒家为政的重要思想主张，这在沈炼身上体现的十分典型。谪戍前他任职县令时就十分注重教化民众，谪居期间

---

① （明）林大辂：《愧瘤集》卷5，《续修四库全书》，上海古籍出版社2002年版，集部，第1338册，第561页。
② 《杂诗三首》《始得东洞遂改为阳明小洞天三首》，见《王阳明集》，中华书局2016年版，第609、616页。

依然坚持教化诸生。如诗作《四戒示诸生》①，以五言排律的形式，讲明各种利害结果，指出博弈、斗狠等生发的祸根，列举尧舜、妲己、阮籍、刘伶等诸多事例，摆明戒博弈、戒斗狠、戒逸游、戒饮酒的道理，明示"修仁术""升孔室"的努力方向，可见其明晰的儒家教化思想与良苦用心。又如，邵经邦谪戍福建镇海卫期间，一贯坚持弘道重教，他曾说"盖予之初心，恒欲为斯世斯民肩弘任钜使，上之有益朝廷，下之有益名教"②。谪戍期间，当他得知弟弟被罢官后，写《辛丑果罢因叹息劝以居乡自重》以"行藏非二物，君子道为先。无入非行义，由来重乐天""知从内养愆"对其劝导；又写《先劝以农为本不当孟浪委同儿戏》《复戒以静为先不必章服如见任时》《又劝以节游安享不欲烂漫夸涉》《又劝以事宜从厚不欲铢锱自薄》等诗作，仅诗题中"以农为本不当孟浪""以静为先不必章服""节游安享不欲烂漫""事宜从厚不欲铢锱"的劝诫语词，便鲜明地体现出邵经邦的儒家教化思想。

节序诗。中国民众向来重视传统节日，尤其是除夕、元宵、中秋、重阳、清明等具有除旧迎新、家人团圆、祭祀祖先活动内容的重要节日，对于长期谪居外地的仕宦文人来讲往往是他们最为痛苦煎熬的时候。因此，在明代贬谪诗中，咏写节序的诗篇多数是书写离思、孤寂、哀伤、悲愁的情怀。如明初文人王绂坐累谪戍朔州十多年，在《中秋对月》中记写自己与弟弟（戍边）、儿子（在家乡）"一家骨肉分三处"，面对皎皎冰轮，想象家人"应共感怀多未眠"，继而抒发了无奈悲苦的哀情；《客中元夕对月》中，他依然表达"遥忆故人千里共，又看新岁一番圆"长期不能团圆的痛苦，感叹"踪迹漂流难定止，举杯端欲问青天"的无限悲情。③ 又如，解缙建文年间被贬河州吏目，写有《己卯元日有感》，首句"家住江南似鉴湖"交代家住江南，接着"料他春色到平芜""不知此日参军庙，谁写新桃换旧符"，通过想象写家乡的春色与节日的到

---

① 《四戒示诸生》，见《青霞集》卷5，《景印文渊阁四库全书》，（台北）台湾商务印书馆1986年版，集部，第1278册，第75—76页。

② （明）邵经邦：《弘艺录》之《弘斋先生自志铭》，《四库全书存目丛书》，齐鲁书社1997年版，集部，第77册，第524页。另，此段所举诗作见《弘艺录》卷9，第374页。

③ 《中秋对月》《客中元夕对月》，见《王舍人诗集》卷4，《景印文渊阁四库全书》，（台北）台湾商务印书馆1986年版，集部，第1237册，第129、139页。

来，在说明身在异乡的同时寄寓自己的思乡之情；《客中元夕》"去年今日宴传柑，两袖天香御酒酣。今夜客中风又雨，可无归梦到江南"，他以今夕对比的方式结构诗作，在反差明显的对比中感叹命运变化，表露思乡的情绪。① 他如，孟洋的诗句"午日逢今日，他乡忆旧乡""伤心歌楚些，清泪递潇湘"，② 表达思乡、凄苦之情；刘天民的诗句"西园独酌重阳酒，东望空怜采菊山。鸿雁秋声非故国，风尘远道奈颓颜"，③ 书写孤独、思乡、叹老的情怀等。当然，也不尽然，有些节序诗表达的情感并不是那么哀伤，如邵经邦谪戍福建镇海卫三十多年，写有《闽城元日》《闽城打春》《闽城元宵》《闽城除夕》《庚寅元旦二首》等，④ 其中虽有"一樽聊自况""长安日日逢佳节，独有离人泪眼潸"离思情怀的表露，但更多的则是"瑞霭通天北，祥光曜日东""春色屠苏酒，清歌白雪杯""六市晶光绕，千门蜡彩高""四郊丰稔俗，万户袴襦风。箫鼓声希阔，松棚焰绝红"等对过节时欢庆、热闹场景的描写，对"富贵乾坤今几度，太平日月正重熙"的赞颂，以及"我随麋鹿亦相宜""笑指一挥毫"的安闲自适，而这一现象的呈现与邵经邦初至戍地自我调适后的心态和对题材的把控等相关。由此表明，即使是同类题材，因作者的贬谪境况、心态、创作目的不同，亦会使其情感表达、风格特点出现较大差异。

感恩诗。在"溥天之下，莫非王土。率土之滨，莫非王臣""臣侍君以忠""君臣之道，造端于夫妇""以顺为正，妾妇之道也""君为臣纲"⑤ 等思想的不断建构、宣扬、教导下，在有关文化、制度的规约和影响下，在古代士人的价值认同与多方诉求的推动、胁迫下，古代士人的"臣妾"心理逐渐形成，而且这种心理在古代历史的发展过程中不断得以强化，慢慢成为这一群体的自觉心理与共性人格。而这一心理的形成对士人的

---

① 《己卯元日有感》《客中元夕》，见《文毅集》卷6，《景印文渊阁四库全书》，（台北）台湾商务印书馆1986年版，集部，第1236册，第666页。

② 《端午日述怀》，见《孟有涯集》卷5，《四库全书存目丛书》，齐鲁书社1997年版，集部，第58册，第175页。

③ 《九日》，见《函山先生集》卷8，《四库全书存目丛书》，齐鲁书社1997年版，集部，第70册，第309页。

④ 文中所举诗作，见《弘艺录》，《四库全书存目丛书》，齐鲁书社1997年版，集部，第77册，第372、402页。

⑤ 参阅《诗经·北山》《论语·八佾》《中庸》《孟子·滕文公》《礼纬含文嘉》。

价值观念、为人处世、仕途命运等影响甚大，对文学创作的影响也十分明显，如曹植《求通亲亲表》中所言"若葵藿之倾叶，太阳虽不为之回光，然终向之者，诚也。臣窃自比葵藿，若降天地之施，垂三光之明者，实在陛下"，进而被杜甫浓缩为"葵藿倾太阳，物性固莫夺"。① 正是受到这一传统文化心理的深刻影响，明代仕宦文人即使被贬谪，仍然在其诗歌中不厌其烦地表明自己感念君恩的思想。当然，基于每个贬谪者的境况不同，其诗作中表达感恩的内容与程度也不尽相同。譬如，陈循因徐有贞构陷七十余岁谪戍铁岭卫，在其创作的大量谪戍诗中便有书写感念皇恩、表明忠心的诗篇，像《自述》《述怀》《与王都使语》等。例如《自述》其一、其三：

古来贤达登青云，忠君一念人皆有。独惭浅薄受恩深，报称无能空白首。

莫论今人与古人，但怀忠爱即良臣。致君愧我老无术，惟祝皇图万万春。②

在这里，陈循直抒忠君、感恩之情，并为自己年老无法报效朝廷而深感内疚，只能祝愿朝廷长久兴盛平安。基于上文所言，陈循的这种思想心态在诸多士人中有一定的普遍性。如王越谪居安陆时有"老荷圣恩深似海，此心忧乐未能忘"的咏唱，王圻与张居正意见相左谪邛州判官感叹"浩荡皇恩何以答"，邹维琏因得罪魏忠贤谪戍贵州施州更是"风波更拜主恩深，感激潸然涕不禁"，等等。笔者有理由相信他们这些思想表达是出于真情的流露，因为他们深信其获得的一切都是皇帝（朝廷）的恩赐，即使遭受贬谪，甚至客死他乡，他们没有怀疑，也没有放弃过这种忠君感恩的情怀，这正印证了建立在宗法、专制制度之上的思想文化体系对士人思想的束缚、影响多么深刻。不过，这种思想观念也并不是铁板一块，比如孙蕡谪戍辽东怀念朱备万修撰谪戍三韩之地时，曾感叹"圣世

---

① 参阅《文选》卷37《表上》曹植《求通亲亲表》；杜甫《自京赴奉先县咏怀五百字》。
② （明）陈循：《东行百咏集句·和东行百咏集句》卷中，《四库全书存目丛书》，齐鲁书社1997年版，集部，第31册，第358—359页。

君恩殊未薄，畏途吾道一何微"，罗亨信永乐间谪戍交趾所言"拙宦虞翻拙未休，九年恩谴滞炎州"，林大辂以谏南巡谪夷陵州判表达"昔年恩谴出潇湘，吊屈怀沙感慨长"，等等，其中虽有"君恩殊未薄""恩谴"的表述，但结合上下文仍能感到蕴含着一层抱怨与无奈的情愫，其实这是不同境况、不同心态之下的一种外现，符合一定的情理。在明代专制文化的统治下，各个统治时段对思想文化控制的疏密程度不同，因此士人思想的活跃程度也不尽相同，在面对不同对象、出于不同需求时，他们往往会有不同的表现，对于长期生活于这一环境中的传统士人来讲，他们便会形成多种心理与多面性格，所以在分析感恩诗中的情感表达时，要立足文化背景、结合个案实际予以分析研判，才能更加接近客观事实。

第三章　明代贬谪诗的主要创作特征

　　白居易《与元九书》中说："古人云：'穷则独善其身，达则兼济天下。'仆虽不肖，常师此语。大丈夫所守者道，所待者时。时之来也，为云龙，为风鹏，勃然突然，陈力以出；时之不来也，为雾豹，为冥鸿，寂兮寥兮，奉身而退。进退出处，何往而不自得哉？故仆志在兼济，行在独善。"① 在这段文字中，白居易阐述了对兼济独善思想的认识，表明践行"志在兼济，行在独善"的主张，提出了向往"进退出处，何往而不得"的精神境界。可是，对于自幼便被注入儒家治世思想"基因"的传统官宦而言，真正达到"进退出处，何往而不得"境界的能有几人！因为一个人能否达到超越现实的境界，不仅关系到社会文化外在环境的干预与影响，更重要的是个体在学习、接受、转化相关文化思想的过程中，能否控制自己的欲望，在自身实践的过程中，通过辨析、体悟、思考形成一种较为融通、理性、超越世俗的世界观与人生观，并在其指导下不断实践、修正、完善这种思想，进而提升至一种至上的思想境界，这对于绝大多数缺少"慧根"的人来讲十分难能，因此能达到白居易所说的这一境界者也只能是极少数人。综观明代遭贬的仕宦文人，真正能达到进退裕如、随缘自适、超越苦难境界者，可以说是寥若晨星，除王守仁等极少数贬谪文人实现了有限的超越，绝大多数人未能达到超越层次的事实便印证了上述观点。正是由于很难超越、没有超越，明代绝大多数遭贬的仕宦文人仍然持有世俗的思想与心态，因此当他们借助诗歌书写贬谪期间的情怀时，

---

① （唐）白居易著，顾学颉校点：《白居易集》，中华书局1979年版，第964页。

便整体呈现出了一种悲伤、无奈的情感基调。同时，基于特殊境遇下的独特心境，他们的诗歌创作又有着一个共同的情感指向——真切感人。而且，由于每个人的诗学观念、学识修养、个体才情、人生经历各有差别，他们的贬谪诗呈现出多元的风格特点，有婉丽者，有遒劲者，有健朴者，有激壮粗率者，有清新绮缛者，等等。另外，王守仁、沈炼等独具特点的诗风亦同样值得研究。下文，笔者将结合明代贬谪文人的相关史实与诗歌创作，对明代贬谪诗的上述特征逐一予以阐述，以期对该问题的深入研究有所裨益。

第一节　悲伤、无奈
——无法摆脱的共有基调

对于每个长期接受"学而优则仕""致君尧舜上，再使风俗淳"等传统思想影响的士子而言，当他们进入仕途，多是对自己的前途踌躇满志、满怀希望。他们既想借助仕宦之路实现济世安民的政治理想，也想借此获得地位、物质、荣誉等方面的自我满足。可是，由于政治仕途的复杂性及文人个性、能力等因素差异的影响，每个进入仕途的士子命运并不相同。纵观明代遭贬的仕宦文人，除少数因犯罪遭贬，多数与上疏、建言、坐累、受诬等事件有关。不管出于何种原因，遭受贬谪对于每个仕宦文人来讲都是较大的打击，即使遭贬后再被起用者，也会留下难以消除的精神创伤，对于那些长期谪戍僻荒之地，甚至最终客死戍地者而言，其痛苦的经历、惨烈的结局更是令人感喟不已。明代不少遭贬文人用诗作记录了他们当时的境况与心态，为后人感知、体认其贬谪诗中的情感基调提供了可能。细读明代仕宦文人的贬谪诗，令人印象最为深刻的是其哀伤、无奈的情感基调，这主要表现在抒发离思、漂泊、孤独之情与感叹谪地荒僻、时光荏苒等方面。

第一，别亲思乡、不得归家的哀情最为浓烈。比如，孙蕡谪戍辽东，与弟弟别离时，感伤"飘荡各分散，生死安得知""远道去茫茫，会合未有期"；与妻子别离时，感叹"执袂讵忍分，清涕流裳衣。淹留日月促，去去无归期"。① 用简朴直率的语句表达与亲人难舍难离的悲痛情怀，又用"会合未有期""去去无归期"书写无比哀伤、迷茫的情绪。又如，唐肃谪佃濠梁，借"无夜思家不泪流""只见松楸不见亲""不见书来愁不休，得书谁道更添愁"② 等诗句，直书自己思家而不得归的痛苦与哀愁，这种难以消解的哀愁直至其卒于戍地才得以告终。又如，邓林谪戍保安时，借助诗句"塞外犹为客，闺中正倚阑。清光随处有，千里思同看"，以空间变换的手法进行异地相思之情的书写，还有"谁家思寄远""雁断家无信，兄亡弟不知"等直书哀痛与寄思。③ 他如"鹤发慈亲应记忆，岭南游子几时归"④ 表达思念与叹问，"两地思归俱未得，一身长笑在天涯"⑤ 书写思归的哀痛与带泪的"长笑"，以及"两年作县越江湄，回首乡关未得归"⑥ 对乡关的思盼等，皆是他们真情的流露与无奈的倾诉。

第二，浓郁的漂泊愁绪。科举及第，离家出仕，常常会令人产生人生如寄的漂泊感，可与因事遭贬产生的漂泊感相比，前者的悲痛感与消极成分都会少于后者。如七十多岁的刘大夏谪戍肃州时，借"漂泊江湖羁旅中，人生真不异萍逢""老年漂泊在天涯，番汉丛中暂作家""一生漂泊在天涯，晚岁犹来泛海槎"等诗句，⑦ 感喟人生如浮萍随波逐荡，无法把握自己的命运，用"一生"形容仕途颠簸、浮沉如寄，以"老年""晚岁"记写现实中的悲苦，并产生了"百年骸骨可还家"的叹问，哀痛

① （明）孙蕡：《西庵集》卷1《别弟》《别内》，《景印文渊阁四库全书》，（台北）台湾商务印书馆1986年版，集部，第1231册，第476页。

② （明）唐肃：《丹崖集》卷4《客中闻砧》《濠上清明》《得之淳书》，《续修四库全书》，上海古籍出版社2002年版，集部，第1326册，第180—181页。

③ （明）邓林：《退庵邓先生遗稿》卷4《七月十五夜对保安对月》《中秋夜保安对月》《哭先兄三首》，《四库全书存目丛书》，齐鲁书社1997年版，集部，第26册，第413页。

④ （明）汪广洋：《凤池吟稿》卷10《岭南杂录三十首》其二十一，《景印文渊阁四库全书》，（台北）台湾商务印书馆1986年版，集部，第1225册，第562页。

⑤ （明）王偁：《虚舟集》卷5《九日有怀》，《景印文渊阁四库全书》，（台北）台湾商务印书馆1986年版，集部，第1237册，第74页。

⑥ （明）童轩：《清风亭稿》卷6《清明书感》，《景印文渊阁四库全书》，（台北）台湾商务印书馆1986年版，集部，第1247册，第160页。

⑦ （明）刘大夏：《刘忠宣公遗集》卷4《和冯如阳端阳日巡嘉峪关回韵四首》《金宪俞见报京师信诗以酬别》《自感一首并录寄仲公》，《四库未收书辑刊》，北京出版社2000年版，第6辑，第29册，第524、525、527页。

无奈之情尽显。又如，姚绶《永宁有感简周县谕》"孤臣漂泊万山中，家住鸳鸯湖水东"由漂泊之地念及家乡，在空间变换中书写思乡之情；黄仲昭《谪官之湘潭夜泊萧家林和庄孔旸韵》"浮生漂泊多行路，此地经过几系舟"感叹人生命运的颠簸与无常；顾璘《答孟望之》"瘴海身漂泊，云溪梦往还"与《元夜》"苦吟酬节序，漂泊任乾坤"，书写身在瘴海、苦吟酬节与少有的洒脱；皇甫涍《子循再谪海沂将别书恨二首》其二"惊蓬任漂泊，云雪度迷津"的无奈与感叹；林大辂《寄席材同二首》其二"三峡江声日夜浮，放臣飘泊有孤舟"的飘荡与孤独等，均彰显出他们被贬谪过程中无奈、自解、孤苦的心迹与情感。

　　与此相关的是，在不少贬谪诗中，作者往往借助与"客"字的搭配，组成多种类型的语词，书写浓浓的客者心态，表达漂泊他乡、没有归宿的愁绪，如逐客、迁客、独客、孤客、远客、边客、羁（旅）客、戍客、行客、久客、病客、归客、醉客、他乡客、万里客、孤衾客、登楼客、在客、为客、作客、客边、客途、客路、客程、客棹、客心、客怀、客中、客里、客衣、客梦、客舟、客檐、客思、客馆、客鬓、客泪、客子、客枕、客身等。此外，诸如浮（野、断）萍、飞（飘、断、孤）蓬、鸿（塞、旅）雁、飞（断）鸿等意象的多频次出现，便是借助这些物象特点寄寓羁旅漂泊的心绪，与其他境遇下所作诗歌中的此类意象相比，贬谪诗中漂泊感伤的程度要深刻得多。

　　第三，感叹谪地荒僻、环境恶劣，抒发感伤的情怀。如王偁谪戍交趾时，作《五羊城遇张顺论旧有怀》云"匹马到炎荒，逢君鬓已苍""沧海浮空远，孤城落日边"，又有《左江录似友人》中的"莫道天涯应在此，交州更隔万重山"，《邕州》"远客谁青眼，殊方易白头"，《潇州忆丁顕》"故人自是龙头客，何以南荒久不归"等，[①] 作者直言谪戍途中所经之地广州、南宁的炎荒、僻远，又说自己的戍地更在万重山之外，同时借助"鬓已苍""易白头""南荒久不归"等语词的使用，表达难以释解的哀伤之情；又如，顾璘贬谪全州知州，作有诗集《浮湘稿》，其中

---

　　① （明）王偁：《虚舟集》卷4、卷5，《景印文渊阁四库全书》，（台北）台湾商务印书馆1986年版，集部，第1237册，第59、74、60、73页。

"荒城""南荒""荒郡"等词语使用较多，如《申思三首》"举事触明宪，置理窜南荒"交代贬谪的原因，《独吟》"荒城白屋犹征税，故国青山更别家"感叹谪地百姓的疾苦，《豫章江上逢方大参文玉》"与君相逢江水上，值予憔悴流南荒"书写谪流南荒的感伤，《再答孟侍御期予入桂林之作》"山藏散吏衣冠懒，云掩荒城鼓角愁"表明谪地的荒凉与自己的哀愁，《除夕喜金曼甫至》"瘴海风霜凋旧质，荒城鸡黍对新年"抒发身在南荒以苦为乐的情怀，以及《送舒教谕赴海阳》"荒郡少人事，清筵时对君"，《奉答乔卫州》"荒城闻系马，使者有题封"，《湘江行寄孟侍御》"倘蒙大府明公檄，莫惜荒城使者车"，《将赴灌阳》"逐客穷愁地，荒城大有年"，《至灌阳平赋作》"兹邑苦穷僻，曾巘纡荒城"，《酬陈鲁南见寄青溪看月之作》"荒城寂历山当户，旧叶凋零鹊绕林"等，① 一再强调谪地的荒凉、偏僻。顾璘在诗作中反复运用"荒城"等意象，客观上交代谪地偏远、穷荒的实况，其重在舒泄难以释解的内心的孤独、哀伤与愁苦。另如，刘天民、包节、董传策、艾穆等人的贬谪诗中，诸如荒城、投荒、穷荒、炎荒等词语的使用较多，地僻、郡僻（或僻郡）、僻壤、荒僻等词语也时常出现；还有，瘴云、瘴烟、瘴雾、瘴疠、瘴雨（水）、瘴海、瘴毒、蛮夷、蛮荒、蛮疆、蛮烟、猿哀、猿啼、猿声、猿啸、塞草霜枯、天涯霜雪、孤城背岭、僻郡萧条、瘴烟蔽野、瘴雨荒烟、沙碛茫茫等，均是借助这些词语描写谪地恶劣的自然环境，用恶劣环境映衬、寄寓他们哀伤无解的情怀。由此可以想见，贬谪事件的发生对每位当事人肉体、精神上的打击与影响是残酷而又深远的。

第四，孤独的感伤。对于大多数遭贬的仕宦文人来讲，远离朝廷成为政治"边缘人"的失意，远离家乡亲人身处异地的陌生，都会使他们倍感哀伤。除了上文所述的思乡、漂泊、身居僻地的感伤外，与之相伴随的孤独也常是他们借助文字予以舒泄的一个重要层面。细读明人的贬谪诗，可以看到大量与"孤"字组成的语词呈现其中，如孤舟、孤帆、孤棹、孤云、孤鹤、孤雁（鸿）、孤鹗、孤鹏、孤月、孤亭、孤灯（烛）、孤山、孤村、

---

① （明）顾璘：《浮湘稿》，《景印文渊阁四库全书》，（台北）台湾商务印书馆 1986 年版，集部，第 1263 册，第 136、140、142、143、148、152、161、164 页。

孤驿、孤馆、孤兔、孤鸟、孤城、孤根、孤烟、孤坐、孤飞、孤身、孤臣、
孤客、孤怀、孤恩、孤然、孤影、孤寂、孤芳、孤蓬、孤坟、孤凤、孤园、
孤兴、孤骞、孤竹、孤梅、孤寒、孤羁、孤斟、孤弹、孤裘（衾）、孤吟、
孤妾、孤戍、孤航、孤踪、孤枕、孤日、孤岩、孤稜、孤峻、孤啸、孤榻、
孤剑、孤征、孤危、孤倚、孤障、孤嶂、孤槎、孤樽、孤纯、孤愤、孤心、
孤泽、孤儿、孤生、孤直、孤眺、孤节、孤贞、孤忠、孤操等。其中，或
借助与自然物象组合，如孤云、孤日、孤月、孤山等，寄寓孤独无倚的情
怀；或选择与人文物象结合，如孤舟、孤城、孤亭、孤园等，渲染意境、
抒写孤独；或与相关动词、形容词、名词结合，如孤戍、孤倚、孤危、孤
直、孤儿、孤心、孤节等，直抒胸臆、表露心迹。另外，诗歌中还有许多
"孤"字单独使用，如史谨的"回看天际月，同我寸心孤"①，陶谐的"地
尽家逾隔，天遥臣益孤"② 等，均是孤寂心理的直接书写。由此可见，贬
谪对于当事人心态的影响是直指内心的，而且这种孤独感始终伴随其左
右，即使遇赦回乡后仍心有余悸，如王绂《初归》中云"在客每忧难作
客，到家谁信却无家""堪笑比身沦落久，梦中犹自谪天涯"，可知谪戍
经历对他的伤害之深。

第五，感叹时光易逝。"人生如朝露"的思想时常萦绕在古代士人心
中，当其遇到困难挫折或年岁较长时，这一思想会变得比较突出。贬谪对
于每位行走于仕途的人来讲都是不小的打击，特别是被谪戍荒僻之地又看
不到遇赦或复职希望的仕宦文人，往往对时光易逝的感叹表现得尤为强烈。
如陈循谪戍辽东时，咏叹"但见时光流似箭，鬓毛白尽兴犹多"③；沈炼
谪佃保安时，以"叹老持明镜，忧边看宝刀"④ 感叹人生易老、忧边报国
的情怀；王元翰在湖广按察司知事任上，以"寒雁未来人欲老，楚砧初

---

① （明）史谨：《独醒集》卷上《宿鼎湖》，《景印文渊阁四库全书》，（台北）台湾商务印
书馆 1986 年版，集部，第 1233 册，第 117 页。
② （明）陶谐：《南川漫游稿》之《渡河入金城关》，《四库全书存目丛书》，齐鲁书社 1997
年版，集部，第 48 册，第 275 页。
③ （明）陈循：《东行百咏集句》卷下《九日常年多值风寒今岁先期登老金山》其五，《四
库全书存目丛书》，齐鲁书社 1997 年版，集部，第 31 册，第 373—374 页。
④ （明）沈炼：《青霞集》卷 6《寄张司丞》，《景印文渊阁四库全书》，（台北）台湾商务
印书馆 1986 年版，集部，第 1278 册，第 87 页。

起客如何"① 抒发感伤与无奈；邹维琏弹劾魏忠贤遭贬贵州施州，借"远戍天涯事可悲""谁言鸿鹄能千里""已拟埋名老下帷"② 诗句书写满满的感伤与退避情怀；包节谪戍庄浪卫，以"羁愁易老天涯客，慧觉初修彼岸缘"③ 表达羁愁易老的同时，也表达了借助佛教修行消解痛苦的心理期许。他们因无用武之地而感喟人生易老，因无法解除外力束缚而产生消极的情绪，因思索人生意义而产生对时日的留恋。对于长期谪戍已无重新起用、遇赦放归希望的士人而言，恐怕也只有以苦熬的方式消解完自己的生命，而在此过程中，以文字书写感叹人生是一种情理之中、行之有效的舒泄方式。

第六，书写冤屈。明代仕宦文人的遭贬原因有多种情形，而那些缺乏政治经验、耿介迂执的仕宦文人往往会成为被打击贬谪的对象，因此难免在贬谪事件中会出现一些冤假错案，这些冤屈之事也常被他们借助诗歌形式书写出来。譬如，万历三十六年（1608）五月，郑振先（字太初）上疏指斥朱赓为第一权奸，被降谪为四川永宁宣府司经历，当时任工科右给事中的王元翰曾写《送郑太初疏发权奸被遣》，感喟他是"孤忠一举惜讹离"，为其遭贬"双泪深秋堕酒卮"，安慰并鼓励郑振先"借剑未成腾纸价，送君应不负须眉"。④ 更有甚者，本人不知原因就被贬官，比如洪武后期的王绂，多数史书记录其遭贬朔州的原因是"坐累"⑤（或"以事累"），至于"坐累"什么事情均未明言，时至今日也没有找到确切的原因。依据王绂在诗中发出"不知缘底事，沦落向天涯""中年谁料苦从军"⑥ 的感叹，结合当时的历史环境，即使考虑到王绂有难言之隐，

① （明）王元翰：《王谏议全集·诗集》之《立秋夜》，《四库未收书辑刊》，北京出版社2000年版，第5辑，第25册，第80页。

② （明）邹维琏：《达观楼集》卷4《初至夜郎》，《四库全书存目丛书》，齐鲁书社1997年版，集部，第183册，第69页。

③ （明）包节：《包侍御集》卷5《谢赵方厓大理讯惠二首》其二，《四库全书存目丛书》，齐鲁书社1997年版，集部，第96册，第664页。

④ （明）王元翰：《王谏议全集·诗集》，《四库未收书辑刊》，北京出版社2000年版，第5辑，第25册，第67页。

⑤ 参阅《明史》卷286、《本朝分省人物考》卷27、《静志居诗话》卷6、《明诗纪事·乙签》卷6、《四库全书总目》卷170、《故中书舍人孟端王公行状》（见《王舍人诗集·附录》）等。

⑥ （明）王绂：《王舍人诗集》卷3《代州道中》、卷4《送子南归二首》，《景印文渊阁四库全书》，（台北）台湾商务印书馆1986年版，集部，第1237册，第118、140页。

也可约略体察到他被谪戍是有冤情的。

总之，由贬谪事件引发的政治疏离、蒙受屈辱、亲人分离、身居异域等客观境况，激发了诗人别亲思乡、漂泊无绪、孤独无倚、感叹时光、抒发冤屈的复杂情怀。整体观之，这些情怀的基调是"感伤"，而这种"感伤"的基调在明代遭贬仕宦文人身上具有一定的普遍性。然而，具体到每位个体，受贬谪情状、个人心态等因素的影响，他们的感伤程度又各不相同。探究这种情感基调得以形成而又集中呈现的原因会发现，除了外在环境的变化使其身体倍受劳顿、困苦，贬谪造成的精神层面的屈辱感、压抑感、孤独感、疏离感则是内在原因，其深层次原因则应与中国传统文化中缺少自我人格的体认以及"和合"文化影响下建构起来的"在一起"的集体文化心理有关。贬谪事件的发生使他们产生了强烈的被（集体或朝廷）抛弃感，使他们的外在、内心都缺少了依靠与安全，从而增添了迷茫与失落，容易促其产生难以消解的感伤情绪。[1] 因此，他们选择了诗歌这一载体书写生命体验、发泄内心苦闷，借此表达其颇受压抑的生命意识以及追求亲情、自由的强烈愿望。康定斯基说："凡是内在需要产生的，发源于灵魂的就是美的。"[2] 明代贬谪诗感伤基调的形成便来源于诗人灵魂深处多种悲痛情怀的书写，有其感人的悲情美。

第二节 情感真切
——直抒胸臆与间接抒怀的共同指向

诗歌的特点重在抒情。由于诗人的题咏对象（内容）、创作目的、个体才情各有区别，选用的创作形式与使用的技巧手法也不尽相同，因此其诗作的抒情效果、给予人的审美感受也会不同。相同的贬谪遭遇定会影响到当事人的心境，进而也会在一定程度上影响到他们诗歌创作时抒情方式的选用及抒情效果的呈现。通过细读明代仕宦文人的贬谪诗，除

---

① ［美］孙隆基：《中国文化的深层结构》第3章、第4章，中信出版社2015年版。

② ［俄］瓦西里·康定斯基：《论艺术里的精神》，吕澎译，四川美术出版社1986年版，第105页。

了整体呈现出的"感伤"基调，笔者发现它们还有一个比较突出的特点，即情真意切的抒情性。至于形成这一特点的根本原因，笔者认为应是他们在特殊境遇下排除某些心理障碍之后，在有限空间内一种真正生命显现的结果。当然，这并不排除少数赠答、酬应诗中有虚饰、夸大的成分，但就整体而言，多数诗篇还是流露出了真情实感，而这则是研究明代仕宦文人心态不可忽视的材料。

一　直抒胸臆者

直抒胸臆，即借助相关的语词直接表达诗人的情感和思想。这种抒情方式往往用词质朴，不加修饰，情到兴具，直言其意，给人一种直爽、通透、情真的审美冲击，能让人直接感受到其中的情感力量。譬如，刘大夏（1436—1516）因得罪刘瑾谪戍肃州，谪戍途中或在戍地，他写诗抒怀、少有雕饰。例如：

> 《夜宿安肃县僧房感怀》：僧房长夜不成眠，强起开窗坐看天。祗为官承恩宠厚，故教人说宦情专。身遭谪戍八千里，囊乏通神十万钱。南国草堂松菊在，不知相见是何年。
> 《初得家书哭曾孙七十》：谪居无事又黄昏，万里家书偶到门。已是此身蒙远谪，那堪老眼哭曾孙。归时不见仪容在，梦里犹闻笑语存。何事横灾延再世，平生功业负君恩。
> 《独坐写怀二首》其一：霜叶飞扬动客思，穷荒何日是归期。身边寒到无人问，心上愁来独自知。回首先朝承宠处，那堪此地待恩时。闭门尽日浑无事，检点襟怀学赋诗。[①]

第一首，应为刘大夏赶赴戍地途中所作。当时，他夜宿安肃县的某一僧房，夜不能寐，于是"强起开窗坐看天"，思绪万千，想到自己为官颇受恩宠，因此引起他人嫉妒，反说自己专注宦情，如今自己将谪戍八

---

① （明）刘大夏：《刘忠宣公遗集》卷4，《四库未收书辑刊》，北京出版社2000年版，第6辑，第29册，第522、527、526页。

千里之遥的地方，却没钱也不愿打点那些贪欲极强的奸邪小人，又想起家乡的草堂、松菊和亲人，不知还有没有机会得以相见，幽愤中寓有感伤之情。第二首，主要表达他在戍地接到家书被告知曾孙夭折后的痛苦心情。诗中首先交代戍地距家万里之遥家书很难到达的事实，在一个黄昏时分谪居无聊的自己好不容易收到了渴盼已久的家书，却是被告知曾孙夭折的事情，于是他悲痛之余直抒感慨：如今我蒙冤远谪，已过古稀之年，哪里还堪忍受如此的打击！随后便是一些想象与叹问：假使自己能够平安归家，可再也看不到他那可爱的音容笑貌，而这一切的一切都只能在梦中寻得，到底是什么灾祸延至如此幼小的孩子身上，难道是我平生的功业有负朝廷君恩？悲痛之中充满无解的疑问与困惑。第三首，写独坐客思。在霜叶纷飞的季节，面对穷荒僻壤，叹问何日是归期？外界的寒冷尚可抵抗，无人问津的孤独愁闷只有自己感知与消受，回首先朝承受的恩宠，哪能与当前此地"待恩时"相比，面对无人过问的孤独与闭口难言的无聊，在不能有所作为的情况下，也只能检点自己、学着赋诗抒怀了。在这三首诗作中，刘大夏或即景生情，或缘事抒怀，从中既可睹见其痛苦、无奈的复杂情怀，也可睹见其忠诚、正直的一面，呈现出了直率、真切的特点，而且这也是其整体诗歌的抒情特点。《蟪斋诗话》云："刘忠宣公平生不刻意作诗，间有为而作者，皆事核意真，情到兴具。"① 在一定程度上解答了刘大夏这一抒情特点的成因。

　　又如，弘治初年，邹智上疏建言，请黜万安、刘吉、尹直三小人，进王恕、王竑、彭韶三君子，被坐以妖言惑众，罪当处死。赖王恕、何乔新诸公大力救助，才得以免死，但被远谪雷州千户所吏目。他在《辞朝》诗中，叙述"云韶声静拜彤墀，转觉婵媛不自持"的事实与心理，交代"罪大故应诛两观，纲疏犹得窜三危"的情状与转机，接着以"尽披肝胆知何日，望见衣裳只此时"表达心境与志愿，最后"但愿太平无一事，孤臣万死更何悲"更是其治世济民思想指引下的真诚誓言。在赴谪途中，他写有《度大萸岭》，这篇七绝以途经唐代张九龄的祠堂及其周边的松林、流水为咏写对象，落脚点则是最后一句"照见孤臣万里心"，

―――――――――

① （清）陈田：《明诗纪事·丙签》卷4，上海古籍出版社1993年版，第992页。

他在称颂张九龄的同时重在表达自己遭贬的孤苦心境。在谪地，又写五绝《除夕》，以"病客居穷海"写自己的境况，"今年是两年"交代谪居的时间，随后以空间变换的方式、加入自己的想象，借"高堂当此夕，相对又潸然"，写家中的父母应像自己一样思念着对方以及由此引发潸然泪下的悲凉心境。① 在这些诗作中，邹智或轩爽快直，或舒缓直白，均以直接抒情的方式表达了孤苦的情怀，《四库总目提要》评其"诗文多发于至性，不假修饰之功，虽间伤朴遫，而真气流溢，其感人者固在文字外矣"②，观其谪戍诗亦如此。

又如，林希元性格刚急、耿直，曾因忤江彬、御史谭会、大理寺卿陈琳，遭贬泗州州判；又因请剿辽东叛兵与权臣夏言意见相左，被贬谪钦州知州。他在《闻谪判泗州》③ 中，直接交代自己"本以疏狂为国忧，翻从迁谪赴南州"的原因与事实，以"万钟于我知无益，三尺如人岂不羞"抒写自己轻物质、重信念的情怀，可面对现实中遭受贬谪，他所看到的是"满眼西风悲落木""云断苍梧江自流"，流露出悲伤、幽远的情怀，同时亦体现出了林希元作诗"往往俚语与雅词相参，俪句与散体间用"④ 的特点。还有：

> 《钦州到任感怀》：钦州古越郡，地僻故荒凉。城邑迷荆棘，斋居入犬羊。依山多虎豹，下里少冠裳。徒负旬宣寄，何由答圣皇。
>
> 《公堂即事》：边方吏事少，朝夕只催科。十室逃亡九，其如抚字何。心劳缘政拙，官小悉民疴。未有龚黄手，谁能起颂歌。⑤

这两首诗是林希元谪戍钦州时所作。一是，叙写自己初到钦州时的所见

---

① 邹智（1466—1491），字汝愚，合州人。成化二十三年（1487）进士，官至庶吉士。另，《辞朝》《度大萸岭》《除夕》，见《立斋遗文》卷5，《景印文渊阁四库全书》，（台北）台湾商务印书馆1986年版，集部，第1259册，第469、471页。

② （清）永瑢等：《四库全书总目》，中华书局1965年版，第1495页。

③ （明）林希元：《同安林次崖先生文集》卷18，《四库全书存目丛书》，齐鲁书社1997年版，集部，第75册，第745页。

④ （清）永瑢等：《四库全书总目》，中华书局1965年版，第1577页。

⑤ （明）林希元：《同安林次崖先生文集》卷17，《四库全书存目丛书》，齐鲁书社1997年版，集部，第75册，第742页。

所感，地僻荒凉，犬羊入户，虎豹出没，百姓贫苦，难见治理的成效；二是，交代僻地吏事少，只是整日催缴租税，老百姓不堪重负，多数逃亡他乡，何谈安抚体恤，于是感叹自己"心劳缘政拙，官小悉民疴"，既没有汉代循吏龚遂与黄霸的能力，也很难得到大家的认可与颂扬。整体而言，其诗句质朴浅易，表意明晰，抒情直白。《四库全书总目》中说"（林希元）气质刚急，锐于用世……故其诗文皆惟意所如，务尽所欲言乃止。……盖其素志，原不欲以是见长云"①，乃是中肯之论。

再如，沈炼因得罪严嵩父子，谪佃保安州，所写诗作颇具郁勃之气、磊落之怀，表情达意以豪直、爽快为尚。如《秋夜感怀》：

> 飒飒西风日夜吹，将军出塞又空回。不知白骨堆沙岸，犹自红妆送酒杯。诸葛已无筹笔驿，李陵偏筑望乡台。悲歌莫厌伤心曲，不是忠臣定不哀。②

这诗首先交代守边的将军缺少谋略、不思进取，多次出战边塞均无功而返，但他们不顾将士们的死活与历史教训，依然红妆送酒、贪图享乐，由此感叹如今已无法写出《筹笔驿》这样的诗篇，留下的只有李陵高筑望乡台却又归不得的渴盼与遗憾，这使他不得不咏唱悲歌，表达尚有报效朝廷的忠贞之心。又如《揽镜见白发》：

> 五载边陲便白头，一生忠义向谁酬。老同刘备羞髀肉，贫笑苏秦叹敝裘。抗疏阙庭身万死，悲歌京国泪双流。乾坤许大关心事，难听书生一笔勾。③

首联，感叹五年谪戍已白头，一生忠心无处使用；随后，用刘备、苏秦

---

① （清）永瑢等：《四库全书总目》，中华书局1965年版，第1577页。
② （明）沈炼：《青霞集》卷6，《景印文渊阁四库全书》，（台北）台湾商务印书馆1986年版，集部，第1278册，第92页。
③ （明）沈炼：《青霞集》卷6，《景印文渊阁四库全书》，（台北）台湾商务印书馆1986年版，集部，第1278册，第95页。

两个典故，感慨自己身在谪地无所作为、生活异常贫苦；想起自己因抗疏遭此劫难，如今的朝廷奸佞当道，不仅泪流满面；感慨朗朗乾坤如此之大，竟然无人听从一介书生的建议良言，其中的悲伤、无奈、愤慨、不甘的复杂情怀尽显。《四库全书总目》云："其文章劲健有气，诗亦郁勃磊落，肖其为人。"① 《皇明诗选》引陈卧子语曰："青霞快男子，诗亦俊爽。"② 结合沈炼的个性特点与诗文的整体创作，此评论符合实际。与上面所举他人的诗例相比，沈炼的诗作多了些用典，而且个别语词也相对雅驯，但从抒情方式与效果来看，仍属直爽不隔的一类。

另外，永乐中，罗亨信谪交趾期间，写有"拙宦虞翻拙未休，九年恩遣滞炎州。日长山鸟啼官舍，地僻蛮烟绕郡楼。梦断禁垣虚补衮，忧深边徼欲前筹。莫言交广风烟接，一望南溟恨已悠"③。在交代谪戍时间、环境的基础上，写梦中被召回授官，眼前却深忧边境的筹划，无意谈及交广之地的风景，望着无边的大海带来的却是难断的幽恨。宣德中，邓林坐法谪戍保安，写《七月十五夜对保安对月》《中秋夜保安对月》，以"万里关山月，看看四度圆。多情照孤寂，无酒对婵娟""清光随处有，千里思同看""一年今夜月，千里故乡心"等诗句，抒写思乡、孤寂的情怀；又有《哭先兄三首》中"雁断家无信，兄亡弟不知""孤灯坐深夜，无语泪交颐""谁怜千里雁，孤影独徘徊""江上与兄别，岁阑期我归。众雏随母去，孤雁念群飞"，表达自己的痛心与孤独。④ 嘉靖间，杨慎谪戍云南期间，在《离思行二首》《杨林病榻罗果斋太守远访》《六月十四日病中感怀》⑤ 等诗作中，借助"游子辞家乡，流落在万里。当歌有苦调，对酒无欣喜""鸿飞远不到，书迹何由传。愁来坐自叹，气结不能言""关山尽是销魂路，樽酒翻为迸泪筵。遥想生还成幻梦，纵令死去有

① （清）永瑢等：《四库全书总目》，中华书局 1965 年版，第 1507 页。
② （明）陈子龙：《皇明诗选》卷 9，《四库禁毁书丛刊补编》，北京出版社 2005 年版，第 55 册，第 157 页。
③ （明）罗亨信：《觉非集》卷 8《安南感怀》，《四库全书存目丛书》，齐鲁书社 1997 年版，集部，第 30 册，第 28 页。
④ （明）邓林：《退庵邓先生遗稿》卷 4，《四库全书存目丛书》，齐鲁书社 1997 年版，集部，第 26 册，第 413 页。
⑤ （明）杨慎：《升庵集》卷 16、卷 29，《景印文渊阁四库全书》，（台北）台湾商务印书馆 1986 年版，集部，第 1270 册，第 135、215、217 页。

谁怜""七十余生已白头，明明律例许归休。归休已作巴江叟，重到翻为
滇海囚"等诗句，直书自己谪戍期间的多层悲苦。包节谪戍肃州时，以
"万里飞蓬托此身，十年衰鬓对胡尘。乡音乍听翻难识，羯语常闻已乱
真"[1] 言说孤独、感叹时光、陈述变化。

　　明代贬谪诗中喜欢用直抒胸臆的方式抒发感情的原因，大概有以下
几个方面：一是，作者确有痛彻心扉的谪戍经历，有刻骨铭心的真情实
感，不吐不快；二是，写作内容的影响，如书写内心的思乡、漂泊、孤
独、易老、悲苦、无奈等心境，用直抒胸臆的方式利于此类情感的表达；
三是，耿介、直爽的个性促使他们更愿选取直书的抒情方式，不愿婉曲
表达，如上文提到的邹智、沈炼等人。当然，个体之间仍存在差异，如
这类篇目的多少、直接抒情的程度等，则须具体而论。

二　间接抒怀者

　　相较于直接抒情，间接抒情表现的相对含蓄婉曲，它往往借助景物、
叙事、用典等来抒发感情。基于诗歌的特点，明代贬谪诗常常通过景物
描绘或典故使用来抒发、寄寓情怀。如永乐五年（1407），解缙被贬谪交
趾时写有《市桥会郭千户作》：

　　　　沙碛茫茫塞草肥，桔槔烽上暮烟飞。交河北去天连海，苏武曾
　　将汉节归。[2]

市桥，位于今越南北宁市北棋江南岸，是扼守南北交通的咽喉之地，亦
是明代第一批设置的卫所，即有市桥守御千户所[3]。这里的郭千户应是当
时守卫市桥所的长官。诗作前三句绘写边塞之景：沙碛茫茫，塞草茂盛，
桔槔峰上暮烟翻飞，交河北去流向天海相连处；最后，作者化用苏武持

---

　　① （明）包节：《包侍御集》卷 5《可怜四绝》其二，《四库全书存目丛书》，齐鲁书社
1997 年版，集部，第 96 册，第 675 页。

　　② （明）解缙：《文毅集》卷 6，《景印文渊阁四库全书》，（台北）台湾商务印书馆 1986
年版，集部，第 1236 册，第 670 页。

　　③ 魏超：《明代交趾都司卫所建置研究》，《中国历史地理论丛》2015 年第 1 辑，第 61 页。

节不屈终归汉朝的故事，表达自己的志节与思归的情怀，同时含有对郭千户赞誉式的激赏。令人奇怪的是，唐朝诗人张仲素《塞下曲五首》其五"阴碛茫茫塞草肥（一作腓），桔槔烽上暮云（一作烟）飞。交（一作关）河北望天连海，苏武曾将汉节归"①，与解缙的这首诗作仅有三字不同，如果解缙的别集中没有录错的话，这种因袭或仿作的行为还是让人大为扫兴的。

又有《过十八滩》：

> 白浪滩滩跳雪珠，青山片片翠萦纤。杜鹃啼得花如血，正是行人在半途。②

诗作的前两句中用"白""雪""青""翠"四字两两对应，用叠字"滩滩""片片"描写水与山的颜色、形态，巧妙而富文采。可是，后面的第三、四句笔锋一转，用杜鹃啼血之典书写哀痛之情，并交代自己作为贬谪之人正行进在半途之中。利用眼前美景与哀痛心情形成巨大反差的结构模式，造成婉曲而又有力的抒情、审美效果，实乃解缙的佳构。

又如，永乐年间，王偁因坐累谪戍交趾，曾写《苍梧道中》：

> 驱车九疑道，独鸟东南飞。看山不觉远，秋云生我衣。深谷走群籁，半岑明夕晖。中林有兰茝，薄暮空芳菲。③

苍梧山，又名九嶷山，位于今湖南省南部永州市宁远县境内。此诗应作于奔赴谪地的路上，所写内容乃是作者驱车九嶷山道中所见之景。诗作由鸟、山、云、深谷、群籁、夕晖、兰茝、芳菲等共同构设出一个相对幽僻、清冷的画面，根据其中独鸟、夕晖、秋云、半岑、空芳菲等语词

---

① （清）陈元龙编：《御定全唐诗》卷367，《景印文渊阁四库全书》，（台北）台湾商务印书馆1986年版，集部，第1426册，第551—552页。

② （明）解缙：《文毅集》卷6，《景印文渊阁四库全书》，（台北）台湾商务印书馆1986年版，集部，第1236册，第671页。

③ （明）王偁：《虚舟集》卷3，《景印文渊阁四库全书》，（台北）台湾商务印书馆1986年版，集部，第1237册，第38页。

的使用，我们可以感受到王俦因贬谪而引发出的孤独、忧伤的愁绪，以及他采用借景抒怀的方式表达的隐曲情怀。

成化十七年（1481），祁顺被贬为贵州石阡知府。当时，他写有《端午后一日》：

> 蒲觞宿醉尚厌厌，午枕薰风散黑甜。楚畹孤芳仍旧好，尧庭开荚有新添。攻医谩蓄三年艾，用世浑如六日蟾。百炼青铜闲拂拭，匣中尘垢不相沾。①

诗作首联交代实况：昨日的醉意尚未清醒，午后在暖风习习中小憩；随后，借写兰圃中独秀的花香依旧好来暗寓自己高洁绝俗的品格，又以"尧阶蓂荚"之典感叹时光荏苒；接着，又连用两个典故"三年艾"与"六日蟾"，说明自己积累了一定的救世经验，但错过了时机，于今已无用武之地；最后，以"百炼青铜"喻指高洁的内心与坚定的意志不为尘垢污染。该诗或借物、或用典，婉曲地抒发了作者用世受阻、感叹时光、坚守高洁的复杂心态。又，在《遣兴》中，他书写僻郡信疏、自甘寥落、蓬鬓常改、一心向日、志慕颜回、懒咏"八愚"，以直接抒情与间接抒情相结合的方式，抒发自己复杂矛盾的情怀；《发贵州城鼓楼次孔都宪先生韵》中，在感叹功名无成、人生易老的同时又心恋魏阙，好在眼前的云山美景暂可提供吟咏、忘忧，尾联用"不学仲宣闲感慨"呼应首句"谩登楼"的原因，再以"人生随处可销忧"结束全诗，表达自己难脱世俗又相对洒脱的情怀。整体看来，祁顺的这类诗歌使我们体悟到了其内在的不甘与无奈，以及不得不接受现实、顺应环境的有限洒脱，彰显其两难的心境。②

再如，正德八年（1513），顾璘被贬广西全州知州。写《春寒》以"春寒物候迟""满庭犹宿草"的客观景象，引出"不须添细雨，愁绪已如丝"的情怀；又写《偶题》抒发经历磨难的过程，加深了对人生的体

---

① （明）祁顺：《巽川祁先生文集》卷5，《四库全书存目丛书》，齐鲁书社1997年版，集部，第37册，第453页。

② 《遣兴》《发贵州城鼓楼次孔都宪先生韵》，见《巽川祁先生文集》，《四库全书存目丛书》，齐鲁书社1997年版，集部，第37册，第454、464页。

认，借助"座有青山对，门无俗客来"的实况，舒泄"浮名消短鬓，雅兴寄深杯"相对超脱的心绪；又有《宿白水渡》，前两联以寒濑、孤舟、暮烟、壶蚁、烛花等意象勾勒相对清冷的意境，可颔联"发变风波境，神惊四十年"来了个突转，引发出作者"壮心空感激，夜起拂龙泉"的激烈壮怀。① 其中，虽然有些诗句表现出了直书情感的特点，但整体而言仍是相对雅丽、细婉的。同年（正德八年），孟洋被贬广西桂林教授。孟洋的诗歌意蕴较浅，缺少雄健之力，但调雅词绮，借景抒怀方面有其特点。如《贤隐寺限韵时余将往桂林》，这是孟洋即将赴谪地时在家乡信阳的贤隐寺所作，诗中所吟"云容过雨淡，山色入秋高"绘景淡雅，随后两联"水竹聊停盖，风尘未解袍。三湘空吊屈，五柳独惭陶"，却或显或隐地表达出一种入世、出世且颇带哀伤的矛盾情怀；又如《烟》，前三联"湘流落日外，沙迥暮生烟。杳杳千峰失，霏霏万壑连。鹊翻知浦树，人语辨江船"，写湘流、落日、沙迥、暮烟、杳杳、千峰、霏霏、万壑、鹊、人等被傍晚的烟雾遮罩，模糊不清，难辨人、物，正是这一昏暗意境的创设，渲染出尾联"暗里猿声断，愁深搅夜眠"伤感心绪的生成；又有《清明》，首联"千花万柳照清明，鸠语莺啼满郡城"烘托节日的气氛，接着"昼卧不妨深院静"中的情绪稍显低落，"春游应喜四郊晴"又拉回应有的喜悦，可随后的"殊方车马谁同侣，故国风烟空远情"交代情绪低落的原因并表达了思乡之情，尾联"独爱隔帘芳草色，孤吟日暮绕阶行"又以"独爱""孤吟""隔帘""日暮"等寄寓孤独、消极的情绪。②

正德十六年（1521），陆完谪戍福建靖海卫。其诗作《寒食三首》其二，以"细雨新烟暗海陲"映衬自己已至"衰翁"的消沉情绪，随后借"少陵有泪无家日""子厚常号北向时"杜甫、柳宗元两个思家望归的典实，回答"衰翁情绪不难知"的谜底——哀伤与无奈。基于哀伤、无奈的情怀，他在《九日步登芝山》中，用"野望长""烟嗳嗳""海茫茫"

---

① 《春寒》《偶题》《宿白水渡》，见《浮湘稿》，《景印文渊阁四库全书》，（台北）台湾商务印书馆 1986 年版，集部，第 1263 册，第 153、155、163 页。

② 《贤隐寺限韵时余将往桂林》《烟》《清明》，见《孟有涯集》，《四库全书存目丛书》，齐鲁书社 1997 年版，集部，第 58 册，第 174、174、216 页。

"白发垂""几重阳"表达哀情愁绪，又在《睡醒拾前韵之余》中，用
"苏子更逾儋耳海，韩公亦过乐昌泷"来安慰谪戍的自己。为了消解愁
绪，他在《遣意三首》中提出了解决问题的办法，"尚有山堪借""白云
常满谷，流水自鸣阶""诗书还遣怀""兀坐把心斋""三杯宠辱轻"等，
即借助自然景观、阅读诗书陶冶情操，进而达到养心坐忘的境界，当然
也少不了用美酒麻醉自己。在此类诗作中，陆完借描绘景物、选用典故、
隐晦语词相对隐曲地抒写心意、表达情感，这一特点的呈现应与他深知
自己"罪重难湔涤"的处境有关，与其年过六十参悟人生之后的心境也
有一定关联。①

　　他如，杨慎谪戍滇南，在《高峣晓发过滇》中"……船尾风轻浪不
花，转盼已届滇之涯"隐曲的表情，又有《滇海岁暮》借"寇公心事雷
州竹，屈子情辞澧浦兰"寇准、屈原的遭遇感叹浮生几度悲欢，以及
"醉来一枕且偷安"的无奈。②戴冠因上疏言事被贬广东乌石驿驿丞七年，
曾用"未论雪夜乘舟好，已向穷途识我深。渺渺沧波添客泪，飞飞江雨
湿尘襟"表达对朋友的思念，又在《入城》中以回答儿子询问的方式，
表露"我去罗浮采药归。沆瀣饮残应不死，嵬峨踏遍欲忘机"求仙、脱
俗的思想，也有"乍离洞口花沾履，一入市门尘满衣。欲从他年了婚娶，
更从此地结云扉"难脱世俗的苦恼与顾盼。③王九思因瑾党之名谪居寿
州，他在"献策贾生他未老，传经刘向尔何年"诗句中，用贾谊、刘向
两个典故表达用世与遭谴的复杂情怀，又在"岩穴终归郑子真，豪华不
慕楚春申""寻常已脱浮名累，未必他乡绊此身"中流露出隐闲超脱的情
思，以及"白首庞公能避世，青春杜甫未还乡"归隐不能的惆怅与"梁
父吟成恨转长"的哀痛。④嘉靖年间，贬谪寿州的刘天民在《留犊祠和王

---

　　①　《寒食三首》《九日步登芝山》《睡醒拾前韵之余》《遣意三首》，见《在惩录》，《四库
未收书辑刊》，北京出版社 2000 年版，第 5 辑，第 26 册，第 430、445、431、434 页。

　　②　《高峣晓发过滇》《滇海岁暮》，见《升庵集》，《景印文渊阁四库全书》，（台北）台湾
商务印书馆 1986 年版，集部，第 1270 册，第 192、213 页。

　　③　《用韵答寄邓二守》《入城》，见《戴氏集》，《四库全书存目丛书》，齐鲁书社 1997 年
版，集部，第 63 册，第 62、61 页。

　　④　《赴寿州宿张家湾》《遣愁》《三月晦日二首》其二，见《渼陂集》，《续修四库全书》，
上海古籍出版社 2002 年版，集部，第 1334 册，第 44、46、46 页。

渼陂韵》中，通过追慕东汉末年寿春令时苗的事迹，描绘留犊祠的荒废境况，继而写对清廉为民者的赞誉与愿意承其风教的志向，他借物记人、以事感怀，通过相对隐曲的方式表达了赞赏、承继的心愿。

综观明代贬谪诗中直接抒情与间接抒情方式的使用情况，以二者兼用者居多。不过，具体到每位作者的诗作，有的使用直接抒情较多，有的使用间接抒情较多，各不相同。因而具体到每个诗篇，抒情方式的选用也各有特点，或直接抒情，或间接抒情，或兼而用之。上文分而论之的目的，重在说明两种抒情方式在明代贬谪诗中书写真情实感的基本情形。至于影响抒情方式选用的原因，与作者的个性、才情以及咏写对象、创作习好、学习继承等有着或多或少的关系，而且这些因素也程度不同地影响到了他们诗作的风格特点。

第三节　延承与新变
——多元创作风格的呈现

由于受到个体才情、个人喜好、学习对象、文化思潮等诸多因素的影响与制约，明代仕宦文人的诗歌创作呈现出了多元的风格特点，如豪逸、平正、雅淡、粗率、警丽、遒劲、绮丽、沉郁等。具体到明代仕宦文人贬谪期间创作的诗歌而言，在基本保持他们诗歌创作原有风格的同时，特殊的境遇影响到了其诗风的部分新变。

比如程本立，《四库全书总目》云："本立文章典雅，诗亦深稳朴健，颇近唐音。不但节义为足重，即以词采而论，位置于明初作者之间，亦无愧色矣。"①《明诗纪事》云："明初槜李诗人首推清江，次及巽隐。巽隐诗，格浑气遒，七律尤队（对）仗整齐，固当与嶙峋大节并留天地。"②对其诗风、人品皆有称颂。洪武年间，程本立因坐累周王府事，谪云南马龙他郎甸长官司吏目。其间，他写有不少谪戍诗，例如：

① （清）永瑢等：《四库全书总目》，中华书局1965年版，第1481页。
② （清）陈田：《明诗纪事·乙签》卷2，上海古籍出版社1993年版，第600页。

《昆明池》：昆明海水不成潮，一镜涵空山影摇。明月碧鸡飞夜夜，白云苍狗变朝朝。登临未必南荒恶，瞻恋其如北极遥。汀草汀花自春色，无人同放木兰桡。

《留洱西驿因过三塔寺》：眼中城郭与山川，生我江南罨画船。云气半峰飞白雪，水光一镜落青天。野墙棕树人家住，官路梅花驿使传。最是禅房听梵呗，此心能洗百忧煎。①

诗作以水、山、月、云、草、花、船、雪、树等事物为主要意象，创设出一个相对空阔、清冷的意境，其用词清雅，气韵空冷，流露出一种孤单、忧愁的心绪。就这两首诗而论，有"深稳朴健"，"词采"雅淡及"对仗整齐"的特点，但"格浑气遒"方面并不突出，这应与谪居境遇、咏写内容、写作目的有关。

又如，《东里文集》评解缙的"诗豪宕丰赡似李、杜"，《明诗纪事》中引《艺苑卮言》云："解大绅诗如河朔大侠……"陈田按："大绅诗才气纵横，不可收拾。"② 建文、永乐间，解缙曾被贬谪河州与交趾两地。期间，他创作了一些谪戍诗，如：

《谪西河》：作吏谋全拙，从军事亦非。乡心秋塞雁，尽日向南飞。

《西行》：八千里外客河湟，鸟鼠山头望故乡。欲问别来多少恨，黄河东去与天长。

《化州》：石龙江上水云腥，巨浸东南合四溟。神电卫城何处是，半边山色一痕青。

《交趾即事》：交趾名藩百雉雄，高骈塔在古城东。弓刀选士军容肃，铙角迎风奏节同。蛮女艳妆争粉黛，夷人村鼓聚儿童。可怜新息犹遗庙，铜鼓荒凉草棘中。③

---

① （明）程本立：《巽隐集》卷1，《景印文渊阁四库全书》，（台北）台湾商务印书馆1986年版，集部，第1236册，第143、145页。
② （清）陈田：《明诗纪事·乙签》卷3，上海古籍出版社1993年版，第621、622页。
③ （明）解缙：《文毅集》卷5、卷6，《景印文渊阁四库全书》，（台北）台湾商务印书馆1986年版，集部，第1236册，第662、665、670、660页。

　　细读解缙的这类诗作，的确让人体会到了李白诗歌自然豪迈及杜甫诗歌沉郁顿挫的风格特点。比如，"欲问别来多少恨，黄河东去与天长"豪放中伴有沉郁，"神电卫城何处是，半边山色一痕青"自然中蕴有洒脱，"可怜新息犹遗庙，铜鼓荒凉草棘中"的哀伤、沉郁等。不过，由于受社会文化环境、自身经历、境遇、才情等因素的影响，解缙的这类诗作在浪漫与洒脱方面逊于李白，沉郁之风也缺少杜甫诗的深度。然而，解缙在学习前人的基础上，结合时代与个体因素，形成了具有个性特点的诗风，为其在明代诗坛上赢得了应有的地位。

　　童轩①，成化元年（1465）因平叛四川盗贼之事，被贬为寿昌知县。其间，他写有《谪所有怀旧游诸友》《清明书感》《寿昌山中书事三首》等。童轩"人品本为高洁"，虽然"在明代不以诗名"，但是"其诗亦雅淡绝俗"，② 颇具特点，清人陈田称赞其"诗在景泰间当首屈一指……譬诸丰城之剑，其光当引星辰之上"③。如《清明书感》：

　　　　两年作县越江湄，回首乡关未得归。华发又惊佳节换，青云堪叹故交稀。山村细雨梨花发，茅屋东风燕子飞。潦倒不须嗟薄宦，且将樽酒送斜晖。④

此诗为节序抒怀之作，其中有"山村细雨梨花发，茅屋东风燕子飞"春景的描绘，有乡关未得归、堪叹故交稀、不须嗟薄宦的直书，也有"樽酒送斜晖"淡淡伤怀的表达。他如，《寿昌山中书事三首》其二"竹底寒泉泪泪流，穿云喷雪响床头。连宵肌骨清无寐，那更山窗月正秋"，前两句用竹底、寒泉、流水写其清幽，以水流穿云喷雪式的比喻写其声，随后，以夸张的手法言说水流荡涤了胸襟，使自己无法入眠，而抬头可见的山月在这秋意浓浓的夜晚勾起了自己对家乡的思念。总体看来，童轩

---

　　① 童轩（1425—1498），字士昂，江西鄱阳人。景泰二年（1451）进士，官至南京礼部尚书。

　　② （清）永瑢等：《四库全书总目》，中华书局 1965 年版，第 1488 页。

　　③ （清）陈田：《明诗纪事·乙签》卷 18，上海古籍出版社 1993 年版，第 867 页。

　　④ （明）童轩：《清风亭稿》卷 6，《景印文渊阁四库全书》，（台北）台湾商务印书馆 1986 年版，集部，第 1247 册，第 160 页。另，《寿昌山中书事》，见第 174 页。

的这类诗作呈现出了"雅淡绝俗"的特点，这与其诗学唐人有着一定的关系，也应与其人品高洁、为官清正等品格素养基础上形成的审美取向有关。

王越，本是武职官员，堪称明代中期的名将。成化十九年（1483）汪直得罪，王越因结交汪直与高傲自负为人所忌，被下诏夺爵，贬谪安陆（今属湖北）。他在谪居期间，写有少量诗作，比如：

> 《在安陆四月初一写怀》：莺歌燕舞送春忙，花落闲庭满院香。酎酒不妨浮太白，高谈何必论雌黄。三千里外江头月，二十年来塞上霜。老荷圣恩深似海，此心忧乐未能忘。
>
> 《结屋》：谪来古郢两年多，盖得三间安乐窝。杜甫情怀诗里遣，陈抟岁月梦中过。既然如此且如此，无可奈何将奈何。只可醉翻双老眼，看人平地起风波。①

《四库全书总目》评"其诗文有河朔激壮之音，而往往伤于粗率"②，清人陈田论其"雄才逸气，不受检束，诗亦复尔。然摘其佳句……未尝不一一入格也"③。今观其诗，的确不够"当行"，"粗率"的特点比较突出，一些佳句对仗工整，颇具"率直""豪放"之风，确如上述材料所评。整体而言，王越的诗歌创作水平不高，但有其可观之处，而且相较他人，王越的个体性情对其诗风的影响比较明显。

顾璘，少有才名，肆力于诗文，与陈沂、王韦并称"金陵三俊"。清人钱谦益评其"诗矩矱唐人，才情灿然，格不必尽古，而以风调胜，延接胜流，如恐不及……江左风流，迄今犹推为领袖也"④。诗文集有《浮湘稿》《山中集》《凭几集》《息园存稿》等。顾璘遭贬全州知州时创作的诗篇，主要保存于《浮湘稿》中，例如：

---

① （明）王越：《黎阳王太傅诗文集》卷上，《四库全书存目丛书》，齐鲁书社1997年版，集部，第36册，第479、480页。王越（1426—1499），字世昌，河南浚县人。景泰二年（1451）进士，官至兵部尚书，曾被封威宁伯。
② （清）永瑢等：《四库全书总目》，中华书局1965年版，第1558页。
③ （清）陈田：《明诗纪事·乙签》卷18，上海古籍出版社1993年版，第872页。
④ （清）钱谦益：《列朝诗集小传》丙集，上海古籍出版社1983年版，第339页。

《独吟三首》其三：戎马中原鬓已华，一麾迢递向天涯。荒城白屋犹征税，故国青山更别家。秋梦南归江汉阔，暮程西望斗牛斜。扁舟独宿空滩冷，野戍悲风急夜筇。

《饮柳山上二首》其二：把酒高台畔，青山落案前。飞花三月雨，垂柳万株烟。胜地堪吾醉，清风愧昔贤。尘缨何处濯，深涧有寒泉。

《甲戌除夕四首》其三：岭雪初消腊，红泉已动春。两年迁客地，万里独吟身。黄鹄长垂翅，苍鹰不附人。山林无限好，犹自恋风尘。①

正如钱谦益所评，顾璘诗学唐人，然又不尽学古。读其诗作，使人感受到了李白的豪放之风但又缺少狂放飘逸，有杜甫的沉郁顿挫之风但又不是那么悲凉愁苦，而是形成了苍郁雄浑与高华清丽兼具的风格特点。仅就上面的三首贬谪诗而言，呈现出了音律协和、文词雅质以及苍郁、清丽并举的特点。整体而论，遭贬经历会在一定程度上影响到诗歌内容的书写与情感的表达，顾璘的贬谪诗虽然苍郁、清丽之风兼具，但苍郁之风较浓且多有悲苦情愁的渗透，便是这一影响的印证。至于陈子龙《皇明诗选》中说"华玉才调警丽，但风格未高"②，有一定的道理，而这一观点的产生与陈子龙身处明末、重倡复古、崇尚格调的诗学思想有关。

杨慎，因大礼议事件遭贬云南永昌卫所三十余年，最终死于戍地。其间创作了大量诗篇，涉及的题材内容十分宽泛。如写景诗《秋夕高峣早起》：

独向高峣宿，遥闻水寺钟。疏灯青耿壁，斜月翠沉峰。星点萤穿竹，潮音鹤舞松。明湖开晓镜，倒影木芙蓉。③

---

① （明）顾璘：《浮湘稿》卷1、卷2，《景印文渊阁四库全书》，（台北）台湾商务印书馆1986年版，集部，第1263册，第140、146、152页。

② （明）陈子龙：《皇明诗选》，《四库禁毁书丛刊补编》，北京出版社2005年版，第55册，第184页。

③ （明）杨慎：《升庵集》卷19，《景印文渊阁四库全书》，（台北）台湾商务印书馆1986年版，集部，第1270册，第159页。

根据题目可知这是作者游走于昆明高峣时所作。诗作将听觉与视觉、声音与色彩、动与静相结合，营造了拂晓时分高峣周边清静、安然的情状与氛围，呈现出一种自然清新的特点，他如，《滇晓》《高峣昔》等均属这类作品。又如，感怀诗《春兴八首》其一：

> 遥岑楼上俯晴川，万里登临绝塞边。碣石东浮三绛色，秀峰西合点苍烟。天涯游子悬双泪，海畔孤臣谪九年。虚拟短衣随李广，汉家无事勒燕然。①

遥岑楼位于今云南安宁市城区，杨慎曾在此讲学、著书，这首诗是他居住此处时的登高抒怀之作。其中有对周边环境与景致的描写，但其侧重点则在于直接抒发"游子""孤臣"的寂寥、哀痛之情，以及借助李广、窦宪等历史人物与历史事件表达长期谪戍、怀才不遇的郁闷，表现出一种苍凉、沉郁的风格。再有，《池上会心亭初成与客小饮》：

> 故乡归未得，暇日且销忧。仙地那能缩，吾庐亦自幽。垂杨覆锻沼，修竹引觞流。桂白淮山晚，梨红张谷秋。烟林平似织，云树郁如浮。即此堪招隐，无劳赋远游。②

这首诗写得相对清新自然，表达出一种归乡未得的境况下暇日销忧的闲适情怀。还有一些表达壮怀的作品，如"男子志四方，焉能守一丘。壮游轻万里，逸迹凌九州"（《东望楼》）等。整体而论，杨慎的大量谪戍诗"清新绮缛，独掇六朝之秀"，达到了"合作者殊自斐然"的审美效果，③ 同时部分诗篇"有少陵、谪仙格调，亦间如东坡、涪翁一派"，"以见豪杰能自树立者，类不随风会为转移"的特点，④ "于明代独

---

① （明）杨慎：《升庵集》卷26，《景印文渊阁四库全书》，（台北）台湾商务印书馆1986年版，集部，第1270册，第195—196页。

② （明）杨慎：《升庵集》卷21，《景印文渊阁四库全书》，（台北）台湾商务印书馆1986年版，集部，第1270册，第173页。

③ （明）胡应麟：《诗薮》，中华书局1958年版，第332—333页。

④ （清）陈田：《明诗纪事·戊签》卷1，上海古籍出版社1993年版，第1399页。

立门户"①, 颇有可称之处。至于胡应麟评"杨用修格不能高", 与胡氏提倡"作诗大要不过二端, 体格声调, 兴象风神而已"② 的诗学主张有关, 也与基于杨慎的个体性情、师学对象所形成的"错采镂金、雕缋满眼"的风格特点有关。

他如, 皇甫涍的诗句"石壁飞残叶, 萝轩下夕阴。清溪一回首, 惆怅白云深。""白露故宫满, 丹枫楚岸滋。天边有飞鹊, 何自绕南枝"③, 清丽旨远, 词彩英发; 皇甫汸的"苍岫入南楹, 白云带西径。虽事薄领劳, 时与烟霞并。心旷眺已遐, 迹沉寻亦近。""雁飞天畔驿, 龙隐日南桥。谪宦恩非薄, 君夷路讵遥。""夜静月当户, 秋深露泫台。无言一官冷, 犹自乐群材"④, 清空朗润, 自是才俊; 齐之鸾的"危疑曾折朱云槛, 疏放常轻季子金。邻里小儿浮薄甚, 英雄垂首岂无心。""尘外旧毡聊信宿, 日边新社已萧条。""世事浮沉何足计, 绝韦加食听刍荛"⑤, 笔力遒健, 语重意明; 张佳胤的"寒潭倒挂青峰影, 明月低垂紫石梁。对客独醒吾未敢, 醉来疑是泛潇湘。""高台半入白云层, 明月当尊夜可乘。鸾凤秋声吹大壑, 芙蓉霞色上乌藤。""自笑浮生无去就, 飘零今日愧孙登。""逐臣久矣悲岐路, 欲问桃花恐自迷。"⑥"才气纵横, 而乏深雅之致"⑦ 的特点; 等等。

总之, 个体性情、师法对象、诗学主张、诗体规律等影响了明代文人的诗风, 使其呈现出多元的特点。就明代仕宦文人的贬谪诗而言, 由于贬谪的时间长短、境遇好坏、对待贬谪的态度等多有不同, 因此遭贬事件的发生对其诗风造成的影响也不尽相同。对于贬谪时间较短的人来说基本没有变化, 而对于贬谪时间较长的人来讲影响变化则比较明显。

---

① （清）永瑢等:《四库全书总目》, 中华书局 1965 年版, 第 1502 页。

② （明）胡应麟:《诗薮·内编五》, 中华书局 1958 年版, 第 97 页。

③《欲别子循登大石云泉庵》《寒夜对月子循将别》, 见《皇甫少玄集》,《景印文渊阁四库全书》,（台北）台湾商务印书馆 1986 年版, 集部, 第 1276 册, 第 592、591 页。

④《郡斋作》《送陆给事燦谪都匀驿》《宿黄陂县乡人宋司士携酒过话》, 见《皇甫司勋集》,《景印文渊阁四库全书》,（台北）台湾商务印书馆 1986 年版, 集部, 第 1275 册, 第 547—548、585、595 页。

⑤《谪崇德丞感愤答大巡之作》《送李济之侍御落职沔阳判官二首》其一, 见《蓉川集》,《四库全书存目丛书》, 齐鲁书社 1997 年版, 集部, 第 67 册, 第 639、634 页。

⑥《月夜酌百泉水亭时赴贬所》《余南逐登啸台谒孙登祠偶赋》《登息邑城楼望濮公山洞》, 见《居来先生集》,《四库全书存目丛书补编》, 齐鲁书社 2001 年版, 第 51 册, 第 203、204 页。

⑦ （清）钱谦益:《列朝诗集小传》, 上海古籍出版社 1983 年版, 第 440 页。

这一影响变化主要表现在，因贬谪造成的异域物事的差异、地位的变迁、羞辱失落感等均会促使主体的心态发生变化，而心态的变化会使他们观察体认世界的眼光与态度发生变化，引发他们创作诗歌时咏唱对象、意象选取、典故使用、意境创设等方面的变化，进而导致诗歌创作风格的变化。

第四节　修辞与抒情
——多种修辞手法的巧妙运用

诗歌是一种言志抒怀的文学体裁。在它的发展演变过程中，逐渐成为一种具有形象性、整齐性、抒情性、含蓄性、灵活性、音乐性等特点的语言艺术。为了增强诗歌语言的表达效果，使作者更好地表情达意，文人创作诗歌时都十分重视修辞手法的运用，如比喻、对偶、排比、夸张、引用、叠字、设问等。明代仕宦文人贬谪期间创作的诗歌充分利用汉语的灵活性，巧妙运用多种修辞手法，借助有限的笔墨、创造性佳构引发读者的广阔想象，加强了特殊境遇下诗作的抒情效果。下面，笔者将结合具体案例择其常用的修辞手法进行简单介绍。

第一，比喻。比喻是诗歌常用的修辞手法之一，作者通过对此种手法的巧妙运用可在表情达意的同时，达到化虚为实、形神兼备的效果。基于吟咏对象与抒发情感的不同，作者笔下的本体、喻体呈现出多元的特点。譬如，同写自然景物，谪居云南的史谨将在下马坡上俯视所见的"平川"比喻成"落落深如穽"，把"黑松堙"的山势比如"井陉"，视云南城北部的山脉如"泳波"连绵起伏；① 谪居贵州石阡的祁顺以"林木蔽空云拥盖，边山极望海翻涛"写苗民道中所见山林之密，又以"桥横百尺平如砥，山倒千峰翠似螺"写桥面如砥石一样平坦、山峰像螺髻的形状；② 黎

---

① 《下马坡》《过黑松堙》《云南》，见《独醒亭集》卷上，《景印文渊阁四库全书》，（台北）台湾商务印书馆1986年版，集部，第1233册，第109、111页。

② 《苗民道中》《过瓮城河》，见《巽川祁先生文集》卷6，《四库全书存目丛书》，齐鲁书社1997年版，集部，第37册，第462、464页。

贞以"珠帘半卷春如海"① 比喻明媚的春光；顾璘以"飞花三月雨，垂柳万株烟"② 写春天的花雨、柳烟等，他们借助比喻描绘自然景物与自然风光使其更加形象生动，既便于读者更好地领略自然景致的特点，同时也有助于表露作者隐寓其中的微妙心绪。又如，巧用比喻手法书写谪居期间的悲苦情怀。如史谨在《摩尼岭》③ 中用较少的笔墨描写摩尼岭的自然景观，用更多的文字书写身处"险障"之地"苦被瘴疠袭""心恒戚戚"的悲苦，加之"去家日已远，前程杳难极"的境况，进而感叹自己的身体几乎不保与被朝廷"弃掷如瓦砾"的现实，此处他以"瓦砾"为喻说明自己的境遇，表明史谨在遭贬期间有着强烈的失落感。祁顺在贬谪期间写有《遣兴二首》④，第一首交代自己过着僻郡信疏、蓬鬓寥落、农圃为伍、诗书为伴的生活，第二首则连写三联"春梦难凭世患多，穷荒知己复谁何。生涯好是安蛇足，门巷真堪设雀罗。天上几时均雨露，人间无处不风波"感叹贬谪期间的境况与心态，其中以"画蛇添足"比喻生涯中节外生枝之事（遭贬之事），以"门可罗雀"比喻门庭冷落、宾客稀少，用"雨露"喻指朝廷的眷顾，借"风波"喻指人世间的各种患难，他采用这种手法增强了表达效果、丰富了诗作内容，也照应了首联中"世患多"与"知己复谁何"的叹问。顾璘被贬全州知州，与孟洋（字望之）的酬答诗中以"万里飘零同落叶"表露漂泊、失落的心迹，在"离心春水共滔滔"中借春水的连绵不绝记写与友人的离别相思之苦。⑤他如，陶谐的诗句"驱车陟秦川，中道忽如折""蜀道似登天，此道邻黄泉"⑥，以"忽如折""似登天"比喻阎王沟的道路之险；杨慎的诗作

　　① 《绝句五首》其一，见《重刻秫坡先生文集》卷2，《四库全书存目丛书》，齐鲁书社1997年版，集部，第25册，第443页。

　　② 《饮柳山上》其二，见《浮湘稿》卷2，《景印文渊阁四库全书》，（台北）台湾商务印书馆1986年版，集部，第1263册，第146页。

　　③ 《摩尼岭》，见《独醒亭集》卷上，《景印文渊阁四库全书》，（台北）台湾商务印书馆1986年版，集部，第1233册，第109页。

　　④ 《遣兴二首》，见《巽川祁先生文集》卷5，《四库全书存目丛书》，齐鲁书社1997年版，集部，第37册，第454页。

　　⑤ 《答孟望之侍御时谪桂林郡博》《赠周典膳》，见《浮湘稿》卷1、卷3，《景印文渊阁四库全书》，（台北）台湾商务印书馆1986年版，集部，第1263册，第142、154页。

　　⑥ 《过阎王沟》，见《南川漫游稿》，《四库全书存目丛书》，齐鲁书社1997年版，集部，第48册，第275页。

"人家一片海心浮，仿佛楼台似十洲。不用梯云取明月，水晶宫里度中秋"①，连用多个比喻记写嘉靖二十七年（1548）云南高峣地区中秋时节大雨过后的境况，既形象生动又有几分风趣；茅坤以"箫鼓声犹咽"比喻得知好友邵康山（曾任山东按察司副使）去世后的悲痛②；等等。

　　第二，对偶。对偶是诗歌中常见的一种积极修辞格，这种手法的灵活运用便于借助匀齐的形式表达丰富的内容，以和谐的节奏给人一种美的感受，而且不同时间和空间的意象组合在一起，也利于作者在广阔的背景下自由地抒发自己的情感。③ 如史谨在《送屠先生》中所云"十年为客双蓬鬓，千里还家一旧毡"④，用"十年""千里"表达谪居时间之久、空间之远，在时空相对的基础上丰富、深化了"为客""还家"的内涵，结合后面的"双"与"一"、"蓬鬓"与"旧毡"等词语的对举，使我们体认到贬谪事件对屠先生造成较大伤害的同时，也感受到了史谨的同情心与身居谪地的隐痛；黎贞的"万里长为客，三年不到家""眼穿别骑三千里，肠断西风十二楼""榆烟寂寂千家晓，柳絮纷纷万里寒"等诗句，采用时空对举的方式加上动词、叠词的妙用书写怀乡、离思、孤寂之感，而"绝域车书同制度，中原人物尽簪缨""东辽风物催人老，南国江山入梦频"等，则是在不同空间对举的基础上写其物象带来的不同认知与感受，再有"路杳红尘暗，天长白雁过""云连海树无边白，山接藩篱不断青"等，借助"红""白"和"白""青"两两相对的颜色词及相关意象书写谪地的偏远与荒凉，并寄寓了孤苦、无聊的情绪。又如，王绂的"逆旅人欺客，征途犬护车"，以"逆旅"与"征途"、"人"与"犬"、"欺客"与"护车"等词语对举表达自己的哀怨及获得的些许安慰；借助"舍弟贫依旧，山妻病未瘳""弟戍边城劳别梦，儿留乡井望归船"等对句书写对家人的担忧与思念；再有"牡丹亭馆微风暖，芳草池塘细雨晴"以牡丹、芳草、微风、

---

　　① 《戊申高峣中秋风雨》，见《升庵集》卷34，《景印文渊阁四库全书》，（台北）台湾商务印书馆1986年版，集部，第1270册，第243页。

　　② 《保定道中哭邵康山宪副》，见《白华楼吟稿》卷4，《四库全书存目丛书》，齐鲁书社1997年版，集部，第105册，第692页。

　　③ 袁行霈：《中国诗歌艺术研究》，北京大学出版社1996年版，第60—61页。

　　④ 《送屠先生》，见《独醒亭集》卷中，《景印文渊阁四库全书》，（台北）台湾商务印书馆1986年版，集部，第1233册，第120页。

细雨等词语构成对句描写春天之景，"冻云衰草横沙碛，落月悲笳起戍楼"以冻云、落月、衰草、悲笳、沙碛、戍楼构成对句描写边塞的荒凉与冷寂等。[①]

第三，夸张。刘勰在《文心雕龙·夸饰》中云："故自天地以降，豫入声貌，文辞所被，夸饰恒存。"[②] 作为一种积极修辞格，夸张通过对现实中人和事物的夸大或缩小，使作品中塑造的物象更为生动形象，从而突出表达效果及其艺术感染力。如史谨《客中寒食》中的诗句"无家拜先垅，空有泪成河"[③]，以"泪成河"夸张书写自己年过五十、身在谪地、适逢寒食却无法拜祭先祖的悲痛；又如，邵经邦的"千尺苍松擎远汉，万家丹荔傲晴晖"，以"千尺"写苍松之高，以"万家"写丹荔之繁，"悬空瀑布千岩落，激石洪涛万濑空"亦以夸张的手法写九鲤湖的瀑布从高空而下时的洪大气势。[④] 再如，沈炼《古塞上曲七首》其一："独有苏卿愁至骨，一声哭尽九边魂"[⑤]，借苏武之事，以夸张的手法写自己谪居保安期间对边境混乱的担忧，对边将滥杀无辜百姓的痛心疾首。

第四，引用。"在诗歌语言中，凡是引用历史上的典故或别的诗歌、散文作品中词、语、句的，都叫引用格。"它主要分为引用典故类和引用语句类。具体到诗歌作品中引用的作用，它可以增大整首诗的意义负荷量，促使读者产生丰富的联想。[⑥] 对于引用典故，清人沈德潜云："援引典故，诗家所尚。"[⑦] 杨义先生说："典故作为携带着文化涵量和生命体验

---

① 《代州道中》《得家书》《中秋对月》《塞上五月见蝶感怀》《送子南归二首》其一，见《王舍人诗集》卷3、卷4，《景印文渊阁四库全书》，（台北）台湾商务印书馆1986年版，集部，第1237册，第118、123、129、139、140页。

② （南朝·梁）刘勰著，陆侃如、牟世金译注：《文心雕龙译注》，齐鲁书社1995年版，第452页。

③ 《客中寒食》，见《独醒亭集》卷上，《景印文渊阁四库全书》，（台北）台湾商务印书馆1986年版，集部，第1233册，第117页。

④ 《宪长曹漫山请游北园》《九鲤湖二首》其一，见《弘艺录》卷14，《四库全书存目丛书》，齐鲁书社1997年版，集部，第77册，第403、404页。

⑤ 《古塞上曲七首》，见《青霞集》卷5，《景印文渊阁四库全书》，（台北）台湾商务印书馆1986年版，集部，第1278册，第67页。

⑥ 周生亚：《古代诗歌修辞》，语文出版社1995年版，第163—164页。

⑦ （清）沈德潜著，霍松林校注：《说诗晬语》，人民文学出版社1979年版，第243页。

的遗传信息单位，被诗人常常用来沟通历史精神与现实生活。""典故的选择，实际上是携带着现实的感触，寻找历史的相似性。"① 从不同层面说明了诗家喜好用典与诗歌用典的特点及其文化意义。基于明代贬谪诗的用典实际，其中选用历史人物的典故最多，如吕尚、范增、鲍叔牙、廉颇、屈原、张良、苏武、贾谊、班超、司马迁、李广、马援、陶渊明、谢灵运、张翰、房玄龄、杜如晦、韩愈、杜甫、王维等。在选用历史人物的典故中，有借陶渊明之典表露向往隐闲之怀者，如孙蕡的"休官惟羡老陶翁""陶潜此日生归思"，② 马中锡的"开帘谢燕归来早，看画陶守出处同"③，顾璘的"蔼蔼轩楹侧，颇慰陶潜居"④；有同情历史人物命运者，如刘大夏的"出塞数奇怜李广""长城万里惜扶苏"，⑤ 史谨的"久客谁怜季子裘""子鹏赋成悲贾谊"；有怀才不遇者，如史谨的"壮怀空掷班超笔"⑥；有感叹命运悲苦者，如马中锡的"塞翁得失难凭马，杜甫凄凉正拜鹃"⑦；等等。整体而言，明代贬谪诗中选用历史人物典故多表达消极不遇与哀伤痛苦的情怀，他们希望借此达到发泄自我或宽慰朋友的目的，而这与他们遭贬处境下的心态密切相关。当然，亦有引用前人语句者，如解缙《西行思亲》中的诗句"葵藿倾心白日悬"⑧，则是摘引曹植《求通亲亲表》"若葵藿之倾叶太阳"⑨ 句中的词语"葵藿"及化用其句意为之，借此表白自己的真诚与忠贞；再如，陶谐的"山阴此夜

---

① 杨义：《李杜诗学》，北京出版社 2001 年版，第 456—457 页。

② 《虹县九日登五女塚三首》其二、《寄高彬二首》其一，见《西庵集》卷 6，《景印文渊阁四库全书》，（台北）台湾商务印书馆 1986 年版，集部，第 1231 册，第 531、535 页。

③ 《南都官舍寓怀六首》其二，见《马东田漫稿》卷 6，《四库全书存目丛书》，齐鲁书社 1997 年版，集部，第 41 册，第 471 页。

④ 《东园分菊苗有作》，见《浮湘稿》卷 3，《景印文渊阁四库全书》，（台北）台湾商务印书馆 1986 年版，集部，第 1263 册，第 153 页。

⑤ 《过良乡县》《蓝州渡河孙守备领兵护行怀古有感》，见《刘忠宣公遗集·诗集》卷 4，《四库未收书辑刊》，北京出版社 2000 年版，第 6 辑，第 29 册，第 522、523 页。

⑥ 《九日》《九月一日过长沙》，见《独醒亭集》卷中，《景印文渊阁四库全书》，（台北）台湾商务印书馆 1986 年版，集部，第 1233 册，第 121、125 页。

⑦ 《寄赵时中谪居庐山二首》其一，见《马东田漫稿》卷 1，《四库全书存目丛书》，齐鲁书社 1997 年版，集部，第 41 册，第 322 页。

⑧ 《西行思亲》，见《文毅集》卷 5，《景印文渊阁四库全书》，（台北）台湾商务印书馆 1986 年版，集部，第 1236 册，第 655 页。

⑨ 林久贵、周玉容编著：《曹植全集》，崇文书局 2019 年版，第 329 页。

堪乘兴，会待青春作伴归"①，前句引用词语"山阴""乘兴"，即用王子
猷雪夜访戴奎兴尽而返的典故，后句引用杜甫《闻官军收河南河北》中
的词语"青春""作伴"，这是陶谐以次韵刘大夏的方式表达谪居肃州时
惬意、思归的复杂心绪。

　　第五，叠字。叠字亦是诗歌中常用的修辞手法。这种修辞手法的巧
妙运用除了利于字词的音节自然和谐，还可以增强语意的表达效果。综
观明代贬谪诗中叠字的使用情况，多表现为修饰景物、渲染场景，借以
抒发谪居期间的多元情怀。如程本立《明发昆阳自此入山四望空际情甚
无赖因以自遣》中的"冉冉行人至，荒荒落日催"，以"冉冉"修饰
"行人"，用"荒荒"形容"落日"，以渲染当时"四望无际""路转"
"云回"的自然景观，抒发一种"万事付衔杯"的无聊自遣的情怀；《晚
宿山中与土酋共寝情亦真率因赋此诗》中的"寂寂空岩夜，凄凄急雨
寒"，以"寂寂"修饰"空岩"，"凄凄"形容"急雨"，从听觉、触觉的
层面写山中夜晚遇雨时的感受；《时忽纳与死可伐刀木板皆已归顺山中无
事与长官饮剧偶成》中的"风雨家家碓，烟云面面山"，以"家家"修
饰风雨中春米的生活场景，用"面面"形容被烟云萦绕的山峰，他借此
衬托边境无事的境况下与长官闲饮时的安适心态。② 又如，陆完官至尚
书，因坐纳朱宸濠的贿赂被谪戍泉州，由于遭贬原因、境遇与程本立不
同，他们心态亦多存差异，心态的不同影响到他们诗歌创作的抒情目的，
进而影响其吟咏对象的选择、字词的选用与缀合等，当然也就包括叠字
的使用，如"乱恨浓云驱阵阵，洗心高涧泻淙淙"，借写黎明时分风雨来
临之际浓云"阵阵"、涧水"淙淙"，将它们与"乱恨""洗心"相结合，
再加上诗句"天工若戏谁能测，人世如惊只自□"，可使我们体悟到陆完
内心的悔恨、自醒、无奈的复杂情怀；又如诗句"团团晚霭尚浮庞，渺
渺春潮欲上矼""晴光时闪闪，阴曀转纷纷""历历缘山转，悠悠并海

————————

　　① 《再喜见雪次韵刘先生》，见《南川漫游稿》，《四库全书存目丛书》，齐鲁书社 1997 年
版，集部，第 48 册，第 278 页。
　　② 《明发昆阳自此入山四望空际情甚无赖因以自遣》《时忽纳与死可伐刀木板皆已归顺山
中无事与长官饮剧偶成》，见《巽隐集》卷 1，《景印文渊阁四库全书》，（台北）台湾商务印书
馆 1986 年版，集部，第 1236 册，第 147、148 页。

旋""万户绕城烟霭霭，两江趋海势茫茫"中的"团团""渺渺""闪闪"
"纷纷""历历""悠悠""霭霭""茫茫"等，① 其中虽有"晴光时闪闪"
带来的些许"光明"，但随即被"阴暗转纷纷"给化解掉了，更多的则是
借用叠字表达一种黯淡、消极的情怀，探其原因，显然与他因不光彩的
事情遭贬以及看不到赦归希望的心态密切相关。他如，顾璘的"娟娟秀
石垂萝上，泛泛轻鸥远照前""江涵远树沉沉净。岸隐高帆默默移""隐
隐苍梧映郭门，滔滔江水抱山根"等，② 用"娟娟""泛泛""沉沉""默
默""隐隐""滔滔"修饰"秀石""轻鸥""远树""高帆""苍梧"
"江水"，由此可以帮助我们体察顾璘谪居全州时相对闲适、悠远的情怀。
陶谐的"西风飒飒满天秋，南雁冥冥去莫留"，以"西风飒飒"描绘秋
景，借"南雁冥冥"寄寓怀归；"日光冉冉初长至，物意欣欣渐向亨"以
"日光冉冉"交代时至，用"物意欣欣"寄寓欣然之意等。③ 当然，也有
不以叠字修饰景物、渲染场景者，如王守仁的"耿耿积烦绪，忽忽如有
忘"，用"耿耿"写积压的烦绪，借"忽忽"写时光倏忽，以此书写自
己深夜怀人时的一种心绪；又如"故山回首意重重"，写在"客路"上看
到"孤鹤""断鹜""残鸦"之后流露出难以"托踪"的愁绪；再有"年
年岁晚长为客"的哀伤，"处处送神悬楮马，家家迎岁换桃符"对年俗的
记录等。④

　　第六，设问。设问是"通过自问自答或自问不答的形式以引起读者
积极思考的一种修辞方式"⑤。譬如，杨慎的"今夕知何夕，明朝是岁朝"
"问我今何适，窜身向南中""试问平滇功第一，逢人惟说颍川侯"等，⑥

---

① 《既明而风雨大作复拾余韵》、《晚晴曳屐再拾余韵二首》其二、《谢邦应太守送茉莉》、
《雨后二首》其二、《深青道中》、《九日步登芝山》，见《在惩录》，《四库未收书辑刊》，北京出
版社 2000 年版，第 5 辑，第 26 册，第 431、433、434、445 页。
② 《春日湘江偶泛》其二、《首夏江上三首》其一、《华山舜祠》，见《浮湘稿》，《景印文
渊阁四库全书》，（台北）台湾商务印书馆 1986 年版，集部，第 1263 册，第 146、162 页。
③ 《九日书怀次司马刘东山先生韵二首》其二、《至日次韵东山先生》，见《南川漫游稿》，
《四库全书存目丛书》，齐鲁书社 1997 年版，集部，第 48 册，第 277、278 页。
④ 《寄友用韵》、《白云》、《南庵次韵二首》其二、《舟中除夕二首》其一，见《王阳明
集》，中华书局 2016 年版，第 622、628、629、632 页。
⑤ 周生亚：《古代诗歌修辞》，语文出版社 1995 年版，第 105 页。
⑥ 《戊戌除夕赠紫经徐尹》、《南窜始发京》、《滇海曲十二首》其二，见《升庵集》，《景印
文渊阁四库全书》，（台北）台湾商务印书馆 1986 年版，集部，第 1270 册，第 148、135、240 页。

便属于自问自答的方式。而且，还应注意到设问句在诗作中的位置不同所起到的作用亦不同，如上面所引杨慎的诗句依次位于诗首、诗中与诗尾，其分别起的作用是引发读者阅读、过渡引发下文、强调突出内容。又如，史谨的"多少登高林下客，不知谁是去年人"①，王翰的"来岁中秋明月底，与谁把酒共清晖"②，则属于自问不答的方式，这种方式的运用更具启发性，它利于读者去思考、去品味，从而增强诗作的含蓄性，使其达到言有尽而意无穷的效果。

当然，基于诗歌的文体特点，不少诗作往往多种修辞手法混合运用，以达到良好的抒情效果。如程本立的《病中谢刘大有曹廷珪见过》：

> 城南僦屋小如舟，贫病谁能慰旅愁？薄俗久知无管鲍，新交何幸得曹刘。③

这首七言绝句篇幅虽小，却用了比喻、设问、对仗、用典四种修辞手法，记写自己谪居生病时刘大有、曹廷珪过来看望之事，他在感叹"贫病谁能慰旅愁"的同时，重在借管鲍之典抒发一种对朋友的感激之情。

有些诗作具有丰富的想象，独有特点，值得关注。如李先芳的《庐山谣寄南康吴给事谪居》：

> 我闻匡庐盘据数千里，左压彭蠡湖，右吞九江水。恍如六鳌戴三山，随波上下起。白头浪里飞来峰，沧波倒写双芙蓉。南斗夜挂背檐树，老龟晓听前山钟。讲经台畔香炉顶，怪石巉岩昼常暝。文殊岩下一凭栏，吴楚群山竞相骋。我昔鞭鹤游此山，诛茅结舍青云间。至今卓锡分南北，天池月窟开禅关。倏忽青天排画嶂，十二楼台郁相望。瀑布常悬白玉虹，恒沙突出黄金象。中有幽人骑白鹿，

---

① 《九日》其二，见《独醒亭集》卷下，《景印文渊阁四库全书》，（台北）台湾商务印书馆1986年版，集部，第1233册，第140页。

② 《南行赴合浦别临颍知县朱士容》，见《梁园寓稿》卷6，《景印文渊阁四库全书》，（台北）台湾商务印书馆1986年版，集部，第1233册，第307页。

③ （明）程本立：《巽隐集》卷2，《景印文渊阁四库全书》，（台北）台湾商务印书馆1986年版，集部，第1236册，第162页。

手搴玉笈灵枢读。自言陆海涉风涛，誓伴烟霞老空谷。五老拥彗遥
相迎，四仙避席争留宿。紫阳真人时候门，南岳夫人捧玉盆。为君
一洗人中垢，同跨茅龙朝至尊。①

　　嘉靖三十五年（1556）三月，因得罪权臣严嵩，吴国伦由兵科给事
中贬为江西按察司知事，次年（1557）改为南康府推官，② 这首诗是李先
芳写给时任南康推官吴国伦的。诗歌从庐山、彭蠡湖、九江写起，写其
山势，绘其沧波，述及景胜，叙其故事，时写其实，时涉其仙，驰骋想
象，左右勾连。作者最后点题，安排五老相迎、四仙留宿、紫阳真人候
门、南岳夫人捧盆，"为君一洗人中垢"，让吴国伦在仙风仙境中，同诸
神仙一起跨神物朝见"至尊"。诗作颇显李先芳的才情，而其用意则是寄
寓了对好友再谪南康推官的安慰。
　　明代贬谪诗使用的修辞手法远不止上面列举的数种，这里仅举几例
以见一斑。通过对相关诗例的分析，可以发现明代仕宦文人的贬谪遭遇
明显影响到了一些修辞手法的使用，如在运用比喻手法描写谪地景观抒
发悲情时，他们选择的本体、喻体与未遭贬谪时创作的诗歌明显不同；
又如在历史人物典故使用方面，他们选用的历史人物多集中于以陶渊明
为代表的隐闲类和以屈原、贾谊为代表的失志类人物身上，或抒发其向
往隐逸之志，或感叹其人生不遇，而这与他们的遭贬心态、创作目的密
切相关。

第五节　王守仁贬谪诗中的"理趣"特征

　　王守仁（1472—1529），明代著名的思想家、文学家、哲学家、军事
家。在他的人生经历中，有几个关键事件不得不提，如贬谪龙场驿、平
定江西盗贼、平定朱宸濠叛乱、建设书院讲学等。而在其哲学思想的建

---

　　① （明）李先芳：《东岱山房诗录·七言古诗》，《四库全书存目丛书》，齐鲁书社 1997 年
版，集部，第 119 册，第 190 页。
　　② 张永刚：《吴国伦年谱简编》，《聊城大学学报》（社会科学版）2004 年第 3 期。

构方面，贵州龙场驿悟道是非常关键的一环。正德初年，王守仁因上疏援救戴铣等得罪刘瑾，遭廷杖后贬谪贵州龙场驿丞。贬谪事件的发生使正值壮年的王守仁倍受打击，这从其贬谪诗中运用的词语可以窥其一斑，如谪居、谪宦、谪官、迁客、逐客、客子、远客、寂寥、孤月、残灯、悲酸、泪下等寄寓消极哀伤情绪的词语随处可见；另如《瘗旅文》①中所言"连峰际天兮，飞鸟不通；游子怀乡兮，莫知西东""与尔皆乡土之离兮，蛮之人言语不相知兮。性命不可期，吾苟死于兹兮"，亦表达了他遭贬异域期间的哀伤悲凄之情。但是，在困苦面前，王守仁没有放弃，他在克服恶劣外部环境的同时，依然不断追求道德层面的自我提升与理论建构，如诗句"贤圣可期先立志""努力崇修名""尔辈勿轻生""忧时敢负君臣义""道自升沉宁有定，心存气节不无偏"②等便是他积极用世、修名崇道情怀的表达。正是基于一种始终不弃的淑世情怀，王守仁在龙场驿这个荒凉、幽深、僻静的地方，广采博取、苦思冥想、洞察幽微，终于悟到了"始知圣人之道，吾性自足，向之求理于事物者误也"③的道理，于是也便开启了其心学思想的建构过程。而这一思想在王氏贬谪期间创作的诗歌中有着鲜明的体现，如"吾道固斯存""吾道有真趣"等类似的句子经常出现，这既彰显出他悟道后相对超脱、释然的心态，又增添了其贬谪诗的"理趣"特点。如《龙冈新构》二首：

> 谪居聊假息，荒秽亦须治。凿巘林条，小构自成趣。开窗入远峰，架扉出深树。墟寨俯逶迤，竹木互蒙翳。畦蔬稍溉锄，花药颇杂莳。宴适岂专予，来者得同憩。轮奂非致美，毋令易倾敧。
>
> 菅茅乘田隙，洽旬始苟完。初心待风雨，落成还美观。锄荒既开径，拓樊亦理园。低檐避松偃，疏土行竹根。勿剪墙下棘，束列因可藩。莫撷林间萝，蒙笼覆云轩。素缺农圃学，因兹得深论。毋

---

① （明）王守仁著，王晓昕、赵平略点校：《王阳明集》卷25，中华书局2016年版，第809页。

② 《忆别》《次韵答赵太守王推官》《天心湖阻泊既济书事》《赠刘侍御二首》，见《王阳明集》卷19，中华书局2016年版，第607、613、613、630页。

③ （明）王守仁著，王晓昕、赵平略点校：《王阳明集》卷32，中华书局2016年版，第1031页。

为轻鄙事，吾道固斯存。①

　　根据诗前小序："诸夷以予穴居颇阴湿，请构小庐。欣然趋事，不月
而成。诸生闻之，亦皆来集，请名龙冈书院，其轩曰'何陋'"，可知这
两首诗记写因谪地的居所阴暗潮湿、建构新居而成后诸生来集的事情。
第一首，由"荒秽亦须治"引出建设新居的原因，接着以"小构自成趣"
彰显其愉悦的心情，随后写新构周围幽静的环境，又以"宴适岂专予，
来者得同憩"表达共享共乐的闲适情怀；第二首，先写"洽旬始苟完"
的实情，进而写"初心待风雨，落成还美观"的欣喜，接着又写如何开
荒理园、疏土理藩等一系列活动，呈现出有序、适意的人生状态，最后
把这些"鄙事"提升到"吾道固斯存"的高度，使原本生活中一件相对
普通的事情具有了哲理的情趣。其实，不仅在诗作的结尾，像"荒秽亦
须治""初心待风雨"等诗句中业已蕴含着对于人生理趣的寄寓了。又如
《识得东洞遂改为阳明小洞天三首》亦有这样的特点，写古洞的荒僻天
成、自己的营设、周围的环境等，进而联想到古代的隐士，借此抒发一
种"恬淡意方在""素位聊无悔""虽无荣戚荣，且远尘嚣聒"超悟之后
实在朴真的心境，以及与颜回相期而论的乐道情怀。在这里，王守仁虽
然表达了困苦境遇下无奈退避的闲适思想，但仍可睹见其内里儒家用世
的精神根柢。

　　王守仁谪居期间不忘教化学子，为此写过一些与之相关的诗作，如
《诸生来》《诸生夜坐》《诸生》等。在这类诗作中，有写景的如"日入
山气夕，孤亭俯平畴""寒江雪将暮""桃花夹川路"等，有抒情的如
"思亲独疚心，疾忧庸自遣""缅怀风沂兴，千载相为谋""远陟见深情，
宁予有弗顾"等，也有记述聚集活动的如"门生颇群集，樽斝亦时展"
"鸣琴复散帙，壶矢交觥筹"等，但他总是忘不了表达一种富有理趣的哲
思，如"淡泊生道真""自得乃高践""讲习有真乐""嗟我二三子，我
道有真趣"等。细读这些相关诗作，既体认到王守仁"缅怀风沂兴，千

――――――――――

　　① （明）王守仁著，王晓昕、赵平略点校：《王阳明集》卷19，中华书局2016年版，第
618页。

载相为谋"为代表的儒家情怀，自悟之后的自信与积极宣扬的主动，还能察悟到其思想中的实践性特点。

在一些写景诗中，他依然会在绘景的基础上把思想情感归结、提升到一种哲理的层面。如《沅水驿》述写地僻荒野、客居孤寂的基础上，得出"却幸此身如野鹤，人间随地可淹留"的结论；《钟鼓洞》由写南地异迹、春山静坐，引出"年来夷险还忘却，始信羊肠路亦平"的超脱；《水滨洞》写濯缨清流、洞藏深幽、泉石鸟鱼的景致，使他产生了"坐久尘虑息，淡然与道谋"的灵机；《溪水》写溪石落落、溪水泠泠、清而见底、一去无停，最后他充满信心地表达了"悠悠百年内，吾道终何成"的希冀；等等。这类诗作亦使我们认识到王守仁历经磨难、困惑找到建构思想的根源与发展路径之后，精神层面的充盈自适以及借助诗歌传示思想的自觉，但也会发现他的这种做法在一定程度上影响了诗歌的审美效果。

还有一些抒怀之作，更是理趣浓郁。如《睡起写怀》：

> 江日熙熙春睡醒，江云飞尽楚山青。闲观物态皆生意，静悟天机入窅冥。道在险夷随地乐，心忘鱼鸟自流形。未须更觅羲唐事，一曲沧浪击壤听。①

首联写江日熙熙、江云飞尽、山峰青绿，各得自然，自己在这自然美景中睡醒；颈联交代以闲适、静谧的心态观照周围的物象，会感受到处处充满生机，也容易使人在洞察、体悟的基础上，产生荡涤尘俗、心物共通的精神升华；颔联表达超脱尘俗羁绊、悟道之后，保持一种随遇而安、乐在其中、心忘物象、任其自然的愉悦状态；至此，尾联自然而然地得出"未须更觅羲唐事，一曲沧浪击壤听"超然脱俗的心境，可谓是一首典型的修身悟道诗。

整体而言，贬谪事件的发生确实给王守仁造成了很大痛苦，他有过

---

① （明）王守仁著，王晓昕、赵平略点校：《王阳明集》卷19，中华书局2016年版，第634页。

"天涯久客岁侵寻""此日天涯伤逐客，何年江上却还家"① 的感叹，可这种遭遇没有使他消极沉沦，没有改变他担当作为的志向，他放弃了对现实的直接反抗，选择用忍耐与坚毅面对当时的困境，进而在这个斗争无效的地方力图恢复主体自由的形式的独立自足性，② 在不断"警惕忘尔守""乾乾怀往训""丧志非所宜""道自升沉宁有定，心存气节不无偏"③的激励与坚守下，努力适应异域环境，克服物质困难，探寻心灵安顿之地，诠释建构自己的心学体系。在找到努力的方向之后，王守仁除了讲学授徒传示他人，还不断在自己的诗文中嵌入道德文章，因此也便出现了诗作中理趣横生的特点，难怪明人李舒章说"文成才情振拔，少年颇擅风雅，自讲学后多作学究语，乃不堪多录"④。这类诗作的说理布道的确损害了诗歌的审美，但不可否认的是，其这类诗歌表现出的超然态度、俊爽秀逸、质朴真切的特点实有其独到之处，对于了解他的心学思想有着不可或缺的价值与意义。

第六节　豪直、沉郁
——沈炼贬谪诗的主导风格

英国美学家斯马特认为："如果苦难落在一个生性懦弱的人头上，他逆来顺受地接受了苦难，那就不是真正的悲剧。只有当他表现出坚毅和斗争的时候，才有真正的悲剧……悲剧全在于对灾难的反抗。陷入命运罗网中的悲剧人物奋力挣扎，拼命想冲破越来越紧的罗网的包围而逃奔，即使他的努力不能成功，但心中却总有一种反抗。"⑤ 明代沈炼就是一个

---

① （明）王守仁著，王晓昕、赵平略点校：《王阳明集》卷19，中华书局2016年版，第624、626页。

② ［德］黑格尔：《美学》（第1卷），商务印书馆1979年版，第268页。

③ （明）王守仁著，王晓昕、赵平略点校：《王阳明集》卷19，中华书局2016年版，第609、604、630页。

④ （明）陈子龙：《皇明诗选》卷3，《四库禁毁书丛刊补编》，北京出版社2005年版，第55册，第47页。

⑤ 转自朱光潜《悲剧心理学》，张隆溪译，人民文学出版社1983年版，第206页。

不愿逆来顺受、敢于反抗的人，是一个为坚守信念勇于献出生命的人。嘉靖三十年（1551），沈炼因上疏弹劾严嵩父子被谪戍保安。谪居期间，他没有畏惧困难放弃反抗，而是利用一切可能的机会继续与严嵩父子及其党羽贪腐、误国的行为作斗争，最后被弃市宣府客死戍地。他"虽万受摈弃，不更乎其内"①的执着，"忧国不谋身"②的精神，一直受到当时与后人的崇敬与颂扬。作为仕宦文人，沈炼在保安期间创作了大量诗作，包括咏怀、酬赠、纪事、写景等丰富的题材内容，整体表现出了一种慷慨豪放、直率情真、气韵沉郁的特点。譬如，他借用乐府旧题写的《从军行》：

> 从军非必苦，游侠更为雄。七宝成双剑，三年造一弓。杀人沉海日，走马逐边风。意气怀明主，谁论万里功。③

这里，作者先从作比的角度，强调游侠比从军更为雄奇；接着，写虚拟的游侠铸剑造弓、行走天涯，曾杀敌于暮色，飞骑于边塞；最后，交代游侠行动的目的是渴盼"明主"出现，并借用卢照邻的诗句"谁论万里功"④说明此举不是为了获取功名。其中，"非""更""七宝""三年""剑""弓"与"杀人沉海日，走马逐边风"等词句与对偶手法的巧妙使用，表达了沈炼喜好游侠的思想及怀才不遇的情怀，也彰显了其忧国忧民、光明磊落的淑世精神。这里，他将直白的语言、巧妙的手法、宏大的场景与抒怀相结合，颇显豪直之风。

又如《出塞曲》：

> 边塞苦杀伤，将军多怯懦。天骄迅雷驰，宛马流星过。借问食

---

① （唐）柳宗元著，曹明纲标点：《柳宗元全集·答周君巢饵药九寿书》，上海古籍出版社1997年版，第264页。

② （唐）刘禹锡著，瞿蜕园笺证：《刘禹锡集笺证·学阮公体三首其三》，上海古籍出版社1989年版，第554页。

③ （明）沈炼：《青霞集》卷6，《景印文渊阁四库全书》，（台北）台湾商务印书馆1986年版，集部，第1278册，第81页。

④ （唐）卢照邻著，徐明霞点校：《卢照邻集·结客少年场行》，中华书局1980年版，第10页。

肉徒，何人贻此祸。翩翩游侠子，仗剑出闾里。忠贞白日悬，机关当时起。挽弓不在强，骑马不在良。所贵寸心白，烈烈如秋霜。我生知有死，生死皆前定。何用苦低徊，从人学邪佞。①

诗作首先交代当时"边塞苦杀伤，将军多怯懦"的客观事实，面对守备虚弱、屡受侵掠的边境，作者问询居高位者是"何人贻此祸"？随后，把自己隐喻为翩翩游侠仗剑而出，保持如日高悬的忠贞之心，择机而起报效国家；接着，又强调"挽弓不在强，骑马不在良。所贵寸心白，烈烈如秋霜"；最后，以"我生知有死，生死皆前定"达观慷慨的言辞，表明自己不会犹豫徘徊，不愿与他人同流合污接近邪佞，尽显其忧国用世之心与坚贞不屈的忠义之气。此处，有事实陈述，有场景描绘，有问题叹问，有直抒胸臆，有诗句化用，有多种修辞的使用等，整体呈现出语言豪率朴直、情感激烈沉郁的特点。

又如，咏怀诗《感怀》：

> 沙塞黄花带雪开，谪臣中酒坐徘徊。睢阳骂贼心偏壮，上国思君意未灰。南北风尘常按剑，乾坤气序笑含杯。醉醒数把春秋看，还有程婴救赵来。②

首联交代谪居的地点、时令与环境，以及借酒消愁、郁结不决的情状；随后，借张巡睢阳骂贼之典表达对严嵩父子的痛恨，以"南北风尘常按剑，乾坤气序笑含杯"抒发自己的英雄气概与豪放之情，又通过醉醒之后阅读《春秋》史书，尤其是选用程婴救赵的历史典故，进一步抒写自己维持正义、坚守气节的情怀，而产生上述心思与行为的根由乃是他"上国思君意未灰"的忧国用世之心。又如《书怀二首》其一："山城六月草青青，万里羁人正独行。壮士不归头渐白，四方戈戟几时平。"写自

---

① （明）沈炼：《青霞集》卷5，《景印文渊阁四库全书》，（台北）台湾商务印书馆1986年版，集部，第1278册，第70页。

② （明）沈炼：《青霞集》卷6，《景印文渊阁四库全书》，（台北）台湾商务印书馆1986年版，集部，第1278册，第91页。

己孤独、愁闷，渴盼无战事的良好愿望等。

又如，献策《赋边诗》：

> 九边烽火四方闻，臣子忧劳为国分。民部岁赍供战士，敕书时
> 下励将军。莫将和议为筹策，但以忠诚谕檄文。廊庙讦谟心一定，折
> 鞭堪遂虎狼群。①

此诗重在表达自己"忧劳为国"的志向，并在此基础上提出了一些有益
的举措：岁赍供战士，敕书励将军，莫要议和，可晓谕敌人，只要朝廷
有谋划、有决心，定能阻击、打败敌人，表明沈炼在当时边境颓废的现
实面前急切用世的心情。

又有，在耳闻目睹守边将士贪腐贿赂成风、割平民头颅冒功的事件
后，沈炼以诗纪事，直抒感慨，予以谴责。如《休贪百姓钱》，开首直言
"官人索钱势可怕"，随后说朝廷吏部、兵部手里没钱也没有话语权，事
实上却是一些"权门贿赂已成渠"，他们"削皮吃血人受苦，瘦国肥家彼
自如"，可自己没有办法，只能以劝诫的口吻说"聪明男子不爱钱，天生
地化福无边"，进而以董卓伏法被点天灯的历史故事告诫贪腐的权奸，即
使贪腐万贯家财也不会有好下场，因为这些都是"算来到底为痴愚"的
行为。当他面对边境将士杀害平民冒功之事，作为谪戍之人，他除了上
书言事、告诉友朋外，恐怕也只能以诗文予以声讨了。在《莫割平人首》
中，沈炼首先表现出的是"长泪滴""愁杀我"，继而摆出"羌兵人来犹
云可，汉兵杀人愁杀我"的惨痛情状，又以"借问官军羞不羞，口里夸
功心里忧。魂惊魄惧梦像恶，只为贪心强割头"直言事实，并给予了作
为人的心灵的叩问，最后以荆轲借樊於期人头刺秦王失败被杀的史实宣
扬节义，与前文杀害平民百姓冒功的卑鄙行径产生鲜明的对比，从而增
强讽刺批判的力度。②

---

① （明）沈炼：《青霞集》卷6，《景印文渊阁四库全书》，（台北）台湾商务印书馆1986
年版，集部，第1278册，第93页。

② 《休贪百姓钱》《莫割平人首》，见《青霞集》卷7，《景印文渊阁四库全书》，（台北）
台湾商务印书馆1986年版，集部，第1278册，第113页。

　　还有，酬赠诗，如《送岑山人出塞》"黄云马首横，仗剑赴边城"，《咏怀二首寄徐太保》"报国惟怀三尺剑，筹边空作万言书"，《送何生游河南》"时时仗剑心先去，往往挥毫意独横"，《赠赵将军镇辽篇》"目数黄沙心不分，手调白羽气偏雄"，《寄冯敬叔》"关山明月夜，边塞白云秋。汉关孤臣梦，霜笳万里愁"等；写景诗，如《夜月》"解道清光千里在，不知今昔几人看"，《秋兴四首》"沙塞自悬千里镇，汉庭谁赋四愁诗""怀乡万里悬明月，去国三秋怨落梅"等，尽显慷慨激昂、豪气满怀、情感悲烈的特点。①

　　整体而言，沈炼的贬谪诗语言上不事雕琢，常常以豪放、朴直之词抒发情感，善用修辞与创设场景，往往在慷慨激昂的气势下表达出一种必欲说出、急切欲为的特点，转而又呈现出悲愤、感伤的情绪，伴着诗歌中跳跃、起伏的情感变化，让人感动、激愤又抱有同情；再有，其贬谪诗中的抒情皆发自肺腑、真切感人，无任何矫揉造作之感。当然，与唐代边塞诗相比，他的一些边塞诗在意境宏阔、昂扬基调方面仍有一定的差距。至于上述特点与唐代边塞诗风产生差距的原因，与明代当时的政治文化环境，尤其是朝廷的筹边政策、边境状况、严氏父子的专权贪腐有关，更与沈炼的耿介个性、人生经历、贬谪处境、诗学观念相关，而这应是多个层面合力作用的结果。

---

　　①　《送岑山人出塞》《咏怀二首寄徐太保》《送何生游河南》《赠赵将军镇辽篇》《寄冯敬叔》《夜月》《秋兴四首》，见《青霞集》卷6，《景印文渊阁四库全书》，（台北）台湾商务印书馆1986年版，集部，第1278册，第84、92、93、93、85、91、95页。

第四章　明代仕宦文人的贬谪心态解析

　　遭遇贬谪是仕宦文人仕途中的厄运，也是其人生中的厄运。贬谪事件的发生会使仕宦文人的身份地位、生活环境等发生程度不同的改变，这些改变势必会影响他们的思想、心态及其行为方式，对于那些长期谪戍于蛮荒、僻远之地的人来讲，这种影响会更加明显。不过，因为每个被贬谪者的状况、个体性情、适应能力等方面的不同，贬谪给其造成的心态变化也存在差异，同时又因政治文化环境、贬谪的惩罚性、仕宦文人的心性等问题有其共通之处，所以他们的贬谪心态呈现出共性存在于个性之中、个性受共性制约的特点。基于这一认知，笔者选取明代不同时段具有代表性的贬谪文人做个案研究，以期在把握个体贬谪心态的同时，了解这一群体的贬谪心态，从而达到以点带面的目的。缪钺先生说："扬雄谓言为心声，而诗又言之菁英，一人之诗，足以见一人之心，而一时代之诗，亦足以见一时代之心也。"① 诗歌是以抒情性见长的文体，其语词、表意可以帮助我们体悟作者的各种情感与细微心态，出于对明代贬谪诗"情感真切"共性特征的把握，笔者将以明代仕宦文人的贬谪诗作为主要考察对象，同时结合其他相关的文献史料，试对相关人员的谪戍心态予以梳理、解析。

---

　　① 缪钺：《诗词散论·论宋诗》，上海古籍出版社1982年版，第51页。

第一节　漂泊心绪

——明初岭南诗人孙蕡贬谪心态解析

在中国历史的长河里，由于种种原因遭受贬谪的仕宦文人举不胜举。贬谪期间，他们各自运用不同的形式书写自己的人生，诉说不同的感人故事。由于每个贬谪对象的出身、经历、性情以及所处环境不同，使得每个故事的韵味各有不同，元末明初闻名于时的岭南诗人孙蕡便是其中通过语言文字讲述故事的人物之一。孙蕡（1334—1390）①，字仲衍，号西庵，广东南海（今顺德市）人。他性情敏迈，少负气节，时有文名，被誉为岭南诗派之首。在群雄逐鹿的元朝末年，孙蕡在元至正二十三年（1363）入何真幕。洪武元年（1368）廖永忠征南时，孙蕡代替何真作书请求归附明朝，被征典郡教。洪武三年（1370），朝廷设科取士，孙蕡得中高选，授工部织染局使（九品）；不久，出任虹县主簿（九品）；随后，征任翰林院典籍（从八品）；居翰林三载后，又外放平原主簿（九品），其间不知什么原因被逮系罚做劳役，不久获释罢归；洪武十五年（1382），起为苏州经历（八品）；洪武二十二年（1389），又以事谪戍辽东；洪武二十三年（1390），因党祸被杀。对于孙蕡坎坷的仕途经历，明人沈德符总结说："盖仕宦二十年，一禁系，一从戎，四为下僚，仅一入史局，而不免伏锧。"② 综观近年来学界对于孙蕡的研究，主要表现在生卒年及其死因考辨、家世生平的梳理、作品流传及辑佚、诗歌创作及诗史地位、"南园前五先生"群体研究涉及孙蕡等多个方面，③ 而对孙蕡外

---

① 关于孙蕡的生卒年存在争议：有持 1334—1389 说者，有持 1338—1393 说者，也有持 1334—1390 说者，还有持 1337—1393 说者。这里，笔者采纳了第三种观点。对于孙蕡的死因有不同见解：有的模糊认为死于党祸，有的认为死于胡惟庸党祸，也有的认为死于蓝玉党祸，笔者这里采纳了模糊说法（参阅汪廷奎《孙蕡之死考辨》，《广东史志》1996 年第 2 期；陈恩维《元末明初南园五先生生卒年考补证》，《古籍整理研究学刊》2010 年第 5 期；陈艳《南园五先生生平疑事考》，《阅江学刊》2016 年第 3 期）。

② （明）沈德符：《万历野获编》卷 15，中华书局 1959 年版，第 393 页。

③ 参阅陈恩维《明清以来"南园五先生"研究的检讨与前瞻》，《广州大学学报》2018 年第 2 期。

放与谪戍期间复杂幽妙心态的探究却较为少见。这里，笔者将结合当时的文化背景，借助一些历史文献及其现存作品，试对孙蕡的贬谪心态予以解析。

一　漂泊何当还——无尽的思乡恋亲之心

自洪武三年赴京中举之后，孙蕡便远离了"郡城多暇日""诗社良燕集""幽独抒雅怀"相对惬意闲适的生活，走向了漂泊之路。为此，他写过《别弟》《别邻》《别友》《别内》等诗作，表达"飘荡各分散""泪落不敢挥"（《别弟》）的离情别意。然而，正当孙蕡想在南京工部织染局使任上实现其"志在身与名"的目标时，不知什么原因被外放虹县任主簿。虽说外放虹县的官职品级没有改变，但毕竟离开了权力中心——京城，实有贬谪之意。其《送虹县尹陈景明》中"甲寅（1374）三月春欲尽，我来洪州寻吏隐"①，所表达的无奈与自嘲，实是其当时心态的一种表现。远离家乡，仕途受阻，不免增添了孙蕡思乡恋亲的情绪，如《虹县九日登五女冢》三首之三：

> 五女峰头烟树荒，登临聊得散徜徉。忽惊重九今朝是，却忆三千客路长。冷露余花偏有色，朔云断雁不成行。宁教醉里逢佳节，且免醒来望故乡。②

这首诗是作者虹县任上适逢九日登高而作。五女冢，一曰望花山，位于今泗县城西。他本想凭借登高眺望缓解一下内心的惆怅与郁闷，可满眼看到的却是被云烟笼罩着的疏树荒野。忽然记起今日又是重阳，一下勾起他心底"独在异乡为异客"的感伤情绪。身在三千里外他乡的山峰，看着岩边还未凋零殆尽的几朵野花以及空中飘浮不定的云朵，听到南飞

---

① （明）孙蕡：《西庵集》卷4，《景印文渊阁四库全书》，（台北）台湾商务印书馆1986年版，集部，第1231册，第510页。陈亮，字景明，长乐县人，洪武七年（1374）前后在世，著有《沧洲集》等。

② （明）孙蕡：《西庵集》卷6，《景印文渊阁四库全书》，（台北）台湾商务印书馆1986年版，集部，第1231册，第531页。

鸿雁落单时的声声哀鸣，作者哀伤的思乡情绪达到了极点。在残酷的现实面前，他是那么无奈，只能借杯中的残酒在醉梦中释放"身是客"的孤寂与哀愁，也只有这样才能减少醒来后的痛苦。

好在孙蕡在虹县任职时间不长，一年后因其"加意劳来，民还其业"等惠政，被征召任翰林典籍。任翰林典籍期间，孙蕡"日侍上左右，奏对敏便，而客观飘逸"，还参与了"预修《洪武正韵》""以奉常之节监祀于西川"等事，① 写有《车驾游天界寺应制》《朝回呈诸阁老》等应制、酬答之作，此可谓其仕途最为惬意的时候。可孙蕡富有才情、自负气节、不妄交往、奏对敏便的性格与能力，不免遭到别人的妒忌与不满，同时他也发现自己很难适应权力中心错综复杂的官宦生活，于是便自求外放。最终，他怀着"祗笑儒生拙"的无奈以及"疑谪夜郎"的迁客心态出任平原县主簿，由八品官降至九品。根据孙蕡的现存诗篇，可见他在赴平原任的路上不止一次地舒泄"苦哉离家人，坐念生百忧"（《苦寒行》）的感伤情怀，诸如"冷雨青灯吟客梦，东风蓬鬓异乡人"（《思家》），"故人今不见，孤客情谁怜"（《过东阿怀雪篷》）的诗句也时见笔端。例如《客平原春日有怀》：

> 怅望乡园去计违，春来惟有思依依。客程故向南天远，花信偏于北地迟。汉帝苑边卢橘熟，秦佗墓上鹧鸪飞。柴门独对东风掩，此日松筠冷翠微。②

在这里，作者表达了回乡不能却又无法斩断的思乡之情，以及客居异乡的孤苦愁绪与退避、隐闲的情怀。与《虹县九日登五女塚》相比，看似其中思乡恋亲的情绪淡化了些，其实这与作者选取的题材、创作时的语境、情绪密切有关。事实上，这也是孙蕡数年离家调整、适应后心境的一种别样释放，一种别样的心理诉求。

---

① （明）葛征奇：《南园前五先生诗》卷2《西庵先生传》，《四库全书存目丛书》，齐鲁书社1997年版，集部，第375册，第14页。
② （明）孙蕡：《西庵集》卷6，《景印文渊阁四库全书》，（台北）台湾商务印书馆1986年版，集部，第1231册，第533页。

　　孙蕡在平原县任职不足一年，因坐事遭逮去服劳役，但很快被释放归田。后来，他虽然被重新起用苏州经历，平静过一段时间，但又因事受到牵连谪戍辽东。在谪戍辽东期间，孙蕡没有表现出"恻怆伤肺肝"的思乡恋亲之情，而是呈现出一种"梦魂清夜绕江南""相思何处不依依"较为幽淡、深远的情思。究其缘由，不排除他当时的感伤诗未能保存下来，不过，根据孙蕡谪戍辽东时表现出"怡然就道，酌酒赋诗，无异平日"① 的情形，以及他小传中所云"（洪武）十一年罢归田里，放迹云林中，益肆力于问学，所见益深，有轻死生、齐物我之意"② 等，笔者认为屡经打击且年过五十的孙蕡已在一定程度上看淡了个体命运的起伏与生死变化，从而表现出一种超越生死之后相对坦然的人生境界，故而影响到他的情感在此时期诗歌创作中的表达方式与抒情效果。

二　应有音书慰别愁——对朋友的不舍与挂念

　　与思乡恋亲相关的是，孙蕡还写有一些赠人之作。撰写此类诗作可在一定程度上缓解他谪宦生活中的孤闷、愁苦与孤寂，同时它们又是孙蕡不同贬谪时段与他人交往活动的记录，也可帮助后人从中品读出他祝颂、寄思、不舍的复杂情怀。

　　外放虹县主簿期间，孙蕡曾写有《送张仲庸归陕西》。其中，先交代张仲庸离家数千里今日得归休的事实，又写"临岐送君饮君酒，五女峰头握君手"的依依惜别情，最后以"明年二月君到家，寄声为道平安否"，表达对好友的担忧与挂念。又如《送虹县尹陈景明》，其中有对陈景明"文章破的推殊伦"的褒奖，有对他"为官作事仍更好""父老皆言大尹贤"的颂赞，还有对陈景明离开虹县赴京时民众"卧辙扳辕泪相续""相看不相舍"动人场景的记述，均表明了孙蕡对陈景明取得的政绩与深受民众爱戴的认同，尾联以"天京到日知安稳，多寄洪州父老书"表达对好友的希冀与念想。

<hr>

　　① （明）过庭训：《本朝分省人物考》卷110，《续修四库全书》，上海古籍出版社 2002 年版，史部，第 536 册，第 208 页。
　　② （明）葛征奇：《南园前五先生诗》卷 2《西庵先生传》，《四库全书存目丛书》，齐鲁书社 1997 年版，集部，第 375 册，第 14 页。

洪武十年（1377），孙蕡自求外放，由京城至平原县任主簿。在与好友高彬道别时，他曾作《往平原别高彬》①。其中，除了有对高彬的称颂，更多的是直抒两人的惜别情，如"平生不作儿女悲，独向高彬泪如霰""今晨我作平原别，高彬不意情欲绝"等，形象地书写了两人唏嘘不已的离别场景，表达"应有音书慰别愁"的渴盼与承诺。别离南京时，孙蕡还写有《之官平原留别诸老》②，其中以"朱衣和泪别龙庭，瘦马嘶风出凤城"抒写与南京城诸老别离时的无限伤感，以"驱驰祇笑儒生拙""紫薇花月向谁明"等诗句流露出当时无奈、郁闷的情怀。在去平原的路上，孙蕡怀念起自己的好友黄哲③，以"故人今不见，孤客倩谁怜"舒泄迁谪期间的别思、奔波之苦，忆起好友的形象"紫髯风猎猎，纱帽月娟娟"，使他产生了一种强烈而又不可得的倾羡之情，并通过"傥遂幽园约，琴樽共晚年"书写仕途的无奈以及目前不能实现的心愿。在平原短暂的任职期间，孙蕡的"老东家"何真北上路过平原，两人得以相见，孙蕡赋写《送何三（何真）元帅北上》④，颂赞何真的功业，追忆二人的友情，其中连续书写"我与何郎情最多""何郎与我情最厚"彰显两人的深情厚谊，从而衬托了"临岐送别"时的不舍以及"白雁南还寄书否"的深深寄愿。

洪武二十三年（1390），孙蕡谪戍辽东。其间，他遇到御史陈孟阳，曾撰写《送陈御史孟阳之官三河》。想当年，陈孟阳"文墨侍彤闱""妙句曾看对御题""意气青云动"，现如今却是"栖迟皂帽低""歧路相逢又相别"，借此感叹人生的变化多端、命运无常，从而珍惜每次的相见与别离，其实这也是他内心的追诉。还有，他在《怀万修撰谪辽东》中云：

① （明）孙蕡：《西庵集》卷4，《景印文渊阁四库全书》，（台北）台湾商务印书馆1986年版，集部，第1231册，第509页。高彬，字文质，广东南海（今顺德）人。他曾为何真的部下，与孙蕡关系密切。

② （明）孙蕡：《西庵集》卷6，《景印文渊阁四库全书》，（台北）台湾商务印书馆1986年版，集部，第1231册，第530页。

③ 黄哲（？—1375），字庸之，广东番禺人。官至东平府判。南园五先生（孙蕡、王佐、赵介、李德）之一，人称雪蓬先生，著有《雪蓬集》。

④ （明）孙蕡：《西庵集》卷4，《景印文渊阁四库全书》，（台北）台湾商务印书馆1986年版，集部，第1231册，第503页。《本朝分省人物考》卷110，《续修四库全书》，上海古籍出版社2002年版，史部，第536册，第202—204页，有《何真》小传。

"垂老谪官瀛海上，惊闻呜咽泪沾巾"，实写自己对好友垂老之年遭受远谪的惊叹与哀伤，而此时的自己也正在遭遇着这种惩罚"我亦漂流向沧海"，两人同病相怜、惺惺相惜，从而迸发出"相思何处不依依"的悲怀。以上诗篇寄寓了孙蕡与朋友间的点点深情，既有平淡的酬应之言，又有饱含血泪的痛彻之语，是其人生故事中永远值得珍藏的一些记录。

三　勤政忧民、建功立业与感念君恩的情怀

第一，勤政忧民之心。细读孙蕡现存的作品，让人感到其中有着较为浓厚的用世思想，即使在困苦的境况下，这种思想表现的依然明显。譬如，勤于政事与关心民生疾苦方面，他在《治县事作》中云："讼庭敞公馆，牒诉日纷纭。退食常少暇，吏牍苦长勤。刻木对胥曹，皇华劳远宾。清晨起坐署，日入未解绅……"① 便述写了他处理县事政务时的繁忙与辛苦。虽然诗作最后以"誓言谢簪绂，垂纶越水滨"表达隐闲之志，但那仅是不得志时渴望隐闲的一种表达，与"纷纭""少暇""长勤""清晨起坐署""日入未解绅"辛勤为政的行为相比，主体情怀中的勤政济民思想尽显。又如歌行体《虹县行》：

> 虹亭村落如秋花，十里五里方一家。山城县治开草屋，草屋低窄旋桑麻。丁男当官应徭役，妇女看家种山麦。汴沟淤塞无稻苗，麦足家家黍为食。野桑养蚕收茧丝，枣根染丝来作衣。秋湖水落莲芡盛，腊月雪深鹑兔肥。岁时浇酒五月暮，但愿开云雨如注。蚕成麦熟官事闲，柳堤人唱桑阴树。②

再如《平原行》：

> 古原县郭如荒村，家家草屋荆条门。自罹丧乱新复业，千家今

---

① （明）孙蕡：《西庵集》卷1，《景印文渊阁四库全书》，（台北）台湾商务印书馆1986年版，集部，第1231册，第478页。
② （明）孙蕡：《西庵集》卷2，《景印文渊阁四库全书》，（台北）台湾商务印书馆1986年版，集部，第1231册，第498页。

有一家存。稚子采薪割蒿草，妇女携筐拾梨枣。丁男应役不在家，长
驾牛车走东道。黄河水涸无鱼虾，居人七月方食瓜。人烟星散不成集，
棠梨苦叶烹为茶。凌州九月官税促，黍子在田犹未熟。春霜夏旱蚕事
空，不卖新丝卖黄犊。银河七夕如水流，明年麦好君莫愁。①

前一首，写作者在虹县任上目睹的百姓生活境况。其中，既描绘了村落
稀疏，集居草屋，男役女耕，种植桑麻、麦黍，采桑养蚕，枣根染织等
生活环境与生活细节，也写到了秋天莲芡丰收、腊月鹑兔肥，以及五月
份对风调雨顺的期望与蚕成麦熟后了却官差后的喜悦，彰显了他关注民
众生活的爱民情怀。后一首，写平原县民间百姓的生活境况。开篇便流
露出了作者的感伤情绪，用"县郭如荒村""家家草屋荆条门"写其荒凉
与贫苦；接着，写遭遇丧乱后"千家今有一家存"的悲惨情形，并间接
交代了农村荒贫的原因——丧乱；随后，写稚子、妇女、丁男们分工劳
作，以及他们饥时食瓜及拿棠梨叶烹茶的生活细节；再写，官府在黍子
未熟时催促租税，春天降寒霜、夏季大旱导致蚕业未收，老百姓不得不
卖掉黄牛犊以补短缺的实情；面对如此情景，最后却用"明年麦好君莫
愁"以示安慰。虽然可以理解作者当时的复杂情怀，可"明年麦好君莫
愁"的安慰又有多大说服力呢！恐怕连作者本人都不一定确信。再有，
《平原田家行》记述平原县田家生活时，以"衣粗食恶莫用悲，犹胜北军
离乱时"作结，也有安慰民众的情愫在里面。据此，我们除了领略到孙
蕡歌行体"琳琅可诵，微嫌繁缛"②的特点，感受最为深刻的是其这类诗
作中的现实意义，可是由于缺少反思、批判的力度，便大大削弱了这类
作品的思想深度，与杜甫的同类诗作相比，高下尽显。

　　第二，建功立业之心。无论从什么角度讲，谪戍辽东要比外放虹县、
平原县主簿残酷得多，可在孙蕡谪戍辽东期间所作的诗作中，除了"此
去向园路几千""独怜落职东迁客"漂泊感伤情怀的流露，却存有不少希
望建树功勋的诗句，如《戍辽渡海二首》："万里封侯期可遂，春风箫鼓

---

　　①　（明）孙蕡：《西庵集》卷3，《景印文渊阁四库全书》，（台北）台湾商务印书馆1986
年版，集部，第1231册，第498页。

　　②　（清）朱彝尊：《静志居诗话》，人民文学出版社1990年版，第70页。

入长安。""傥许从戎树勋业,白头归路拥旌旄。"《沙门岛三首》:"凯奏
北旋应有日,同游俱是济时才。""浴凫飞鹭立沙际,疑是青琐晨朝班。"
"兴来落笔才无敌,老去从戎力尚堪。"① 当然,谪戍期间写有积极昂扬情
怀的作品并没有什么不可,但对于特定境况下出现这一现象的个体而言,
应该有些缘由值得探究。笔者认为,除了孙蕡像明初一些文人对新王朝
抱有希冀,对当时的政治环境存有畏忌,以及自己的志向追求等因素,
还有两个层面值得关注:一是,据史料记载,孙蕡谪戍辽东时,时任辽
东都指挥的梅义素闻孙蕡之名,迎置家塾,而且在谪戍期间孙蕡还奉命
出使过朝鲜,这对于被谪戍的官宦来讲已是较高的礼遇,因此这一境遇
应该影响了他当时的心情,从而影响到其作品中的思想表述;二是,虽
然孙蕡被迫谪戍辽东,但是他并没有想到自己会受党祸牵连而被处死,
就是说其内心仍然存有获释的渴望,而这也应是促使他作品中多次表达
建功志愿的动力之一。另外,结合孙蕡有"轻死生、齐物我之意"的思
想以及"怀灵荃志不忘君"的情怀,再有对"其究极天人性命之理,濂
洛关闽之学,为岭表儒宗。历仕虽不甚显,而所至有声,出处穷达、夷
险一致云"② 的评述,也能帮助我们认识与理解孙蕡此时期作品中的这种
情怀。

　　第三,感念君恩之心。虽然多次身陷逆境,孙蕡仍未忘君恩,且屡
屡提及。譬如,他外放平原主簿辞别诸老时,曾赋诗感叹"祇笑儒生
拙",随后便是"悯念难忘圣主情"的表白。在平原任上,他因事被逮输
作萧墙时,仍然不忘书写"尚承恩""感明宥"的情怀。后来,即使谪戍
辽东"漂流向沧海",孙蕡仍不止一次地说"见说皇家雨露匀""圣世君
恩殊未薄"。这不仅使人们产生了疑问,在逆境之中孙蕡为何会多次感念
朝廷与皇恩呢? 结合当时的文化背景与孙蕡的生平史料,笔者认为回答
这一问题有两点值得注意。其一,孙蕡适逢元明之际,由元朝末年何真
幕府的宾客转而供奉新朝,并被委任典郡教,洪武初年又参加科举考中

---

　　① 《戍辽渡海二首》《沙门岛三首》,见《西庵集》卷6,《景印文渊阁四库全书》,(台北)
台湾商务印书馆1986年版,集部,第1231册,第538页。
　　② (明)葛征奇:《南园前五先生诗》卷2《西庵先生传》,《四库全书存目丛书》,齐鲁书
社1997年版,集部,第375册,第14页。

举人，得授工部织染局使之职，后任虹县主薄、翰林典籍、平原主簿、苏州经历等；基于孙蕡由元末文人身份被新朝接纳的客观事实，考虑到元末明初不少文人对新朝抱有希冀，以及他"少年有奇志，思欲分国忧"的进取情怀，再有"怀灵荃志不忘君"的思想等，认为他多次感念皇恩的表现，与他受到新朝接受的心理与欲分国忧的行为驱动力是分不开的。其二，明朝初年，新王朝对待文人采取的一些压制政策，以及以"胡惟庸案"为代表的对大批文士的清剿等，均对当时的士夫文人产生了不可低估的震慑作用，加之孙蕡屡遭打击的痛苦经历，出于对皇权的畏惧，或许是出于自保，在诗中抒怀的同时以颂君感恩的语句作为点染，倒是合乎情理的。

四　恻怆伤肺肝——哀伤、悲凄、无奈的心绪

远离故土和亲人到南京为官，使得孙蕡颇为感伤，好歹有"自古忠孝不能两全"与"三不朽"思想作以调解与支撑，使他能够保持一定的心理平衡，还不至于那么痛苦。可是，随后仕途上的屡屡受挫，孙蕡就没有那么镇静了，思想情绪也发生了较大变化。因此，除前文述及的恋家思人、不忘故友、勤政忧民、感念君恩、建功树勋等情怀，其作品中还表现出了哀伤、无奈、悲凄的情怀。如《杂诗》六首之二：

> 浮萍无根蒂，泛泛江海间。狂风簸巨浪，漂泊何当还。亦似离家客，长年去乡关。莽莽涉万里，迢迢度千山。沉忧捐精魂，远道多苦颜。无为歌此词，恻怆伤肺肝。①

人生如浮萍，漂泊江海间；颠簸风浪里，捐魂多苦颜；乡关何时归，恻怆伤肺肝。透过这些文字，人们能够体悟到他因长年受阻、漂泊在外，产生了久久不能释放的凄怆情怀。再有，《行路难》："我行欲济无方舟，长吟泽畔成久留。暮天摇落对羁客，白石楚楚青枫秋。"《梁父吟》："为

---

①　（明）孙蕡：《西庵集》卷1，《景印文渊阁四库全书》，（台北）台湾商务印书馆1986年版，集部，第1231册，第472页。

臣自古良独难，我更怀之摧肺肝。"由此，不难识见他处于困厄境况时报国无门、屡遭排挤的苦闷心情，而这种烦闷只能用"为臣自古良独难"予以舒泄，使人不得不对人生艰辛产生更多的思考。①

在去贬谪地的路上，孙蕡曾不止一次地表达哀伤、无奈的情愫。譬如，《清河口》"江河万里杳何极，行役半生犹未休"感叹行役之苦；《过三洪》"谩有微吟追太白，此身疑谪夜郎还"隐写贬谪时的境遇与心情；《聊城》"愁来自撚鸦翎箭，日落登城射断鸿"抒写哀愁之绪；《过高唐》"千年往事今尘土，寥落幽花酒一杯"写无奈感伤之后的洒脱。贬谪期间，孙蕡怀念好友时，表现的也是感伤有加，如《寄奉文渊学士吴公》："独怜落职东迁客，远道西风鬓御幡。"《怀朱太史茞宋舍人璲》："谁怜漂泊向江关，独倚长风忆妙颜。"《怀万修撰谪辽东》："垂老谪官瀛海上，惊闻呜咽泪沾巾。"②其中，"独怜"之感叹，"谁怜"之叩问，"呜咽泪沾巾"之哀痛，非有亲身经历者，是难以体悟得到的，故此作者感叹道"忠诚不见白，剖心良独难"，其中蕴有多少苦闷与无奈！另外，《西庵集》中还有《班姬怨》《阿娇怨》《湘妃怨》《昭君叹》《白头吟》等作品，虽然这些作品的具体创作时间难以确定，但根据其中幽怨、愤懑情怀的抒写，如果排除此类作品的题材、形式对前人的借鉴，笔者认为其中寄寓的幽愤情怀应该与屡遭贬谪的仕途经历具有一定的关系。综观孙蕡贬谪期间的作品，可以体悟到他这种哀伤、苦闷、无奈的情怀伴随整个贬谪过程，只不过随着境况的变化这种情绪表现的程度不同罢了，如果细究其中的差异，则需要具体问题具体分析。

与同时期"南园前五先生"中的其他四位相比，他们入明之后的生活道路、人生故事有同有异，如黄哲、王佐、李德均有出仕为官的经历，其中黄哲因"在郡违误"惨遭处死，赵介隐居不仕也未逃脱因家累被逮死于舟中的结局。作为惺惺相惜的好友，加之一些相同的经历，他们的

---

① 《行路难》《梁父吟》，见《西庵集》卷2，《景印文渊阁四库全书》，（台北）台湾商务印书馆1986年版，集部，第1231册，第484、487页。

② 《清河口》《过三洪》《聊城》《过高唐》《寄奉文渊学士吴公》《怀朱太史茞宋舍人璲》《怀万修撰谪辽东》，见《西庵集》卷6、卷7，《景印文渊阁四库全书》，（台北）台湾商务印书馆1986年版，集部，第1231册，第532—533、546、537、536—537页。

诗作中流露出一些较为相似的心绪，如思乡怀友者，黄哲的《王彦举听雨轩》云："一别凄凉十二年，关河风雨隔幽轩。怀乡泪逐灯花落，隐几晴忘春溜喧。""西窗旧话谁与传，思君昨日空回船。"李德的《立秋日登汉阳朝宗楼怀乡中诸友》："得罪缘微禄，怀君属早秋。""淡云乡树远，孤月旅情幽。借问衡阳雁，何时到广州。"均是宦途中所作的怀乡思友之作；又如济民者，黄哲的《河浑浑》诗句"茫茫下邑皆涂污，民不粒食乡无庐。桑畦忽变葭苇泽，麦垄尽化鼋鼍居"则流露出他在东平府通判任上面对夏河汛作时的济民情怀；还有感念皇恩者，王佐的《应制赐宋承旨马》："圣明天子齐唐虞，四方混一同车书。""须知君恩如海深，臣骑黄马当赤心。"感恩的情感浓厚，但存有溜须拍马之嫌。① 他们这些心绪的共性呈现，不仅与其密切的挚友关系、相同的仕途经历有关，还与他们生活的时代环境、以儒家伦理思想为主的深层次文化心理结构、易代时对待政治的态度以及作为人的朴素的心理诉求等有着疏密不同的关系。然而，每个人都是独一无二的，如果以他们现存的诗作与史料细较起来，他们仕途上的复杂心绪有着明显的差异，譬如思乡情绪的浓度、感念皇恩与建功立业的强度、哀伤苦闷情怀的程度等，均可作以比较。当然，由于其他四人的史料与存诗相对较少，会影响到我们对其各种心态的体认与把握，但因其个体之间的差异所造成的心绪差异则是不用怀疑的，这里不再展开。

　　总之，受诸多因素的影响，人们的心态是复杂而又幽微的。孙蕡因坐事遭贬或主动寻求外放，身处多种困厄的境况下，使他表现出了对亲友的思盼，对民众疾苦的关注，对谪居生活的无奈与幽愤；谪戍辽东期间受到较好的礼遇，又使他表现出了建功树勋的积极心态；当然，还有他时时不忘对皇恩浩荡的感念之情。虽然像孙蕡这样的古人早已离开了这个世界，但借助其留下来的作品与史料依然可以使我们在一定程度上洞察到其复杂幽微的内心，尤其是他遭受困厄时对生命的体悟与书写，均可帮助我们更好地体认社会人生、滋养充盈我们的心灵。

----

　　① 《王彦举听雨轩》《立秋日登汉阳朝宗楼怀乡中诸友》《河浑浑》《应制赐宋承旨马》，见《南园前五先生诗》，《四库全书存目丛书》，齐鲁书社1997年版，集部，第375册，第48、40、47、33页。

第二节　特殊境遇下的别样情怀

——明初文人王绂谪戍心态论析

　　王绂（1362—1416），字孟端，号友石生，又号九龙山人，江苏无锡人。他自幼颖敏好学，却因连遭困顿，被迫放弃举业，放迹于江湖之间。王绂性格介直，襟怀洒脱，不苟随俗。其诗风清丽雅正，意新调逸，尤工画山水竹石，颇有时名。洪武十一年（1378），他被朝廷征召。不久，便以事坐累谪戍山西朔州，[①] 屏处边陲十余年，终以养子代戍，才得以归乡，遂隐居九龙山中，以孜孜训诲子弟为乐。永乐初年，王绂以能书被征入翰林，永乐十年（1412）三月得授中书舍人。在此期间，王绂曾以英髦之士随驾扈从巡狩北京，恩宠有加。永乐十四年（1416）二月，病卒于官舍。综观王绂一生坐过山车似的前后变化，着实让人产生了一种世事变幻、人生无常的感觉。

　　通过细读王绂现存诗作《王舍人诗集》，可以发现他不同时段的境遇与变化在其诗作中或多或少地留下了一些深浅不同的印痕，有言洒落脱俗之志者，有记题赠闲适之趣者，有抒叹世忧伤之怀者，亦有写得志时快意之情者，等等。其中，印痕最深处莫过于对他谪戍期间的环境、生活、心理的沉痛书写，尤其是表露出的哀伤、愁苦、思乡、无奈情绪使人感触最深，而这些真实复杂情绪的产生与舒泄是其

---

　　① 绝大多数史料说王绂的谪戍地为山西朔州。《王舍人诗集·送子南归二首》题注却云"孟端谪戍山西大同行都司安东中屯卫"，《明史·地理志二》云"安东中屯卫寄治应州城"，而应州与朔州实属大同府领辖下两个不同的州，那么为什么大多数史料把王绂的谪戍地说成朔州呢？据周振鹤主编的《中国行政区划通史·明代卷》（复旦大学出版社 2007 年版）第二编"大同都卫、山西行都司及所辖卫所沿革考述"所析，可知"安东中屯卫"的寄治地先是属于朔州，直到洪熙元年才迁往应州。又据《王舍人诗集原序》所记知诗集为王绂的儿子王默辑录所成，其中王汝嘉作《序》的落款为"洪熙元年"。再有，《和祭酒胡先生题种菊韵》小注"俨，字若思，号颐庵，卒年八十二"，而胡俨去世于 1443 年（正统八年），远晚于王绂，王绂不可能加这样的小注。因此，笔者认为诗集中一些小注实为王默辑录时所补，《送子南归二首》题注"孟端谪戍山西大同行都司安东中屯卫"，亦应为王默所补。

特殊境况下多种欲求不能满足的一种外现，亦是长期的谪戍生活使他远离"家庭和熟悉的地方"，"一直与环境冲突，对于过去难以释怀，对于现在和未来满怀悲苦"①的直接流露。他把这些人生的悲苦哀愁与少有的些许欣慰转化为有形的文字，作为特殊境遇下生命存在的一种精神支撑，也展现出了一种别样的存在方式与生活态度，而体悟这些痛苦与表现利于我们了解"这一个"真实的个体。这里，笔者试从王绂现存的谪戍诗入手，结合当时的历史文化语境，通过与这些文字的深入"对话"，体察王绂谪戍期间的心理活动，从而把握他特殊境遇下的别样存在。

一　不知缘底事，沦落向天涯——无尽的悲伤与哀愁

明人章昞如在《故中书舍人孟端王公行状》中云："（洪武间王绂）以事累谪戍山西朔州。公虽在戎旅间，布衣韦带意气自若，内无摇夺之心，外无沮馁之色，不自知其为谪戍也。"②描绘了王绂谪戍朔州期间的表现与气度。可是，通过翻阅相关史料，细读王绂现存的谪戍诗篇，笔者对谪戍期间王绂的认识，并不像章氏所说的"意气自若""无沮馁之色""不自知其为谪戍"那样的洒脱，而是较多地表现出一种浓郁、透骨的悲伤与哀愁，以及命运未卜的失落与无序，不免对章昞如的说法产生了怀疑。至于出现这种现象的原因，有可能是章昞如只知王绂一个方面的表现，而不知其另一方面；也有可能谪戍期间的这种表现只是听王绂的后人或朋友所说，他并未深入了解；当然，也有基于行状的写作特点，文中有过誉的情形等。不过，这却提醒我们，对于行状、墓志铭之类的材料要认真辨识、审慎使用。

按照常理来说，王绂谪戍山西朔州，离家千里，远离亲人、朋友，居于荒凉的边塞，他不应该"不自知其为谪戍"的，这在他的一些诗作中可以证明。譬如，王绂谪戍期间梦见家中的儿子，醒后赋诗"觉来尚

---

① ［美］爱德华·W. 萨义德：《知识分子论》，单德兴译，生活·读书·新知三联书店2002年版，第44页。

② （明）章昞如：《故中书舍人孟端王公行状》，见《王舍人诗集·附录》，《景印文渊阁四库全书》，（台北）台湾商务印书馆1986年版，集部，第1237册，第173页。

征途，渺然万里身。归期固难必，归梦谅非真"(《梦两儿》)，抒写孤寂、无奈、哀伤的情怀；当他在戍地送别儿子南归时，所写"离情于汝倍多愁，相顾无言只泪流""情亲不觉泪纷纷，顿足牵衣未忍分"(《送子南归》)更是感人至深，令人不忍卒读，其中还有"旧业未知还可葺，边城犹恐不可留。冻云衰草横沙碛，落月悲笳起戍楼""一身弓剑屯青海，千里关河望白云"(《送子南归》)等诗句也是满满的伤感；他收到千里之外寄来的家书时，有的不是欣喜，却是"添却万千愁"的痛心，以及想到孩子们"日日望归舟"(《得家书》)而又不能得时的次次失望；时值中秋、除夕之夜，本应是家人团圆欢庆之时，远在边地的王绂却独对明月，油然而生"一家骨肉分三处，应共感怀多未眠"(《中秋对月》)，"踪迹漂流难定止，举杯端欲问青天"(《客中元夕对月》)的哀伤情怀，十余年的戍边生涯里像这种情景经历了何止一二次，而每次都会使他恻怆伤肝肺。如果说面对上述情境，王绂在诗中会不可避免地表达感伤情思的话，那么他在记写与朋友宴集的诗作中是不是该表现出高兴的情绪呢？事实上，表达出的却是"白发几人存故旧，黄花何处觅清香。烽尘那忍登高望，南国音书绝寄将"(《九日诸友宴集分韵得将字》)怀念故旧、亲人的苦痛情怀，未见一点喜悦之情；即使王绂以养子代戍，回到家乡之后，仍然怀有"在客每忧难作客，到家谁信却无家"的感叹与哀伤，更甚的是"堪笑此身沦落久，梦中犹自谪天涯"(《初归》)，写自己因谪戍时间久长，即使回家后还常常梦见自己身在戍地，可见谪戍经历对他的伤害之深。①

　　从一般情理上讲，有过长期谪戍经历的人会具有悲伤、痛苦的心理，更何况王绂十余年生活于北方的荒僻之地。对于一个文弱、敏感而又具有耿介、洒落情怀的文人来讲，面对恶劣、不适的外在环境，以及远离家乡、亲人的残酷现实，加之背着戴罪戍边的名声等，都会给他带来一时无法解脱的痛苦。然而，更让王绂感到不解和可悲的是："不知缘底事，沦落向天涯"，也就是说，王绂不知道是什么原因导致自己沦落为边

---

① 《梦两儿》《送子南归》《中秋对月》《客中元夕对月》《九日诸友宴集分韵得将字》《初归》，见《王舍人诗集》卷1、卷4，《景印文渊阁四库全书》，(台北)台湾商务印书馆1986年版，集部，第1237册，第98、140、129、139、140、140页。

塞戍卒的。① 如果确是如此，这的确让人感到冤屈与郁闷。结合明初的政治环境，在"面对当时险恶的现实环境，大多数文人采取了沉默的态度，无声无息地像野草般被朝廷所刈除"②，对于王绂来讲，所能做的也只有接受与面对这一现实，他无法也不能去申诉自己的冤屈，否则就可能面临杀头的危险，于是也就产生了这样一场人生悲剧。作为一介文人，他除了无奈地忍受，只能用语言文字记录下自己悲惨境遇下的凄苦生活与内心感受，通过反复地书写与渲染来舒泄自己哀伤的情感与对命运未卜的担忧，以抚慰自己受伤的心灵。因此，结合王绂的生平与性格，不可否认他在戍边期间可能会表现出一种外在的襟怀洒落、神情旷逸，但综观其谪戍期间的诗篇，处处充斥着哀苦、感伤的情思，笔者认为王绂的真实内心应该不像章氏所说的那么洒脱，事实上他并没有完成真正的精神超越，章氏所论实有溢美之嫌。

二　乡梦觉来犹历历，不知何日是归期——漂泊的心绪与不尽的思念

故乡是人们灵魂栖息的精神家园之一。不管是实在的故乡还是精神的故乡，都能给人提供一种永远的寄思与慰藉。在"安土重迁"思想较为浓厚的中国古代社会，人们的这种思乡恋土情结显得尤为强烈，这也是为什么古代文人笔下"思乡"主题的作品如此浩瀚的原因。客观现实中的背井离乡，尤其是长时间的背井离乡，很容易使人产生漂泊不止、孤寂痛苦的客者心态。王绂戴罪戍边，远离故土达十余年，残酷的现实

---

① 据现存所见史料，对王绂谪戍朔州的原因多言"坐累"，具体原因避而不谈，如王洪《王孟端小传》、章旲如《故中书舍人孟端王公行状》、胡广《征事郎中书舍人王孟端墓表》、王进《王舍人诗集原序》、秦缃业等纂《无锡金匮县志》卷22、《明史》卷286、《静志居诗话》卷6、《本朝分省人物考》卷27、《明诗纪事·乙签》卷6、《明诗综》卷17、《明画录》卷7、《明书》卷151、《盛明百家诗》等。郑天挺、谭其骧主编的《中国历史大辞典（一）》中云："因胡惟庸案所累，谪戍朔州（今属山西）"（上海辞书出版社2010年版，第263页），今人的其他一些著述中也有持此说者，其史料原始来源待考。结合明初的政治环境，王绂"性介直，不能容物，人有忤之者，胸中勃勃不平，即面折之，以是与人寡谐"（《征事郎中书舍人王孟端墓表》）的性格特点，有可能王绂授人以口实，被人借胡惟庸案诬陷获罪戍边，具体情形待考。

② 左东岭：《孙蕡的诗歌创作历程与明初文人命运》，《中国文化研究》2012年第2期。

使他思亲恋土的情结十分深厚，因此也使他产生了无法排解的悲哀、愁苦的漂泊心绪。如《客中元夕对月》：

> 异乡何处看灯好，片月多情对客悬。遥忆故人千里共，又看新岁一番圆。愁中灯火逢今夕，醉里笙歌记往年。踪迹漂流难定止，举杯端欲问青天。①

在这里，诗题中直言"客中"，且选取特殊的时令"元夕"，以"月"为意象，表达自己对月思乡、忆人的情绪。其中，首联"异乡""何处""片月""对客"等词语直接表述自己当时的客居现状，没有回答的询问与满满的愁情把作者引向无尽的遐思；随后两联中的"遥忆""故人""千里""又看""新岁""愁中""今夕""醉里""笙歌""往年"等，利用直接抒情、对比抒情、时空变换等手法毫无保留地表达了自己渴盼、无奈、沉痛的愁绪；尾联更是把这种漂泊难定的客居情怀推向高潮，以至他只能举杯叩问青天——何时才能回乡？由此看出作者对命运未卜的担忧与无奈。整首诗设境清雅，语句质朴，与饱满动人情感的表达浑然一体。再有："皎皎冰轮对客圆，客心相对两堪怜。"（《中秋对月》）"客边无处寄相思，交谊如君更有谁。"（《寄余彦行》）"殷勤寄与同来客，此景江南仿佛无。"（《写家山图赠松江陆宗善》）"漫天风雪掩穷庐，客里谁来问起居。"（《塞上杂咏用耦武孟韵》）"在客每忧难作客，到家谁信却无家。"（《初归》）在他独对圆月时，客心相对两堪怜；寄赠友人时，他以客边寄思何处的迷茫与殷勤寄予的表现，来反衬好友的情深义重；唱和他人的诗中，也不忘记写自己在满天飞雪的客居地承受着无人关心的孤苦；即使归家后，戍边时的种种情形仍不断涌上心头，说明戍边的经历对他影响深远。②

---

① （明）王绂：《王舍人诗集》卷4，《景印文渊阁四库全书》，（台北）台湾商务印书馆1986年版，集部，第1237册，第139页。

② 《中秋对月》《寄余彦行》《写家山图赠松江陆宗善》《塞上杂咏用耦武孟韵》《初归》，见《王舍人诗集》卷4、卷5，《景印文渊阁四库全书》，（台北）台湾商务印书馆1986年版，集部，第1237册，第129、131、140、158、140页。

　　据统计，在王绂现存的谪戍诗中，"客"字出现了十二次，他借此反复诉说、渲染自己客居时的境况，尤其是难以抑制的漂泊者的悲苦情怀。当他认为这样仍不能尽意的情况下，又在诗作中连用词语"异乡"来表达自己的客者心态。譬如，"偶同今夕醉，忘却异乡情"（《雪夜与乡人旅邸中小酌》），叙写自己偶尔喝醉时才能短暂忘却客居异乡的忧情；"杯盘强欲酬佳节，踪迹还惊老异乡"（《九日诸友宴集分韵得将字》），即使九日宴集举杯庆祝佳节时，他还在不停地惊叹"老异乡"，此一"老"字，足以让人体悟到作者的哀痛之深、无奈之极！在感叹不足、哀叹不已尚不能消解戍边客居的苦闷时，他又以"梦"意象来填充其中的缺憾。据统计，"梦"字在王绂谪戍诗中出现了十次，如《梦两儿》中的"累夜梦何频""梦中宛如昔""归梦谅非真"，又如"乡梦觉来犹历历"（《寄余彦行》）、"独能枕上番番梦"（《从役》）、"蓬蓬肯作江南梦"（《塞上五月见蝶感怀》）、"梦中犹自谪天涯"（《初归》）、"万事转看皆往梦"（《哭内弟赵叔平》）等。结合作者当时的状况，以及这类诗的全部内容，不难理解王绂屡用"梦"意象的原因。其实，王绂明知"梦"是虚无的，是"非真"的，可他还是不厌其烦地多次用它，因为"梦"的确给他带来了现实中不能得到的东西，即可以满足其"愿望的达成"，[①] 如梦中可以回乡与亲人、朋友相聚等，其实王绂是在借此"意象"来反衬自己客居朔州的复杂心态：思而不得而又不得不思，放不下而又无法消解，孤闷而又看不到赦归的希望等，以至于他表达出了"万事转看皆往梦"的虚无思想，实属无奈，个中味道非亲历者实难体会！[②]

　　伴随着不尽的漂泊、长久的客居，自然会产生思乡的情绪，而思乡最主要的还是思念自己的亲人。在不知缘由的情况下，王绂戴罪戍守西北边陲十余年，其内心哀怨凄苦、孤寂无奈的情怀着实令人感叹，对家

---

　　① ［奥］弗洛伊德：《梦的解析》，赖其万、符传孝译，作家出版社1986年版，第37—45页。
　　② 《雪夜与乡人旅邸中小酌》《九日诸友宴集分韵得将字》《梦两儿》《寄余彦行》《从役》《塞上五月见蝶感怀》《初归》《哭内弟赵叔平》，见《王舍人诗集》卷1、卷3、卷4，《景印文渊阁四库全书》，（台北）台湾商务印书馆1986年版，集部，第1237册，第118、140、98、131、139、139、140、144页。

乡亲人的思念与牵挂之情也常使人唏嘘。对于这种情感上文已有涉及，这里稍作补充，以便加深理解。如《得家书》：

> 昨夜乡人到，家书喜见投。展开三四读，添却万千愁。舍弟贫依旧，山妻病未瘳。那堪诸幼稚，日日望归舟。①

开头交代作者收到家书后的喜悦之情，读了三四遍还不能疏解内心对亲人的思念，反而增添了更多的愁绪。其中，弟弟的贫困、妻子的病体、幼稚的孩子等，都使他挂念不已，久久难以平静。最后一句"日日望归舟"，实写"幼稚"们强烈的渴盼之情，其实王绂本人何尝不是日日想归乡、想亲人呢？看似实写一方，事实上包含着异地双方久思不解的牵念之情。再有，"一家骨肉分三处，应共感怀多未眠。"（《中秋对月》）"情亲不觉泪纷纷，顿足牵衣未忍分。"（《送子南归》二首之二）等诗句，也让我们深深体悟到他凄苦、哀伤与不舍的思乡念亲之情。

除了直书哀伤的思绪，王绂对于家人的思念与牵挂还表现在对儿子的嘱托与希冀上。譬如，在《梦两儿》中，他嘱咐儿子"犹能具鸡黍，为父招比邻"处理好与友邻的关系，同时要求儿子"各努力"，求善行，讲孝悌，不断提高自己的素养与能力，以便"光前人"；又如，王绂送别儿子归乡，叹息自己"归期难预卜"之时，叮嘱他们要"好将诗礼袭箕裘"，并提醒他们要养护、关爱幼小的弟弟等。这些，使我们既了解到王绂以儒家道德规范治家教子的思想理念，又体会到他对晚辈的殷切情怀与真情的流露。结合当时的实情实境，试想在重大打击面前，尤其是长期的打压面前，支撑王绂存活下去的最大精神支柱恐怕也只有对亲人的牵挂与希冀了！之所以在王绂的谪戍诗中，看不到忧国忧民、歌功颂德的内容，应与他长期"深痛"之下的思想心态与精神需求直接相关，至于那些"高调"在他此时的心里已没有了位置，说明人在最为困苦、悲伤时，最能慰藉心灵的是家人的亲情，这在一定意义上表明，不管人飞

---

① （明）王绂：《王舍人诗集》卷3，《景印文渊阁四库全书》，（台北）台湾商务印书馆1986年版，集部，第1237册，第123页。

多高、走多远，最重要的、最牵挂的是其情感生成的"原点"——家。

三 "清樽喜对倾""深慰客途情"——少有的希冀与欣慰之情

如上所述，在王绂现存的谪戍诗中，整体充斥着一种哀伤、凄苦、忧愁的氛围，但也有少量诗作流露出了些许欣慰之情。通过细读此类诗作，让人感到这些欣慰并非毫无顾忌地开心愉悦，而是在一层挥之不去的愁绪笼罩下的短暂的放松与欣喜，这与王绂当时的处境与心态密切相关。概括而言，述写这种欣慰之情的诗作主要表现为三种情形。

第一，与乡人小聚、寄赠友人的诗作。如《雪夜与乡人旅邸中小酌》，写王绂雪天赶往戍边的路上，在某个旅邸与一乡人偶遇。前两联"客舍虽寥落，清樽喜对倾。偶同今夕醉，忘却异乡情"，记写两人对酌述怀、一时忘却身在异乡的情形，让人感到了一丝少有的轻松，可这种喜悦是短暂的、暂时的；随后，以"炭炽寒犹在，灯残雪更明"写周围环境的寒冷，与前面少有的欣喜与温暖情形成了一定的反差，也为尾联"独怜分手去，一骑上边城"做好了铺垫，随即又使自己陷入到了无限孤独的伤感之中。又如《寄余彦行》，首联"客边无处寄相思，交谊如君更有谁"，写他客边时的孤苦，交代了二人深厚的交情，也使他产生了些许慰藉之意；颔联"岂独芝兰沾我辈，久将诗礼及吾儿"，在赞赏余彦行品行优秀使自己受益颇多的同时，表明自己已把"诗礼"传统惠及晚辈，尽显王绂对后辈的希冀之怀，这也是他感到欣慰的心理寄托。

第二，塞上写景咏怀之作。如《塞上五月见蝶感怀》：

五月塞边才见蝶，令人忽动故园情。牡丹亭馆微风暖，芳草池塘细雨晴。花底扑来歌扇小，酒边飞逐舞裙轻。蘧蘧肯作江南梦，沙漠应知负此生。[1]

---

[1] （明）王绂：《王舍人诗集》卷4，《景印文渊阁四库全书》，（台北）台湾商务印书馆1986年版，集部，第1237册，第139页。

诗作以在五月的边塞见到蝴蝶切入，由它勾起了令人动容的故园之情；回想起故园牡丹馆畔微风习习的春意，以及细雨初晴后的池塘、芳草与鲜花，还有那像歌扇、舞裙轻小而艳美的翩翩起舞的蝴蝶；欣赏美景，细饮醇酿，使自己获取了短暂的惬意，也使他的内心得到了暂时的补偿；可当这种悠闲自在的美梦醒来之后，只有感叹眼前的茫茫荒沙辜负荏苒的岁月，随之又转到了痛苦不堪的现实当中。

第三，南归途中，歌咏欣慰之情的诗作。如《南归沁州道中晓行》：

> 冒晓促归程，岚霏是沁城。路随流水去，人入乱山行。涧底春冰滑，崖阴冻雪明。莺花南国近，深慰客途情。①

首联写清晨的岚霏还未散尽，作者已经开始"冒晓促归程"了，可见他返乡的迫切心情；随后，写沁州的道路随着水势曲折变换，继而发现自己已行走于乱山之中；涧底的春冰忽明忽暗是那么的光滑，山崖背阴处的冻雪显得格外明亮，借此彰显出王绂较为轻快、愉悦的心情；最后，写树上黄莺清脆、宛转的叫声，山涧、路旁盛开的小花，使他恍惚产生了离家越来越近的感觉，而这种感觉使久在客途的他得到了莫大宽慰。事实上，从客观距离讲，此时作者所处的沁州离他的家乡无锡还有很远的路程，这里用实际距离之远与心理距离之近造成鲜明的反差，既有助于我们解读出他漂泊之苦、回乡之切的多层意蕴，也借助这一巧妙的构思增加了作品情感表达的穿透力。

综之，结合时代背景及现存的史料与诗作，使我们感受到王绂谪戍期间呈现出了凄苦、委屈、哀伤、孤寂、无奈、思念、希冀、欣喜等复杂而微妙的心态，其中愁苦的哀思、漂泊的孤寂、无奈的思念为主色，希冀与欣喜的情怀只能算配色，故此使我们深深地体认到，十余年的谪戍生活对王绂的打击是巨大的，也是刻骨铭心的！而对于每个个体而言，在残酷的社会现实与恶劣的自然环境面前是多么的弱小和无力，故而也

---

① （明）王绂：《王舍人诗集》卷3，《景印文渊阁四库全书》，（台北）台湾商务印书馆1986年版，集部，第1237册，第118页。

就酿成了历史上的一个个悲剧，这值得人们警醒与深思。

第三节 明代山左文人刘天民贬谪诗中的 感伤情怀探析

在人生的历程中，人们各自拥有不同的身份、扮演不同的角色。基于身份、角色的不同，出于诸多因素的考量，每当人们面对一些事情时总会持有一定的态度与立场，而个人的态度、立场会程度不同地影响到事件的发展趋势与最终结果，反之，事态的发展趋势与结果也会因个人态度、立场的不同影响到个人的命运。尤其是遇到重大事件时，个人的态度与立场对个体命运的影响尤为明显。譬如，古代官宦对待一些重要事件的态度与立场会直接影响到他们的仕途与命运：有的因此平步青云，有的因此命丧黄泉，有的因此惨遭贬谪，等等。作为生活于明代中期的山左仕宦文人刘天民[①]，便为自己在朝廷一些重大事件中的态度与立场付出了惨痛代价：正德十四年（1519），因谏止武宗巡幸，他被罚长跪五日、廷杖三十；嘉靖三年（1524），他因泣谏大礼，复遭廷杖三十，在给事中陈洸的上疏指摘下，左迁寿州知州，从此终结了他任职郎署的仕途道路。这里，笔者将结合刘天民的诗文文本及相关史料，探讨他贬谪行为的发生、贬谪诗中感伤情怀的书写、心态失衡的原因等问题，以帮助大家理解特殊政治生态与贬谪境遇下的个体生命形态，进而启发对有关问题的思考与认识。

---

① 刘天民（1486—1541），字希尹，号函山，山东历城人。正德二年（1507）中举，九年（1514）进士及第，因父病重，乞休终养。十二年（1517）二月，起复户部福建司主事，同年五月调吏部文选司主事。十四年（1519），因谏止武宗巡幸，被罚长跪五日，廷杖三十。十五年（1520）三年考满，为承德郎。嘉靖元年（1522）升本司署员外郎。二年（1523），六年（1527）考满，实授员外郎。同年八月，升稽勋司署郎中。三年（1524）七月，因泣谏大礼，复遭廷杖三十，迁吏部郎中，未履任，被给事中陈洸上疏指摘，调寿州知州。七年（1528）十一月，升任南京宗人府经历。八年（1529）九月，又升南京刑部广西司郎中。九年（1530）四月，升河南按察司副使、分巡大梁。十一年（1532）五月，被胡御史所论，以所谓"才力不及"改官四川。十四年（1535）考察，以冠带闲住，不久恩诏致仕，卒于家。他生性耿介，负经济，有风调，善谈吐。著有《函山先生集》十卷等。

一　坚守与谪降：贬谪诗与感伤情怀的生成基础

正德十六年（1521）三月，正德皇帝朱厚照去世，因没有子嗣，按照"必兄终弟及"①的祖训，朝廷与后宫议定由兴献王之子朱厚熜入继帝位。正德十六年（1521）四月，朱厚熜继承皇位后，随即提出其父兴献王的封号及崇祀典礼等问题，于是便在继承"帝统"或"宗统"之间展开了旷日持久的"大礼议"论争。当时，刘天民正在吏部任职。从目前所见史料来看，在这次的论争过程中，刘天民主要参与的活动是"左顺门事件"。据《明史》所载：

> （嘉靖三年〈1524〉七月）其时詹事、翰林、给事、御史及六部诸司、大理、行人诸臣各具疏争，并留中不下，群情益汹汹。会朝方罢，（何）孟春倡言于众曰："宪宗朝，百官哭文华门，争慈懿皇太后葬礼，宪宗从之，此国朝故事也。"修撰杨慎曰："国家养士百五十年，仗节死义，正在今日。"编修王元正、给事中张翀等遂遮留群臣于金水桥南，谓今日有不力争者，必共击之。（何）孟春、金献民、徐文华复相号召。于是九卿则尚书献民及秦金、赵鉴、赵璜、俞琳，侍郎（何）孟春及朱希周、刘玉……诸司郎官，吏部则郎中余宽、党承志、刘天民，员外郎马理、徐一鸣、刘勋……俱跪伏左顺门。帝命司礼中官谕退，众皆曰："必得俞旨乃敢退。"自辰至午，凡再传谕，犹跪伏不起。②

由上述材料看出，"左顺门事件"的倡率者为何孟春、杨慎、王元正、张翀等人，刘天民仅是其中的参与者之一，《国朝汇典》卷116、《昭代典则》卷26等史料中的记述与上文基本一致。

"左顺门事件"是明代规模最大的一次朝臣请愿活动，虽然在至高无上的专制皇权面前以失败告终，但其对明代的政治生态与士人心态影响

---

① （明）朱元璋：《皇明祖训·法律条》，《四库全书存目丛书》，齐鲁书社1996年版，史部，第264册，第179页。

② （清）张廷玉等：《明史》卷191，中华书局1974年版，第5068—5069页。

深远。在这次活动的参与者当中，虽有勉强附和之辈、尚气好名之徒，但对于大多数人而言，他们所坚持的信念是真诚的，即"唯恐陷主于非礼"①。结合史料对刘天民及其做事风格的记述与评价，笔者认为刘天民在这次事件中不应归入附和、好名之辈，而是一位抱有"忧国"情怀且有所坚守与担当的耿介之士。那么，刘天民做出这一政治抉择的原因与动机是什么呢？从"大礼议"起初的态势来看，内阁首辅杨廷和及大学士梁储、蒋冕、毛纪、礼部尚书毛澄等提出继统、继嗣的主张，获得多数朝臣的支持，当时有近一百九十人抗旨上疏支持杨廷和等人提出的主张，后来又有二百五十余人上了八十余道奏章，攻击张璁、桂萼等人的主张，抵制皇帝谕旨，大有不达目的誓不罢休的架势。可是，随着事态的发展，嘉靖三年（1524）二月杨廷和被迫致仕归田，大学士蒋冕、毛纪以及刘天民的顶头上司吏部尚书乔宇等先后被罢官，"多数派"受到沉重的打击，进而使宗法理论之争上升到党派政治斗争，② 而且此时的争斗已经失去理性，具有了为职权、主张、意气、操守而争的多重特点，"左顺门事件"乃是双方斗争发展激化的阶段性产物。当时参加"左顺门事件"的官员达二百二十余人，属于典型的群体行为。事件现场"编修王元正、给事中张翀等遂遮留群臣于金水桥，谓今日有不力争者，必共击之"，出现了要挟群臣的情形，而且刘天民的同年好友薛惠等也参与其中，这些情状均会影响刘天民的态度与抉择。当然不可否认的是，在这种"个人目标被一个集体目标所取代"的境况下，他们的行为兼具"为信仰而战"③ 的特点。

同时，刘天民的家庭教育、个性特点对其当时的态度立场也会有所影响。就其家庭而论，刘天民的祖父刘璟曾任巩县县丞，为官清廉，"雅尚清澹"④；父亲刘绪担任过高邑知县，公判狱案，捕盗安民，甚有政声。虽说其祖父、父亲的官位不高，但尚属仕宦之家，因此他从小耳濡目染

①　张显清：《明嘉靖"大礼议"的起因、性质和后果》，《史学集刊》1988 年第 4 期。
②　张显清：《明嘉靖"大礼议"的起因、性质和后果》，《史学集刊》1988 年第 4 期。
③　［法］古斯塔夫·勒庞：《乌合之众——大众心理研究·代译序》，冯克利译，中央编译出版社 2005 年版，第 16—17 页。
④　（明）刘天民：《函山先生集》卷4，《四库全书存目丛书》，齐鲁书社1997 年版，集部，第 70 册，第 264 页。

接受的应多是儒家伦理的传统思想教育。他在《辞祖茔》中说："维我刘氏，世修懋德，延及后人，爰有兴发，予孙子递承其沐……敢不敬饬于心，服勤于政，惟家声是念耶……为国良臣，为世名士。"① 其提到的敬于心，勤于政，念家声，为良臣，为名士等，便是典型的儒家"修齐治平"用世情怀的吐露。再有，《树碑日祭文》中"生求无负，死求无愧"② 颇具悲壮情结的宣言更是其用世思想的升华，同时也凸显出其个性中耿介、激烈的一面，他出京赴任寿州时一度违犯京官外谪常规，"掷眼纱于地，曰：'吾无愧于衙门，使汝辈得见吾面目耳'"③ 的行为则是其磊落、耿直个性的具体展现。

由上所述可知，刘天民支持"多数派"的主张，应是基于对起初事态的判断与事态发生翻转的激愤，多数官宦的群体（包括好友）参与，事件中一些官员的鼓动与带有裹挟性的要求，加之本人的思想观念、耿介个性以及士人气节等多重因素干扰、影响下做出的研判与选择。在这场激烈的争斗中，尤其是当这种争论裹挟着其他目的并上升至帝王树威、群臣争权的斗争时，其性质便发生了改变。以杨廷和为首的多数派失败后遭受打击的事实除了说明"道""势"关系的复杂，也揭示出群臣之间幽微的矛盾与斗争的残酷。

虽然"左顺门事件"为"多数派"中的一些士人赢得了坚守"气节"的名声，但他们也为此付出了惨痛代价，如丰熙、张翀、余宽等八人系诏狱，修撰王相等十八人俱被杖死，丰熙、杨慎、王元正等俱遭谪戍。就刘天民而言，遭廷杖三十后，朝廷并没有贬谪的旨意，而是在吏科给事中陈洸上疏指摘下才降一级任寿州知州。陈洸在给朝廷的奏疏中说："近日一（议）礼之臣大肆欺罔，甚至跪门叫哭，致伤国体。皇上虽罪谴数人，犹未尽其党，如大学生费宏持本生之议而主其决……是为此党，倡率跪门高声叫哭，则礼部郎中余才、吏部郎中刘天民；附和礼官，

---

① （明）刘天民：《函山先生集》卷4，《四库全书存目丛书》，齐鲁书社1997年版，集部，第70册，第270—271页。

② （明）刘天民：《函山先生集》卷4，《四库全书存目丛书》，齐鲁书社1997年版，集部，第70册，第270页。

③ （清）钱谦益：《列朝诗集小传》丙集，上海古籍出版社1983年版，第364页。

妄排正论，则吏部员外郎薛惠、给事郑一鹏之数臣者，皆为邪党，乞亟赐诛谴……"① 可是，在上述引文中，可以了解到刘天民并不是"左顺门哭谏事件"的主导者，否则起初的处罚也不会仅廷杖三十。那么，为何陈洸奏疏中说刘天民"倡率"跪哭并"乞亟赐诛谴"呢？据李开先所作《四川按察司副使前吏部文选司郎中函山刘先生墓志铭》云："给事中陈姓者，素短先生。因着补衣见部，先生斥之，乃假以'进君子退小人'为名，上疏指摘先生，乃对品调寿州知州。"② 又有《明世宗实录》载："左给事中陈洸为给事中赵汉、御史蓝田等所劾，具疏自辨，因讦田及吏部郎中薛蕙、刘天民、员外郎刘勋等各不法事，都察院覆洸语无实，不足信……"③ 可知，陈洸的上疏行为具有寻机报复、泄己私愤的目的。同时，再据《明世宗实录》载赵汉、朱衣等人"交章论给事中陈洸之奸"，御史蓝田"上诉言陈洸本尚书席书之党"，虽然席书上疏辩解"与陈洸素无交往"，考虑到席书（属议礼派）在大礼议事件中的表现以及陈洸在乡里的恶劣行径，④ 笔者认为陈洸弹劾刘天民的行为绝非公论。当然，有些历史事件的发展并不是以我们所认为的公论、不公论而定的，它往往受到特定历史语境中有选择的目的性与有意无意的遮蔽性等因素所影响，最终朝廷部分采纳陈洸奏疏中的建议降谪刘天民便在一定程度上说明：当廷臣的行为威胁到帝王的权力或尊严时，以嘉靖帝为代表的"圣主"便会抛弃众议或公论（当然众议与公论也有不足），以打压异己的手段来维护自己的威严与权势，此时没有"意愿"只有"应当"。最终，刘天民因为坚守自己的态度与立场付出了廷杖、谪降的代价，这一代价不仅是廷杖造成的皮肉之苦，也不仅是仕途受挫带来的屈辱，重要的是对其精神造成了挥之不去的创伤，而这一创伤在其贬谪诗中有着

① 《原国立北平图书馆甲库善本丛书》第 172 册《大明世宗肃皇帝实录》卷 42，国家图书馆出版社 2013 年版，第 1207 页。

② （明）李开先：《四川按察司副使前吏部文选司郎中函山刘先生墓志铭》，见《李中麓闲居集》，《四库全书存目丛书》，齐鲁书社 1997 年版，集部，第 92 册，第 632 页。

③ 《原国立北平图书馆甲库善本丛书》第 172 册《大明世宗肃皇帝实录》卷 45，国家图书馆出版社 2013 年版，第 1222 页。

④ 《原国立北平图书馆甲库善本丛书》第 172 册《大明世宗肃皇帝实录》卷 44、卷 45，国家图书馆出版社 2013 年版，第 1220、1221—1222 页。

十分突出的展现。

二　忧苦与感伤：贬谪诗中无处不在的悲情呈现

通过梳理刘天民的《函山集》、查阅《嘉靖寿州志》，笔者统计出刘天民现存贬谪诗共 135 首，[①] 其中涉及的题材内容比较丰富，包括送别、题赠、游赏、宴集、写景、祈祭、节日、抒怀等。细读刘天民的贬谪诗，感受最为深刻的是，他常常通过对异域空间意象的不断呈现、对迁客身份的反复认同、对凄冷落寞氛围的有意建构，以及多种场景下感伤情怀的不断诉说等，巧妙、多元地展现出孤寂、忧苦的感伤情怀，而这种情怀在其贬谪诗中普遍存在。

第一，异域空间意象的不断呈现。因"左顺门事件"，嘉靖三年（1524）十月刘天民被调外任于寿州，嘉靖四年到任寿州，嘉靖七年（1528）十一月升任南京宗人府经历，在寿州任上约四年。当时，寿州（今安徽寿县）隶属凤阳府，州治寿春县，北滨淮河，领霍丘、蒙城两县，地处古楚国境内。[②] 据历史记载，楚考烈王二十二年（前 241）曾迁都于寿春（亦称郢），直到前 223 年秦攻入寿春，楚被秦所灭。[③] 这一客观史实会在潜意识中提醒作者对"楚"地地域意象或相关词语的关注与使用，从而赋予作品一定的历史感。而且，对于长期生活于北方的刘天民而言，迁官寿州属于到南国异域任职，对寿州及周围环境的陌生感会在一定程度上强化他落寞的心态，进而激发其贬谪诗中对异域意象的选用、凄冷意境的创设与忧苦情怀的表达。

通过对其贬谪诗中涉及南国、楚地等相关空间意象的统计，这类意象出现的频次为：寿（州、春）12 次，淮南 7 次，南国 5 次，南州 3 次，楚泽 3 次，楚江 3 次，荒城 3 次，楚云 2 次，南楚、南霜、南寺、楚郡、楚水、楚天、楚人、楚帆、楚峰、楚楼、楚相祠、异域、殊方等各 1 次，

---

① 目前学界对于"贬谪诗"的定义尚无定论，考虑到对刘天民贬谪期间感伤情怀研究的需要，笔者取其广义，即凡刘天民贬谪寿州期间所创作的诗歌皆视为贬谪诗。计：《函山先生集》134 首，《嘉靖寿州志》1 首。

② （清）张廷玉等：《明史》卷 40，中华书局 1974 年版，第 913—914 页。

③ 魏昌：《楚国史》"附二"，武汉出版社 2002 年版，第 422—423 页。

约占其现存贬谪诗总数的 38%。如果再加上与南地相关的词语：南游、南服、南下、南望、南瞻、南来、淮楚游、游楚、楚吟等，以及贬谪诗中提到的异域地名：如泗州、霍邱、蒙城、钟离、寺观、大柳驿、双沟集、醉翁亭、丰乐亭、黑石潭、醉心亭等，所占比例则在 50% 以上。客观上讲，刘天民贬谪寿州期间的诗中涉及一些地域性的意象、景观、地名等不足为奇，但相较于其他仕宦文人的贬谪诗，刘天民的贬谪诗中使用的异域意象或相关地域性词语如此多，而且其中往往伴随着一种浓郁的感伤情绪，的确值得关注。在书写这种情绪时，他常将异域意象与怀乡类意象对举使用，把陌生境域的相关意象与词语巧妙地缀合，借此使实际距离与心理距离之间、陌生感与故乡情之间形成一种颇具冲击感的张力，从而把乡愁拉长、把诗境拉宽、把意蕴挖深，使人进入一个悠长、伤感而又无法自拔的情绪当中，以达到舒泄忧伤情怀的目的。譬如，"病客怀归正惘然，飘零南楚亢阳天"（《再用韵书怀》）中病客怀归与飘零南楚对举，"一病淮南卧小山，莼鲈日日忆乡关"（《春日用韵答边华泉》）中将病卧淮南与日日思乡对举，"回首楚云迷久望，却令心曲乱乡愁"（《过临淮辱刘使君仲义出祖》）中把久望楚云与心曲乡愁相对，"花鸟方怜异域春，风尘忽遇故乡人"（《殿直王元气本历下人，遨游江淮三十余年，闻予生同里闬，来访于寿，挥洒濒洞，系奇士也，因有所赠》）中将"异域"与"故乡"对举。另外，还有"不为希恩思大内，未甘为客久淮南"（《丙戌小至》）将"大内"与"淮南"对举，"断萍犹楚泽，衰柳自隋堤"（《晚宿大柳驿》）"断萍"与"衰柳"、"楚泽"与"隋堤"对举等，均达到了良好的抒情效果与富有力度的审美效果。① 整体而言，这类意象与词语高频次地呈现，除了作者谪居寿州的客观原因，与他因谪官造成心理创伤难以弥合的心境密切相关，是其有意为之的结果。

第二，自我身份的反复认同——迁客。对于刘天民而言，贬谪寿州有一个非常重要的问题——自我身份认同。在贬谪以前，刘天民一直在

---

① 《再用韵书怀》《春日用韵答边华泉》《过临淮辱刘使君仲义出祖》《殿直王元气本历下人，遨游江淮三十余年，闻予生同里闬，来访于寿，挥洒濒洞，系奇士也，因有所赠》《丙戌小至》《晚宿大柳驿》，见《函山先生集》，《四库全书存目丛书》，齐鲁书社 1997 年版，集部，第 70 册，第 307、307、307、309、308、289 页。

郎署任职，从主事升至郎中，仕途十分顺利。因"左顺门事件"谪降寿州，应该说打破了他先前心理预设的仕途道路，也使其精神上蒙受屈辱，这是其身份认同的基础。在寿州任上，虽然刘天民政宽有制，振举废坠，敦俗化民，增新书院，增修石桥，积谷备荒等，颇有政声，一定程度上实现了自己的价值，并且也因此得以升迁，但是从其现存的贬谪诗来看，在此期间他始终没有改变对自我身份的认同——迁客。正是基于这种情状，在刘天民的贬谪诗中表达漂泊、失意心绪的意象或词语反复出现，以此不断强化自己的迁客意识。据统计，客者（迁客）23 次，迁人 2 次，鸿（雁）11 次，飘零 6 次，放逐 2 次，游子 2 次，失意人 1 次、浪迹 1 次，漂泊 1 次等，总数约占其现存贬谪诗数量的 36%。其中，他常常借助阻雨、别友、赠人、节日等题目，以客者、迁客、迁人、鸿雁意象与飘零、放逐等词语缀合诗句，表达迁客身份的痛苦与忧恨。譬如，"已经为客久，深厌路行难"（《双沟集阻雨》），"不仗文旄入帝京，却寻迁客下江城"（《赠门人阎达夫》），"无限迁人恨，何堪别故知"（《送友》），"淮南小至飘零日，却忆清华侍从时"（《至日》），"江边有鸿雁，犹似怨离群"（《舟次柳滩驿遇雨》）等，[①] 表达的迁客意识与怨恨情怀十分强烈，由此可见贬谪寿州对他的打击、影响之深。需要注意的是，在表达忧怨情感的同时，通过对"不仗文旄入帝京""却忆清华侍从时"等诗句的解读，还可体悟到刘天民没有因为遭受迁谪打击而忘"魏阙"，仍对朝廷存有些许渴盼。其实，刘天民实际上的迁客身份与当时心向魏阙而不得的矛盾心绪，正从深层次反映出他诗歌中运用那么多与异域、迁客相关的意象使其诗歌充满凄冷意境与感伤情绪的原因。事实上，在遭受贬谪的官宦之中迁客意识是普遍存在的，但在每个个体身上体现的强弱程度却不尽相同，如明初遭贬谪文人王绂、孙蕡，明中期遭谪戍文人沈炼，在处境均没有刘天民优越的情况下，其作品中的迁客意识反而不如刘天民表现的强烈，这与刘天民难忘"魏阙"的期许大有关系，与他们各自的仕途经历、遭贬原因以及对待挫折的态度也有一定的关联。

---

① 《双沟集阻雨》《赠门人阎达夫》《送友》《至日》《舟次柳滩驿遇雨》，见《函山先生集》，《四库全书存目丛书》，齐鲁书社 1997 年版，集部，第 70 册，第 290、308、289、306、289 页。

　　第三，凄冷的氛围与孤苦的内心。在借助异域意象、迁客意象与相关词语建构意境表达感伤情绪的同时，刘天民还往往通过带有修饰性词的意象创设不同的凄冷意境来舒泄内心的孤苦与忧闷，这一特点在其贬谪诗中表现的亦十分突出。根据笔者观察统计，刘天民在构设诗歌的凄冷氛围时，经常使用烘托落寞情境与书写孤苦情感的词语有：孤烟、孤舟、孤岩、孤臣、孤云、独苦、独怜、独恐、独余、独酌、秋山、秋水、秋风、秋竹、秋色、秋蝉、寂寥、寂寞、寂寂、残梦、残星、残阳、残黍、野屋、野渡、野云、野翁、落花、落晖、落魄、落寞、落照、寒烟、寒云、寒石、寒火、寒花、自怜、空怜、愁心、乡愁、新愁、穷愁、千愁、伤心、伤神、幽怀、幽独、幽抱、久别、轻别、夕阳、夕下、夕照、几夕等。其中，用"孤""独""秋""残""野""寒""伤"等字词组构意象，或渲染孤苦之感，或直抒忧伤的情怀，或二者兼具，从而使他的贬谪诗整体呈现出一种萧瑟的意境与忧伤的情调。例如《再用韵书怀》：

　　　　病客怀归正惘然，飘零南楚亢阳天。荒城实怯澄江暮，郡阁虚含落照烟。水面掠泥空乳燕，叶心抱露但鸣蝉。青林绿酒饶相忆，白马黄尘祇自怜。[①]

作者开篇直抒胸臆，写一个初夏的傍晚飘零南楚的自己正以失意、迷茫的心情思归故里。随后，以拟人的手法写荒城害怕澄江暮色的映照，那些楼阁正以静谧的姿态浸染于落日的余晖之中；远处水面上只见燕子衔泥筑巢飞掠而过的身影，水边如盖的荷叶上盛含着晶莹的露珠，只有那不甘寂寞的蝉声打破这里的宁静，构设出了一种落寞、寂寥的意境。尾联，写向往过去幽境中饮酒作乐的隐闲生活，而今却仕途颠簸、难脱尘俗，所能做的只有自我哀怜。其中，迁客身份导致作者的情绪十分低落，也致使周围的物象、景色在其笔下变得黯淡、索然。诗作将冷寂、落寞的氛围与哀伤、惆怅、自怜的心绪相互映照，较好地写出了他低落、感

---

　　① （明）刘天民：《函山先生集》卷8，《四库全书存目丛书》，齐鲁书社1997年版，集部，第70册，第307页。

伤的情绪。又如《碓亭铺》：

> 石碓秋云湿，江亭夕照孤。繁霜惊朔雁，夕雾畏寒芜。岁月华双鬓，乾坤腐一儒。迩来将望海，未是拟归湖。①

碓亭铺本是寿州的一个铺舍，在州南二十里。② 此处，作者借碓亭铺看到的景色书写忧伤的情怀。其中，首联、颈联将秋云、石碓、夕照、江亭、繁霜、朔雁、夕雾、寒芜等意象与湿、孤、惊、畏等词语相缀合，勾勒出凄冷、孤哀的场景与氛围，为颔联感叹岁月易失、性情迂腐打下了基础，也辅助增添了作者伤感的浓度。尾联，以"迩来将望海"说明自己的现状——职守寿州，"未是拟归湖"表示自己还没有归隐的打算，含有宣志的意蕴。作者借铺舍为题，铺排秋景渲染孤冷的氛围，在此基础上感喟人生、反思自我、表明志愿，既可展现出他表层的孤哀，也可使人体悟到其内里抱有些许不灭的希冀与忧苦矛盾的心境。从两首诗作设景抒情的融合度来看，较好地体现了王国维先生所言"一切景语皆情语"③ 的观点。

　　第四，不同题材中的悲情诉说。从创作题材而言，刘天民贬谪诗中浓浓的感伤情绪还表现在不同题材中对悲苦愁绪的不断诉说。譬如，送别诗中，他以"曰予兹放逐，宠辱或中缪"（《亲友送至长清辞别》），"无限迁人恨，何堪别故知"（《送友》）直言逐客、迁人的愁恨与屈辱；题赠怀人作品中，"自怜天遣地，敝帚拟同轻"（《病目答舜佐》），"三年病客卧江城，诸子西来道义倾"（《霍丘师生远来相慰走笔答谢》）不忘述写自己"病客"身份以及由此带来的痛苦；即使游赏类诗作，如"洞口倩人扶醉下，予今衰病已成翁"（《饮醉翁亭》），"有心何用醒，吾欲学沉冥"（《醒心亭》）表达的也是感叹衰老、表露归隐之意，并无轻松愉悦之情。又如，节日抒怀之作："自怜华省客，又度寿阳春。草木伤心

---

① （明）刘天民：《函山先生集》卷7，《四库全书存目丛书》，齐鲁书社 1997 年版，集部，第 70 册，第 290 页。
② 《嘉靖寿州志》卷 3《建置纪》，上海古籍书店 1963 年据宁波天一阁藏明嘉靖刻本影印本，第 29 页。
③ 王国维：《人间词话》，上海古籍出版社 2009 年版，第 128 页。

地，江湖失意人。"（《除夕》）"三年长庆怜非预，万里穷愁迥自含。不为希恩思大内，未甘为客久淮南。"（《丙戌小至》）"鸿雁秋声非故国，风尘远道奈颓颜。"（《九日》）让人感受到的不是节日欢娱的气氛，而是深深的失意与感伤；与朋友宴集本是令人愉悦的事情，其中却流露出"无端又作明朝别，寂寞愁听旅雁哀"（《怀百户园宴集用杜韵》），"日暮伤神地，天涯失意人。浮云等身世，谁复认能真"（《瑞岩观同曹太府、吴四府、侯节判燕集》）消极、伤感的情绪。再有，涉及任命、政事，他写"去国得今日，江湖未减忧"（《得领寿州》），"每庆腐儒成拙牧，讵堪欷歔岁度殊方"（《斋坛祈雨》），即使写得雨之喜："迁客偶然逢熟岁，童谣休奏麦双歧"（《得雨志喜》），也不忘提及自己的"迁客"身份，等等。① 通过不同题材中感伤情绪的不断诉说，在辅助自己疏解内心痛苦的同时，也会不断强化对迁客身份与遭贬意识的自我认同，进而增添精神上的痛苦，反过来又会引起不断诉说的冲动，使之成为一个恶性循环。由此，可见贬谪经历对刘天民的精神打击之大、影响之深，的确有过于别人。

三　心理失衡与无法逾越——难以释怀的原因解析

由于参与"左顺门事件"，刘天民成为以嘉靖帝为代表的"议礼派"的打击对象，最终受到廷杖三十、谪降寿州知州的处罚。相较于参与"左顺门事件"主要倡导人员的悲惨结局，刘天民降一级调外任官的处罚相对较轻。在寿州任上，他"为政宽而有制，崇奖节孝，惩艾顽梗，振举废坠，深惬众志。尝立乡社，以敦俗化民。增新书院，群选隽彦，聚乐肄业其中，躬为讲什，士习丕变。郡北门故有石桥，岁久就圮，乃增修二百余丈，民利于涉。又积谷备荒，多至三万余石"②；然而，他在贬

---

① 《亲友送至长清辞别》《送友》《病目答舜佐》《霍丘师生远来相慰走笔答谢》《饮醉翁亭》《醒心亭》《除夕》《丙戌小至》《九日》《怀百户园宴集用杜韵》《瑞岩观同曹太府、吴四府、侯节判燕集》《得领寿州》《斋坛祈雨》《得雨志喜》，见《函山先生集》，《四库全书存目丛书》，齐鲁书社 1997 年版，集部，第 70 册，第 278、289、291、309、306、289、289、308、309、306、290、288、308、309 页。

② 《嘉靖寿州志》卷 5《官守》，上海古籍书店 1963 年据宁波天一阁藏明嘉靖刻本影印本，第 70 页。

谪诗中常常通过异域意象、迁客意象以及带有消极、落寞情绪的物象，借助相关词语的巧妙缀合或语序的调整，勾勒出凄冷、萧索的图景，表达哀伤不已、忧怨满怀的情绪，与处理政务方面的表现形成了鲜明的反差。

那么，是什么原因使刘天民在政务中的勤政有为与贬谪诗中的情感表达出现如此大的反差呢？从表面来看，诗歌创作与政务处理属于两个不同的体系，诗歌创作具有形象性、抒情性、个体性等特点，利于作者记写、抒发自己感性、隐秘的复杂情感，而政务处理具有务实性、时效性、程序性等特点，尽量减少个人情感的干预与影响，因此在刘天民身上出现这种现象应是比较正常的。可是，在明代遭贬的仕宦文人中，像刘天民这样把二者差别表现的如此明显者并不多见，这不得不引起笔者对其深层次原因的思考。结合相关史料与刘天民的表现，笔者认为贬谪事件给刘天民造成了深刻的精神创伤，使他短期内很难调整心理的失衡、化解内心的苦痛，可又不得不面对现实、不能磨灭骨子里的用世情怀，这一复杂矛盾心理的存在影响到他在不同层面的行为表现。至于刘天民为何不能及时调整心态、化解痛苦，大致可以从三个方面理解。一是贬谪寿州打碎了刘天民的仕途预期与远大抱负。据史料记载，贬谪之前刘天民一直在吏部为官，而吏部是郎署中十分重要的权力部门，如不出意外升任内阁大学士或位居要职是非常有希望的，当时的刘天民对自己的仕途应该是抱有很大的憧憬的。然而，贬谪之后的事实是，刘天民的仕途虽有升迁，却再也没有机会进入京官的序列，更谈不上实现原来的宏大志向了。"左顺门事件"对其仕途造成的影响，刘天民应该有一个相对清醒的认识，但是他仍然抱有回京任职的希冀，因此在寿州任上，他勤政为民、政声卓著，难忘"魏阙"，诗歌中"未是拟归湖""却忆清华侍从时"的表现亦说明他对朝廷与仕途的重视与难舍。正是现实中的残酷与希望的不确定性造成了刘天民矛盾、痛苦、挣扎的内心，使他难以做到正确看待得失、调整好失衡的心态。二是观念与个性束缚了超越。据前文所述，刘天民贬谪出京时掷眼纱与无愧衙门的言行，使人们体认到他当时并没有深刻认识到自己参与对抗以皇帝为代表的"议礼派"之间的斗争与所犯"错误"的性质，依然坚守与多数派一致的宗法主张，而且对这一观念的固守与缺少反思的认识直接影响了他贬谪期间消极情绪的呈现。当然，他的言行背后还有坚守文人气节的动因在起作用，而重"气节"的观念也影响到了其心态的调整。再有，耿直、固执的个性制约了他对待事物的态度以及心态的调适。他自赞曰："翁貌亦丰，尔志亦鸿，胡一谦而颠斥，更屡摈而不容，用世之乏术，抑赎命之不通者邪！"①其中他把遭受"颠斥""不容"的原因归结为"一谦"与"用世之乏术"，而出现"一谦""乏术"现象的原因与其思想观念、个性特点密切相关。三是崇尚"吏斋小隐"无法摆脱尘俗。在刘天民的贬谪诗中有少许崇尚隐闲思想的表达，表明他有试图借此摆脱精神折磨的诉求，如"拟向栽桑遂此闲"（《九日》）、"合去觅渔蓑"（《将赴泗洲袭干寒雨卧疾濠梁驿赋感》）等。但是，受难忘"魏阙"思想的牵引与耿介个性的限制，他觅闲、隐逸的情怀也仅是一时之念，最多算得上"吏斋小隐"层面的追尚，并非真想脱离尘网，因此这也无法使他摆脱世俗的束缚获取心态的平衡。至于诗歌中"何日尘缘谢"的感叹仅是其失意状态下的一时牢骚，既不是他内心的主导思想，也不是其真实的想法。由此看来，在刘天民的内心深处存有不少难以逾越的障碍，这些障碍包括对仕途的期许、对自我态度的反思、群体裹挟的约束、气节与个性的限制等，它们成了他心态调整过程中有形无形的束缚，使他很难完成思想上的超越，也很难调整好失衡的心态。但是，刘天民又不能不面对现实中的屈辱与痛苦，因此他只能借助在诗歌创作中感伤情绪的多元呈现达到心理疗伤、自我抚慰的目的，而在日常政务方面却是另外一种表现。

　　总之，在"左顺门事件"中，出于主客观方面的多重原因，刘天民选择支持多数派的主张。随着多数派的失势，他与其他参与者一起成了被打击的对象，于是廷杖与贬谪成为其坚守信念付出的代价。贬谪期间，他饱含屈辱又难忘"魏阙"，崇尚隐闲又难脱尘俗，耿介固执地坚守尊严，又缺少圆熟处世的从容，这些都使刘天民很难摆脱精神上的折磨与痛苦，贬谪诗中凄冷意境的创设与感伤情怀的张扬性书写均是他这一精神痛苦的延续。他把诗歌当作释放、疏解生命中悲苦情绪的载体，将真

---

　　①　（明）刘天民：《函山先生集》卷3，《四库全书存目丛书》，齐鲁书社1997年版，集部，第70册，第262页。

实的生命体验倾注于特定的文字予以表达，以便借此缓冲失衡、获取安慰，因此也就使得他的这种书写形式蕴含了生命悲歌的意味。然而，与沈炼贬谪诗中的忠君报国思想、忧患担当精神以及展示出的"斗士"形象相比，刘天民这类诗歌中表现出的是"怨而不怒"式的个人忧伤情怀的舒泄，格局较小，也缺少必要的思想深度。当然，他这种特殊境况下缺乏抗争的书写——感伤心绪的一味表白与倾诉，是特殊时段一种个体生命形态的存在与展示，也可认为是一种消极的抗争，有其一定的认识价值与文化意义。

第四节　赤诚情怀
——明代谏臣沈炼的贬谪心态解析

　　鲁迅先生曾说："我们从古以来，就有埋头苦干的人，有拼命硬干的人，有为民请命的人，有舍身求法的人……虽是等于为帝王将相作家谱的所谓'正史'，也往往掩不住他们的光耀，这就是中国的脊梁。"① 明代中期被时人称为"越中四谏"之一的沈炼便是这样的人。沈炼（1507—1557），字纯甫，一字子刚，别号青霞，又号石甋山人，浙江会稽（今绍兴）人。他早年才学卓识，恭敬孝顺，闻名乡里。嘉靖十七年（1538）进士，历任溧阳、茌平、清丰三地县令，以亢直勤勉、廉洁爱民享有声名。迁至锦衣卫经历后，他目睹朝纲衰颓、权奸当道，不计祸福，仗义直疏，弹劾严嵩，却惨遭廷杖，被贬保安。在保安期间，沈炼再次因言获罪于严氏及其党羽，终被诬为白莲教邪党，于嘉靖三十六年（1557）弃市宣府，卒年五十一岁。隆庆元年（1567），被追封光禄少卿，天启初谥"忠愍"，虽然是种迟到的肯定，是给世人的一个交代与安慰，但这种迟到的肯定显得有些无力。

　　沈炼是一个"为理念而生的人"②，六年的谪居生活没有改变他坚定

---

① 鲁迅：《中国人失掉自信力了吗》，《且介亭杂文》，万卷出版公司2014年版，第68页。
② ［美］刘易斯·科塞：《理念人：一项社会学的考察·前言》，郭芳等译，中央编译出版社2004年版，第2页。

的理想信念，作为政治的"边缘人"①，他反而对认定的目标更为执着，直至为此付出了生命的代价。他谪居期间的心态与其他遭遇贬谪命运的士人明显不同，具有鲜明的时代特征与个性特点。虽说沈炼的一生相对短暂，但他以为国为民的赤诚情怀与不畏权奸的斗争精神留有后世清名。

一　忠臣报国心无尽——赤诚的报国尽忠、用世济民之心

嘉靖三十年（1551）正月，沈炼有感于纲纪大坏、贿赂公行、四海民穷、九边政废的境况，上疏《早正奸臣误国以决征虏大策》，列出严嵩纳贿、揽权等十大罪状，极言严嵩父子是祸国奸臣，请求世宗诛之以谢天下。可是，在权倾一时的严嵩及其党羽阴谲地运作下，沈炼的奏疏非但没有伤及严氏父子，反而被以诬诋大臣的罪名廷杖四十、谪佃保安。从目前的史料来看，贬谪保安的打击并没有使沈炼畏惧权奸、收敛行为走向明哲保身的妥协之路，而是仍然持有"臣子忧劳为国分"的报国情怀与用世济民之心。细读《青霞集》及相关资料，笔者认为沈炼谪居期间的报国用世之心主要体现在以下几个方面。

1. 倡导忠孝、仁义等伦理思想

崇尚忠孝、仁义是儒家伦理思想中的治国训民之策，也是沈炼一贯坚持扬善惩恶、济世为民的思想基础，而这种思想在沈炼现存的文、赋、诗、词等文献中有着突出的表现。如《臣事君以忠》云：

> 君臣之义，其天地之极乎！……是故君子尽性，所以为忠；小人自贼，所以灭命。此义利之分也，吾以义焉。吾尽吾职，吾尽吾心。是则，吾不期于忠，而忠自不离于我。……兹义也，何义也？天之经也，地之纪也。人极之所以立也，子之所以事父者，此也；妇之所以事夫者，此也；朋友之所以相施者，此也。……故君臣之相，系有父子之情焉。其相成，有夫妇之合焉。而其相与也，又有朋友之交焉。夫子之言，岂独告哀公哉！德相修而世道宁矣，责相

---

① ［美］爱德华·W. 萨义德：《知识分子论》，单德兴译，生活·读书·新知三联书店2002年版，第56页。

任而天道成矣，情相合而人道贞矣。故曰："君臣之义，其天地之极乎！"①

在这段文字中，沈炼强调自己取义避利、尽职尽心、"不期于忠，而忠自不离于我"的思想，进而论及"义"是天之经、地之纪，是父子之情、夫妇之合、朋友之交的准则与根本，基于此才能做到修德则世道宁，任责则天道成，情合则人道贞，最后得出"君臣之义"为"天地之极"的结论。又如《送钟少府赴黄陂序》中："（沈炼）以为人之生在义，义当于人心则从义，不当于人心则否……夫君臣其大焉者……其在上者，有好义者，我则尽诚而事之，竭股肱之力而奔走之。其有所建立，犹诸家之为之者，我则乐之也。有悖义而行者，我不失其节免祸而已，不能为之使也。"②强调"义"在人生中的重要性，表明自己坚守"好义""尽诚"的持操，与上则材料的思想是一致的，而这一伦理思想成了沈炼一生为人、做事的思想基础，也是其秉笔直书弹劾权奸遭贬蒙难的主要根由。

正是基于对儒家忠义思想一以贯之的认知与接受，即便是谪居保安，沈炼也没有忘记宣扬忠孝仁义的主张，如《赠蒋元戎膺奖歌词一首并序》的序中云："所愿仗剑持忠，散金结士。匈奴未灭，难摅许国之忠；边塞获宁，岂尽为臣之节"③，歌词中颂赞蒋元戎"骁勇""要秉忠良""谙通韬略"，乃是沈炼许国尽忠思想的一种婉曲表白。又有，《祭阵亡张游击文》中"忧国忧君，怀仁慕义"；《赠牛总戎膺御史台嘉奖歌词一首并序》的歌词"赤心为国当今几个豪杰""将军男儿须不负誓心忠洁"等，均是对那些积极戍边御敌将领们满怀真情的激切赞誉，当然也是他这位"万里孤臣，三边逐客"壮志难酬的境况下报国尽忠情怀的舒泄。④还有，

① （明）沈炼：《青霞集》卷8，《景印文渊阁四库全书》，（台北）台湾商务印书馆1986年版，集部，第1278册，第123—125页。
② （明）沈炼：《青霞集》卷1《送钟少府赴黄陂序》，《景印文渊阁四库全书》，（台北）台湾商务印书馆1986年版，集部，第1278册，第13页。
③ （明）沈炼：《青霞集》卷3，《景印文渊阁四库全书》，（台北）台湾商务印书馆1986年版，集部，第1278册，第48页。
④ （明）沈炼：《青霞集》卷2、卷3，《景印文渊阁四库全书》，（台北）台湾商务印书馆1986年版，集部，第1278册，第31、48页。

他在《重修德化寺碑铭》中说："始余谪迁，即卧病其中。（德鑛）谓余有忠义大节，朝夕顾视为切至。"① 从侧面写出自己是有"忠义大节"之人。再如，"我为忠臣人不知，忠臣死时心转足""五载边陲便白头，一生忠义向谁酬"② 等表达尽忠报国、匡时济世思想的诗句，在沈炼贬谪诗中俯拾皆是。由此看出，惨遭贬谪的命运不仅没有使沈炼放弃赤心报国、崇尚节义的情怀，换来的却是他更为坚定的赤诚之心与百折不屈的斗志。

2. 宣扬教化，心系百姓

沈炼任职地方知县时，洁清自矢，法治严正，不仅致力于改善百姓的物质生活，更重视倡明教化，崇尚风俗淳美，他曾提出："风俗者，譬人之气质也。教化者，譬人之问学也。变化气质，则莫如道问学。变化风俗，则莫如明教化。故为人上者之教化，不可一日不明。犹君子之问学，不可以一日而不道。""故善为政者，以法制为教化而风俗兴；不善为政者，以教化为法制而风俗弊。"③ 贬谪保安之后，沈炼仍然重视对于民众的教化，如《化粮施粥劝谕文》中说："窃以天地功深，惟仁义可以感格。君亲德厚，非忠孝不能报酬。故先师孔圣之言，必明教化。"④ 强调教化对宣扬灌输忠孝、仁义思想的作用。又如《答高子俊书》中有这样一段话：

> 今边事之坏，自人心之坏始矣。当事者不能务宣教化，倡忠义，以回人心，吾不知其危亡之日也。缙绅大夫至于市井黎庶，各有成说定论，胶固于心，不可复解，其端起于不知先王之训耳。目所闻见，互相渐习。至于如此，故世之人不复论是非，而专言利害。仆谓其不明于利害之极也。如欲宣教化、倡忠义，则莫先于利害之，

---

① （明）沈炼：《青霞集》卷3，《景印文渊阁四库全书》，（台北）台湾商务印书馆1986年版，集部，第1278册，第41页。

② 《战城南》《揽镜见白发》，见《青霞集》卷5、卷6，《景印文渊阁四库全书》，（台北）台湾商务印书馆1986年版，集部，第1278册，第64、95页。

③ （明）沈炼：《青霞集》卷8《清丰风俗论》，《景印文渊阁四库全书》，（台北）台湾商务印书馆1986年版，集部，第1278册，第125—126页。

④ （明）沈炼：《青霞集》卷3，《景印文渊阁四库全书》，（台北）台湾商务印书馆1986年版，集部，第1278册，第44—45页。

实导之矣……凡存心于家国者，外此不能以致治平之化也。①

此段文字以边事之坏始于心坏说起，指出其原因是当事者不重视教化，以至大家各有定论、胶固于心，不论是非只讲利害，我们只有心存国家，宣扬教化，倡导忠义，才能使民众以"义"归，而非以"利"归，宣扬强调治边应重视教化的施政理念。再如，当袁定山由沈炼的家乡考绩升迁时，沈炼曾撰文颂其惠政："古之君子，正襟以端己，慎令以行之，徒以不失人心，以洋溢其教化，光宣其令誉。是以望其容仪而敬承之，闻其声名而歆艳之，来则争迓之，去则争送之。"② 虽然沈炼说这些话的语境是为了称颂袁定山的节操与嘉绩，但也从中阐明了自己端己、慎令、重视民心的教化思想，只有这样才能成为古之君子、无负于百姓。正是出于宣扬忠义教化民众的目的，沈炼自谪居保安始，"乃开书院，召四方游士"③，以讲授自给，"里长老亦日致薪米，遣子弟就学。炼语以忠义大节"④，借此来践行自己的思想主张。

与重视教化密切相关的是沈炼的民本思想。任职地方县令期间，他搏击豪强，保护良善，做到了数月讼简民和，而且以澄清为己任，化易民俗以兴民利，颇有惠政，深受民众爱戴。谪戍期间，他给各类官宦撰写的序文与书信中一贯坚持倡导民本思想。譬如，周横山出宰山阴时，沈炼曾颂其为"海内名宰""循良之异"，原因是周横山治理山阴能够做到"绥之以文教，宣之以德义"。⑤ 又如，沈炼记写县令张石洲将要入觐，当地百姓遮道攀辕争相送行的原因是："使君之为政，非有科条之繁密，而禁令之苛察。视民如子，援带而抚摩之。民忧之则忧，民乐之则乐。其心在于为民，其道在于为己，如是而已耳。""使君惟无私图于己，是

---

① （明）沈炼：《青霞集》卷11，《景印文渊阁四库全书》，（台北）台湾商务印书馆1986年版，集部，第1278册，第161页。

② （明）沈炼：《青霞集》卷1《送袁节推考绩序》，《景印文渊阁四库全书》，（台北）台湾商务印书馆1986年版，集部，第1278册，第17页。

③ 《原国立北平图书馆甲库善本丛书》第175册《大明世宗肃皇帝实录》卷451，国家图书馆出版社2013年版，第2919页。

④ （清）张廷玉等：《明史》卷209，中华书局1974年版，第5534页。

⑤ （明）沈炼：《青霞集》卷1《送周横山大尹考绩序》，《景印文渊阁四库全书》，（台北）台湾商务印书馆1986年版，集部，第1278册，第14页。

以有诚爱于民，美功盛烈风动于海宇，乌得不谓之卓异乎哉！"① 张石洲非以科条、禁令，而以视民如子，民忧则忧，民乐则乐，无私于己的主张与行为，取得卓异之政，故深受民众爱戴，他的这种治政理念应为循良之吏所秉持，也由此体现出沈炼遵循、倡导以仁爱为基础的牧民思想，具有鲜明的民本情怀。因为拥有爱民之心、忧民之思，当沈炼目睹边城民众遭逢歉岁，大水漂流，兵戈出没，岁赋催征，流离失所，岁难存活等悲惨境况时，他便以一介寒儒、他乡孤客的身份，抱着难忘主恩、难负先训、预救民生的情怀，撰写劝谕文曰："凡有作善人家，积德君子，共成盛事，各发仁心。小不计于斗升，大不拘于担石，将多就寡，以有济无。存彼一日之残生，胜造千层之宝塔……何如正名正理，济世济人……"② 救济民众于水火，尽显其体国爱民的至仁之心。张纯明认为循吏应当具备改善人民的经济生活、教育、理讼三方面的成就，与孔子所重视的"富之""教之""无讼"儒教思想相一致，③ 由上观之，沈炼的表现已称得上循良之吏。虽然谪戍期间的他仍在一定范围内努力践行自己的思想，但是他这只受伤的"雄鹰"已没有了用武之地。

3. 为保边境，献计献策

对于当时北方边境的鄙陋，沈炼不只是停留在言语的揭露与批判上，还表现在献计献策的实际行动上。当谙达（俺答）不断攻掠边堡时，沈炼曾致书总督杨顺，劝其出兵奋击，然而他的建议未被接受、赤心为国的意愿未能达到。在与当时一些边将的书信中，沈炼屡屡谈及边境的现状，并积极提出筹边的主张。譬如，在应敌时，沈炼建议苏祐："夫敌强盛者，不当迎其锋，而当乘其倦。斗众大者，不当值其广平，而当邀其险阨。盖藉形容而损其强，设精微而破其锐，固有道者之所必为智士之权衡也。"④ 在训练兵士与纪律赏罚方面，沈炼上书刘参将：

① （明）沈炼：《青霞集》卷 1《送张石洲入觐序》，《景印文渊阁四库全书》，（台北）台湾商务印书馆 1986 年版，集部，第 1278 册，第 18 页。

② （明）沈炼：《青霞集》卷 3《化粮施粥劝谕文》，《景印文渊阁四库全书》，（台北）台湾商务印书馆 1986 年版，集部，第 1278 册，第 45 页。

③ 余英时：《士与中国文化》，上海人民出版社 1984 年版，第 183—184 页。

④ （明）沈炼：《青霞集》卷 10《答苏节制书》，《景印文渊阁四库全书》，（台北）台湾商务印书馆 1986 年版，集部，第 1278 册，第 150 页。

"执事及时汰其老弱，取其壮强者以训练之。五人为伍，五伍成行，分队列长，时为宣谕，使各相练习，而为联属之势，至于号令之时。一人有功则五人俱赏，而欲其同心。一人失事，则五人同罚，而为之连坐。务令其一心一力，以成战守之功。纪律严明而赏罚信，训练精当而调度神，胜在我矣。老弱者令守城堡，俱不可弃。以原额缺员之粮，加于选练之兵，或为犒赏之费，则士卒莫不奋勇而效战，感恩而乐死矣……"[1]另如，《寄萧柱山书》《寄张兵宪书》《寄欧阳总兵书》《答江总制书》等书信中，均有他筹边策略与军事思想的阐述。而且，沈炼还借助赋体专门创作《筹边赋》，以主客问答的形式探讨筹边之策。文中先以游客追溯先前御敌之雄强，引出而今退怯之现状，就此事求教塞上老翁；随后，塞上老翁分别就此现状以及知人安民、内治外攘、公卿责任、技艺与人才、制御之恒理等问题逐一答复。其中，指出时弊，抒其方略，尽显沈炼的经世致用之才，也流露出其殚精竭虑"忧劳为国分"的忠贞之心。

4. 亲自率民御敌

面对"边塞苦杀伤，将军多怯懦"的现实，沈炼出于报国尽忠、匡时济世的情怀，按捺不住内心的悲愤与激越，作为一介文人，他以自己的实际行动展现出了"宝刀金甲披挂就，万里长驱西破胡"的英雄气概。譬如，《寄张白河兵宪书》中论述家丁割首报功、祸起萧墙时，沈炼曾记述自己率众抗敌之事："七月十一日，敌骑入川，离保安不一舍。守备不在，掌印无为，城中之人莫不惶怖。仆不得已，率诸生数十百人，同乡中父老，列行伍，执器械，巡守城上，昼夜不眠者九日。"[2]终使敌人退去。基于此则材料，笔者认为钱谦益所言："纯甫在边，日夜从侠少年结死士，思用间破虏，虏入又散金募土人为城守。"[3]应属实事。可是，他的这一壮举反而成了严嵩的爪牙杨顺、路楷状告沈炼坐

---

① （明）沈炼：《青霞集》卷11《答刘参将书》，《景印文渊阁四库全书》，（台北）台湾商务印书馆1986年版，集部，第1278册，第162页。

② （明）沈炼：《青霞集》卷11《寄张白河兵宪书》，《景印文渊阁四库全书》，（台北）台湾商务印书馆1986年版，集部，第1278册，第157页。

③ （清）钱谦益：《列朝诗集小传》，上海古籍出版社1983年版，第508页。

其通房的重要证据，以此把他列入"白莲妖党"名籍予以杀害，着实令人扼腕叹息。

二　世路隘兮谁当辟——面对时局的忧患意识与担当情怀

受报国尽忠、经世济民思想的深刻影响，贬谪的痛苦遭遇没有使沈炼退避、妥协，时局的弊政、将士的颓废反而强化了他的家国情怀，激起了他不屈不挠的英勇斗志。此时的沈炼表现出对时弊、奸佞的零忍受，以一些激烈的反抗举动与撰写慷慨劲健、犀利磊落的篇章舒泄自己忧愤、激越的情怀。

1. 对朝政时弊与边境罪恶的零忍受

如《赠冯参军学道序》中云："青霞子之谪居于保安也……今夫仕者，之以为无用于学也。其于上官也谄谀以为能，其于下官也掊克以为事。其闻人之为善也，方且逌然笑之。流污下而习鄙俗，圣贤之言益远而无闻。究其所往，将日入于灭亡而不能返也，岂不哀哉！"① 文中在论述学道、爱人、为仕的道理时，对当时一些官宦的学道态度以及谄谀上官、掊克下官、闻人为善则耻笑、不闻圣人之道的行径与鄙俗予以批评，而这一流弊现象的结局便是走向灭亡，以此表达自己对时弊的关切与痛心。又有，"世之仕者，大官则据高位而为邪，小官则靡靡不振效为鼠窃，其畏缩甚矣，曷由明义而达道乎？"② 他对当时一些大官"为邪"、小官"鼠窃"的猥琐行为，发出了"曷由明义而达道"的无奈感叹。在回答苏祐的书信中，沈炼说："顷乡先生遗书云：倭寇举国东侵，浙之东西俱被其毒。今宣、大又见告突，中原内虚，盗贼纵横。齐鲁、燕赵之际，水潦大作，都城南北筑而复圮，流离、饿莩充塞道路。呜呼！此其时何时也？而为之臣子者，不思蹇裳濡足以救之，亦太不仁矣！"③ 其中，对南有倭寇的侵扰，北有俺答的威胁，中原盗贼纵横，齐鲁、燕赵水潦大

① （明）沈炼：《青霞集》卷1，《景印文渊阁四库全书》，（台北）台湾商务印书馆1986年版，集部，第1278册，第21页。

② （明）沈炼：《青霞集》卷1《送钟少府赴黄陂序》，《景印文渊阁四库全书》，（台北）台湾商务印书馆1986年版，集部，第1278册，第13页。

③ （明）沈炼：《青霞集》卷10《答苏节制书》，《景印文渊阁四库全书》，（台北）台湾商务印书馆1986年版，集部，第1278册，第147页。

作，城墙筑而复圮，民众流离失所等内忧外患的关注，及其不救则太不仁的沉痛呐喊，充分显示出沈炼对国事、时局激切的责任担当意识，而这正是儒家伦理中正人君子"明道""救世"精神的体现。

对于边境将士、戍卒的表现，沈炼身处边地感触颇深，也表现出更为关切的态度。如《答江总制书》中所述卒伍疲弱，贪夫庸将，熏染成风；《答赵总兵书》中所言财乏弥奢，民穷差重，赏者非功，罚者非罪，官贪法废，规矩实亡，将军闭门自娱，士卒倚戈不练等情形，皆表明他积极的淑世情怀。面对如此局势，沈炼怀抱"朴忠"的思想，常常"感慨长号，而不能已"，以至于发出"岂忍坐视斯世""丈夫生世当尽忠伏义，置此躯于六尺之外，何所不可"的悲愤感叹，而且他不止一次地在书信中向朋友讲："仆出关以来，目睹世变，大有伤心者"，"此生尚在，当烈烈轰轰以尽臣子之心，不为依阿腼腆束儿女子之态，以邀富贵者"，"为今之计，惟有鞠躬尽瘁，共图其后，以报效朝廷，其诸琐琐俱不足谈"，等等，① 足见贬谪期间沈炼仍然怀有不忘君恩、不忘朝廷、不忘谋国、不忘忧民的拳拳之心，使人深深地体悟到其不遇的悲愤与哀鸣！

2. 对严嵩及其党羽罪恶行径的揭露不遗余力

在此方面，沈炼"往往发之诗歌文章，讥切当世，大抵多归罪于严氏者"，② 显现出他疾恶如仇、铮铮不屈的斗士形象。他曾在文章中记述道："奸臣执柄，纲纪大亏。边军退葸，不战自疲。外通货赂，内结权私。社稷之计，荡于霜枝。割人为粮，夺马自资。报功欺主，曾无愧辞。""贼臣中据，盗充九垓。以败为捷，欺若婴孩。""敌骑方退，家丁四出杀人，报功希赏，其害生灵、伤国体甚矣！此所谓有忠邪而无贵贱之时也"等，③ 这里所言的"奸臣""贼臣"皆指朝中严嵩父子，"以败为捷，欺若婴孩""家丁四出杀人，报功希赏"等则是指严氏党羽路楷、

---

① 这里所引语句，参阅《青霞集》卷11《寄张白河兵宪书》《寄袁元峰书》《寄唐荆川书》《寄张白河兵宪书·又一篇》《寄李兵宪书》。

② （明）王元敬：《青霞沈公年谱》，见《青霞集》卷12"沈炼四十五岁"条，《景印文渊阁四库全书》，（台北）台湾商务印书馆1986年版，集部，第1278册，第168页。

③ 这里所引语句，参阅《青霞集》卷2《祭阵亡张游击文》《祭阵亡郭将军文》、卷11《寄张白河兵宪书》。

杨顺辈及其仆从所做的罪恶行径。又如，他的《忧怀诗》中云："总为人臣轻节义，遂令世道缺纲维。怀奸自忍忘恩泽，结党何须及叛离。""揣摩几事惟林甫，窃弄威权傲李斯。""曹瞒为计如狐豕，司马之心在路歧"，并在诗题下加一小注"其间专指严氏也"。① 面对权奸当道、私相纳贿、纲纪大乱的朝政，以及蠹民窃禄、期玩成风、与敌通和、以败为捷的边境实况，沈炼忠心耿郁，日怀忧愤，不得不发，或直言于往来缙绅，或以书信说于当道，或写诗歌予以鞭挞。② 他甚至"驰马至居庸关下，南望戟手唾骂（严氏），继以恸哭"，世人却"咸以为颠"，③ 实在可悲、可叹。他满怀激情地说："夫操心以自营，而饰观于白昼，欺民如婴儿，而不顾国家之任托者，此与盗贼何异焉！"④"我昔非言官，今非哑子。若辈欺君以要赏，吾誓不与共天。当舍此身以报主上恩，救万民荼毒之苦。"⑤沈炼的这些感人的举动与表现，皆"以其心悬百姓，而诚著乎国家"所致，也与他坚持"大夫之行，光明于日月"的磊落情怀密切相关。⑥ 他这种忧国不谋身的心性与行为，真正践行了"宁鸣而死，不默而生"的斗争精神，尽显其竭忠尽瘁的臣子之心，疾恶如仇的悲烈之心，以及爱民如子的仁人之心。与那些祸国殃民的奸佞之臣相比，与那些讥笑其"颠"的世人相比，不能以道里计。

正如罗宗强先生所说，沈炼是一个性情中人，是一个义无反顾的人，从他的慷慨情怀中可以看到嘉靖一朝一部分正直的谏诤之臣极具震撼力的前赴后继的风神气骨，而这种表现的思想基础乃是来自臣事君以忠之久远的传统。⑦ 当然，沈炼疾恶如仇、驱邪除奸、匡扶社稷的强烈表现，

---

① （明）沈炼：《青霞集》卷7，《景印文渊阁四库全书》，（台北）台湾商务印书馆1986年版，集部，第1278册，第115—116页。

② 严嵩的党羽杨顺总督宣、大军务，当敌兵来袭时，束手闭垒，恣敌出没，等到敌人退后，则割中土之战没者、野行者之馘以为功。沈炼为之感伤不已，曾赋诗《感怀》"割生献馘古来无，解道功成万骨枯。白草黄沙风雨夜，冤魂多少觅头颅"。

③ 《明世宗实录》卷451，（台北）"国立北平图书馆"红格钞本微卷影印本，第7660页。

④ （明）沈炼：《青霞集》卷1《送周明府入觐序》，《景印文渊阁四库全书》，（台北）台湾商务印书馆1986年版，集部，第1278册，第19页。

⑤ （明）王元敬：《青霞沈公年谱》，见《青霞集》卷12"沈炼五十一岁"条，《景印文渊阁四库全书》，（台北）台湾商务印书馆1986年版，集部，第1278册，第169页。

⑥ 这里所引语句，参阅《青霞集》卷1《送沈江村使君入觐序》《赠峰泉马大夫还东鲁序》。

⑦ 罗宗强：《明代后期士人心态》，中华书局2019年版，第53、56页。

除了个人性情、理想信念、儒家传统的影响，与他身上彰显出的刚直勇武、敢作敢为的任侠气质有着密切的关系，比如他在诗文中常常借助"剑""侠"意象抒发豪放不羁、剪除奸邪、报国守边的情感，由此看来，这一侠者情怀成为支撑其胸怀天下、维持正义的重要动机之一。如果追溯沈炼身上这种任侠之气的渊源，应与"吴粤（越）之君皆好勇，故其民至今好用剑，轻死易发"①"士以气节相高"② 的传统文化基因有着一定的关系。

三　万里衹看迁客泪——忧愤、无奈、孤苦的情怀

面对时局与自己的困境，沈炼没有停止与邪恶势力的斗争，他一直想通过自己积极的努力去改变一些现实，但是在种种不平与阻碍面前，他的理想被击打得粉碎，他拥有的"安得一悬金印出，长驱万里勒燕然"的豪情壮志，只能化为无助的失落与哀伤，即使"发于诗什，特为酸楚，极有不能自遣者"。③

1. 面对现实的无奈与哀伤

与上述斗士沈炼有所不同的是，在其诗歌中还展现出了一位不遇、无奈的沈炼。如《报国吟》：

> 长安近兮我所思，决壮猷兮日孜孜。龙有翼兮凤有文，骥悲鸣兮思其群。世路隘兮谁当辟，抚长剑兮凌青云。④

诗中，沈炼直抒自己从不懈怠的忧国之心与谋国之略，可是在现实面前即使他甘愿担当执剑辟路之人，却因世路狭隘、缺少志同道合者，其一腔热血也无用武之地，因此也只有"报国惟怀三尺剑，筹边空作万言书"的悲鸣与感叹！

---

① （东汉）班固：《汉书·地理志》卷28，中华书局1962年版，第1667页。

② 《乾隆绍兴府志》卷18《风俗》，（台北）成文出版社1975年影印本，第485页。

③ （宋）周辉：《清波杂志》卷4，《景印文渊阁四库全书》，（台北）台湾商务印书馆1986年版，子部，第1039册，第25页。

④ （明）沈炼：《青霞集》卷5，《景印文渊阁四库全书》，（台北）台湾商务印书馆1986年版，集部，第1278册，第65页。

又如《出塞曲》:

> 边塞苦杀伤,将军多怯懦。天骄迅雷驰,宛马流星过。借问食肉徒,何人贻此祸。翩翩游侠子,仗剑出闾里。忠贞白日悬,机关当时起。挽弓不在强,骑马不在良。所贵寸心白,烈烈如秋霜。我生知有死,生死皆前定。何用苦低回,从人学邪佞。①

这里,他先写因明朝边将的怯懦不战,使边民在俺答"迅雷""流星"般的侵掠面前生命财产受到极大的威胁;接着,借问那些居高位者,这是何人贻下的祸害?答案不言而喻;随后,写自己以游侠之风仗剑出闾里,表明自己日月可鉴的忠贞之心以及像秋霜一样洁白光明之心,同时表达自己不畏牺牲的坚定决心;最后,告诫自己不要有苦苦怅望徘徊、学习低劣之人奸佞行为的想法。由此看出,沈炼面对边境多杀伤、将军怯懦不战的现实,明知造成这一现象的原因,却又无计可施,除了通过文墨向人不停地诉说,一味地表明忧愤与不满,他又能如何?事实上,在沈炼的"词典"里没有"学邪佞"这类词语,但从"苦低回"中使我们体悟到其无限的幽愤与无奈的哀伤。他如,"何为坐偃蹇,终岁不出师。宝剑匣中泣,无乃久精思""客子坐愁思,抱剑久徘徊。中朝授官爵,本以恤民灾。时俗竞繁华,弃置不复怀""同抱匡时千载恨,何时投笔勒燕然"② 等,均表明沈炼在身处困境、报国无门、赤心不甘的境况下,所产生的失落、无奈、哀伤的复杂情绪。

2. 漂泊者的无奈与孤苦

沈炼因抗疏权奸而谪戍边地,仕途的终止使他失去了实现理想抱负的机会,加之边境将士的颓废、自然环境的荒凉、朋友的疏离等诸多因素,都促使沈炼产生无奈、孤苦的情绪,尤其是独处或怀人之时,他的这种情感表现得尤为强烈。譬如,当他看到被白雪、黄花装点的沙塞时,没有唐朝诗人岑参"千树万树梨花开"的浪漫,有的却是"谪臣中酒坐

---

① (明)沈炼:《青霞集》卷5,《景印文渊阁四库全书》,(台北)台湾商务印书馆1986年版,集部,第1278册,第70页。

② 这里所引语句,参阅《青霞集》卷5《出自蓟北门行》《伤歌行》、卷6《寄黄县沈少府》。

徘徊"的感伤，虽然后文有"乾坤气序笑含杯"豪迈情感的表达，但也掩盖不住其内心的孤苦与哀伤。又有，听到林中鸟的啼叫，使他想到"感时啼不歇，应有解言人"，可谁是他的"解言人"呢？空中的夜月，曾让他赋写出"高楼自恨关山远，短笛仍悲道路难"，因此产生了"碧水春风俱涕泪"的悲伤。特别是，面对"飘飘白发生""头渐白""便白头""白头迁客""白发丝丝"岁月流逝人亦老的现实时，自己却屡遭打击、壮志难泯，难免会发出"一生忠义向谁酬""四方戈戟几时平"的感叹，以及"抗疏阙庭身万死，悲歌京国泪双流"的悲壮与哀伤，而这种情怀非亲身经历者难得其中三昧。①

长时间面对孤独与无奈已使沈炼甚为忧伤，抗疏贬谪后一些朋友的疏离又加重了他的这种情绪，使其倍感孤独。如《咏怀二首寄徐太保》中云："中原消息近如何，故旧无人问谪居"，面对世态炎凉与人情冷暖，常抱济世之怀的沈炼不免会产生"一片苦心悬碧落，风烟浩浩独怜子"的孤苦情绪。正是因为"无人问谪居"，此时的沈炼对一些好友的情义弥足珍惜。在他与朋友的诗文中，常常有感而发："寄言同心客，屈曲聊以陈。""自因乡思到，翻觉旧交疏。""不因迁客苦，谁为寄江梅。"再如"怜君是知己，相许慰平生""知己从来无觅处，天涯更欲断人肠"等，②在感叹知己难觅的同时，感激一些"同心客"的倾听与慰藉，也从侧面使我们体察到他无处倾诉的孤寂与悲苦，以及当时的世态炎凉、士风低下。

3. 身在戍地，思乡念亲之痛

在六年的戍边生活中，沈炼有一个不可逾越的痛苦——那就是对家乡亲人的思念。譬如，《秋兴》中的诗句："怀乡万里悬明月""客子悠悠思苦多""乡国别时饶景物""羁人且勿念东归"等，对月思乡、梦回故乡等时时萦绕在他的脑海里，虽然这样可以使他短暂缓解眼前的痛苦，但思而不得的痛苦却是长久存在而又挥之不去的。又如《挽钱子道》："独怜游子恨，还湿老莱衣。"《游子吟》："堂上老亲垂白发，天涯游子

---

① 这里所引语句，参阅《青霞集》卷6《感怀》《赋得林中啼鸟》《夜月》《揽镜见白发》、卷7《书怀》。

② 这里所引语句，参阅《青霞集》卷5《寄岑匡阜山人》、卷6《得应职方书以诗答之》《得茅鹿门别驾广平消息》《送丘少府之浚县》、卷7《忆高伯函》。

泪斑衣。何人解道山河险，梦里犹能夜夜归。"① 沈炼远谪边地，双亲已老却不能尽孝，处处受阻又不能报国，双重的压力使他倍感痛苦。通过细细体悟其诗句"碧水春风俱涕泪""慷慨泪横垂""歌残空自泪沾巾""忧世向来曾涕泪""塞上迁臣长泪滴"等频率较多的"泪"字，大概能够品悟出其中难以消除的悲辛与痛苦。

当然，沈炼孤苦、无奈、哀伤情怀的产生与谪居保安密切相关。事实上，他并不回避自己的谪戍身份，在其诗文中屡屡提及，如"不谷迁谪边邮""仆自迁谪以来""迁谪荒鄙之人""余以言事谪边陲且三载""青霞子之谪居保安""始于谪迁""两疏谪边关""岩花笑谪臣""万里孤臣，三边逐客"等。从他记写这些语句的语用来看：一是在与别人的书信中表达谦卑之意，以便阐述自己的主张；二是表明自己孤苦的困境，以舒泄不遇的幽愤之情。因此，结合先前沈炼的表现，笔者认为沈炼虽然表面接受了谪戍的现实，但其内心并没有真正屈服于这一现状。正是外在现实与其内心诉求之间的矛盾，很难使他保持常人的平和心态，反而增加了无奈、哀伤的情愫，甚至出现了"人生不如叶，犹得趁风回"的怅惘情怀。

另外，谪戍期间的沈炼还表现出对儿子殷切的关爱之情，这主要体现在他的《与长儿襄书》中。这封书信的意旨是希望儿子在多事之秋，要学习范仲淹以天下事为己任的精神，要学有匡救之策，不要只知寻摘章句、雍容于礼度之间，要亲雄俊之才，远阿庸无识之才，同时也表达了自己忠心耿耿、为国担忧的情怀。其中，对沈襄成长的关爱与引导，使我们看到沈炼仁爱的一面，而这也是其匡世情怀的另一种体现。

沈炼是一位狂直的斗士，是一位不惧困难、不顾安危的斗士，是一位为了理想信念敢于献出生命的斗士。权奸面前他没有退缩，廷杖、贬谪面前他没有低头，他以实际行动践行自己的理想，用生命证明正义无法战胜。贺拉斯曾说："一个顽强坚持自己在正义事业中的目标的人是不会因同伴发疯似的狂叫'错了'而动摇决心，也不会因暴君威胁恫吓的

---

① 《挽钱子道》《游子吟》，见《青霞集》卷7，《景印文渊阁四库全书》，（台北）台湾商务印书馆1986年版，集部，第1278册，第109、114页。

脸色而恐惧退缩。"① 此时的沈炼做到了。贬谪前，他用自己的行动诠释着仁政理想；贬谪后，他仍然不忘追求、坚守自己的理想信念，积极面对困境，勇于披露时弊，多行善意之举，不忘亲人朋友。总体看来，沈炼贬谪期间的心态是执着的，是光明的，是充满忧患意识与担当精神的，这是因为他崇尚"忠义"、心系百姓，因为他是高洁的蕙兰不肯与邪蒿为伍，因为他奉行"生来知日月，不肯暗中行"的信念，而这正体现出了他"居天下之广居，立天下之正位，行天下之大道"② 的大丈夫精神。至于沈炼在困境面前表现出的孤苦、无奈、哀伤以及爱子殷切的一面，在众多的贬谪士人中具有一定的普遍性，这非但没有削弱他在人们心目中的正义形象，反而使他更为丰满、真实。

第五节　扪心期不愧，知命复何争
——明代士人邵经邦谪戍心态解析

邵经邦（1491—1565），字仲德，号弘斋，人称"弘毅先生"，仁和（今属浙江杭州市）人。正德十六年（1521）进士及第，授工部主事。当时，他专管荆州税务，三个月便征满税额，遂开关任由商舟往来，因有能声得以晋升员外郎。后来，又改任刑部员外郎。嘉靖八年（1529）十月，邵经邦借日食建言弹劾权臣张璁，论及"议礼贵当，临政贵公"，"用人行政，则当辨别忠邪，审量才力，与天下之人共用之，乃为公耳。今陛下以璁议礼有功，不察其人，不揆其才，而加之大任，似私议礼之臣也。私议礼之臣，是不以所议者为公礼也。夫礼唯至公，乃可万事不易。设近于私，则固可守也，亦可变也……"③ 他的这一议题虽然是在弹劾张璁，但是明显触犯了嘉靖帝"大礼议"的忌讳，而且直接指责皇帝召回张璁委以重任存有不公。邵经邦的建言满怀忠贞报主之心，所议之事也不无道理，他却不注意方式方法，直言皇帝的不是，这一犯上批驳、

---

① 阿迪边·穆罕默德：《真理格言》，新疆电子音像出版社 2010 年版，第 217 页。
② 杨伯峻：《孟子译注》，中华书局 2005 年版，第 141 页。
③ （清）张廷玉等：《明史》卷 206，中华书局 1974 年版，第 5451—5452 页。

冲击皇威的举动不可能被嘉靖帝接受。于是，嘉靖帝大怒，命立即缉拿邵经邦，下镇抚司拷讯。最终，在嘉靖帝"此非常犯，不必下法司"的谕旨下，邵经邦被谪戍福建镇海卫。嘉靖十六年（1537）皇子（隆庆帝）出生大赦罪犯，唐龙、田濡等人上疏请求赦免或量移杨慎、邵经邦等八人①，未能获得嘉靖帝的恩准。结果，邵经邦谪戍镇海卫三十七年后客死他乡。他著有《弘艺录》三十二卷、《弘道录》二十五卷、《弘简录》二百五十四卷存世。对于这样一个颇富悲剧命运的明代士人，学界对他及相关文献的梳理、研究相对较少，探讨其谪戍心态的成果笔者还未曾见到。因此，笔者将以邵经邦《弘艺录》中的诗文为主要考察对象，结合相关文献史料，对其谪戍生涯中复杂矛盾的心态予以解析。

一　不尽哀愁，无奈感叹——难以释解的心痛

对于每个因故遭贬的士人而言，虽然他们的经历与结局各不相同：有的贬谪时间短暂旋即复官，有的遭贬后屡经坎坷徘徊基层，有的贬谪后又被罢官，有的却因此命丧黄泉等，但都造成了程度不同的打击，其中包括对肉体的摧残，也包括精神上的压抑与蜕变。邵经邦三十七年的谪戍生涯，虽然没有改变他以弘道为己任的精神根柢，但苦于无法实现自己的价值与抱负，加之自然环境的恶劣、有形无形的精神枷锁，使他难以释解内心的悲苦哀愁，这种情绪在他的诗作中表现得尤为明显。如贬谪之初，他写有《赠押使》一首：

> 天王明圣同天地，朔雪炎风万里长。直道自甘严谴去，伤心愁对别离觞。南中草木秋添瘴，海上蛟螭夜有光。乞得余生皆乐土，白云鸿雁未茫茫。②

诗作首联明写"天王明圣"一统天下与南北辽阔的疆域，暗写自己由京

---

① "八人"指：杨慎、王元正、刘济、丰熙、邵经邦、马禄、冯恩、吕经等（参阅《国朝典汇》卷30，《四库全书存目丛书》，齐鲁书社1996年版，史部，第264册，第725页）。

② （明）邵经邦：《弘艺录》卷14，《四库全书存目丛书》，齐鲁书社1997年版，集部，第77册，第402页。

城赴南疆戍地的路途遥远；颔联直书自己弘扬正道甘愿接受严谴与惩罚，表现出坚定不移的守正心态，但当他面对与家人朋友的别离时，却心生哀伤与忧愁；颈联借写秋天南国草木之间充满瘴气、蛟螭出没的海面上时见反射的点点亮光，交代戍地恶劣的自然环境；尾联则乞求余生能生活于安乐之地，并以"白云""鸿雁"寄寓自己的高洁不俗，用"未茫茫"表明自己没有因此迷失前行的方向。这里，作者把奔赴戍地的路途遥远、坚持直道与遭受严谴的对抗、戍地恶劣的自然环境、乞求乐土而不得的矛盾、伤心忧愁及高洁精神的张扬等叠构在一起，书写他痛苦无奈又带有些许希冀的复杂情怀。结合诗前小序："值长至，荷校远行，身负杖楚。又值家孥震娠，险厄万状，殆不可忍。复以伏暑投南，蛮熏瘴雨，视向之冰雪奚翅也，自分冷暖当然。而押使亦无怨色，因与痛别，漫书以识"，则能更好地帮助我们体悟邵经邦当时的痛苦情状。

谪戍镇海卫第二年（嘉靖九年〈1530〉）的元旦佳节，邵经邦写有《庚寅元旦二首》。虽然诗作内容主要是称颂当朝"太平日月正重熙""万室殷殷鸡犬乐"，回忆、想象往年觐见皇帝时山呼万岁、闻听圣颂的场景，但是两首诗的末句分别用"我随麋鹿亦相宜"交代自己的"边缘"处境，用"独有离人泪眼潸"表达孤独哀伤的心境，外在的节庆气氛与内心的伤痛形成鲜明的对比，从而反衬出邵经邦难以消解的隐忍与心痛。嘉靖十六年（1537），因皇子出生朝廷大赦罪犯，虽有朝臣为其求情，但邵经邦等八人不在赦免之列。为此，邵经邦曾写诗两首记述此事表露心迹。其一《是岁九月东宫庆生诏赦大礼大狱》写因"前星"（太子）逞曜，皇恩浩荡大赦罪臣，于是"迅电追荒徼，搜罗起逐臣"，然而自己却像被遗忘的远行者没有随着他人一同被赦免，没有感受到皇帝的圣德、仁慈，其中表现出了明显的失落感，但哀伤的情绪还不是那么强烈。而在第二首《赦后丁酉春大司寇具题诏不宥八人余与焉有感》中，邵经邦则用"岂意重熙日，刊留八士名"直接表达对八人未能遇赦的不满，同时又以"扪心期不愧""独有高修古"表白自己矢志不渝的坚贞，以"知命复何争"舒泄自己失去获释机会的无奈，而他的这种无奈是古代许多仕途失意文人的宿命，背后的因由值得探讨。直到嘉靖二十七年（1548）七月，邵经邦还在诗歌中用有悖常理的"无兄称盗嫂，有妾讼夫鳏"说明贼人对自己诬陷的无稽，用历史典故"贤母投机杼，忠臣在比干"表明自己贤良忠贞，用"所嗟缧绁异，难并角牙艰"直言所诬之事张冠李戴难以指实，用"腐尔豚和鼠"比喻不值一提的卑鄙小人，以"中天片月闲"彰显自己的高洁与安闲等，他为自己遭受别人的谗言诬陷予以谴责、辩白，也从侧面表露出他谪戍期间的愤懑、无奈与不尽的悲苦。再有，《六十初度二首》中的诗句"忘世忘名自在闲""岂意九苞舒片翼，忽惊千里伫三山"，看似写的悠闲自得、超凡脱俗，其实由诗句"韶华虚度已六十""报国孤忠总是闲"中的"虚度""总是闲"，可使人们体悟到他六十岁时"闲"与"超脱"背后的隐痛与无奈。尤其是，结合他流露出"希此一事亦足垂后"的愿望与动机，便可使人认识到其内心的矛盾复杂。①

另外，在一些登临游赏类诗作中，他依然不忘书写谪戍期间的悲苦与哀痛。如《登太武山》：

> 闻道燕然旧勒铭，奇勋照耀汉龙庭。可怜海国诸贤集，叻忝名山一段灵。重译几回瞻北斗，百蛮无数仰辰星。从今姓字千年在，何但丹心照汗青。②

太武山，在"邑（漳浦县）东北百里二十三都境内，一名太姥山。……镇海城在其南十里许"③。结合诗前小序："（太武山为）镇海卫之主山也。嘉靖间诸贤谪戍于此，本卫因大书官爵、姓名、籍贯刻于绝顶磨崖石上，若吏部尚书陆讳完、翰林学士丰讳熙、礼部郎中陈讳九川，与余凡四人"，可以帮助我们理解这首诗作。该诗先写汉代的窦宪燕然山刻石记功的典故，转而感叹当时谪戍诸贤被以屈辱的方式刻石留名的事实，将此时的"忝灵"与古时的"勒铭"形成对比，借此寄寓作者无以言表

---

① 《庚寅元旦二首》《是岁九月东宫庆生诏赦大礼大狱》《赦后丁酉春大司寇具题诏不宥八人余与焉有感》《六十初度二首》，见《弘艺录》卷9、卷14，《四库全书存目丛书》，齐鲁书社1997年版，集部，第77册，第402—403、373、373、409页。

② （明）邵经邦：《弘艺录》卷14，《四库全书存目丛书》，齐鲁书社1997年版，集部，第77册，第404页。

③ 《康熙漳浦县志》卷1，（台北）成文出版社1968年版，第93—94页。

的屈辱与悲苦。随后，用"重译几回瞻北斗"反衬自己的孤寂无聊，以"百蛮无数仰辰星"暗寓对光明前途的向往与渴盼。最后，他又回到现实，面对眼前带有耻辱的刻石留名，何必再去重视或坚守"丹心照汗青"的理想呢？这里有对报国建功想法予以否定的意蕴，也带有对坚守"丹心照汗青"志念的怀疑，处处或明或暗地流露出邵经邦无奈、悲苦的心态。再如，诗句"谁识英雄尘土内，夕阳回首下蓬蒿"（《登拜将台》），"迁客含章风雨寒"（《大巡施龙湖蒋枳田请游平远台》），"未嫌瘴雾连山墨，可厌腥风到处寒"（《游开元寺二首》），"乾坤一夜经筹策，尽在孤衾短梦中"（《同曹漫山宪长访林平崖二首》），"天涯游子悲荒徼，海国惊魂恝楚憎"（《己酉五月二日同张觉吾泛舟宿正峰寺》）等，其中他将荒徼的恶劣环境与逐客的屈辱、压抑、孤寂交融在一起，让人深深地感受到他内心蕴有一种无法释解的不尽哀愁。①

　　要之，长期的谪戍生活给邵经邦的心底打上了深深的烙印，造成了无法抚平的精神创伤，他借助多元的诗歌意象、历史典故、语言技巧等，不断地描述、诉说自己孤愤、无奈的复杂情怀，在慰藉、安顿自己心灵的同时，使人们体悟到了其人生悲苦的一面，而这也是古代众多遭此命运士子的一个缩影。

二　忠贞报国，弘道重教——一贯的坚守

　　根据邵经邦建言弹劾张璁的奏疏，可知他与张璁"谊则同年，亲则乡里……昔之交契未尝不厚"，但出于"本心之忠"与"天下万世重于一身"②的情怀，出于对朝廷做事有失公允和对张璁为人的不予认可，他不顾后果毅然上疏，虽惨遭谪戍仍矢志不渝，尽显其忠贞报国的赤诚之心。譬如，上文提到的诗句"忠臣在比干""报国孤忠总是闲""何但丹心照汗青"，还有"愧无腰可折""扪心不自愧""庶僚同效德""报主特孤

---

①　《登拜将台》《大巡施龙湖蒋枳田请游平远台》《游开元寺二首》《同曹漫山宪长访林平崖二首》《己酉五月二日同张觉吾泛舟宿正峰寺》，见《弘艺录》卷14，《四库全书存目丛书》，齐鲁书社1997年版，集部，第77册，第403、403、404、406、407页。

②　（明）邵经邦：《弘艺录》卷31《日食建言疏》，《四库全书存目丛书》，齐鲁书社1997年版，集部，第77册，第518—519页。

超"等均表达了其忠贞不屈的思想情感。即使在为别人撰写的祭文中，也有"不欺之谓忠，以实之谓信"① 等语句，尽显自己对忠信思想的接受与坚守。

与忠贞报国情怀密切相关的是，邵经邦十分重视弘道重教，《弘斋先生自志铭》中的一段话能够帮助我们理解他的这一思想：

> 盖予之初心恒欲为斯世斯民肩弘任钜使，上之有益朝廷，下之有益名教。然非此官所得为者，其他意所不能言，惟是迂远自贤而已。……愚不自量，遽离遣戍三十年于兹。……生无益于时，死无闻于后。所最爱者，冀天下之人，善善同其清，恶恶同其污。……盖生平性坚，执不能党，附命金木相守，仁义分明。善于处世者，外和内刚。余惟不善，外刚内和。然实自信，不私觇人微过，不口称人隐恶，不曲听人耸计，不传道人诖语。至于天理人伦，无敢轻忽。②

在这段话中，邵经邦清楚地表明欲为世为民担当弘任钜使以有益于朝廷与名教，希望"天下之人，善善同其清，恶恶同其污"，同时介绍了自己"生平性坚""仁义分明""外刚内和"的个性特点，以及坚守"天理人伦"的道义与原则等，我们可以将它看作邵经邦弘道、做人思想的自告书。后人为他写的小传中说："（其）苦心向道，竭力启蒙。所著有《三弘集》曰《弘道》《弘艺》《弘简》，而《弘道录》尤深于理"③，则强调了他深于"理"的思想。他本人也曾自豪地说："《三弘集》成，瞽开聋鸣。"④ 显现出其满满的自信与良好的愿望，而这些与上文《自志铭》中宣扬的思想是一致的。

---

① （明）邵经邦：《弘艺录》卷28《祭布衣陈先生翠渠周先生文》，《四库全书存目丛书》，齐鲁书社1997年版，集部，第77册，第499页。
② （明）邵经邦：《弘艺录》卷32，《四库全书存目丛书》，齐鲁书社1997年版，集部，第77册，第524—525页。
③ 《康熙漳浦县志》卷16，（台北）成文出版社1968年版，第1199页。
④ （明）邵经邦：《弘艺录》卷32《弘斋先生自志铭》，《四库全书存目丛书》，齐鲁书社1997年版，集部，第77册，第525页。

　　邵经邦的弘道重教思想不仅在上述材料中有所主张，在他的一些文章中也有程度不同的表述。譬如，谪戍期间，邵经邦为其同乡且有姻亲关系的德化县令许仁撰写的《泉州府德化县惠政记》，文中在交代写作缘由、赞颂许仁惠政的同时，阐释了自己的仁政思想："牧事有成，而祯祥可致，诸福可臻，丰年可介，庶育可繁，教化可成。登人材，厚风俗，明礼义，行王政。以上企唐虞、有周，如斯而已矣。若是，乃吾儒分内之事……"① 他认为重教化、明礼义、行王政等是儒辈的分内之事。即使为好友张伯麟的精舍撰写《与点斋记》，记述朋友们投壶、鼓琴、觞饮、赋诗、闲暇之乐时，他也不忘以此为由头论述道义，倡导"颜子当乱世，居于陋巷而不改其乐……颜子之乐则曾点之撰也"② 的思想，继而得出"故君子务修吉而大弘毅，不徒逸游之为尚"的结论。又如《贺张觉吾茂材荣膺例贡序》，宣扬"至无所于期而致富，无所于因而致贵，此又天道好还福善祸淫之常理"③ 的思想主张。

　　诗歌本是抒情文体，并不善于宣道讲理，可邵经邦在谪戍诗中却不时地借用相关话题弘道宣教。如《辛丑果罢因叹息劝以居乡自重》中，当他得知仲弟罢官后，便规劝其弟"行藏非二物，君子道为先""若介区区意，知从内养愆"，要行君子之道，注重内心修养；在《贺林冬岭考满二首》中，他称赞林冬岭"近民推服心平易，兴学讴吟识体裁""海滨文教亦悠然，曾见嵩碑竖石边"，尤其提到林冬岭兴学重教、深受民众的赞许佩服，而这也是他所推崇的主张。还有，"从来重明德，因不改山川"坚守明德志向的表白，以及"古人怜末世，吾道可廉顽"充满悲壮情怀的自信等。另外，基于对弘道思想的坚守，邵经邦还主张以农为本、以静为先、节游安享、事宜从厚的思想，这从诗题《先劝以农为本不当孟浪委同儿戏》《复戒以静为先不必章服如见任时》《又劝以节游安享不欲烂漫夸涉》《又劝以事宜从厚不欲铢锱自薄》中可以明显地看出。

---

　　① （明）邵经邦：《弘艺录》卷25《泉州府德化县惠政记》，《四库全书存目丛书》，齐鲁书社1997年版，集部，第77册，第485页。

　　② （明）邵经邦：《弘艺录》卷26，《四库全书存目丛书》，齐鲁书社1997年版，集部，第77册，第489页。

　　③ （明）邵经邦：《弘艺录》卷23《贺张觉吾茂材荣膺例贡序》，《四库全书存目丛书》，齐鲁书社1997年版，集部，第77册，第472页。

邵经邦被谪戍镇海卫，"年方强仕，而自阻行道济时之路"，仍"昼辍食息，夜捐寝止，深念人心有觉而道体无为，人于天地间为万事万物之主，而万事万物根柢于日用人伦"，编纂《弘道录》宣扬纲常伦理，是他一以贯之坚守儒家伦理思想的结果。而他的这一坚守，与"少时方习举业，思惟父子有亲，君臣有义，夫妇有别，长幼有序，朋友有信。圣人各举所重而言，非谓父子一于亲，君臣一于义"的学习接受有关，与他作诸生时"期以异日立朝，必务可大可久之规，不为脂韦委靡之行。时已潜蓄，惟日孳孳，死而后已之心矣"① 的价值追尚相关，也与他作官后谏阻武宗游巡大同诸处，向嘉靖帝陈疏先朝累患、当今要务，作中兴保治十虑，建言禁革奸吏、设经收官吏、置勘合文薄，弹劾张璁等对儒家道义思想的长期实践相关。这一信念已深入他的内心，成了他人生的底色与不可缺少的精神支柱，而且是"谪弥久而念弥深"②，使他在恶劣的环境中与精神压抑的状态下保持着超强的定力，呈现出一种与众不同的个体状态。

三　诗酒应酬，忘忧求乐——有限的超越

长期谪戍造成的精神创伤是邵经邦必须面对的客观事实，业已成为他挥之不去的心痛，其诗作中迁客、逐臣、天涯、游子、离人、幽怀、愁、暮、泪、秋等字词的多次出现，乃是这一心痛的有限寄寓与舒泄。另外，他还常常通过宴集畅饮、酬唱贺赠、登高览景等方式享受欢乐、增进友情、饱览美景、消解痛苦，表现出一种相对超越的状态。

据统计，宴集、游赏、酬答、贺赠类诗作数量约占邵经邦谪戍诗总量的二分之一，可谓大观。这除了说明当时邵经邦的交游比较广泛、人身活动相对自由外，也从侧面表明他的谪戍生活并不是那么困苦，真正的痛苦应是其精神层面的长期压抑。丰富的交游活动可以满足他实际生活的需要，也可体现其自身存在的一定价值，重要的是，他可以借此消

① （明）邵经邦：《弘艺录》卷32《弘斋先生自传》，《四库全书存目丛书》，齐鲁书社1997年版，集部，第 77 册，第 521—522 页。

② （明）邵经邦：《弘艺录》卷14《六十初度二首序》，《四库全书存目丛书》，齐鲁书社1997年版，集部，第 77 册，第 409 页。

磨大量无聊的时间，进而缓冲其精神层面的压抑与痛苦，以换取有限的超越与短暂的释然。其中，"酒"是邵经邦此类诗歌中经常见到的意象。"酒"既是他自我消愁的佳品、难离左右，也是与朋友宴集时常用的佐料。如《八月至闽城》中"酒杯随处爇，诗句偶然赓"的原因是"独抱幽怀拙"，目的是借此达到"浑忘黜陟名"的境界，表现平时难以实现的短暂洒脱。又如，《闽城除夕》中以"一樽聊自况，梦见是隆中"表达自己向往隐闲生活的强烈愿望，与当时"箫鼓声希阔，松棚焰绝红"万户过节的热闹氛围作比，而此时身处谪地的他该有多少难言的辛酸！但他只能借助酒与梦的结合完成片刻的超越。他如，"酒后数声檀板曲，兴来三弄紫瑶琴"（《西园泛舟》）的惬意与潇洒；"四五首诗浑得意，两三杯酒更通神"（《雨中口号因座客有诵经句不雨雨经句之句走笔二首》）中通神性的超越；以及"杯酒天涯廿年意，华簪鹤鬓共徘徊"（《饮林东皋草堂用许竹居韵》）的无限感慨等，均是借"酒"的兴奋、润滑、稀释、麻醉等特点，化作诗歌意象、完成诗作架构，化解痛苦、忘却烦恼，完成精神上的短暂疏放。

再如，"莫道埃心真可涤，停杯掩卷笑成堆"（《泉州李将军池馆二首》），"莫笑陶潜醉忘返，白衣多谢主人忙"（《陈茂异宴》），"多君契谊真如许，莫惜流连举白浮"（《庄石山参知邀登泉城东楼次韵奉答》），"登高一展眺，设险岂徒然"（《桃花寨》），"论文不觉青山暮，归路桃源一径深"（《西园泛舟》）等诗句，以及《黄水部遥余昆及何孟二内相同游碧霞祠》《福建镇守师公请游西园》《宪长曹漫山请游北园》《都阃徐松峰请游剑池》《游开元寺二首》《游云洞赠蔡鹤峰二首》《登凌云台》《登万寿塔》等宴集、游赏之作，均在一定程度上抒发了他的惬意与洒脱。他如，《荷诸名公锡宴陈谢》《送姜篆江醝使朝京》《贺林冬岭考满二首》《送陈禹川献绩朝京》《贺龙南冈得子》《寿玉田卢太守二首》等贺赠酬应类作品，虽然没有表达他洒脱超然的情怀，甚至全篇都是模式化的语句，但从消磨时间、发泄情绪、消解痛苦、日常交游的角度讲，还是起到了一定的作用。另外，通过怀友赋诗（《雨中怀吴梅溪太守》）获取些许安慰，通过观戏活动（《四日复泛南溪观群戏》）使精神放松，既充实了他相对枯燥的谪戍生活，也疏解了其精神上的痛苦。至于诗中邵经邦自比"陶潜",羡慕"柴桑"归去、"桃源一径"的生活,乃是与陶渊明理想化生活方式精神上的对接,即他像众多失意文人一样把陶渊明的隐闲生活作为逃避现实的精神渊薮。①

总之,在邵经邦赋写诗酒宴游、酬答贺赠活动的诗作中,有其真情的流露,也有酬应类的套话,但均可程度不同地稀释、消解其精神层面的痛苦,表现出相对超越的一些特点。但作为具有复杂情感的人来讲,邵经邦是不可能完全摆脱长期谪戍带来的精神创伤的袭扰,加之一贯坚守的具有理想色彩的弘道理念对其精神超越的约束与限制,文中所说的精神超越只能是有限度的超越,不可能彻底。

四 慕仙信神,卜筮归儒——一种精神寄托

慕仙信神思想在中国古代士人身上具有一定的普遍性,但不同个体之间又存有或多或少的差异。从现存史料来看,邵经邦的慕仙信神思想在其诗文中有着一定的表现。譬如,在其诗作中,曾多次出现"蓬莱""蓬壶""三山"等意象。又如诗作《庚子牌坊忽倾余知仲弟罢官》,他把嘉靖十九年(1540)二弟罢官与家乡牌坊的倾斜联系在一起,虽未直言罢官与牌坊倾斜的关系,但从感慨"朕兆岂无神"来看,可知邵经邦在一定程度上是相信仙道神灵存在的。值得注意的是,邵经邦撰写的诗作《九鲤湖二首》更具仙风、神气:

> 仙凡隔越藉幽通,精气神全瘖寐中。九鲤阆闲天混沌,一精长贯目玲珑(仙人共九,止有一目)。悬空瀑布千岩落,激石洪涛万濑空。我有款诚祈感应,修词预许达神聪。
>
> 修词已荷神聪答,四字分明《易传》云。阶下筊杯占密意,坛前祝史诵灵文(余初以乡先辈胡世宁、王守仁为证验,及梦"康侯建国"四字,以为《易·晋·师卦》中语,至是不以为然。解见下)。康侯为报尚书

① 《八月至闽城》《闽城除夕》《西园泛舟》《雨中口号因座客有诵经句不雨雨经句之句走笔二首》《饮林东皋草堂用许竹居韵》《泉州李将军池馆二首》《陈茂异宴》《庄石山参知邀登郡城东楼次韵奉答》《桃花寨》,《弘艺录》卷9、卷14,见《四库全书存目丛书》,齐鲁书社1997年版,集部,第77册,第375、372、403、406、409、408、405、408、373页。

　　字，建国传闻特进勋。始信昨宵征验语，前知不负九仙君。①

　　九鲤湖位于福建仙游县，是道教重地。相传汉武帝时，有何氏九兄弟在此炼丹济世，丹成跨鲤升仙，九鲤湖因此得名。后来，九鲤湖便成了祈梦文化的发源地，吸引历代无数达官显贵、文人墨客前来游赏、祈梦，留下许多诗文佳作。明人王世懋曾作《游九鲤湖记》云："闽山以水称奇胜者，即亡（无）如九鲤湖，且著梦灵，宦游者多祷焉。"② 邵经邦的这两首诗中，有"悬空瀑布千岩落，激石洪涛万濑空"写景的诗句，但更多的是写仙凡幽通、祈感应、达神聪、修词预许、筊杯占密意、祝史诵灵文等相关内容，最后由"始信昨宵征验语，前知不负九仙君"作结。不可否定邵经邦有借助诗作记写九鲤湖仙道故事的想法，但从其涉及的内容，尤其是诗中对修词、筊杯的记录，可知邵经邦对于仙道思想与卜筮实践是持肯定态度的。

　　对于邵经邦信奉鬼神仙道思想，抛开时代与个体认知的局限，结合他的《鬼神论》《卜筮论》两篇文章，可以帮助我们认识这一问题。如其论鬼神："鬼神也者，贯于物之终，开夫物之始，而行于物之内者也……夫指天而谓之曰鬼神者，以其照临之德也……指地而谓之曰鬼神者，以其长养之恩也……指人而谓之曰鬼神者，亦以其位育之功也，其仁覆于天下，道传于后世而无疆也。……盖神者，伸也，凡气之至而向于有者，皆可谓之神，而其实则物也，神何有焉？鬼者，归也，凡气之返而向于无者，皆可谓之鬼，而其实亦物也，鬼何有焉？大抵天下无一物而非诚，则无一物而非鬼神；无一事而非理，则无一事而非鬼神……"③ 他把鬼神归于物，归于气，归于理，归于太极，归于德诚，最后与儒家伦理思想联系在一起。论卜筮："……曰《易》者，圣人之道也。……故君子居则观其象而玩其辞，动则观其变而玩其占。……后世不知圣人尚词观变之道，

　　① （明）邵经邦：《弘艺录》卷14，《四库全书存目丛书》，齐鲁书社1997年版，集部，第77册，第404页。

　　② （明）王世懋：《名山游记》，《四库全书存目丛书》，齐鲁书社1996年版，史部，第251册，第522页。

　　③ （明）邵经邦：《弘艺录》卷27，《四库全书存目丛书》，齐鲁书社1997年版，集部，第77册，第494页。

当潜而不潜，不当见而见，固已无诸己矣。而徒取辨于神，以为可信焉？噫，则惑矣！……大抵《易》也者，可以占顺而不可以占险，可以决忠信之事而不可以决意妄之事，为君子谋而不为小人谋……"① 则把卜筮之术归于观象玩辞，归于潜见、动静，最终归于修为、自善、忠信等儒家伦理之道上。整体看来，邵经邦的慕仙、信神、占卜思想表现得并不突出，但它能在一定层面稀释、缓解其精神中的一些痛苦。尤其是，他把对鬼神、卜筮的认知归于儒家伦理思想的建构之中，表现出了与众不同的鬼神观与卜筮观，其实这也是导致其仙道、占卜思想不够浓厚、突出的重要原因。

　　总之，三十七年的谪戍生涯与终生未赦的谪戍身份，坚守儒家忠诚修为与悲苦现实之间的矛盾，性格执着不屈与不谙世事的个性等，造成了邵经邦无法释解的精神痛苦与复杂矛盾的心态。他借助诗文不断地书写哀愁，不时地宣扬弘道思想，记述大量交游活动，论述仙道思想，以此疏解现实中的痛苦、彰显思想的充盈、调适安顿复杂的心境。最终，他将悲苦、哀愁、无奈、坚守、充盈、超越等复杂情感归结于"扪心期不愧，知命复何争"的感叹之上，在彰显他高洁人格精神的同时，也流露出其无奈的宿命思想。其中的坚守与辛酸足以令人同情，但造成其悲剧命运的深层次原因更是值得我们反思与警醒。而他的"崇高更在于明知被冤屈误解，却仍坚持操守而不变，凛然面对死亡与苦难，期待天道与公理的裁决"②，这是邵经邦留给后人的可贵的精神财富。

第六节　同与不同的存在
——骆问礼的贬谪心态探析

　　德国哲学家、数学家莱布尼茨说："世上没有两片完全相同的树叶。"③其实也没有完全相同的人，因此相对于他人来讲，每个个体都是别样的

---

① （明）邵经邦：《弘艺录》卷27，《四库全书存目丛书》，齐鲁书社1997年版，集部，第77册，第494—495页。

② 黄仕忠：《〈琵琶记〉在戏曲史上的影响与地位》，《戏剧艺术》1997年第2期。

③ 阳作华、张峰编著：《辩证法史论稿》，华中理工大学出版社1993年版，第159页。

存在。每个人都在扮演着同与不同的角色，做着同与不同的事情，发挥着同与不同的作用。对于明代仕宦文人而言，作为个体的存在，他们各具特点，然而由于他们生活于同一政治生态环境之中，深受传统思想文化的影响，在他们身上又有着相类似的群体特点。遭受贬谪的明代仕宦文人贬谪期间的心态呈现出明显的趋同性，同时也表现出了因人而异的个体性。骆问礼①是明代仕宦文人遭贬者中的一员，他像多数遭贬的仕宦文人一样，有着漂泊、孤寂、思乡、愁闷及其相对超脱的心绪，但受个体性情与贬谪境遇不同的影响，使他与拥有贬谪命运仕宦文人的心态存有一些差异，这里笔者将结合相关史料解读如下，以便大家对于该问题的体认与把握。

一 "天涯沦落人"——孤独、忧闷、失落的心态

隆庆三年（1569），骆问礼因上疏言事触怒皇帝，由朝廷言官被贬至云南楚雄，由权力中心被动无奈地走向荒远的边缘之地。对此遭遇，像其他遭贬的仕宦文人一样，骆问礼抱有失落感、屈辱感，同时亦伴有被抛弃感，加之来到离家二千多公里的陌生地，便不由自主地使他产生一种"沦落人"的客者心态，而且这种情绪表现得尤为强烈。如《除夕》：

> 天涯岁杪滞孤身，空馆烧灯仆隶亲。强健百年常此夕，肯嫌漂泊掷芳樽。②

诗作入笔则用"天涯"二字形容空间距离之远，接着以"岁杪"二字交代时间节点的特殊，随后借"空馆"二字写除夕之夜的冷清，又用"常此夕"增其张力，用"掷芳樽"的行动表现其压抑不住的幽愤与孤独，

---

① 骆问礼（1527—1608），字子本，号缵亭，浙江诸暨人。嘉靖四十四年（1565）进士，初任行人司行人，继迁南京刑科给事中。隆庆三年（1569），因上疏言事触怒皇帝，遭贬云南楚雄知事。万历元年（1573），起为扬州府推官，升南京工部主事、湖广副使等职。后乞终养归，万历三十六年（1608）卒于家。著有《万一楼集》等。

② （明）骆问礼：《万一楼集》卷12，《四库禁毁书丛刊》，北京出版社1997年版，集部，第174册，第219页。

在如此短小的篇章中，作者通过几个词语的巧妙运用彰显了"漂泊""孤身"的强烈情绪。又如《禄丰道中即事》①，这是一首六言诗，主体部分写禄丰道中看到的各类景象，如绿树林中的白壁、黄泥坡上的乌牛、石桥旁酒家的招牌、僧楼上萦绕的云岫、赤脚商人吃着粗淡的饭食、蓬头的村妇忙着秋收等，可在尾联中，作者在总结"朝阳一村清景"的同时，没有忘记自己的客者身份，用一句"客子三年远游"使前文渲染描写的情景变得黯然了不少，借此抒发其漂泊他乡的孤苦心绪。他如，"客尘方欲洗""只宜衰鬓客""客思浑无极"等诗句，均是其贬谪期间无法完成心态转变时客者情怀的书写。

正如《除夕》诗中表现的那样，骆问礼"漂泊"的客者心态往往伴随着难以消除的孤独。据统计，在骆问礼现存的诗作中，像孤琴、孤城、孤臣、孤村、孤馆、孤塞、孤灯、孤樽、孤身、孤檠、孤标、孤剑、独笑、独树、独坐、独听、寂寥、寂寂、寂寞等词语大量存在，无疑是他借此寄寓、抒发身在荒远异域期间孤寂、哀伤情怀的书写。值得注意的是，骆问礼的这种孤寂情怀多在记写节序或道中景物时予以感发，如《中秋》：

> 万里同秋色，孤身滞夜郎。月来东海上，雁逐北风翔。云净天弥阔，庭空漏更长。举杯无可问，翘首四山苍。②

该诗由"万里同秋色"写起，勾勒出一幅宏阔萧瑟的秋景图，其中借"同"字完成了异域与家乡的对接；在"月来东海上，雁逐北风翔"中，以"月"的升起寄寓不可得的团圆，用"雁"逐风飞翔的形象书写对家乡音信的渴盼；"云净天弥阔，庭空漏更长"则由远及近描绘眼前空阔、静寂的意境；面对此情此景，郁积的感情得以爆发，作者以"举杯无可问，翘首四山苍"结束该诗，从而衬托出他"孤身滞夜郎"的哀伤、凄

---

① （明）骆问礼：《万一楼集》卷11，《四库禁毁书丛刊》，北京出版社1997年版，集部，第174册，第217页。

② （明）骆问礼：《万一楼集》卷11，《四库禁毁书丛刊》，北京出版社1997年版，集部，第174册，第215页。

凉、孤独与无助。

又如《普溯道中》：

> 寒日狂风惨淡云，乱山深峡寂寥村。远游何物堪相对，瘦骨疏
> 毛寒劣魂。①

普溯，今属于云南大理白族自治州祥云县，地处大理白族自治州与楚雄彝族自治州之间。诗作的前两句用寒、狂、惨淡、乱、深、寂寥修饰日、风、云、山、峡、村，写道中所见景物，借此勾勒出一个荒僻、恶劣、冷寂的环境；在此基础上，作者抒发了"远游何物堪相对"的悲凉感，继而又以瘦骨、疏毛刻画心处悲凉中的自我形象，进一步感发身处困厄之时的孤独与哀伤。再如，《深馆》"深馆孤灯照雨昏，剑光沉郁玉炉温"，《端阳富民县把酒》"天末逢佳节，孤樽亦泛蒲"，《过天生门》"孤身天外雁，寥落日将沉"等，② 把身处异地的自己分别设置于佳节之时、旅途之中、深馆之处，用孤樽、孤身、孤灯等意象舒泄其在不同时节、不同地方的孤独与伤感，其实这也在一定程度上表明难以疏解孤独之苦是身在滇南的骆问礼必须面对的现实。

贬谪滇南（楚雄）远离朝廷与家乡，使骆问礼产生了漂泊、孤独、哀伤的情怀，当这种情怀不能短期解决或想法释解的话，势必会促使忧闷情绪的生成，并且这种情绪会在较长时间内存在，其贬谪诗中有不少这方面的情感表露。如《闷》：

> 寒劣凭谁诉，支离转自怜。愁来狂似醉，静后强如禅。丹障云
> 过丽，青林雨霁鲜。经年无雁到，安得远书传。③

---

① （明）骆问礼：《万一楼集》卷10，《四库禁毁书丛刊》，北京出版社1997年版，集部，第174册，第209页。

② （明）骆问礼：《万一楼集》卷11、卷12，《四库禁毁书丛刊》，北京出版社1997年版，集部，第174册，第213、214、222页。

③ （明）骆问礼：《万一楼集》卷10，《四库禁毁书丛刊》，北京出版社1997年版，集部，第174册，第203页。

这里，作者直接以"闷"字为题点明主旨。开篇以设问的方式直言"蹇劣凭谁诉"，表达自己困厄的境遇与烦闷的心情，可面对"支离"的现状只能自我伤悲；颈联又用比喻的手法写自己愁闷袭来像喝醉酒似的发狂，等到静下来后又像坐禅一样的静寂入定，借此表明远谪的烦闷给其造成了狂、静不定的精神状态；颔联转笔写阵雨过后，山岭上被晚霞映照的云朵如此艳丽，经过雨水冲洗的树林显得尤为新鲜，可眼前的美景没能疏解其内心的烦闷；尾联承接颈联，交代了烦闷的原因"经年无雁到，安得远书传"，原来是长时间收不到书信的缘故。对于远谪他乡、身心孤独、生性敏感的仕宦文人来讲，书信（尤其是家书）无疑是慰藉自我的一剂良药，如果连这种自慰的方式都难以获取的话，那势必会对当事人造成无比的痛苦，杜甫"烽火连三月，家书抵万金"的吟诵便交代了家书对身处困厄中游子的重要性，同时也帮助了人们理解骆问礼在此层面的烦闷与哀伤。

当然，引起骆问礼烦闷的原因是多方面的，除了贬谪边地远离朝廷、精神屈辱及收不到音书，对未来仕途的担忧、对人事沧桑的感喟、对人生价值的追求与失落、对人生易逝的无奈等，均是引起其忧闷的因素，从其现存的诗句中可以窥见一斑。如《普定行署后竹石》中"停车抚长铗，深愧厨中鱼"化用战国时期冯谖客孟尝君的故事抒发不遇的情怀，《登姚安东山》中以"长安消息断，翘首思凄迷"表明对朝廷的关注和对前途的迷茫；又如，"人事苦不齐，奔走徒碌碌"（《望见苍山雪有怀王白岳宪长》），"一官仍未达，徒负百年心"（《新田驿》）对人生奔竞、碌碌无为的感叹，"当年携酒客，今到几人存"（《太极山》）对人事凋零的无奈与感伤，以及"穷通无限恨，谁与问洪钧"（《梦见楼用中》）对穷通命运难定、无处寻求答案的叹问，又有"还怜蓬鬓随霜星"（《欲游苍山不得简华兵宪》），"碌碌因人惭短鬓"（《赠唐鉴江按察》）对人生易老的感叹等。①

面对漂泊、孤独的现实与多重缘由引发的忧闷，骆问礼没有也很难

① 《望见苍山雪有怀王白岳宪长》《新田驿》《太极山》《梦见楼用中》《欲游苍山不得简华兵宪》《赠唐鉴江按察》，见《万一楼集》卷 10、卷 11、卷 12，《四库禁毁书丛刊》，北京出版社 1997 年版，集部，第 174 册，第 210、209、207、214、220、212 页。

找到内心得以完全疏解的方法，于是在感叹无奈之余难免会产生失落的情绪，而这种失落常常借助厌倦仕途的诗句表露出来，如"为报班生已倦游"（《登姚安城南威远楼》）化用班超的典故表达倦游于仕途的情怀，"謇劣当时已倦游"（《声远楼叠旧韵》）则表明自己倦游仕途是早有的想法。① 其实，像骆问礼因贬谪引发的烦闷、无奈与失落，在众多明代遭贬的仕宦文人身上都会有所体现，只不过受个体性情、贬谪境遇等因素影响，此种心态存续的时间长短、深浅程度有所不同罢了。至于其诗作中厌倦仕途的语句，也不必太过当真，有些是出自真心想退出政坛归老林下，而有些仅是一时的牢骚话而已，等时过境迁又会有其他的想法或说法，万历初年以后，骆问礼历任扬州府推官、南京工部主事、福建参政、湖广副使的经历似能说明一定的道理。

二 　"乡心苦未降"——难以慰藉的思乡之情

基于农耕文化以及"安土重迁，黎民之性；骨肉相附，人情所愿也"② 思想的影响，绝大多数离乡背井之人会存有怀乡思家的情怀，而且这种情怀业已成为古代文人作品中常被记写的话题。对于古代士人来讲，出于"学而优则仕"、社会现实、自我价值实现等方面的考量，他们为谋得一官，可谓呕心沥血、苦苦追求，一旦高中之，便不得不离开故土走向仕途，因此在实现做官志愿的同时，便会因离开故土而产生思乡的心绪。其实，人生的历程中会有很多缺憾，不少事情很难（或不可能）两全或者说完美，两全或完美仅是人们的一种理想或愿望，然而正是在这些不能实现、不断追逐的过程中实现了自己的人生价值。也正是由于不能或很难实现，才不断激起人们的欲望或好奇，使其欲罢不能，离家做官与难断思乡之情便印证了这一事实，而且他们思乡的情思还会随着仕途的浮沉变化而发生浓淡不同的变化，对于那些遭贬受挫的仕宦文人来说，这种思乡之情则表现得异常浓烈。

骆问礼隆庆三年（1569）遭贬云南楚雄知事，远离朝廷的疏离感与

---

① （明）骆问礼：《万一楼集》卷10，《四库禁毁书丛刊》，北京出版社1997年版，集部，第174册，第208页。

② （汉）班固：《汉书·元帝纪》卷9，中华书局1962年版，第292页。

屈辱感、激怒皇帝而遭贬后的恐惧、异域的荒僻与艰难等，使他倍感孤独与失落，加之他在奔赴云南途中得了疟疾，脾弱不能化食，四肢无力，①更是引起其强烈的思乡念亲之情。这种思家、怀乡的思想在骆问礼与朋友的书信中被多次提及，如《简章昆冈钱鹤山》中言：

> 自别一路淹蹇，九月十三日始抵楚雄。除迎谒之外，更无他事。远方小官之况，未甚薄恶，所不堪者，思家与带书不多而已。舟车何日至京，此举联捷无疑，但远人无由申贺为歉。不才罪累已极，而性复疏懒，沦落所宜，故自得罪以来，不敢作一字至京。兹因鞠春元之便，聊报平安，倘遇相知者问及，乞道无恙足矣。滇云山川颇类吾浙，而民居风物与北地相似，惟夷性狡猾，窃发不常。小官俸禄无各省之半，盖缘各省有马丁，而此中旧因借用他处，向不能复加，以道途之险远仓场等类，流落可怜者比比，终非禄仕者所宜到也。②

由此段文字中的"舟车何日至京，此举联捷无疑，但远人无由申贺为歉"，可知这应是骆问礼写给进京参加科考举子章昆冈、钱鹤山的书信。在这些文字中，除了提及"思家与带书不多"的信息，骆问礼还介绍了其贬谪的许多情况，如一路坎坷到云南楚雄的时间为九月十三日，在楚雄事务少、"未甚薄恶"的情状，自己获罪以来深感沦落及"不敢作一字至京"的惧怕心理，于是"因鞠春元之便，聊报平安"，同时还提到滇云的风物、人情，以及自己的俸禄较少，感叹这里是不宜到任做官的地方等。通过骆问礼向其朋友介绍的相关情况，可以帮助我们了解他当时的贬谪状况及其心态，同时也为了解同类的遭贬官员提供了参照。另外，他在其他书信中，亦表达了强烈的怀乡之情，如《复冯南台》云"不无思家之念"，《简张应泉》言"日来乡念忽动，固不可遏"，《简袁近沙》

---

① 参阅《万一楼集》卷25《复冯南台》《复邹颖泉》《柬蔡念所》中所记，《四库禁毁书丛刊》，北京出版社1997年版，集部，第174册，第344页。

② （明）骆问礼：《万一楼集》卷25，《四库禁毁书丛刊》，北京出版社1997年版，集部，第174册，第345页。

说"不才沦落，日夜怀乡"等。①

骆问礼的书信中有多处表达了思乡之念，诗作中也有不少书写思家怀乡的篇章。如《思家》：

> 故园在何处，孤剑滞天边。人去随重译，书来定隔年。鸟啼山雨后，花发野亭前。触忤偏堪怪，能令两鬓鲜。②

诗作由设问"故园在何处"写起，借助此种手法给人以强烈的冲击感，随后以"孤剑滞天边"交代身在极边、无比孤独的现状，通过故园与天边的空间变换彰显自己的情感起伏与心理落差；接着，写身处南荒之地，路途偏远家书难收，更是增添了思乡之绪；山雨过后鸟的鸣叫声与野亭前绽放的花朵未能舒缓思乡之情，闲远的环境与思乡之念反而引发了作者对贬谪因由的思考，自己出于忠心直谏朝廷却以触忤圣上遭受贬谪，实乃不得其解，含冤遭贬与思乡不得的困扰使自己的两鬓日渐稀疏。整体而言，这首诗作主要表达了不可按捺的思乡之情，并涉及遭贬原因的反思。事实上，对于遭贬原因骆问礼是有所思考的，如他在《简武节庵》中说：

> 前疏迂阔，虽不才亦自知顾一时僻见不能自禁……鄙见谓谏官在知无不言，利害非所当计……前疏不能审时度势，此中虽行道者亦以为非，意思不觉消沮。夫谏官之言求其是而已矣，其是也入则社稷之福……如其不是则不惟无益，亦自可耻。③

在这里，骆问礼已经认识到了自己的"迂阔"以及疏论内容为"一时僻见"（结合下文所言，可知他所说的"迂阔""僻见"实属谦辞，但也说明他对自己的行为有所反思），"不能审时度势"，可是出于谏官的职责所

---

① （明）骆问礼：《万一楼集》卷25，《四库禁毁书丛刊》，北京出版社1997年版，集部，第174册，第344—346页。
② （明）骆问礼：《万一楼集》卷12，《四库禁毁书丛刊》，北京出版社1997年版，集部，第174册，第220—221页。
③ （明）骆问礼：《万一楼集》卷25，《四库禁毁书丛刊》，北京出版社1997年版，集部，第174册，第338页。

在，以及他追求"求其是"的公心，他"不能自禁"所为，而这与他坚守的"大丈夫出则为龙，处亦为龙，必欲伊、傅、周、召有时有命，若颜、闵、夷、由则存乎我者，无往而不可也""名节为士人根本"的思想观念相关，① 也与其"直言不避权贵""嫉恶太严，不能容人之过……而衷实坦夷，温粹不设城府"② 的个体性情密切相关。因此，骆问礼在《简武节庵》中写自己"迂阔"与称所疏为"僻见"，可能只是借此婉曲地表达自己遭贬的忧闷罢了。

又如，《交水道中》"惨淡斜阳里，高台可望乡"，《早发广通》"寻常望乡处，芳草任萋萋"，《和曲道中》"征骑萧萧发，乡心苦未降"均写道中望乡，又因他途中患病，加之得罪以来天天抱有忧惧之心，故此写景惨淡萧疏、抒情消极哀伤；《小馆》"花燃柳暗空郊外，免得乡心逐鸟声"，《中秋圆通寺玩月》"乡关同此夕，尊酒可中庭"，《太华寺次卢廉访韵》"乡思消残仙子局，诗脾清澈老僧茶"。③ 则写于学馆、寺院，同是表达思乡之情，较之上面的道中所作，则相对潇然一些，而这与其谪居期间"深思默念，动皆自取，故虽鄙劣，不加少进，而心气亦觉宽平"④ 的心态调整有关。

三　"半日浮生闲且适"——相对闲适、洒脱的情怀

在每个人的人生历程中，都会因其境遇的变化而产生悲苦哀愁、欣喜闲适的复杂心绪，不过，由于个体性情与修养方面的差异使他们对待境遇的态度各有不同，因此便会在同与不同的境遇中产生同与不同的情绪与心态。骆问礼遭贬云南楚雄知事，同其他遭贬的文人一样，有忧闷、恐惧、思乡的心态，也有心气相对宽平之后的闲适与洒脱，据其现存的

　　① （明）骆问礼：《万一楼集》卷25《简张应泉》《简海刚峰》，《四库禁毁书丛刊》，北京出版社1997年版，集部，第174册，第346、379页。

　　② （明）陈性学：《皇明万一楼居士墓表》，《四库禁毁书丛刊》，北京出版社1997年版，集部，第174册，第74页。

　　③ 《交水道中》《早发广通》《和曲道中》《小馆》《太华寺次卢廉访韵》《中秋圆通寺玩月》，见《万一楼集》卷10、卷11，《四库禁毁书丛刊》，北京出版社1997年版，集部，第174册，第206、208、217、213、206、215页。

　　④ （明）骆问礼：《万一楼集》卷25《柬黄北野》，《四库禁毁书丛刊》，北京出版社1997年版，集部，第174册，第347页。

贬谪诗来看，骆问礼相对闲适、洒脱的情怀在旅途或独坐写景类作品中表现得较为突出。例如：

《回蹬关次韵》：碧鸡关外更多关，人自奔忙云自闲。石磴盘空临古哨，土城围驿倚荒山。英雄今古知谁是，风月乾坤不我悭。短剑素琴常对酒，肯将歌舞让朱颜。

《独坐》：李白衬桃红，亭亭短竹丛。艳轻清映日，香细暗随风。燕掠朱帘动，蜂喧碧榭空。小堂成独坐，忘却有江东。①

回蹬关在今云南禄丰县广通镇西回磴山上，明代置巡检于此。② 该诗借写历史关隘及其周边的环境，从"人自奔忙云自闲"引发出"英雄今古知谁是"的感叹，继而写自己不悭风月、对酒当歌，借此抒发一种安闲行乐的洒脱情怀。《独坐》前三联用李白、桃红、短竹、明日、香风、燕掠、朱帘、蜂喧、碧榭等意象，勾勒出了一幅生机勃勃的春景图，在此基础上，作者点题"小堂成独坐"，结句又以"忘却有江东"独有方式抒情，表明自己陶醉于眼前美景的同时，彰显出其相对闲适、超脱的心态。

又如，在《石洞哨望蒙乐山》中，骆问礼首先写蒙乐山及其周围的景致，"蒙乐峰万仞，蟠结千里寒。高树远若荠，小阜翔如鸾。飞泉落千涧，苍壁穿云端。嵫峛亦窈窕，四顾皆巉岏。苍萝挂虬松，芳丛绕鲸盘"，给人以巍峨逦迤、雄阔葱茏的形象感；随后，作者由眼前之景联想到昆仑、五岳、泰山等，进而抒发自己超尘脱俗的思想情感，"达人振高足，挥麈恣清欢。胡能局一邱，如蚁游寸菅。顾昨登泰山，跐跐矜鹏抟。作赋千万言，墨迹犹未干。居然如梦寐，吴秦俱漫漫。乃知齐物论，庄生原非谩。仗剑四海窄，袖手足一丸。执痴还执哲，谁缺输谁完"，这里他短暂地体悟到了"挥麈恣清欢"，反思到"庄生原非谩"，并上升到"执痴还执哲，谁缺输谁完"富有哲理性的辩证思考，从而完成了一种由

① （明）骆问礼：《万一楼集》卷11，《四库禁毁书丛刊》，北京出版社1997年版，集部，第174册，第217、213页。
② 中国历史大辞典·历史地理卷编纂委员会：《中国历史大辞典·历史地理卷》，上海辞书出版社1996年版，第304页。

景及情的短暂的反思与超越。再有，《普定圆通寺山亭》"一眺尽雄城，心与浮云竞"顿脱后的升华，《临元守道小亭》"锦亭堪寄兴，兀坐顿忘机""徙倚浑无俗，何须问钓矶"顿忘后的超然，《喜雨》"均调无绝塞，色笑启芳樽"启思后的闲暇，《发武定》"名利牢笼终白发，枕流何似对鸥眠"警醒后的向闲，《龙潭山庵》"忧病倏然失，清幽惬素心"忧病倏失的惬意，《喜龙潭山二禅师见过》"半日浮生闲且适，老怀春到未全乖"短暂悟道后的自我闲适等，亦多是在外在自然景致的启发下，使其短暂地体悟到景情融一，感受到超脱世俗杂念后的轻松愉悦，继而完成短暂的自我精神升华，即达到了"顿悟"后"忘我"的自由精神的一种独在。可惜这些超脱只能是片刻式的存在，正是这些片刻超越俗念的精神存在，在一定程度上帮助骆问礼疏解艰难困苦，使其在挣脱苦难、战胜自我的路程中一步步完成自我的塑造。①

四　"大庇谁获开欢颜"——济世忧民的情怀

由于深受传统价值观念的教育与影响，对于古代出仕的广大士子而言，他们多数抱有济世忧民的情怀，有些人为了坚守或实现自己的理想信念，甚至不惜牺牲个人的利益乃至生命去同祸国殃民的不良风气作斗争，虽然有些行为稍见"迂阔"，但他们的"勇气"与"胆识"却是值得称道与学习的。骆问礼遭贬是上疏言事不能迎合权势的需要、进而触怒皇帝的结果，而从其奏疏的内容来看，除了具有理想化色彩、言语偏激之外，多是一些忠诚肺腑之言，而且有些观点颇能针砭时弊、切中要害，这说明古代官员上疏言事的话题、时机、方式、语气等比较重要。骆问礼上疏言事被贬谪云南楚雄知事，的确给他造成了不小的打击，也使他有了"前疏迂阔"的反思，可是，出于对谏官责任的认同，出于信念支撑下士人的气节与本色，即使面对身患疾病、俸禄减半、忧惧艰难的现实，他仍然没有改变自己的底色，依然在一些可能的层面关注民生疾苦与学子教育，这又说明性格、信念对于一个人的行为方式、仕途命

---

①　《石洞哨望蒙乐山》《普定圆通寺山亭》《临元守道小亭》《喜雨》《发武定》《龙潭山庵》《喜龙潭山二禅师见过》，见《万一楼集》卷10、卷11、卷12，《四库禁毁书丛刊》，北京出版社1997年版，集部，第174册，第209、204、206、214、214、224、224页。

运影响较大。如《定边道旁木》：

> 定边夷民穷到骨，定边山田不生谷。定边山路绕山腰，万木芄
> 苁蔽岩谷。桃僵李咶不足言，合抱松杉卧当麓。蚁剥苔封野火烧，
> 旧者未尽新成簇。虎狼出没盗贼多，斫伐不使藏麋鹿。人民稀少道
> 路难，梁栋弃置榱桷闲。我来尽有匠石虑，转置无力徒成叹。咸阳宫
> 殿高百尺，杜陵豪客思千间。人情时事不相值，大庇谁获开欢颜。生
> 莫作定边民，乔莫作定边木。鹑衣罄室横道侧，寒云冻日随关山。①

定边属于云南楚雄府下辖五县之一。从诗作的题目来看，这应是作者路
过定边所作。其中，据其所见所闻，述及定边的民众、山田、山路、树
木、虎狼、盗贼、道路、房屋等，进而引及历史上的咸阳宫殿、杜陵豪
客，引发出对于人事、现实的思考与感慨。其中，彰显骆问礼济世忧民
情怀的内容主要体现在两个层面：一是，对定边"夷民穷到骨""山田不
生谷""虎狼出没盗贼多""人民稀少道路难，梁栋弃置榱桷闲""鹑衣
罄室横道侧"等恶劣环境、民生贫苦现状的关注与描绘；二是，在记录
上述见闻的基础上，感喟"我来尽有匠石虑，转置无力徒成叹"无奈的
心理转变，以及"大庇谁获开欢颜"化用杜甫的诗句叹问民生疾苦，还
有"生莫作定边民，乔莫作定边木"的警告，而这类感叹、叹问与警告
正折射出骆问礼关心边民生活的拳拳之心。又如，《端阳富民县把酒》中
的"邑小新迁治，田荒宿负租。南风正披拂，欲鼓舜弦呼"，欲为民众的
租税大声疾呼以求朝廷采取恤民政策予以宽免；《九日定边登眺》"邑据
山腰只一邱，民除客籍惟三户"记录边民稀少，《元谋县》"县廨频迁地，
征徭半没田。草枯头自结，民病瘿多偏"，交代县廨频迁、征徭难办、民
众疾苦等，均对了解骆问礼的用世情怀有所帮助。②

骆问礼的用世情怀还表现在重学上。譬如，他在写给邹善的书信《柬

　　① （明）骆问礼：《万一楼集》卷10，《四库禁毁书丛刊》，北京出版社1997年版，集部，
第174册，第210页。
　　② 《端阳富民县把酒》《九日定边登眺》《元谋县》，见《万一楼集》卷11，《四库禁毁书
丛刊》，北京出版社1997年版，集部，第174册，第214、216、217页。

邹颖泉》中云："率尔告别，长途殊增怅怏，天涯困虑，尚期渴致……但羁踪全不自由，不知更有执鞭之日否？"① 担心自己因贬谪期间羁踪不自由还能不能有执教之日，表明他仍有执教学子的愿望，而这一愿望的存在反映出骆问礼在价值实现方面的深层次需要。事实上，骆问礼到达云南楚雄之后，的确没有放弃讲授举业，并将之付诸实践。他在隆庆六年（1572）孟夏所撰写的《运甓编序》中云："骆子放伏荒野，日闭户与童子讲举子业，亦时为举子文，且名其编曰《运甓》。"② 记录了自己给童子讲授举子文的情况，并集为《运甓编》以达到自省及教化童子知其学的目的。又有《私试程文序》中云："吾读楚雄、姚安诸士子之文，而不能无慨于中焉……暇日私试，偶得确然中式者数篇，因汇之为录。记曰：相观而善为之摩，诸生试以此为程度而相观焉……"③ 也说明了贬谪期间骆问礼用心于举子业，通过汇编私试之文的方式增进诸生之间的交流切磋，以规范诸生作文的程式，促进当地举业的发展。

要之，骆问礼贬谪期间的心态不只是上文述及的几点，还有其他层面，如《鹤剑篇寄罗枢所寅长》中"忆昨同携过碧鸡，匣中隐隐愁别离"别离相思之怀，《将赴滇徐南葵以诗见赠次韵为别》中"抱甕常思学邵平"避世退隐之愿等。客观来讲，他的贬谪心态应是多元的，基于目前的材料及笔者的体认，这里仅择其突出者略述于此，以便引起大家的关注与思考，不足之处尚待后补。

---

① （明）骆问礼：《万一楼集》卷25《柬邹颖泉》，《四库禁毁书丛刊》，北京出版社1997年版，集部，第174册，第343页。邹善（1521—1600），字继甫，号颖泉，嘉靖三十五年（1556）进士，历任刑部主事、山东督学、广东右布政、太常寺卿。该书信应写于邹善任山东督学期间，此时他经常率诸生讲明圣学。

② （明）骆问礼：《万一楼集》卷33，《四库禁毁书丛刊》，北京出版社1997年版，集部，第174册，第431页。

③ （明）骆问礼：《万一楼集》卷36，《四库禁毁书丛刊》，北京出版社1997年版，集部，第174册，第461页。

结　语

上文的梳理分析将明代仕宦文人的贬谪状况及其贬谪心态、贬谪诗的创作特点大致呈现出来。基于前文的探讨，可以得出以下四个方面的结论。

一　明代各时段、各政区的贬谪人员数量差别较大

在梳理明代仕宦文人贬谪状况的基础上，笔者通过数据统计的方式呈现出了明代各时段、各政区贬谪人员数量及其所占比重的情况。明代各历史时段遭贬人员数量与年度贬谪频次居于前五位者，分别为嘉靖、洪武、万历、正德、崇祯与正德、洪武、嘉靖、崇祯、天启，其中两类重叠者有洪武、正德、嘉靖、崇祯四个时段。正德、嘉靖、万历、天启四个时段贬谪人数较多与年度贬谪频次较高的原因，除了嘉靖、万历的统治年限相对较长，主要是与皇帝是否作为、政风是否清明、官场运行是否规范等密切相关，如正德帝"耽乐嬉游，昵近群小"①，便出现了以刘瑾为首的宦官专政，嘉靖年间大礼议事件引发的长期争斗与严嵩多年擅权，天启年间魏忠贤专权与激烈的党争等都对当时朝政的正常运转产生了较大影响，进而在很大程度上影响到了贬谪事件发生的次数与贬谪人员数量。洪武朝为明朝的开局时段，朱元璋奉行"重典治国""以法治吏"的理念，实行严刑峻法来治理官吏，而且出于自己的好恶对江南士人予以残酷的打压，这些举措促生了贬谪事件的发生，应为洪武朝贬谪人数居高不下的重要原因。至于崇祯朝，它是明朝的最后一个时段，面

---

① （清）张廷玉等：《明史》卷16，中华书局1974年版，第213页。

对当时党争持续、朝政混乱、疫情与民变频发、清兵骚扰入侵的艰难时局，尽管朱由检励精图治、事必躬亲，想治理好这个岌岌可危的王朝，可惜他缺少谋略、权术，"且性多疑而任察，好刚而尚气。任察则苛刻寡恩，尚气则急遽失措"①，激化了他与文官集团的矛盾，从而导致贬谪事件的频繁发生与贬谪人数的增加。

由遭贬人员的空间分布情况来看，各政区之间的贬谪人数明显失衡，整体呈现出南方多于北方、东部多于西部的现象，这一现象最直接的原因是南方或东部考中进士步入仕途的人数多于北方或西部。正是由于南方或东部入仕做官的人数较多，发生贬谪事件的概率也就大，因此遭受贬谪的人员也就多。至于南方或东部地区入仕人数较多的原因，概括而论，应是诸多因素相辅相成、互相补足的结果，譬如，各政区所处地理位置的交通便利与否、城镇数量多少、经济富足情况如何，以及重视科举程度、学风是否浓厚，官宦之间相互提携情况，甚至是气候能否适宜居住等，都应是考虑的因素。

二 遭贬人员众多，原因复杂，命运多元

据有关史料不完全统计，明代仕宦文人约有382位有过遭贬经历，而且上至内阁大臣，下至低级官吏，涉及的层面十分广泛。论其遭贬原因，可谓复杂多端。整体观之，以开罪皇帝、冒犯权臣、得罪宦竖、参与党争者居多，如大礼议事件中众人遭贬则是违背圣意的结果，陆粲遭贬与弹劾权臣张璁、桂萼有关，沈炼、张元谕、徐中行等被贬是因为弹劾权相严嵩，艾穆、沈思孝等遭贬与上疏论张居正夺情之事有关，陆洙、赵鹤、靳贵等遭贬是因忤宦官刘瑾之意，邹维琏、邓渼遭贬因为得罪阉宦魏忠贤等。当然，也有不少因争权夺利、遭人诬陷或坐累遭贬者，如黄正色弹劾中官被诬，何栋如失贵人意被诬遭贬，王绂、郝敬、茅坤、程本立等因坐累被谪戍；还有因个性狷狂遭贬者，如常伦、陆澄源因个性放纵、不循礼法被贬谪；等等。值得注意的是，有些人员的遭贬原因并非史书或相关史料中记载的内容，因为有些记录仅是被贬的表面原因或

仅是一种口实，而内在则另有隐情，需要细加考证、辨析才能接近客观真相。

至于众多仕宦文人遭贬之后的命运，各不相同：有遭贬旋即召还者，有贬谪时间较长客死戍地者，有贬谪后又被起用升迁者，有贬谪后惨遭罢官归田者，有贬谪次数较少者，亦有屡遭贬谪者等。譬如，解缙建文年间被贬为河州吏目不久被召还任翰林待诏，杨慎贬谪云南永昌卫所三十五年后客死谪地，邵经邦谪戍福建镇海卫三十七年客死戍地，韩邦奇被贬谪南太仆寺丞后又被起任山东副使，王九思被贬谪寿州同知后遭罢官归田，周弘纶经历了安徽无为州同知、山西代州判官、广东澄海典史三次贬谪等。这些遭贬人员在谪地的表现也多有不同，其中不少遭贬者在谪地筑路、修桥、改革旧俗、执鞭举业等，做出了许多利民的好事，深受民众爱戴，有受到地方官的礼遇生活相对悠然舒适者，也有少数遭贬后萎靡不振、消极颓废者，还有怨声载道、屡加申斥者，等等。

经过对明代仕宦文人遭贬原因与贬谪期间生命形态的梳理、分析，可以体认到明代皇权专制制度下存有诸多值得思考的问题：如皇权的任性与专断，官僚机制运行过程中因人为干预致使的朝廷混乱，为争权夺利而展开的惨烈的权力（党派）斗争，权臣（宦官）专权的严重危害性，以及在名利驱使下各级官宦人性的幽微与险恶，还有具有人身依附性特点的仕宦文人在政治地位与人身权利方面的尴尬与缺失等。另外，还使人们认识到遭贬事件的屡屡发生有其制度缺陷、人性弱点等引发的必然性，同时也有因为某事引起贬谪事件发生的偶然性，如侵犯权臣利益被贬属于前者，而因天变、火灾遭贬则应属于后者（当然天变、火灾不一定是遭贬的根本原因）。

三　明代贬谪诗主题多元，特征多样，贬谪印痕明显

通过对 130 多位明代仕宦文人 4000 多首贬谪诗的梳理、研读，笔者发现其贬谪诗的主题取向、艺术特征呈现出多元的特点。主题多元方面，有书写漂泊、孤独、思乡之情的抒怀诗，有与朋友、官宦之间赠答、唱和的酬应诗，有记写谪戍途中或谪居期间所见所闻的羁旅诗，有咏写历史人物、历史故事的咏史诗，有记录地方景胜、风土人情的风物诗，有

记写边境景物、战事的边塞诗，还有题画诗、纪事诗、理趣诗、教化诗等。其中，以抒怀诗、酬应诗、风物诗、羁旅诗居多，其他题材类诗作的数量则因个人的境遇、喜好与关注对象不同而存量不等。而且，从其孤独心迹的书写、思乡情怀的倾诉、谪宦之间的唱和、历史人物的题写、戍地景胜与风土人情的记录、边塞风光的描绘、贬谪途中纪行以及谪地教化活动的记录中，可以令人明显睹见贬谪的印痕，这说明贬谪事件的发生对他们的影响较大。通过对这些印痕的关注、分析，可以使人们感知他们的心态变化，体认他们生命形态的呈现方式，领略异域的风土人情等，同时，也为明代仕宦文人个案或群体研究提供较有价值的参考。

诗歌创作特征的多样性形成与个人的诗学观念、学识修养、个体才情、人生经历有着密切的关系，而刻骨铭心的贬谪遭遇会程度不同地影响到他们诗歌创作特征的变化，尤其是对于那些贬谪时间较长或屡遭贬谪者而言，其诗歌创作的变化会更加明显。基于对明代贬谪诗的整体把握，笔者对其创作特征主要总结为以下几点：出于遭贬的境遇与心态，贬谪诗中普遍存在着悲伤、孤独、无奈的情感基调；远离烦嚣，顾虑减少，荡涤尘埃，反思自我，使其诗作表现出了情真意切的抒情特点；个性才能、创作基础、诗风追尚方面的差别，即使身居谪地也使他们的诗歌创作呈现出多元并存的风格特点；在创作手法的选用上，受贬谪境遇的影响并不明显，比喻、对仗、引用、夸张等多种并存；具体到一些个案，他们的贬谪诗独有特点，为明代贬谪诗增色不少，如王守仁的贬谪诗崇尚理趣、个性鲜明，沈炼贬谪诗的豪直之风与其个性吻合等，值得关注。

笔者通过对明代贬谪诗主题取向与创作特征的整体观照与个案分析，既认识到了传统主题与创作特征基于长期积淀而形成的延续性特点，也认识到强力（特殊境遇）干扰下诗歌创作在某些层面发生的变化。论及这些变化的轨迹，大致可以描述为：人生轨迹（主动或被动）改变—创作主体心态变化—创作主体视域与审美变化—创作主题取向与艺术特征变化。在这些变化中，虽然每个人的变化范围与程度不尽相同，但是仍可从中睹见如上所言群体变化的共性特征，以及因时、因地、因事、因人而变的个性特点。

四　同与不同的存在——明代仕宦文人的贬谪心态

对于每个当事人来讲，贬谪的痛苦经历会使他们受到肉体、精神上的双重打击，因此贬谪对于他们的心态影响较大。通过对明代不同时段代表性贬谪文人的心态解析，笔者发现其贬谪心态呈现出复杂矛盾的特点，主要表现在：漂泊孤寂、思乡念亲、忧愤难释、哀伤无奈、有限超越、不忘魏阙、感念君恩、忠贞报国、济世爱民、弘道重教等多种心态。不过，由于每个仕宦文人的贬谪境遇、个体性情、思想信念、承压能力等各不相同，因此上述各种心态的有无及存在的强弱程度也因人而异，如沈炼的忠贞报国之心尤为强烈，刘天民的哀伤情怀无处不在，邵经邦的弘道重教一贯坚守，孙蕡的感念君恩时常提起，陆完自知心中有愧的赎罪心理等，均是在孤独、思乡、哀伤、无奈等共有心态基础之上有别于他人的突出之处。

贬谪经历对仕宦文人的影响十分深刻，既影响到了他们的心态，也影响到了他们的诗歌创作，他们用诗歌记写多元的内容、抒发复杂的性情、表露真切或隐曲的心迹，因此有效解读这类诗歌为人们打开了一扇了解明代社会与仕宦文人心态的窗，有不可忽视的价值与意义。

由于时间仓促、能力有限，笔者对明代贬谪诗的研究比较粗浅，尚有许多问题没有涉及，即使有所涉及也未能谈深、谈透，有待今后努力弥补。敬请各位学界同人批评指正。

附　　录

明代贬谪文人的籍地、贬谪地与贬谪原因、贬谪时间统计①

（表中行政区划顺序及地名均按照《明史·地理志》整理标识）

姓名	籍地		贬谪地		贬谪原因	贬谪时间
京师（13 人）						
岳正	顺天府	漷县	广东/陕西	钦州/肃州	曹吉祥、 石亨所诬陷	天顺初年
苏志皋	顺天府	固安	陕西临洮府	河州	宣府督饷不及	嘉靖中期
蔡瑷	真定府	宁晋	山东	山东（按察司）	元旦失误庆贺	嘉靖二十二年
赵南星	真定府	高邑	山西太原府	平定州/代州	黜贪官遭讦谤/ 忤魏忠贤	万历中/天启
杨继盛	保定府	容城	陕西临洮府	狄道	弹劾严嵩党羽仇鸾	嘉靖三十年
鹿善继	保定府	定兴	山西大同府	泽州	发金花饷辽， 惹神宗怒	万历中期
申佳胤	广平府	永年	南京	南京（国子监）	受科考牵连， 忤温体仁	崇祯后期
路振飞	广平府	曲周	河南	河南（按察司）	言事，语刺温体 仁，遭衔	崇祯八年
马中锡	河间府	故城	南京	南京（工部）	忤刘瑾	正德年间
孟兆祥	河间府	交河	京师	京师（行人司）	忤权要	崇祯年间
萧显	永平府	山海卫	贵州安顺 军民府	镇宁州	抗疏言事忤旨	成化十七年
王越	大名府	浚县	湖广德安府	安陆	与万安有隙	成化十九年

---

①　表中贬谪文人相关信息统计的资料来源：以陈田《明诗纪事》为主，参考朱彝尊《明诗综》《静志居诗话》、钱谦益《列朝诗集小传》、张廷玉等《明史》、饶宗颐与张璋《全明词》、周明初与叶晔《全明词补编》、谢伯阳《全明散曲》与部分地方志等。

续表

姓名	籍地		贬谪地		贬谪原因	贬谪时间
魏允贞	大名府	南乐	河南开封府	许州	言张四维、申时行儿子科举事	万历十一年
南京（110人）						
倪瓒	应天府	上元	广东肇庆府	开平	坐科举事	天顺年间
顾璘	应天府	上元	广西桂林府	全州	忤太监廖堂、钱宁等	正德四年
顾瑮	应天府	上元	河南开封府	许州	正直不屈就，不谙官场	正德末年
许谷	应天府	上元	浙江	转运使司副判	不详	嘉靖年间
黄甲	应天府	上元	南京扬州府	泰州运判	不详	嘉靖年间
俞彦	应天府	上元	湖广荆州府	夷陵州	嫉之者以计	崇祯四年
焦竑	应天府	上元	福建建宁府	福宁州	主顺天乡试以文体险诞	万历二十五年
姚汝循	应天府	上元	四川	嘉定州	忤张居正，受弹劾	万历六年
倪谦	应天府	上元	广东肇庆府	开平	科考黜权贵子遭诬	天顺年间
贾必选	应天府	江宁	江西九江府	九江府	替同官倪笃之陈辩申冤	万历天启间
周浈	应天府	江宁	广东惠州府	惠州府	不详	洪武年间
顾国辅	应天府	江宁	湖广宝庆府	宝庆府	遭嫉者诬陷	万历二十一——二十二年
庄昶	应天府	江浦	湖广辰州府	桂阳	反对朝廷烟火浪费	成化年间
魏泽	应天府	溧水	浙江台州府	宁海	匿方孝孺幼子	建文末
沈越	南京	锦衣卫	四川夔州府	开州	以试事忤旨	嘉靖中期
杨基	苏州府	吴县	南京凤阳府	临濠	以饶介客；以谗言	洪武五年
陆禧	苏州府	苏州	陕西	甘肃	不详	洪武初年
徐济	苏州府	吴县	河南开封府	开封	不详	洪武中期
徐有贞	苏州府	吴县	云南永昌军民府	金齿	石亨构陷	天顺年间
袁袠	苏州府	吴县	浙江湖州府	湖州	坐武库失火，实不附张璁	嘉靖年间
徐祯卿	苏州府	吴县	京师	国子监	请求回乡任官，驳回降谪	正德五年
姚希孟	苏州府	吴县	京师	詹士府	主乡试，有冒籍中试，被诬，温体仁借机贬之	崇祯年间
周南老	苏州府	吴县	凤阳府	临濠	不详	洪武初年

姓名	籍地		贬谪地		贬谪原因	贬谪时间
章焕	苏州府	吴县	广东	广东卫所	赴任迟延，劾其怠慢君命	嘉靖三十九年
吴文泰	苏州府	吴县	山西大同府	云中（大同）	坐事	洪武中期
王璲	苏州府	长洲	不详	戍边	坐事	永乐初年
韩雍	苏州府	长洲	浙江	浙江（参政）	受钱溥牵连	成化初年
皇甫涍	苏州府	长洲	京师广平府	广平	言者论皇甫涍改官有私情	嘉靖年间
皇甫汸	苏州府	长洲	湖广黄州府	黄州（理官）	因监运陵石迟缓①	嘉靖中期
皇甫濂	苏州府	长洲	河南	河南布政理问	得罪权贵之奸商亲戚	嘉靖三十年
陆粲	苏州府	长洲	贵州	都匀（镇）驿	劾张璁、桂萼专权	嘉靖八年
刘凤	苏州府	长洲	福建	兴化府	禀性刚强受人忌恨谗言	嘉靖三十三年
王谷祥	苏州府	长洲	京师	真定府	以事，个性刚强正直	嘉靖年间
文震孟	苏州府	长洲	贬秩外调	未接受回乡	上疏劾，忤魏忠贤	天启二年
陆完	苏州府	长洲	福建	靖海卫	坐纳朱宸濠贿	正德十六年
钱逮	苏州府	长洲	南京	凤阳府	不详	洪武初年
赵文	苏州府	长洲	不详	不详	不阿权贵，坐谪	永乐年间
申屠衡	苏州府	长洲	凤阳府	临濠	例赴临濠	洪武年间
陈则	苏州府	昆山	山西大同府	大同府	以阅实人口	洪武中期
史谨	苏州府	昆山	云南	边陲	坐事	洪武中期
丁晋	苏州府	昆山	不详	边塞	不详	不详
顾德辉	苏州府	昆山	凤阳府	濠梁	因受张士诚辟之	洪武初年
周后叔	苏州府	昆山	湖广宝庆府	武冈州	忤严世蕃	嘉靖后期
周广	苏州府	昆山	广东/贵州	怀远驿/竹寨驿	疏宠信、佞幸事，劾钱宁	正德中期
邹奕	苏州府	吴江	陕西布政使司	甘肃一带	坐事	洪武前期
沈璟	苏州府	吴江	京师	吏部行人司	上疏请立储忤旨	万历十四年
潘志伊	苏州府	吴江	河南开封府	陈州	受案件办理的牵连	万历年间
顾大典	苏州府	吴江	河南开封府	禹州	开罪权贵	万历年间
顾存仁	苏州府	太仓	京师永平府	保安州	上疏言民事，忤帝意	嘉靖十七年

① 《国榷》《列朝诗集小传》持此种说法。清人李光祚《乾隆长洲县志》称其被贬原因是"劾武定侯郭勋夺卖人金事，诬以慢旨"。

续表

姓名	籍地		贬谪地		贬谪原因	贬谪时间
陆容	苏州府	太仓	浙江	浙江右参政	谏迎西番狮子，罢征安南，招安刘通等，当路者不悦	弘治初年
李模	苏州府	太仓	南京	国子监	论劾中官，忤阉党	崇祯年间
张洪	苏州府	常熟	云南	云南	受邻人事连累	洪武中期
赵士春	苏州府	常熟	广东	布政司（照磨）	援黄道周抗巡上谏忤旨	崇祯年间
徐文华	苏州府	嘉定	辽东都指挥使司	戍辽阳	直言上谏李福达狱	嘉靖六年
程启充	苏州府	嘉定	不详	戍边卫	劾郭勋	嘉靖年间
蔡昂	苏州府	嘉定	浙江	湖州府（推官）	因失误日讲	嘉靖十一年后
王绂	常州府	无锡	山西大同府	朔州	坐事（胡惟庸逆党事）	洪武中后期
顾宪成	常州府	无锡	湖广衡州府	桂阳州	上疏申辩京察事忤当权者	万历十五年
高攀龙	常州府	无锡	广东潮州府	揭阳	参劾首辅王锡爵	万历二十二年
邹迪光	常州府	无锡	湖广	湖广佥事	被劾不贺圣节实官僚斗争	万历十七年
何栋如	常州府	无锡	南京徽州府	滁州（滁阳）	失贵人意，坐募船靡费	天启五年
黄正色	常州府	无锡	辽东都指挥使司	辽东	劾中官鲍忠等被诬	嘉靖年间
白悦	常州府	武进	京师	永平府/河间府	言官弹劾	嘉靖年间
吴钟峦	常州府	武进	浙江	绍兴府（照磨）	以旱潦，征练饷不中额	崇祯十二年
薛应旂	常州府	武进	江西南唐府	建昌	忤严嵩	嘉靖年间
张宣	常州府	江阴	凤阳府	临濠	坐事，道卒	洪武六年
张衮	常州府	江阴	南京	南太常寺少卿①	不详	嘉靖年间
薛甲	常州府	江阴	湖广	布政司（照磨）②	以言事；嘉靖迷信道教	嘉靖九年
徐贲	常州府	常州	凤阳府	临濠	张士诚旧属，按例	洪武初年
靳贵	镇江府	丹徒	京师	左迁光禄寺	忤刘瑾	正德前期

---

① 《光绪江阴县志》卷16云："降南京光禄卿"，（台北）成文出版社1983年版，第1825页。
② 《光绪江阴县志》卷16云："时方士邵元节用事，夏言与之表里，（薛）甲四疏指切时事，而排斥异端，尤且言恶之嫉党，论谪湖广布政司照磨"，（台北）成文出版社1983年版，第1825—1826页。

续表

姓名	籍地		贬谪地		贬谪原因	贬谪时间
姜士昌	镇江府	丹阳	广西	广西（金事）/兴安	得罪宦官与李廷机（入阁）	万历年间
桑乔	扬州府	江都	江西	九江	弹劾严嵩	嘉靖年间
赵鹤	扬州府	江都	福建	南安	忤刘瑾，坐以举奏迟误	正德三年
蒋山卿	扬州府	仪真	南京	南京前府（都事）	谏南巡	正德十四年
范凤翼	扬州府	通州	京师河间府	长芦（未就）	大计京官	万历四十八年
吴甡	扬州府	兴化	云南	金齿	以命督师逗留	崇祯年间
陆洙	扬州府	兴化	贵州	黎平	忤刘瑾	正德年间
王傚通	扬州府	海门	福建	布政使（知事）	不详	崇祯年间
汪广洋	扬州府	高邮	广东海南	诏追，赐死	刘基为胡惟庸毒死，广洋说不知，包庇朱文正，不揭发杨宪阴谋等	洪武十二年
顾清	松江府	华亭	京师	翰林院（编修）	忤刘瑾	正德年间
陈章	松江府	华亭	江西	瑞州府	坐从卒犯法①	成化年间
徐阶	松江府	华亭	福建	延平府	以抗疏孔子庙制；一说忤张璁	嘉靖初年
钱龙锡	松江府	华亭	浙江宁波府	定海卫	弹劾钱龙锡与袁崇焕有谋	崇祯年间
沈度	松江府	华亭	云南	云南	举文学不就，坐累	洪武中期
陈祯	松江府	华亭	云南/交趾	金齿/邱温县	坐齐麟事/乞祭扫忤上意②	洪武/永乐
唐锦	松江府	上海	京师真定府	深州	忤刘瑾	正德年间
陆深	松江府	上海	福建	延平府	忤辅臣桂萼	嘉靖前期
王圻	松江府	上海	四川东川军民府	邛州	与张居正意见相左	万历前期
潘恩	松江府	上海	广东惠州府	河源	坐试录忤旨	嘉靖年间
董传策	松江府	上海	广西	南宁府	劾严嵩	嘉靖后期
袁宗彦	松江府	松江	云南	滇南	不详	洪武中期
俞永	松江府	松江	湖广	长沙府（通判）	供张误期③	永乐前期

① 《嘉庆松江府志》卷52《古今人物传四》，（台北）成文出版社1970年版，第1155页。
② 《嘉庆松江府志》卷51《古今人物传三》，（台北）成文出版社1970年版，第1133页。
③ 《嘉庆松江府志》卷51《古今人物传三》，（台北）成文出版社1970年版，第1134页。

续表

姓名	籍地		贬谪地		贬谪原因	贬谪时间
李至刚	松江府	松江	不详	不详	坐累①	洪武中期
方向	安庆府	桐城	云南	多罗驿丞	弹劾刘吉、宦官陈祖先	弘治三年
齐之鸾	安庆府	桐城	浙江嘉兴府	崇德	忤奸佞，与用事大臣不合	正德末年
姚孙椠	安庆府	桐城	广西柳州府	上林苑	锦衣卫项震杀妻严加处置	崇祯年间
姚旭	安庆府	桐城	河南开封府	郑州	上书诉冤忤权贵	天顺年间
刘胤昌	安庆府	桐城	广东	按察司	不详	万历后期
詹景凤	徽州府	休宁	广东保宁府	保宁	不详	万历二十三年
汪康谣	徽州府	休宁	广东顺德府	顺德府	不避权贵，忤珰意	万历年间
阮自华	徽州府	休宁	不详	不详	大计，坐谪	天启二年
姚思孝	徽州府	歙县	江西	布政司	疏纠辅臣夺情	崇祯年间
凌世韶	徽州府	歙县	福建	汀州府	不详	崇祯年间
潘士藻	徽州府	婺源	广东	布政司	会大火直言，忤帝	万历年间
郭登	凤阳府	濠州	陕西都指挥使司	张掖（肃州卫）	坐事	天顺年间
汤胤绩	凤阳府	濠梁	南京	常州府	坐事	景泰中期
芮鳞	宁国府	宣城	不详	戍边	违误	洪武中期
吴尚默	宁国府	泾县	湖广	承天府	论救辅臣钱龙锡忤旨	天启年间
朱芾煌	庐州府	无为州	京师	顺天府	不详	崇祯年间
柯暹	池州府	建德	江西吉安府	永新、吉水	坐言事	永乐年间
山东（19人）						
刘天民	济南府	历城	凤阳府	寿州	大礼议左顺门事件	嘉靖三年
王与胤	济南府	新城	京师	光禄寺	言事（弹劾总兵官、阁臣）	崇祯年间
王象晋	济南府	新城	江西	按察司（未赴）	齐党京察中以察典中伤②	万历四十五年
王象春	济南府	新城	京师	上林苑典簿	科场舞弊受牵连	万历四十四年
张海	济南府	德州	山西	山西参政	孝宗以其经略哈密无功	弘治年间

---

① 《嘉庆松江府志》卷51《古今人物传三》，（台北）成文出版社1970年版，第1133页。
② （清）王士禛：《池北偶谈》，中华书局1997年版，第113页。

续表

姓名	籍地		贬谪地		贬谪原因	贬谪时间
程珤	济南府	德州	不详	左迁	忤严世蕃	嘉靖年间
宋燾	济南府	肥城	山西	平定州	疏救姜士昌	万历三十五年
冯惟敏	青州府	临朐	南京	镇江府（教授）	得罪权要	嘉靖四十四年
张子立	登州府	黄县	陕西平凉府	固原	用兵失利"诬功类奏"	嘉靖二十五年
高出	登州府	莱阳	辽东都指挥使司	西平堡监军	执法严，受权贵诬告	天启二年
姜埰	登州府	莱阳	南京宁国府	宣城	以弹劾权贵，忤帝意	崇祯十七年
黄福	莱州府	昌邑	京师	谪充为事官	坐事	永乐四年
蓝章	莱州府	即墨	江西	抚州	忤刘瑾	正德初年
栾尚约	莱州府	胶州	河南怀庆府	怀庆府（推官）	遭弹劾	嘉靖后期
赵完璧	莱州府	胶州	陕西巩昌府	巩昌府（通判）	忤陆炳	嘉靖年间
穆孔晖	东昌府	堂邑	京师	礼部（主事）	忤刘瑾	正德初年
李先芳	东昌府	濮州	南京凤阳府	亳州	得罪权要	嘉靖三十二年
刘隅	兖州府	东阿	京师	永平府	坐事	嘉靖中期
郭本	兖州府	曲阜	山西	临汾	不详	嘉靖年间
山西（6人）						
王翰	平阳府	夏县	广西	廉州	坐周府事	洪武中期
成德	平阳府	霍州	陕西临洮府	延绥戍边	上疏劾温体仁	崇祯年间
王云凤	大同府	和顺	河南河南府	陕州	劾太监李广	成化年间
常伦	大同府	沁水	南京凤阳府	寿州	恃才傲物，不谙官场	正德十六年
张慎言	大同府	阳城	陕西都指挥使司	肃州	劾冯铨被诬；一说忤魏忠贤	天启年间
尹耕	大同府	蔚州	辽东都指挥使司	戍辽东	依附严嵩	嘉靖三十一年
河南（15人）						
王廷相	开封府	仪封	凤阳府/淮安府	亳州/赣榆	言事得罪刘瑾/廖銮诬陷	正德年间
张卤	开封府	仪封	南京	太常寺	忤张居正、冯保	万历前期
孟洋	汝宁府	信阳	广西	桂林府	论张璁、桂萼	嘉靖初年
戴冠	汝宁府	信阳	广东	乌石驿	以上疏言事	正德年间
曹嘉	开封府	扶沟	京师/四川	大名府/茂州	以言事忤旨	正德十五年/嘉靖二年

续表

姓名	籍地		贬谪地		贬谪原因	贬谪时间
何出光	开封府	扶沟	云南临安府	宁州	揭发礼部泄露乡试	万历十九年
王斤	开封府	兰阳	河南归德府	睢阳（睢县）	缉拿权贵，绳之以法	崇祯年间
马之骏	南阳府	新野	南京徽州府	广德州	大计，以浮躁外谪	万历四十五年①
李贤	南阳府	邓州	京师	吏部（侍郎）	石亨、曹吉祥诬陷	天顺年间
李蓘	南阳府	内乡	陕西大同府	阳城	得罪严嵩	嘉靖后期
许讃	河南府	灵宝	山东青州府	临淄	忤刘瑾	正德年间
何瑭	怀庆府	武陟	京师大名府	开州	因经筵直言触忌讳	正德年间
逯昶	怀庆府	修武	云南	滇南	因事	洪武初年
张九一	汝宁府	新蔡	南京/京师	尚宝司/广平	忤严嵩	嘉靖后期
崔铣	彰德府	安阳	南京	吏部（主事）	忤刘瑾	正德四年
陕西（11人）						
王九思	西安府	鄠县	南京凤阳府	寿州	坐刘瑾党	正德五年
韩邦奇	西安府	朝邑	浙江/南京	平阳/太仆寺	上疏陈时弊/"试录谬误"	正德六年/嘉靖七年
吕楠	西安府	高陵	山西平阳府	解州	以议礼忤旨	嘉靖初年
张原	西安府	三原	贵州	新添驿	以疏论政事	正德年间
胡侍	西安府	咸宁	山西潞安府	潞州	坐大礼议	嘉靖初年
何栋	西安府	长安	四川	布政使司（参议）	上言大同有围城踰将灾，有人弹劾妖言惑众②	嘉靖年间
李三才	西安府	临潼	山东	东昌府（推官）	替魏允贞辩护	万历十一年
杜文焕	延安府	延安卫	不详	戍边	坐延绥失事	天启年间
马汝骥	延安府	绥德	山西大同府	泽州	谏南巡	正德十四年
李梦阳	庆阳府	庆阳府	山西	布政司	代韩文草疏弹劾刘瑾	正德初年
黄谏	临洮府	兰州	广东	广州府	受石亨牵连	天顺年间
四川（7人）						
杨慎	成都府	新都	云南永昌军民府	永昌卫	大礼议事件	嘉靖三年
赵贞吉	成都府	内江	广西庆远府	荔波（典史）	忤严嵩	嘉靖年间
晏铎	叙州府	富顺	江西瑞州府	上高	言事不达政体	宣德三年

① （明）沈德符：《万历野获编》"马仲良户部"条，中华书局1959年版，第723页。

② 毛佩琦主编：《中国长城志·人物》，江苏凤凰科学技术出版社2016年版，第639—640页。

续表

姓名	籍地		贬谪地		贬谪原因	贬谪时间
熊过	叙州府	富顺	云南	不详	论朝政得罪皇帝为严嵩劾	嘉靖二十年
刘时俊	叙州府	隆昌	湖广	按察司（知事）	考核贬谪	万历末期
邹智	重庆府	合州	广东赣州府	石城所	劾万安、刘吉等诋毁	弘治初年
张佳胤	重庆府	铜梁	河南开封府	陈州	忤严嵩	嘉靖三十九年
湖广（26 人）						
魏观	武昌府	蒲圻	江西赣州府	龙南	坐考礼	洪武年间
廖道南	武昌府	蒲圻	南京	徽州府（通判）	经筵推诿	嘉靖十二年
陈汝楫	武昌府	蒲圻	陕西西安府	渭南	不详	洪武年间
吴国伦	武昌府	兴国州	江西	按察司（金事）	忤严嵩	嘉靖三十四年
熊开元	武昌府	嘉鱼	山西/浙江	按察司/戍杭州	因周瑞豹考选事；言事及周延儒，忤帝怒	崇祯年间/崇祯十七年
王廷陈	黄州府	黄冈	河南南阳府	裕州	谏南巡，劾江彬罪	正德十四年
王一鸣	黄州府	黄冈	不详	左官	应是负才自放，不为吏道所拘	万历年间
李文祥	黄州府	麻城	陕西/贵州	咸宁/兴隆卫	触逆宦官及万安、刘吉等	成化/弘治
周弘禴	黄州府	麻城	南京/陕西/广东	无为/代州/澄海	不详	万历年间
瞿九思	黄州府	黄梅	不详	流塞下	坐倡乱①	万历年间
郝敬	承天府	京山	南京常州府	宜兴	坐事	万历年间
何迁	德安府	德安	江西	九江府	不详	嘉靖年间
任亨泰	襄阳府	襄阳	南京	降御史	私市蛮人为仆	洪武中期
龙膺	常德府	武陵	浙江/陕西	都转运司/巩昌	以言犯颜、忤时	万历年间
杨鹤	常德府	武陵	江西	袁州府	廷臣攻击其绥靖政策	崇祯年间
刘三吾	长沙府	茶陵	不详	戍边	南北榜事	洪武三十年
李腾芳	长沙府	湘潭	京师/江西	太常寺/布政司	以朝士擅去者；京察浮躁	不详/万历三十九年
易舒诰	长沙府	攸县	南京	户部（主事）	忤刘瑾	正德初年
胡文璧	衡州府	耒阳	陕西	延安府（检校）	上《禁革皇庄疏》触怒武宗	正德年间

---

① 《光绪黄州府志》卷 11《儒林》，（台北）成文出版社 1966 年版，第 674 页。

续表

姓名	籍地		贬谪地		贬谪原因	贬谪时间
范辂	衡州府	桂阳	广西镇安府	龙州	劾朱宸濠及镇守太监毕真	正德十四年
周叙	岳州府	慈利	浙江温州府	永嘉	谏南巡	正德十四年
艾穆	岳州府	平江	陕西都指挥使司	凉州	劾张居正夺情	万历五年
刘大夏	岳州府	华容	陕西都指挥使司	肃州	忤刘瑾	正德年间
车大任	宝庆府	邵阳	京师顺天府	(蓟州)平谷卫	不详	万历年间
朱裒	永州府	永州	浙江嘉兴府	嘉善	忤刘瑾	正德年间
何孟春	辰州府	郴州	南京	工部(右侍郎)	议大礼	嘉靖初年
浙江(85人)						
平显	杭州府	钱塘	云南	滇南	不详	洪武十五—十九年至永乐四年
王洪	杭州府	钱塘	南京	礼部(主事)	忤胡文穆	永乐中期
瞿佑	杭州府	钱塘	京师永平府	保安州	作诗获罪	永乐年间
于谦	杭州府	钱塘	京师	大理寺(少卿)	王振擅权	正统年间
施敬	杭州府	钱塘	云南	云南	坐事	洪武年间
田汝成	杭州府	钱塘	南京徽州府	滁州	上言宽宥释放囚犯忤帝意	嘉靖四十年
凌云翰	杭州府	钱塘	不详	贬南荒	作贡举乏人	洪武中期
郏经	杭州府	仁和	云南	滇南	坐事	洪武初年
邵经邦	杭州府	仁和	福建漳州府	镇海卫	劾张璁、桂萼	嘉靖前期
江晖	杭州府	仁和	南京徽州府	广德州	谏南巡	正德十四年
查秉彝	杭州府	海宁	四川重庆府	定远	上疏言严嵩父子	嘉靖年间
朱绅	嘉兴府	嘉兴	云南	云南	以诗累	洪武年间
伍方	嘉兴府	嘉兴	广西	戍柳州	以讦误①	成化年间
彭辂	嘉兴府	嘉兴	南京	应天府(教授)	夏言与严嵩斗争牵连	嘉靖年间
沈思孝	嘉兴府	嘉兴	广东高州府	(电白)神电卫	疏张居正夺情	万历初年
包节	嘉兴府	嘉兴	陕西都指挥使司	庄浪卫	以劾中官廖斌	嘉靖二十五—三十五年

---

① 《光绪嘉兴府志》卷50《嘉兴列传·伍方小传》,(台北)成文出版社1970年版,第1316页。另,因未查到确切材料记载伍方贬谪柳州的时间,据邱濬诗作《重编琼台稿·送嘉禾伍公矩归桂林兼问讯海盐张靖之》中提到张靖之(即张宁)成化年间出为汀州知府,又有诗句"平生故人伍公矩,少年学文今学武""南归若见张给事,引杯烧烛歌我送行章",笔者推测伍方贬谪柳州的时间应在成化年间。

续表

姓名	籍地		贬谪地		贬谪原因	贬谪时间
李日华	嘉兴府	嘉兴	河南彰德府	汝州	按察使贪污败露迁怒于他	万历年间
冯梦桢	嘉兴府	秀水	南京	国子监（司业）	忤张居正	万历初年
钟庚阳	嘉兴府	秀水	南京徽州府	广德州	不详	万历年间
支大纶	嘉兴府	嘉善	江西	布政司理	坐言事	万历年间
姚绶	嘉兴府	嘉善	江西吉安府	永宁	得罪权贵	成化初年
陈龙正	嘉兴府	嘉善	南京	国子监（未就）	忌恨者借其上言攻讦	崇祯年间
郑晓	嘉兴府	海盐	南京徽州府	和州	以忤言事逆严嵩	嘉靖中期
王梅	嘉兴府	平湖	南京徽州府	滁州	不详	嘉靖年间
陆澄源	嘉兴府	平湖	京师	顺天府（照磨）	不详（个性狂狷）	崇祯年间
沈懋孝	嘉兴府	平湖	南京扬州府	两淮盐运司	中蜚语	万历年间
陈泰来	嘉兴府	平湖	广东潮州府	饶平	上疏建储事并疏救赵南星	万历年间
冯汝弼	嘉兴府	平湖	湖广承天府	潜江	上疏劾汪鋐徇私	嘉靖年间
程本立	嘉兴府	崇德	云南临安府	马龙他郎甸长官司	坐周府事	洪武后期
茅坤	湖州府	归安	京师广平府	广平府	遭谗坐累	嘉靖二十五年
茅元仪	湖州府	归安	福建漳州府	漳浦	以兵哗	崇祯年间
韩敬	湖州府	归安	京师	行人司	因科考事，与汤宾尹相关	万历年间
徐中行	湖州府	长兴	京师河间府	长芦盐运判	忤严嵩	嘉靖年间
韦商臣	湖州府	长兴	南京常州府	靖江	疏救议礼诸臣	嘉靖前期
严震直	湖州府	乌程	南京	降御史	坐事	洪武中期
陈霆	湖州府	德清	南京庐州府	六安	劾张瑜被刘瑾陷害	正德初年
唐肃	绍兴府	会稽	南京凤阳府	临濠	以失朝礼"大不敬"罪	洪武六年
董玘	绍兴府	会稽	京师广平府	成安	忤刘瑾	正德初年
沈炼	绍兴府	会稽	京师永平府	保安	劾严嵩	嘉靖三十二年
陶谐	绍兴府	会稽	陕西都指挥使司	肃州	忤刘瑾	正德前期
季本	绍兴府	会稽	广东/湖广	揭阳/辰州	以言事/相聚讲学	正德/嘉靖
王守仁	绍兴府	余姚	贵州	龙场驿	救戴铣，忤刘瑾	正德二年
史立模	绍兴府	余姚	南京苏州府	苏州府（通判）	以言事	嘉靖九年
倪宗正	绍兴府	余姚	广东	南雄府	谏南巡	正德十四年

姓名	籍地		贬谪地		贬谪原因	贬谪时间
张逢	绍兴府	余姚	南京/辽东都司	吴江/辽阳	忤旨/坐劾郭勋、李福达	嘉靖初年
孙应奎	绍兴府	余姚	南京松江府	华亭	疏劾汪鋐，忤旨	嘉靖年间
韩宜可	绍兴府	山阴	云南临安府	安南	直谏忤权	洪武后期
钱逊	绍兴府	山阴	交趾	交趾	坐累	永乐中期
汪应轸	绍兴府	山阴	南京凤阳府	泗州	谏南巡	正德年间
祁承邺	绍兴府	山阴	山东兖州府	沂州	京察	万历年间
王谊	绍兴府	山阴	辽东都指挥使司	戍辽阳	坐累	永乐年间
毛铉	绍兴府	山阴	陕西	戍边关陕	不详	洪武中期
周汝登	绍兴府	嵊县	南京扬州府	两淮盐运司（判）	榷税不如额	万历年间
骆问礼	绍兴府	诸暨	云南楚雄府	楚雄	言事忤帝意	万历三年
蔡文范	绍兴府	新昌	福建	都转运司运判	星变考察（忤张居正有关）	万历年间
时砥	绍兴府	上虞	陕西都指挥使司	凉州	坐累	洪武初年
丰坊	宁波府	鄞县	京师顺天府	通州	谏大礼	嘉靖初年
杨言	宁波府	鄞县	南京/湖广	宿州/夷陵	言大礼议忤帝/被王邦奇诬告	嘉靖六年/嘉靖年间
管大勋	宁波府	鄞县	福建	延平府	以亢直忤时	万历前期
范汝梓	宁波府	鄞县	四川	酉阳（经历）	劾太监陈永寿冒破金钱，疏请东宫讲学	万历年间
包梧	宁波府	鄞县	南京庐州府	无为州	忤织造中官	嘉靖年间
乌斯道	宁波府	慈谿	南京凤阳府	定远	坐事	1375 年后
桂慎	宁波府	慈谿	云南	临安	奏对忤旨	洪武年间
范宗晖	宁波府	宁波	云南	滇南	坐事	洪武中期
林右	台州府	临海	南京凤阳府	凤阳	坐事	洪武中期
戴奎	台州府	黄岩	南京凤阳府	濠州	按例	洪武初年
符验	台州府	黄岩	湖广黄州府	蕲州	责令土豪放粮，劣绅诬告	嘉靖二十四年
王爌	台州府	黄岩	广东	惠州府	以言事	正德中期
方行	台州府	黄岩	南京/云南	临濠/滇南	按例/坐累	洪武年间
石允常	台州府	宁海	南京/不详	常州/戍边	以宪司管有司事；周藩事	建文/永乐
杨子善	台州府	天台	云南	云南	任上误事	洪武二十年

续表

姓名	籍地		贬谪地		贬谪原因	贬谪时间
吴时来	台州府	仙居	广西/云南	横州/云南	上疏劾严嵩/滥举亲信	嘉靖三十七年/隆庆二年
吴沈	金华府	兰溪	陕西临洮府	渭源	以奏对失旨	洪武年间
章懋	金华府	兰溪	湖广衡州府	临武	谏鳌山烟火	成化年间
唐邦佐	金华府	兰溪	南京扬州府	两淮运司判官	得罪权贵	万历年间
苏友龙	金华府	金华	南京徽州府	滁州	坐长子仕闽	洪武初年
张元谕	金华府	浦江	南京常州府	常州	忤严嵩	嘉靖年间
程文德	金华府	永康	广东高州府	信宜	受杨名弹劾汪铉案株连	嘉靖十一年
楼琏	金华府	义乌	云南	云南	坐事	洪武中期
李学道	金华府	东阳	南京庐州府	庐州	宦官扰民，予以制裁笞打	隆庆二年
项乔	温州府	永嘉	福建南昌府	宁州	因诈宝事	嘉靖十年
余尧臣	温州府	永嘉	南京凤阳府	临濠	客张士诚	洪武初年
刘鹰	处州府	青田	陕西	戍甘肃	因其叔刘璟事牵连	洪武三十年
王景	处州府	松阳	云南	云南	坐事	洪武后期
方尚恂	严州府	淳安	京师真定府	真定	不详	天启四年
江西（43 人）						
周榘	吉安府	吉水	江西	庐陵	因事谪戍	洪武前期
解缙	吉安府	吉水	陕西/交趾	河州/交趾	谗言诬陷；李至刚诬	建文/永乐初
张黻	吉安府	吉水	广西	师宗州	以言忤旨	成化年间
邹元标	吉安府	吉水	贵州/南京	都匀/南刑部	疏张居正夺情；弹劾申时行的姻亲徐学谟	万历五年/万历十一年
刘同升	吉安府	吉水	福建	按察司（知事）	杨嗣昌夺情入阁，刘同升上疏抨击朝廷用人不当	崇祯十一年
王佑	吉安府	泰和	南京徽州府	和州	不详	洪武中期
萧岐	吉安府	泰和	陕西平凉府	平凉	力辞不受官	洪武初年
王思	吉安府	泰和	广东潮州府	三河驿	乾清宫灾上疏言事	正德九年
杨载鸣	吉安府	泰和	福建延平府	将乐（典史）	以官员行私滥用事坐贬	嘉靖三十三年
萧士玮	吉安府	泰和	京师	光禄寺（典薄）	命出使琉球，请辞	崇祯年间
陈循	吉安府	泰和	辽东都指挥使司	铁岭卫	徐有贞构陷	天顺元年

续表

姓名	籍地		贬谪地		贬谪原因	贬谪时间
邹守益	吉安府	安福	南京徽州府	广德州	大礼议	嘉靖三年
罗肃	吉安府	庐陵	京师	按察司	言时政十五事	永乐年间
熊鼎	抚州府	临川	山西都指挥使司	大同卫	因犯过失	洪武前期
帅机	抚州府	临川	南京扬州府	两淮盐运司（副）	不详	万历年间
陈九川	抚州府	临川	福建漳州府	镇海卫	因改革旧制，得罪权贵	嘉靖年间
乐韶	抚州府	临川	南京凤阳府	宿州	上疏劝世宗修德，忤帝	嘉靖三年
汤显祖	抚州府	临川	广东雷州府	徐闻	上论辅臣科臣疏得罪权臣	万历十九年
周献臣	抚州府	临川	福建	布政司（检校）	京察	万历年间
危素	抚州府	金溪	南京徽州府	和州	御史谗言	洪武二年
吴伯宗	抚州府	金溪	南京/陕西/京师	凤阳/金县/翰林院	胡惟庸恶；忤旨；坐事	洪武四年；十五年前；十六年
黄直	抚州府	金溪	湖广/广东	沔阳州/戍雷州	以言建储；劾邵元节、言帝修道	嘉靖年间
王时保	抚州府	乐安	云南	云南	得罪皇上	洪武中期
张位	南昌府	新建	南京徽州府	徐州	纠张居正夺情	万历初年
徐良彦	南昌府	新建	湖广辰州府	戍五湖	忤阉党崔成秀	天启六年
喻均	南昌府	新建	浙江金华府	兰溪	受政治斗争牵连	万历三年
万元吉	南昌府	南昌	湖广永州府	永州	官吏大考核	崇祯四年
刘绖	南昌府	南昌	？/陕西	以游击候谴/临洮	兵哗/贿赂御史	万历年间
范兆祥	南昌府	丰城	湖广永州府	永州	以敢言事不负中人	弘治年间
舒芬	南昌府	进贤	福建	盐课司（副提举）	谏南巡	正德年间
夏良胜	建昌府	南城	湖广/辽东都司	茶陵/戍辽东	均因大礼议	嘉靖三/七年
张寿朋	建昌府	南城	山东济南府	泰安州	不详	万历年间
邓渼	建昌府	新城	贵州镇远府	镇远	忤魏忠贤	天启年间
童轩	饶州府	鄱阳	浙江严州府	寿昌	被委任宣朝廷恩威降贼，盗贼复猖，委咎于童轩	成化年间
张吉	饶州府	余干	云南	景东府	弹劾李孜省	成化年间

续表

姓名	籍地		贬谪地		贬谪原因	贬谪时间
罗伦	广信府	永丰	福建泉州府	市舶司（提举）	抗疏论李贤起复	成化年间
宋仪望	广信府	永丰	湖广/四川	夷陵州/按察司	忤严嵩旨/吏部尚书杨博欲罢之，降二级补金事	嘉靖后期/隆庆二年
汪佃	广信府	弋阳	南京宁国府	宁国府（通判）	讲书不称旨，实忤张璁	嘉靖前期
邹维琏	瑞州府	新昌	贵州	戍施州	劾魏忠贤	天启四年
杨廷麟	临江府	清江	江西	不详	对清主战上疏痛斥主和大臣兵部尚书杨嗣昌，遭恨	崇祯十二年
练高	临江府	新淦	南京徽州府	广德州	忤旨	洪武年间
袁继咸	袁州府	宜春	京师	行人司（副）	因监考放纵举人作弊	崇祯三年
刘节	赣州府	大庾	南京安庆府	宿松	忤刘瑾	正德初年
福建（29人）						
林廷玉	福州府	侯官	南京淮安府	海州	因唐寅考场舞弊案	成化年间
曹学佺	福州府	侯官	广西	广西（参议）	得罪蜀王为其所谤	万历年间
邵捷春	福州府	侯官	不详	不详	大计坐贬	崇祯年间
林春泽	福州府	侯官	陕西庆阳府	宁州	不畏江彬，坐事被谪	正德后期
王偁	福州府	永福	交趾	交趾	坐累，与解缙有关	洪武中期
林瀚	福州府	闽县	浙江	布政司（参政）	忤刘瑾	正德年间
王慎中	泉州府	晋江	南京常州府	常州府	得罪大学士张璁	嘉靖中期
林希元	泉州府	晋江	南京/广东	泗州/钦州	忤江彬、御史谭会、大理寺卿陈琳/请剿辽东叛兵	正德/嘉靖
何乔远	泉州府	晋江	广西	布政司（经历）	坐奏牍不恭	万历二十四年
俞大猷	泉州府	晋江	山西	戍大同	忤胡宗宪总制	嘉靖年间
张岳	泉州府	惠安	南京/广东	国子监/盐课提举	谏南巡/忤张璁	正德十四年/嘉靖
方征	兴化府	莆田	河南怀庆府	河内	以星变言事	洪武年间
黄隽	兴化府	莆田	不详	不详	不详	洪武中期
黄仲昭	兴化府	莆田	湖广长沙府	湘潭	谏鳌山烟火	成化年间
林俊	兴化府	莆田	云南姚安军民府	姚州	上疏斩妖僧罪中官	成化年间
周宣	兴化府	莆田	山西	太原	谏南巡	正德年间
翁梦鲤	兴化府	莆田	广东	潮州府	倭寇蹂躏，请免岁额，时论韪之	嘉靖年间

续表

姓名	籍地		贬谪地		贬谪原因	贬谪时间
方沆	兴化府	莆田	云南临安府	宁州	被人构陷	万历前期
戴士衡	兴化府	莆田	京师/广东	蓟州/廉州	劾兵部尚书石星等/上《忧危竑议疏》被诬劾	万历年间
林大辂	兴化府	莆田	湖广荆州府	夷陵州	谏南巡	正德十四年
李默	建宁府	瓯宁	南京	宁国府（同知）	责兵部尚书王宪不明礼节	嘉靖十一年
范嵩	建宁府	瓯宁	湖广	襄阳府（推官）	论刘瑾	正德年间
蓝仁	建宁府	崇安	南京凤阳府	临濠	归朝廷，随例	洪武初年
杨旦	建宁府	建安	浙江	温州府	忤刘瑾	正德前期
刘驷	漳州府	龙溪	云南	云南	坐事	洪武年间
林弼	漳州府	龙溪	南京凤阳府	戍临濠	坐事系诏狱	洪武年间
黄道周	漳州府	镇海卫	江西/湖广	布政司/辰州	劾杨嗣昌/解学龙力荐他	崇祯年间
何楷	漳州府	镇海卫	南京	国子监（丞）	劾杨嗣昌夺情入阁，忤旨	崇祯十一年
李春熙	邵武府	建宁	南京徽州府	徐州	被人中伤	万历中后期
广东（10 人）						
罗亨信	广州府	东莞	交趾	交趾	科内杨孟迪勘误事	永乐十一—二十一年
卢祥	广州府	东莞	山西平阳府	蒲州	弹劾浙江巡抚王文	正统年间
祈顺	广州府	东莞	贵州	石阡府	坐事牵连	成化年间
邓云霄	广州府	东莞	陕西	按察司（佥事）	忤楚绅、挂冠径归	天启元年
黎贞	广州府	新会	辽东都指挥使司	辽东	以事被诬	洪武十八—三十年
邓林	广州府	新会	京师永平府	保安州	坐法	宣德中期
陈吾德	广州府	新会	山西大同府	马邑县	坐部下盗建昌王印章，忤张居正	万历前期
孙蕡	广州府	南海	辽东都指挥使司	辽东	不详	洪武二十二年
卢龙云	广州府	南海	江西	藩幕	忤权要	万历年间
黎瞻	广州府	番禺	江西	南昌府（判）	忤严嵩	嘉靖年间
广西（2 人）						
张鸣凤	桂林府	临桂	京师/广西	六安/利州	以直道三黜，吏道黑暗	嘉靖年间

续表

姓名	籍地		贬谪地		贬谪原因	贬谪时间
吴廷举	梧州府	梧州	山西大同府	戍雁门	劾中官潘忠、刘瑾矫旨	正德年间
云南（2人）						
王元翰	临安府	宁州	京师/湖广	刑部/按察司	上疏痛斥权贵受诬陷/京察以浮躁名贬	万历三十七/三十九年
李元阳	大理府	太和	江西/湖广	分宜/荆州	大礼议事/上疏嘉靖帝不要去承天	嘉靖初/嘉靖十八年
贵州（3人）						
越其杰	贵阳军民府	贵阳	不详	论戍	以事谗言中伤	崇祯前期
邵元善	安顺军民府	普安卫	京师/湖广	通州/辰州府	执政损害豪强利益；中于中贵人飞语①	嘉靖年间
张谏	贵州都司	赤水卫	山东	莱州府（知府）	正直言事	成化四年
不详（1人）						
张纶	不详	锦衣卫	云南	云南	大礼议	嘉靖六年

---

① 《光绪普安直隶厅志》卷21《金事邵公元善传》，（台北）成文出版社1974年影印本，第1000页。

参考文献

（按作者年代与姓氏拼音顺序排列）

一　古今著作

（汉）班固：《汉书》，中华书局 1962 年版。

（唐）白居易著，顾学颉校点：《白居易集》，中华书局 1979 年版。

（唐）刘禹锡著，瞿蜕园笺证：《刘禹锡集笺证》，上海古籍出版社 1989 年版。

（唐）柳宗元著，曹明纲标点：《柳宗元全集》，上海古籍出版社 1997 年版。

（唐）卢照邻著，徐明霞点校：《卢照邻集》，中华书局 1980 年版。

（宋）周辉：《清波杂志》，《景印文渊阁四库全书》，（台北）台湾商务印书馆 1986 年版。

（宋）周去非：《岭外代答》，《景印文渊阁四库全书》，（台北）台湾商务印书馆 1986 年版。

（明）艾穆：《终太山人文集》，《四库未收书辑刊》，北京出版社 2000 年版。

（明）白悦：《白洛原遗稿》，《四库全书存目丛书》，齐鲁书社 1997 年版。

（明）包节：《包侍御集》，《四库全书存目丛书》，齐鲁书社 1997 年版。

（明）蔡瑷：《洨滨蔡先生文集》，《四库全书存目丛书》，齐鲁书社 1997 年版。

（明）陈九川：《明水陈先生文集》，《四库全书存目丛书》，齐鲁书社 1997 年版。

（明）陈霆：《水南稿》，《四库全书存目丛书》，齐鲁书社 1997 年版。

（明）陈循：《东行百咏集句》《芳洲文集》，《四库全书存目丛书》，齐鲁书社 1997 年版。

（明）陈子龙：《皇明诗选》，《四库禁毁书丛刊补编》，北京出版社 2005
　　年版。

（明）程本立：《巽隐集》，《景印文渊阁四库全书》，（台北）台湾商务印书
　　馆 1986 年版。

（明）程文德：《程文恭公遗稿》，《四库全书存目丛书》，齐鲁书社 1997
　　年版。

（明）戴冠：《戴氏集》，《四库全书存目丛书》，齐鲁书社 1997 年版。

（明）邓林：《退庵邓先生遗稿》，《四库全书存目丛书》，齐鲁书社 1997
　　年版。

（明）董传策：《采薇集》，《四库全书存目丛书》，齐鲁书社 1997 年版。

（明）冯惟敏：《海浮山堂诗稿》，《续修四库全书》，上海古籍出版社 2002
　　年版。

（明）冯惟敏著，谢伯阳编纂：《冯惟敏全集》，齐鲁书社 2007 年版。

（明）高攀龙：《高子遗书》，《景印文渊阁四库全书》，（台北）台湾商务
　　印书馆 1986 年版。

（明）葛征奇：《南园前五先生诗》，《四库全书存目丛书》，齐鲁书社 1997
　　年版。

（明）顾璘：《浮湘稿》，《景印文渊阁四库全书》，（台北）台湾商务印书
　　馆 1986 年版。

（明）过庭训：《本朝分省人物考》，《续修四库全书》，上海古籍出版社
　　2002 年版。

（明）韩邦靖：《韩五泉诗》，《四库全书存目丛书》，齐鲁书社 1997 年版。

（明）韩邦奇：《苑洛集》，《景印文渊阁四库全书》，（台北）台湾商务印书
　　馆 1986 年版。

（明）韩雍：《襄毅文集》，《景印文渊阁四库全书》，（台北）台湾商务印书
　　馆 1986 年版。

（明）何栋如：《何太仆集》，《四库禁毁书丛刊补编》，北京出版社 2005
　　年版。

（明）何乔远：《何氏万历集》，《四库禁毁书丛刊补编》，北京出版社 2005
　　年版。

（明）何瑭：《柏斋集》，《景印文渊阁四库全书》，（台北）台湾商务印书馆 1986 年版。

（明）胡应麟：《诗薮》，中华书局 1958 年版。

（明）皇甫汸：《皇甫司勋集》，《景印文渊阁四库全书》，（台北）台湾商务印书馆 1986 年版。

（明）皇甫涍：《皇甫少玄集》，《景印文渊阁四库全书》，（台北）台湾商务印书馆 1986 年版。

（明）黄瑜撰，王岚校点：《双槐岁钞》，上海古籍出版社 2012 年版。

（明）黄仲昭：《未轩文集》，《景印文渊阁四库全书》，（台北）台湾商务印书馆 1986 年版。

（明）姜埰：《敬亭集》，《四库全书存目丛书》，齐鲁书社 1997 年版。

（明）蒋山卿：《蒋南泠集》，《四库全书存目丛书》，齐鲁书社 1997 年版。

（明）焦竑：《焦氏淡园集》《焦氏淡园续集》，《四库禁毁书丛刊》，北京出版社 1997 年版。

（明）焦竑：《国朝献征录》，《四库全书存目丛书》，齐鲁书社 1996 年版。

（明）李春熙：《玄居集》，《四库全书存目丛书》，齐鲁书社 1997 年版。

（明）李开先：《中麓闲居集》，《四库全书存目丛书》，齐鲁书社 1997 年版。

（明）李梦阳：《空同集》，《景印文渊阁四库全书》，（台北）台湾商务印书馆 1986 年版。

（明）李默：《困亨别稿》，《四库全书存目丛书》，齐鲁书社 1997 年版。

（明）李先芳：《东岱山房诗录》《李氏山房诗选》，《四库全书存目丛书》，齐鲁书社 1997 年版。

（明）李元阳著，施立卓总编校：《李元阳文集》，云南大学出版社、云南人民出版社 2018 年版。

（明）栗永禄：《嘉靖寿州志》，上海古籍书店 1963 年据宁波天一阁藏明嘉靖刻本影印本。

（明）黎贞：《重刻秫坡先生文集》，《四库全书存目丛书》，齐鲁书社 1997 年版。

（明）廖道南：《楚纪》，《北京图书馆古籍珍本丛刊》，书目文献出版社 1988 年版。

（明）林大辂：《愧瘄集》，《续修四库全书》，上海古籍出版社 2002 年版。

（明）林俊：《见素续集》，《景印文渊阁四库全书》，（台北）台湾商务印书馆 1986 年版。

（明）林希元：《同安林次崖先生文集》，《四库全书存目丛书》，齐鲁书社 1997 年版。

（明）刘大夏：《刘忠宣公遗集》，《四库未收书辑刊》，北京出版社 2000 年版。

（明）刘节：《梅国前集》，《四库全书存目丛书》，齐鲁书社 1997 年版。

（明）刘天民：《函山先生集》，《四库全书存目丛书》，齐鲁书社 1997 年版。

（明）陆粲：《陆子余集》，《景印文渊阁四库全书》，（台北）台湾商务印书馆 1986 年版。

（明）陆深：《俨山续集》，《景印文渊阁四库全书》，（台北）台湾商务印书馆 1986 年版。

（明）陆完：《在惩录》，《四库未收书辑刊》，北京出版社 2000 年版。

（明）罗亨信：《觉非集》，《四库全书存目丛书》，齐鲁书社 1997 年版。

（明）罗伦：《一峰文集》，《景印文渊阁四库全书》，（台北）台湾商务印书馆 1986 年版。

（明）马汝骥：《西玄诗集》，《四库全书存目丛书》，齐鲁书社 1997 年版。

（明）马之骏：《妙远堂全集》，《四库全书存目丛书》，齐鲁书社 1997 年版。

（明）马中锡：《马东田漫稿》，《四库全书存目丛书》，齐鲁书社 1997 年版。

（明）茅坤：《白华楼吟稿》，《四库全书存目丛书》，齐鲁书社 1997 年版。

（明）茅元仪：《石民江村集》，《四库禁毁书丛刊》，北京出版社 1997 年版。

（明）孟洋：《孟有涯集》，《四库全书存目丛书》，齐鲁书社 1997 年版。

（明）沐昂：《沧海遗珠》，《景印文渊阁四库全书》，（台北）台湾商务印书馆 1986 年版。

（明）倪谦：《倪文僖集》，《景印文渊阁四库全书》，（台北）台湾商务印书馆 1986 年版。

（明）倪宗正：《倪小野先生全集》，《四库全书存目丛书》，齐鲁书社 1997 年版。

（明）彭辂：《冲溪先生集》，《四库全书存目丛书》，齐鲁书社 1997 年版。

（明）祁承爜:《澹生堂诗集》,《四库禁毁书丛刊补编》,北京出版社 2005年版。

（明）祁顺:《巽川祁先生文集》,《四库全书存目丛书》,齐鲁书社 1997年版。

（明）齐之鸾:《蓉川集》,《四库全书存目丛书》,齐鲁书社 1997 年版。

（明）邵经邦:《弘艺录》,《四库全书存目丛书》,齐鲁书社 1997 年版。

（明）沈德符:《万历野获编》,中华书局 1959 年版。

（明）申佳胤:《申忠愍诗集》,《景印文渊阁四库全书》,（台北）台湾商务印书馆 1986 年版。

（明）沈炼:《青霞集》,《景印文渊阁四库全书》,（台北）台湾商务印书馆 1986 年版。

（明）沈明臣:《丰对楼诗选》,《四库全书存目丛书》,齐鲁书社 1997 年版。

（明）沈思孝:《溪山堂草》,《四库全书存目丛书》,齐鲁书社 1997 年版。

（明）史谨:《独醒亭集》,《景印文渊阁四库全书》,（台北）台湾商务印书馆 1986 年版。

（明）帅机:《阳秋馆集》,《四库禁毁书丛刊》,北京出版社 1997 年版。

（明）宋仪望:《华阳馆诗集》,《四库全书存目丛书》,齐鲁书社 1997 年版。

（明）苏志皋:《寒村集》,《四库全书存目丛书》,齐鲁书社 1997 年版。

（明）孙蕡:《西庵集》,《景印文渊阁四库全书》,（台北）台湾商务印书馆 1986 年版。

（明）孙应奎:《燕诒录》,《四库全书存目丛书》,齐鲁书社 1997 年版。

（明）谈迁:《国榷》,古籍出版社 1958 年版。

（明）唐锦:《龙江集》,《续修四库全书》,上海古籍出版社 2002 年版。

（明）唐肃:《丹崖集》,《续修四库全书》,上海古籍出版社 2002 年版。

（明）汤显祖:《玉茗堂全集》,《续修四库全书》,上海古籍出版社 2002年版。

（明）陶谐:《南川漫游稿》,《四库全书存目丛书》,齐鲁书社 1997 年版。

（明）童轩:《清风亭稿》,《景印文渊阁四库全书》,（台北）台湾商务印书馆 1986 年版。

（明）王偁:《虚舟集》,《景印文渊阁四库全书》,（台北）台湾商务印书馆 1986 年版。

（明）汪佃：《东麓遗稿》，《四库全书存目丛书》，齐鲁书社 1997 年版。

（明）王绂：《王舍人诗集》，《景印文渊阁四库全书》，（台北）台湾商务
　　印书馆 1986 年版。

（明）汪广洋：《凤池吟稿》，《景印文渊阁四库全书》，（台北）台湾商务
　　印书馆 1986 年版。

（明）王翰：《梁园寓稿》，《景印文渊阁四库全书》，（台北）台湾商务印
　　书馆 1986 年版。

（明）王九思：《渼陂集》，《续修四库全书》，上海古籍出版社 2002 年版。

（明）王圻：《王侍御类稿》，《四库全书存目丛书》，齐鲁书社 1997 年版。

（明）王世懋：《名山游记》，《四库全书存目丛书》，齐鲁书社 1996 年版。

（明）王世贞：《弇州四部稿·续稿》，《景印文渊阁四库全书》，（台北）
　　台湾商务印书馆 1986 年版。

（明）王守仁：《王文成全书》，《景印文渊阁四库全书》，（台北）台湾商
　　务印书馆 1986 年版。

（明）王守仁著，王晓昕、赵平略点校：《王阳明集》，中华书局 2016 年版。

（明）王璲：《青城山人集》，《景印文渊阁四库全书》，（台北）台湾商务
　　印书馆 1986 年版。

（明）王廷陈：《梦泽集》，《景印文渊阁四库全书》，（台北）台湾商务印
　　书馆 1986 年版。

（明）王廷相：《王氏家藏集》，《四库全书存目丛书》，齐鲁书社 1997 年版。

（明）王象晋：《赐闲堂集》，《山东文献集成》，山东大学出版社 2011 年版。

（明）王元翰：《王谏议全集》，《四库未收书辑刊》，北京出版社 2000 年版。

（明）王越：《黎阳王太傅诗文集》，《四库全书存目丛书》，齐鲁书社 1997
　　年版。

（明）王云凤：《博趣斋稿》，《续修四库全书》，上海古籍出版社 2002 年版。

（明）吴国伦：《甔甀洞稿》《甔甀洞续稿》，《四库全书存目丛书》，齐鲁
　　书社 1997 年版。

（明）萧士玮：《春浮园诗集》，《四库禁毁书丛刊》，北京出版社 1997 年版。

（明）解缙：《文毅集》，《景印文渊阁四库全书》，（台北）台湾商务印书

馆 1986 年版。

（明）谢肇淛：《五杂组》，中华书局 1959 年版。

（明）许谷：《省中稿》，《四库全书存目丛书》，齐鲁书社 1997 年版。

（明）徐阶：《世经堂集》，《四库全书存目丛书》，齐鲁书社 1997 年版。

（明）徐祯卿：《迪功集》，《景印文渊阁四库全书》，（台北）台湾商务印
　　书馆 1986 年版。

（明）薛应旂：《方山薛先生全集》，《续修四库全书》，上海古籍出版社
　　2002 年版。

（明）杨继盛：《杨忠愍集》，《景印文渊阁四库全书》，（台北）台湾商务
　　印书馆 1986 年版。

（明）杨慎：《升庵集》，《景印文渊阁四库全书》，（台北）台湾商务印书
　　馆 1986 年版。

（明）袁继咸：《六柳堂遗集》，《四库禁毁书丛刊》，北京出版社 1997 年版。

（明）岳正：《类博稿》，《景印文渊阁四库全书》，（台北）台湾商务印书
　　馆 1986 年版。

（明）张璁撰，张宪文校注：《张璁集》，上海社会科学院出版社 2003 年版。

（明）张吉：《古城集》，《景印文渊阁四库全书》，（台北）台湾商务印书
　　馆 1986 年版。

（明）张佳胤：《居来先生集》，《四库全书存目丛书补编》，齐鲁书社 2001
　　年版。

（明）张九一：《绿波楼诗集》，《四库全书存目丛书》，齐鲁书社 1997 年版。

（明）张鸣凤：《羽王先生集》，《四库全书存目丛书补编》，齐鲁书社 2001
　　年版。

（明）张岳：《小山类稿》，《景印文渊阁四库全书》，（台北）台湾商务印
　　书馆 1986 年版。

（明）赵完璧：《海壑吟稿》，《景印文渊阁四库全书》，（台北）台湾商务
　　印书馆 1986 年版。

（明）赵贞吉：《赵文肃公文集》，《四库全书存目丛书》，齐鲁书社 1997
　　年版。

（明）郑晓：《端简郑公文集》，《四库全书存目丛书》，齐鲁书社 1997 年版。

（明）周广：《玉岩先生文集》，《四库全书存目丛书》，齐鲁书社 1997 年版。

（明）周汝登：《东越证学录》，《四库全书存目丛书》，齐鲁书社 1997 年版。

（明）朱元璋：《皇明祖训》，《四库全书存目丛书》，齐鲁书社 1996 年版。

（明）庄昶：《定山集》，《景印文渊阁四库全书》，（台北）台湾商务印书
　　馆 1986 年版

（明）邹守益：《东廓邹先生文集》，《四库全书存目丛书》，齐鲁书社 1997
　　年版。

（明）邹维琏：《达观楼集》，《四库全书存目丛书》，齐鲁书社 1997 年版。

（明）邹元标：《愿学集》，《景印文渊阁四库全书》，（台北）台湾商务印书
　　馆 1986 年版。

（明）邹智：《立斋遗文》，《景印文渊阁四库全书》，（台北）台湾商务印书
　　馆 1986 年版。

（清）陈汝咸修，林登虎纂：《漳浦县志》，康熙三十九年（1700）修民
　　国十七年（1928）翻印本。

（清）陈田：《明诗纪事》，上海古籍出版社 1993 年版。

（清）陈元龙编：《御定全唐诗》，《景印文渊阁四库全书》，（台北）台湾
　　商务印书馆 1986 年版。

（清）李亨特总裁，平恕等修：《绍兴府志》，乾隆五十七年（1792）刊本。

（清）林星章主修：《新会县志》，道光二十一年（1841）刻本。

（清）钱谦益：《列朝诗集小传》，上海古籍出版社 1983 年版。

（清）钱维乔等：《鄞县志》，乾隆五十三年（1788）刻本。

（清）徐清选修，毛辉凤纂：《道光丰城县志》，道光五年（1825）刊本。

（清）杨燨：《清丰县志》，同治十一年（1872）本。

（清）永瑢等：《四库全书总目》，中华书局 1965 年版。

（清）张廷玉等：《明史》，中华书局 1974 年版。

（清）钟庚起纂修：《甘州府志》，乾隆四十四年（1779）刊本。

（清）朱彝尊：《明诗综》，《景印文渊阁四库全书》，（台北）台湾商务印书
　　馆 1986 年版。

（清）朱彝尊：《静志居诗话》，人民文学出版社 1990 年版。

阿迪边·穆罕默德：《真理格言》，新疆电子音像出版社 2010 年版。

陈寅恪：《柳如是别传》，上海古籍出版社 1980 年版。

骆兆平：《天一阁藏明地方志考录》，书目文献出版社 1982 年版。

罗宗强：《明代后期士人心态》，中华书局 2019 年版。

尚永亮：《贬谪文化与贬谪文学——以中唐元和五大诗人之贬及其创作为中心》，兰州大学出版社 2004 年版。

王国维：《人间词话》，上海古籍出版社 2009 年版。

魏昌：《楚国史》，武汉出版社 2002 年版。

谢伯阳：《全明散曲》（增补版），齐鲁书社 2016 年版。

谢国桢：《明清之际党社运动考》，上海书店出版社 2006 年版。

杨伯峻：《孟子译注》，中华书局 2005 年版。

杨延福、杨同甫：《明人室名别称字号索引》，上海古籍出版社 2002 年版。

余英时：《士与中国文化》，上海人民出版社 1984 年版。

中国国家图书馆编：《原国立北平图书馆甲库善本丛书》，国家图书馆出版社 2013 年版。

朱光潜：《悲剧心理学》，张隆溪译，人民文学出版社 1983 年版。

［奥］弗洛伊德：《梦的解析》，赖其万、符传孝译，作家出版社 1986 年版。

［法］古斯塔夫·勒庞：《乌合之众——大众心理研究》，冯克利译，中央编译出版社 2005 年版。

［美］加布里埃尔·A. 阿尔蒙德、小 G. 宾厄姆·鲍威尔：《比较政治学——体系、过程和政策》，曹沛霖等译，东方出版社 2007 年版。

［美］刘易斯·科塞：《理念人：一项社会学的考察》，郭芳等译，中央编译出版社 2004 年版。

［美］爱德华·W. 萨义德：《知识分子论》，单德兴译，生活·读书·新知三联书店 2002 年版。

二　期刊论文与学位论文

陈恩维：《明清以来"南园五先生"研究的检讨与前瞻》，《广州大学学报》（社会科学版）2018 年第 2 期。

黄仕忠：《〈琵琶记〉在戏曲史上的影响与地位》，《戏剧艺术》1997 年第 2 期。

商传：《从朋党到党社——明代党争之浅见》，《学习与探索》2007 年第
　　1 期。

陶建平：《明代谪宦与南方少数民族地区》，《中南民族学院学报》（哲学
　　社会科学版）1992 年第 5 期。

魏超：《明代交趾都司卫所建置研究》，《中国历史地理论丛》2015 年
　　第 1 辑。

张显清：《明嘉靖"大礼议"的起因、性质和后果》，《史学集刊》1988
　　年第 4 期。

赵轶峰：《明代政治文化研究的视阈》，《古代文明》2014 年第 1 期。

左东岭：《孙蕡的诗歌创作历程与明初文人命运》，《中国文化研究》2012
　　年第 2 期。

左东岭：《论王偁的人格与诗风》，《学习与探索》2012 年第 8 期。

冯玉华：《杨慎诗词与云南旅游文化》，硕士学位论文，云南师范大学，
　　2012 年。

李晓军：《戴冠及其〈戴氏集〉研究》，硕士学位论文，西北师范大学，
　　2012 年。

李筑瑾：《陈循诗歌研究》，硕士学位论文，南昌大学，2018 年。

梁琳：《王守仁诗文研究》，硕士学位论文，西北师范大学，2009 年。

林琼华：《茅元仪研究》，硕士学位论文，浙江大学，2008 年。

刘斌：《龙膺研究》，硕士学位论文，湘潭大学，2013 年。

刘禹：《邹迪光研究》，硕士学位论文，浙江大学，2015 年。

秦爱叔：《刘大夏研究》，硕士学位论文，湖南师范大学，2011 年。

汪惠民：《皇甫四杰研究》，硕士学位论文，上海师范大学，2010 年。

王媛：《顾璘诗文研究》，硕士学位论文，暨南大学，2010 年。

易文渊：《孟洋年谱》，硕士学位论文，兰州大学，2008 年。

邹一鸣：《王象晋研究》，硕士学位论文，山东理工大学，2018 年。